# 月性を読む

## 幕末「海防僧」の漢詩と建白書

愛甲弘志
上田純子
［編著］

右文書院

# 月性とは誰か―はじめに

上田純子

嘉永六年（一八五三）六月、浦賀（現神奈川県横須賀市）沖に、アメリカ合衆国のペリー提督率いる四隻の艦船が姿を現し、大統領の国書を呈して幕府に開国を迫った。巨大な軍艦や、異国人の風貌、その風俗にまつわる様々な噂は、瞬く間に日本国中を駆け巡って人々の好奇心をかき立てた。やがて、そのアメリカ使節によって、一方的に外交関係開設の要求が突き付けられたことが伝わると、使節に接した幕府の対応に世間の注目が集まり、巷には種々の論評が溢れるようになる。

これは、それまで知識人が操る文字の世界に限定されていた西洋諸国に対する危機感を、あらゆる階層の人々に分かりやすく認識させた事件であった。身分や領域、さらには知識や教養によって細かく分断されていた言論の空間は、急速に膨張して互いに接合し、知識人のものであった政治論議は一気にその裾野を広げ、日本社会に「世論」なるものが形成され始めていく。

この世論に、説法というメディアを通じて少なからぬ影響を及ぼした真宗僧がいた。周防国《すおうのくに》遠崎村《とおざきむら》（現山口県柳井市）にある浄土真宗本願寺派妙円寺《みょうえんじ》の僧月性《げっしょう》（一八一七―五八）である。西国有数の大藩萩毛利家《はぎもうりけ》（長州藩）の領域に生まれ、瀬戸内舟運の隆盛を眺めて育った月性は、西洋諸国のアジア進出の歴史に照らして、日本が貿易とキリスト教、最終的には武力による属国化の危機に立たされていると訴え、武士だけでなく、この国の全ての老若男女が、心を一つにして海防すなわち海からやってくる外敵を防ぎ国土を守る必要を説いた。聴衆は感激して奮起し、その場で身に着けていた簪《かんざし》を献じる女性もあったという。月性の海防論は、当時最も広い階層に向けて発信され、受容された海防論であったと言えよう。

さて、その月性である。月性とは、いったいどのような人物なのか。国文学の世界には、『今世《きんせい》名家文鈔《めいかぶんしょう》』（一八五五年）の編者として、その名を記憶する人もいるだろう。「男児志を立てて郷関を出づ」、あるいは「人間到る処青山あり」というフレーズに、漢文の教科書を思い出す人も、意外と多いかもしれない。しかし、その詩こそ、二十七歳の月性が、老いた母を残して一人漢学修行に旅立たんとする時、その決意と感慨を詠んだ「将東游題壁《まさにとうゆうせんとしてかべにだいす》」であると知る人は、実は稀ではないだろうか。

漢詩文の素養は、十五歳で豊前《ぶぜん》は恒藤醒窓《つねとうせいそう》（一八〇三－六三）の蔵春園《ぞうしゅんえん》（現福岡県豊前市）に遊学して身に着けた。二十歳からの三年間は、佐賀（現佐賀県佐賀市）善定寺《ぜんじょうじ》の精居寮《せいきょりょう》に入り、不及《ふぎゅう》（一七八五－一八四六）の下で浄土真宗の教義を学んだ。地方の寺の一真宗僧として生を送るために必要な学識は、既に得ていたはずである。にもかかわらず月性は、学業が成就しなければ再び郷里の土は踏まずとまで決意し、三度勉学の旅に出た。それは何故か。その思いを月性は、親代わりの叔父周邦《しゅうほう》（一八〇五－七二）に宛てた書簡に綴っている。僧に漢学の素養がなくては、武士や儒者との対等なコミュニケーションが成り立たない。したがって、彼らにわが宗門の教えを広めることも出来ない。上流階級に弘教伝法するためにも、漢学の勉強を続けさせて欲しい、と。

学問を通じた交流・交際のなかで、月性が、真宗僧である自身と、当時日本の上流階級であり知識人層でもある武士や儒者との身分的な分断を自覚する場面に度々遭遇したであろうことは、想像に難くない。その分断を乗り越えるためには、それらの人々と対等に交際出来る環境を自ら整える必要があった。漢詩文の才にいささかの自負がある月性であれば、漢学を究めることでそれを実現しようと考えたのもうなずけよう。

かくして月性は、大坂島町《おおさかしままち》（大阪市中央区島町）長光寺の、学僧としても名高い叔父覚応《かくおう》（龍護《りゅうご》、一七九四－一八五六）の庇護を受け、京坂の文人社会にデビューする。そこで当時四大名家と評された篠崎小竹《しのざきしょうちく》（一七八一－一八五一）・斎藤拙堂《さいとうせつどう》（一七九七－一八六五）・坂井虎山《さかいこざん》（一七九八－一八五〇）・野田笛浦《のだてきほ》（一七九九－一八五九）のアンソロジー、『今世名家文鈔』の編者の地位を得たことは、月性が僧でありながらも漢詩文に精通し、西日本の文人社会に広い人脈を持つと世間にアピールするのに大いに役立った。

その一方で、月性が大坂に滞在した天保末年から弘化年間の日本の知識人たちは、隣国清とイギリスが衝突したアヘン戦争（一八四〇－四二）の情報に接して、西洋諸国の東アジア進出に危機感を抱くとともに、世界情勢の収集に躍起になっていた。そのような状況下で、月性もまた、対外危機の存在に目を開かれ、本来世俗とは距離を置くはずの僧という立場で、政治論議に身を投じることとなる。そして、ペリー来航に象徴される西洋の衝撃《ウェスタン・インパクト》が、この国の安全保障の危機を露呈させた時、月性は、護法・護国・防邪（仏法を護り日本国を護り邪教〈キリスト教〉を防ぐ）が一体となった海防論を引っ提げて、萩城下はもとより、藩内各地の寺を回って説法会を開き、幾千の聴衆を熱狂させた。その様子を聞き及んだ本願寺は、月性を上京させて海防意見の執筆を命じ、これを『仏法護国論』として刊行する。それは全国一万ヵ寺に頒布されたという。

月性の海防論を支持したのは、在野の知識人や本願寺教団だけではない。実際に海防政策を掌る諸藩や幕府の当局者までが、それに高い評価を与えている。それは、月性の海防論が、国家の安全保障を担うべき武家の実情を踏まえ、あるいは本願寺教団が抱える問題に対して、厳しい改革を迫りつつ、それが直ちに実行可能な政策提言として練り上げられていたことに拠る。

本書は、〈Ⅰ 漢詩選〉として月性の漢詩十七題二十五首を「異郷のうた」「故郷のうた」「交情のうた」「志のうた」「憂国のうた」に分類して収載する。人間月性のリアルな息吹を感じさせるこれらの漢詩は、文芸作品であると同時に、月性が知識人としての身分的な分断、被支配身分であり僧であるという、二重の意味での社会や政治からの排除を克服しようとして足掻いた軌跡である。

〈Ⅱ 建白書〉は、月性が萩藩主毛利敬親（一八一九－七一）に宛てて藩政の大転換を論じた「封事草稿」（一八五五年）、藩政要路に宛てて大島郡の海防を論じた「内海杞憂」（同）と、前掲本願寺広如に宛てた「海防意見封事」とを収載する。そこには、知識人としての矜持を抱きつつ、在地社会に埋没して真宗僧としての日常に甘んじていた月性の、突如開かれた政治参加の途に向かってほとばしるエネルギーが溢れている。

月性の海防論あるいは海防説法によって、海防に対する義務の自覚を促された萩藩の士民は、全国諸藩に先駆けて近世的軍事力からの転換を実現し、幕府・諸藩連合を相手どった長州戦争に勝利するという成功を萩藩にもたらした。しかし、同時にそれは、権力が人民を死地に陥れて顧みない言説へと容易に転化する危険を孕んでいることも忘れてはならない。戊辰戦争における長州藩の輝かしい進撃は、その後軍事力のスリム化に際して処遇の不当を訴えた脱退騒動の悲劇を招いた。本願寺による『仏法護国論』の刊行もまた、全門徒に国家に対する義務と献身を諭すことで、教団の危機を克服せんとする試みであるが、それは、近代国家日本の国民が生み出されていく過程ともリンクして、国家総力戦への道程となる。

月性は、その存在それ自体と海防論とによって、日本社会が近世から近代へと移行していく一つの転換点を創出した。このことは、東アジア世界の儒学的教養に裏付けられた知識人が持つ可能性を示している。と同時に、その限界についても多くの示唆を与えてくれる。本書から、その両面を丹念に読み取っていただくことができたならば、幸いこれに過ぎたるはない。

# 目次

## 内海杞憂 



## 海防意見封事 

解題　226



用語解説　314

＊本書に掲載される詩文は、中学校以上の教科では「古典」と呼ばれているものです。しかしここでは、中高生も含む一般読者にとって読みやすくなるよう、「古典」の学校教科書と違って漢字はできるだけ常用漢字を、仮名遣いは現代仮名遣いを用いました。

＊日常の現代語には出現することの稀な人名・地名などの固有名詞や歴史用語、文芸用語などには、初出に限らず繰り返しルビ（読み仮名）を振っています。まず読みたいところから読んでいって下さい。

＊漢詩文の学習者には励みとなり、歴史の読者にはインパクトとなる――そんな本として編まれています。

# Ⅰ 漢詩選

愛甲弘志

## 解説　時代が動く、詩魂がたぎる

月性の漢詩を繙《ひもと》くのに最も便利なのは、明治二十五年（一八九二）、時習館《じしゅうかん》（月性創設私塾）塾生の大洲《おおず》鉄然《てつねん》と天地《あまち》哲雄《てつゆう》が編纂した『清狂遺稿《せいきょういこう》』上下二冊である。そこには連作詩を一首として全二百六十四首の詩がほぼ時代順に収められ、しかもネットでも容易に閲覧できるので、本漢詩選もこれを底本としている。この他、月性展示館（山口県柳井市）所蔵の月性直筆の稿本、松陰《しょういん》神社（山口県萩市）及び耶馬渓《やばけい》風物館（大分県中津市）所蔵『清狂吟稿《せいきょうぎんこう》』、求菩提《くぼて》資料館（福岡県豊前市）所蔵『自遠館同韻詩集《じえんかんどういんししゅう》』などの写本は月性在世中のものであり、『清狂遺稿』だけでは到底窺《うかが》い知れぬ貴重な情報をもたらしている。

いまこれらに拠って、漢詩人としての月性を語るとすれば、やはり天保《てんぽう》二年（一八三一）、十五歳で郷里遠崎《とおざき》（山口県柳井市）の妙円寺《みょうえんじ》から九州は豊前《ぶぜん》の恒遠醒窓《つねとおせいそう》の蔵春園《ぞうしゅんえん》（福岡県豊前市）の門を叩いた時から説き起こさねばならない。十五歳で学問を始めること自体、例えば、萩《はぎ》の藩校明倫《めいりん》館《かん》では武士の子弟の入学が八歳からだったのに比べれば晩《おそ》きに失した感があるが、この階級社会の非情な壁に隔てられた月性の胸中に熱く滾《たぎ》るものがなければ、異郷で孤独に耐え忍んでの学問は成就することはなかったであろう。

当時は煙渓《えんけい》と号した月性は、蔵春園の塾生たちと課題詩《かだいし》と称しては、他人が詠んだ詩に唱和したり（「落花吟《らっかぎん》」）、歴史を懐古したり（「一谷懐古《いちのたにかいこ》」）、時節を詠んだり（「新寒《しんかん》」）、更には艶《つや》っぽいもの（「無題四時詞《むだいしいじし》」）にまで挑戦しており、形式も古詩・絶句・律詩とさまざまであるが、五言詩よりは七言詩を多く作っている。そして二十歳の正月に詠んだ「丙申早春《へいしんそうしゅん》」詩（本書21頁）に、「二十年移る　孤夢《こむ》の裏《うち》、一千詩得たり　壮遊《そうゆう》の間《かん》」と、この時すでに一千首の詩を作っていたという。

その後、佐賀は善定寺《ぜんじょうじ》（佐賀市）の不及《ふぎゅう》老師に仏学を学んでいた時にも、藩校弘道館《こうどうかん》の草場珮川《くさばはいせん》らと互いに詩を贈答し、二十五歳で広島に坂井虎山《さかいこざん》を訪ね、二十七歳になると彼《か》の有名な題壁《だいへき》の詩（本書64頁）を書き残して大坂は梅花社《ばいかしゃ》の篠崎小竹《しのざきしょうちく》に師事し、さらには斎藤拙堂《さいとうせつどう》を訪ねて津（三重県津市）にまで足を延ばすなど、その旺盛な探求心と情熱とが月性の漢詩に大いに磨きをかけていった。

嘉永《かえい》元年（一八四八）、三十二歳になった月性は郷里遠崎の妙円寺に戻り時習館（清狂草堂《せいきょうそうどう》）を開いたが、漢詩人としての月性はほぼこの頃までに成ったといえる。安政《あんせい》二年（一八五五）には、前掲の小竹・拙堂・虎山に加えて、丹後田辺《たんごたなべ》（京都府舞鶴市）の野田笛浦《のだてきほ》の四人の文を集めた『今《きん》世名家文鈔《せいめいかぶんしょう》』を出版するが、そこに載せる月性の前書きには嘉永《かえい》二年（一八四九）の日付が記されている。月性自身、当代きっての名家の作を編纂するに足るという自負がなければこのような挙に出ることは先ずあるまい。

時代はいよいよ暗雲立ちこめ、これに応ずるかのように月性の漢詩もひとつの方向性をもって作られることになる。つまり時世と強く結びついた議論の詩である。

嘉永六年（一八五三）六月三日にアメリカのペリーが初来航すると、その憂国の情から、「今茲《こんじ》六月、墨夷〔アメリカ〕軍艦四隻 浦賀《うらが》に来《きた》りて泊す。幕府 諸藩に命じて戍兵《じゅへい》〔守りの兵〕を出《いだ》し 以《もっ》て近都〔江戸付近〕の海岸を防禦《ぼうぎょ》せしむ…」詩という全九十六句の七言古詩を萩藩の時の重鎮村田《むらた》清風《きよかぜ》に呈して、「天下の安危《あんき》は一身に係《かか》る」と、清風に望みを託し海防を厳《げん》にすれば外国からの侵略は必ず防げると論じた。

翌年三月三日に日米和親条約が締結されると社会の不安はいっそう増大する。その年の作である「鉄扇《てっせん》の歌《うた》」も現状を憂えつつ、村田清風にもらった鉄扇を手に、説法に戦《いくさ》にと大いに活躍したいという気概を述べる全六十四句の大作である。そのまた翌年の安政二年、萩《はぎ》（山口県萩市）の野山《のやま》獄《ごく》に繋がれていた吉田《よしだ》松陰《しょういん》を励ますため作った「二十一回猛士《にじゅういっかいもうし》の野山獄中《のやまごくちゅう》に在《あ》るに贈《おく》る」詩は、松陰こそがこの危急存亡の時に不可欠な逸材であるという月性の熱い期待を、全八十句毎句押韻《おういん》の、しかも最後まで同じ韻で踏んでいくという一韻到底《いちいんとうてい》の句作りに込めた圧巻の作である。

このように月性は国難に際して、ここぞという時に、またこれはという人に長篇の七言古詩を作って事を論じ己《おの》が志を述べようとするのであるが、このような意気軒昂《いきけんこう》な議論の詩が確かに月性を月性たらしめているといえよう。

しかし三百首近い月性の詩を見ると、時に活躍の場を得られぬ苛立《いらだ》ちを見せたり、また世間のしがらみを断ち切れぬ苦衷を吐いたり、或いは望郷の念に駆られたり、また肉親を思いやったりと、そこには別の月性がいる。このような月性に触れることによってこそ、幕末の動乱に生きた人間月性の真価がより明らかになろう。

ここに収める詩についても、三坂圭治監修『維新の先覚 月性の研究』（月性顕彰会、一九七九年）に収める月性詩八十二首を対象に僧月性顕彰会が行った柳井市民へのアンケート結果を参考にしつつ、便宜的に「異郷のうた」「故郷のうた」「交情のうた」「志のうた」「憂国のうた」に分類し、月性の多様な姿を呈示しようと試みた。また月性の漢詩創作歴を知るというその便に供するために、注釈での月性詩引用に際しては、詩題後に月性の数え年を付したが、年齢を確定し得ないものもある。

この漢詩選によって月性が確かに周防《すおう》の遠崎というところに生まれ、そして動乱の幕末を生きた人間であったことを感じ取っていただければ幸いである。

＊月性の漢詩は『清狂遺稿』に収録する以外のものも含めると四百首を超えるが、公益財団法人僧月性顕彰会のホームページ（※下部のＱＲコード参照）の「漢詩の世界」に、現在判明している漢詩情報を「月性漢詩一覧」として掲載し、また月性の漢詩の訳註も随時公表しているので、本書と併せて御覧頂きたい。

https://gessho.net/

# 異郷のうた

## 寄懐秋晩香

懐《おも》いを秋晩香《しゅうばんこう》に寄《よ》す

第一段

1 与レ子 同 生二周 海 辺一
2 竹 馬 相 親 十 五 年
3 一 朝 我 作二豊 山 客一
4 雲 樹 回レ頭 歎二各 天一

子《し》と同《とも》に周海《しゅうかい》の辺《へん》に生《う》まれ
竹馬《ちくば》相親《あいした》しむ十五年《じゅうごねん》
一朝《いっちょう》我《われ》豊山《ぶざん》の客《きゃく》と作《な》り
雲樹《うんじゅ》頭《こうべ》を回《めぐ》らして各《おのおの》の天を歎《なげ》く

秋元晩香《あきもとばんこう》に思いを届ける

君とはともに周防《すおう》の海辺で生まれ、竹馬《ちくば》の友として十五年も親しくしてきた。ある日わたしは豊前《ぶぜん》に寄寓《きぐう》の身となり、振り返って木々を見上げそちらに浮かぶ雲を仰ごうにも、遥か空の彼方に離ればなれになっているのを嘆くばかり。

〈注釈〉

０寄懐　遠くにいる人に自分の気持ちを届ける。秋晩香　月性と幼なじみの秋元政徳（一八一八－九三）で、同じ郷里遠崎《とおざき》（山口県柳井市遠崎）の鍵屋という造り酒屋で大庄屋の子。秋元の姓を中国風に一字につづめて「秋」と称し、「晩香」は彼の号。１子　二人称。周海　周防《すおう》（現在の山口県の東部・南部）の瀬戸内海に面したところ。２竹馬　子供のころ竹馬《たけうま》で遊んだ親しい間柄を「竹馬《ちくば》の友《とも》」という。３一朝　突然ある日。豊山　月性が学んでいた恒遠醒窓《つねとおせいそう》（一八〇三－六一）の蔵春園《ぞうしゅんえん》のある豊前《ぶぜん》（福岡県豊前市）の地をいい、そのすぐ西南に山々を望むことができる。天保七年（一八三六）秋、遠崎に帰っていた時の作「外湖中秋《がいこちゅうしゅう》　不及老師《ふぎゅうろうし》の韻《いん》に次《じ》す（不及の作った詩と同じ韻字を同じ順序で用いる）」詩（二十歳）にも「昨に看《み》る豊山の月、今逢う大嶋《おおしま》（周防《すおう》大島）の秋」と。客　一時的に他所に身を寄せる人をいう。４雲樹　豊前で月性が見上げている木々と郷里遠崎で秋元晩香が仰いでいるであろう雲。これは唐《とう》の杜甫《とほ》が李白《りはく》を思って作った「春日《しゅんじつ》　李白《りはく》を憶《おも》う」詩で「渭北《いほく》（杜甫の居る渭水の北）春天《しゅんてん》の樹、江東《こうとう》（李白の居る長江下流域）日暮《にちぼ》の雲」と、遠く離れたそれぞれがいる情景を詠んでいるのに拠る。回頭　振り返る。友人や郷里を思う時の常套語。各天「各《おのおの》天涯《てんがい》に在《あ》り（各在天涯）」を略したもので、それぞれが空の彼方遠くに離ればなれになっていること。唐《とう》、韋荘《いそう》「夏口行《かこうこう》　婺州《ぶしゅう》の諸弟《しょてい》に寄《よ》す」詩に「頭を廻らせば　烟樹　各天涯」と。

〈鑑賞〉

この七言古詩は、天保四年（一八三三）ではじまる『清狂遺稿』の冒頭に置かれており、今日まで伝えられている月性詩の中で最も若い頃の作である。豊前の蔵春園で学んでいた月性が、故郷の遠崎に残る一歳年下の幼なじみ秋元晩香に宛てたもので、時に月性十七歳、十五の時から恒遠醒窓に師事し漢詩の創作を学んで二年が過ぎようとしていた。平仄や押韻に注意を払い、そして中国の典故（19頁コラム参照）を用いるなどその苦心の跡がこの詩からもじゅうぶんに窺うことができる。

この詩は四句ごとに韻を換えているので、それに合わせて四段に分けることにする。第一段は、先ず郷里に居る秋元晩香との旧交を確かめ、そして異郷にあってもいまだ友への思いは変わってはいないのだと訴える内容。

第二段

5　豊山不レ乏読書士　　豊山《ぶざん》乏《とぼ》しからず　読書《どくしょ》の士《し》

6　経学文章兼二子史一　　経学《けいがく》　文章《ぶんしょう》　子史《しし》を兼《か》ぬ

7　我日切二瑳郷塾中一　　我《われ》も日《ひ》に郷塾《きょうじゅく》の中《なか》に切瑳《せっさ》するも

8　唯恨来遊不レ伴レ子　　唯《ただ》恨《うら》むらくは来遊《らいゆう》するに子《し》を伴《ともな》わざりしを

この豊前《ぶぜん》の地は学問をする若者たちでいっぱいで、経学《けいがく》と詩文それに諸子百家《しょしひゃっか》や歴史まで学んでいる。わたしも毎日この塾の中で揉《も》まれているが、ここへ遊学しに来るにあたって君を連れてこなかったことだけが残念でならない。

〈注釈〉

5読書　本を読んで勉強をする。士　若い男児。6　中国では伝統的な図書分類として、経部・史部・子部・集部の四つに分けるが、「経学」はその経部の四書五経といった儒教《じゅきょう》の経典を研究する学問、「文章」は集部の詩や文、「子」は子部の諸子百家、「史」は史部の歴史をいう。7切磋　いわゆる切磋琢磨《せっさたくま》で、骨や象牙を切ってきちんと形をつけてこしらえるように、学問を完成させたり、仲間に刺激を受け学問の向上に努めたりすること。郷塾　蔵春園。藩校が主に武士の子弟を、また寺子屋が庶民の子弟を教育するのに対して、身分を問わず教育する私設の塾。8恨　心残りで残念に思うこと。

〈鑑賞〉

第二段は、ここ豊前の地が郷里の遠崎と学問的環境がまったく異なって知的刺激に満ちており、そういうところへ秋元を誘い出そうとする内容。

## 第三段

9 歌舞郷園足㆓美人㆒
10 恐㆓子風流与㆑彼馴㆒
11 飲博郷園多㆓悪友㆒
12 恐㆓子放蕩与㆑彼親㆒

歌舞《かぶ》郷園《きょうえん》に美人《びじん》足《た》る
子《し》風流《ふうりゅう》にして彼《かれ》と馴《な》れんことを恐《おそ》る
飲博《いんばく》郷園《きょうえん》に悪友《あくゆう》多《おお》し
子《し》放蕩《ほうとう》にして彼《かれ》と親《した》しまんことを恐《おそ》る

歌や踊りとなれば郷里には美女がいっぱいいる。君が遊び上手になって彼女らにはまってしまうのではと心配だ。
酒盛りや賭け事となれば郷里には悪友が多い。君が破目《はめ》をはずしてやつらから脱《ぬ》けられなくなってしまうのではと心配だ。

〈注釈〉
9歌舞　酒楼で催される歌や舞踊。郷園　故郷。足　ありあまるほどである。10恐　…ではないかと心配する。風流　ここは粋《いき》で遊び上手なことをいう。「東山《ひがしやま》を出《い》づ」詩〔四十一歳〕に「花柳《かりゅう》〔花街〕三春　翠娥《すいが》〔舞妓や芸妓〕を伴い、風流更《さら》に謝公〔晋《しん》の謝安《しゃあん》〕に比《ひ》して多し」。彼　三人称。馴　どっぷりはまって当たり前になってしまう。11飲博　飲酒と博打《ばくち》。12放蕩　好き勝手に振る舞うこと。

〈鑑賞〉

第三段は、誘惑に流されがちな郷里の友人を気遣う内容。ここは第一句と第三句、第二句と第四句が対をなすという隔句対の構成になっている。

**第四段**

13 吾 輩 為レ男 生二此 世一　吾《わ》が輩《ともがら》男《おとこ》と為《な》りて此《こ》の世《よ》に生《う》まるれば
14 豈 徒 無レ学 同二奴 隷一　豈《あに》徒《いたずら》に学《がく》無《な》くして奴隷《どれい》と同《おな》じうせんや
15 請 君 立レ志 及二青 年一　請《こ》う君《きみ》志《こころざし》を立《た》つるに青年《せいねん》に及《およ》ばんことを
16 匆 匆 歳 月 棄レ人 逝　匆匆《そうそう》として歳月《さいげつ》は人《ひと》を棄《す》てて逝《ゆ》く

われらはこの世に男と生まれたからには、どうしてむざむざと無学のまま奴隷同様でいられようか。どうか君若いうちに志を立てるように。歳月は人など打ち捨ててあわただしく行ってしまうぞ。

〈注釈〉

13吾輩　われわれ。「政令《せいれい》」詩（二十七歳）に「吾が輩　時事を論ずるを須《もち》いず」と。14豈　反語のことば。どうして…しようか。徒　ただむざむざと。15君　前第三段の「子」と同じ意味だが、平仄の関係で平声のこの字を用いている。　立志　心を奮い立たせて目的を立てること。及青年　若いこの時に乗じて。16匆匆　時のあわただしく過ぎゆくさま。この第三句・第四句は、月性の意識としては東晋《とうしん》の陶淵明《とうえんめい》「雑詩《ざっし》十二首」其の一の「時に及んで当《まさ》に勉励《べんれい》すべし、歳月は人を待《ま》たず」が下敷きにあったかもしれない。

〈鑑賞〉

第四段は、秋元晩香に郷里でくすぶっておらずに志を立てて勉学に励むことを勧める。晩香も蔵春園に遊学しているが、この詩が作られた翌年の天保五年（一八三四）四月四日のこととして、蔵春園の門人帳に遠崎の秋元佐多郎なる者の入門が記されている（恒遠俊輔『幕末の私塾・蔵春園』一九九二年・葦書房・第一三〇頁）。もし晩香の幼名が佐多郎だとすれば、この月性の勧誘がさっそく功を奏したといえよう。そもそも十五、六歳の、少年といってもよい月性や秋元晩香らを遊学へと駆り立てた、そこには志を果たさんとする思いがあったからにちがいない。

## 精里除夜

精里除夜《せいりじょや》

1　二十一回年　　二十一回《にじゅういっかい》の年《とし》
2　匆匆夢裏遷　　匆匆《そうそう》として夢裏《むり》に遷《うつ》る

3　市声竟レ宵閙
4　城鼓有レ時伝
5　郷信梅花外
6　羈愁燈影辺
7　客心逢二歳暮一
8　依レ旧転凄然

市声《しせい》　宵《よい》を竟《お》えて閙《さわ》がしく
城鼓《じょうこ》　時《とき》有《あ》りて伝《つた》わる
郷信《きょうしん》　梅花《ばいか》の外《そと》
羈愁《きしゅう》　燈影《とうえい》の辺《へん》
客心《きゃくしん》　歳暮《さいぼ》に逢《あ》いて
旧《きゅう》に依《よ》りて　転《うたた》　凄然《せいぜん》たり

精里《せいり》の除夜《じょや》に

二十一回めの年は、あわただしく夢のように過ぎ去っていった。

夜通し街《まち》は騒々しく、時に城の太鼓の音も聞こえてくる。

郷里からの手紙が梅の花咲くその遠く向こうから届けば、灯りの下さすらいの辛《つら》さが沁《し》みてくる。

異郷にある者の気持ちは年の瀬を迎えると、やはり寂しくなるばかり。


〈注釈〉

○精里　佐賀城下の精町《しらげまち》（佐賀市与賀町《よかまち》精小路）で、月性が仮寓していた善定寺《ぜんじょうじ》精居寮《せいきょりょう》があった。

除夜　大みそかの夜。二十一回　この年の天保八年（一八三七）、月性は数え年の二十一歳で、翌年の元日に詠んだ「戊戌元旦《ぼじゅつがんたん》」詩には「二十二回 春又至《はるまたいた》る」と。2匆匆 あわただしいさま。夢裏遷 夢の中の出来事のようにあっという間に時が移り行くこと。3市声 街から聞こえてくる声。竟 終るまで。鬧 賑《にぎ》やかである。4城鼓 城で打ち鳴らされる時を告げる太鼓。5郷信 郷里からのたより。ここは十二月十七日に亡くなった祖父謙譲《けんじょう》の訃報をいう。（57頁注釈参照） 梅花外 梅の花が咲くその向こう側。6羈愁 旅愁。燈影 ともしび。「影」は光。7客心 異郷に身を置く者の心持ち。8依旧 例年の年の瀬と変わらず依然として。転 ますます。凄然 寂しくて心痛むさま。

〈鑑賞〉

この五言律詩は、二十一歳の月性が佐賀の善定寺で不及《ふぎゅう》（一七八五－一八四六）に師事して仏教を学んでいた時の作。町中の喧騒とは裏腹にいたずらに時間だけが過ぎてゆく焦りの中でひとり寂しく大みそかを過ごす内容。ましてや祖父謙譲《けんじょう》が亡くなったばかりであれば、月性の孤独感は増すばかりであったことは想像に難《かた》くない。

## 雨中入長崎

雨中《うちゅう》に長崎《ながさき》に入《い》る

1 出㆑家游跡託㆓他郷㆒　家《いえ》を出《で》て 游跡《ゆうせき》他郷《たきょう》に託《たく》す

2　去住随レ縁豈有レ常　去住《きょじゅう》縁《えん》に随《したが》えば豈常《あにつね》有《あ》らんや
3　細雨寒煙秋尽日　細雨《さいう》寒煙《かんえん》秋尽《あきつ》くる日《ひ》
4　一肩行李入二崎陽一　一肩《いっけん》の行李《こうり》もて崎陽《きよう》に入《い》る

雨の中を長崎に入る

家を出てあちこちと異郷にこの身を委ねてきた。行くも留まるも縁次第であれば、ここと決まったところなどあろうはずがない。そぼ降る雨に寒々《さむざむ》とした靄《もや》もかかり、秋も過ぎようとするこの日に、一担《ひとかつ》ぎの荷物だけで長崎に足を踏み入れた。

〈注釈〉

0出家　ここは家を離れ出ること。游跡　いろいろな所を渡り歩いたその足跡《そくせき》。「游」は「遊」に同じ。2去住　立ち去ることと留まること。この第二句について、後年の作「自《みずか》ら清狂草堂《せいきょうそうどう》の図《ず》巻《かん》の後《あと》に題《だい》す」詩（二十九歳）でも「去住　縁に随いて跡定まらず、死生は命に安《やす》んじて（運命に委ねる）常無き（無常）に任《まか》す」と類似の表現を用いている。3細雨　小《こ》ぬか雨。寒煙　寒々とした靄《もや》。「煙」は、靄・霧・霞の類。秋尽日　秋が終わりを告げる旧暦九月末日。頼山陽《らいさんよう》（一七八一－一八三二）

の「薩《さつ》〔薩摩〕を発《た》たんとして百谷《ひゃくこく》〔小田海僊《おだかいせん》〕に留別《りゅうべつ》す」詩にも「他日《たじつ》忘れ難《がた》し秋尽くる日、君と手を分かつ薩摩州」と。４一肩行李　かつぐだけのちょっとした荷物。「肩」は量詞。「行李」は竹や柳で編んだ旅する時の荷物入れ。広瀬旭荘《ひろせきょくそう》（一八〇七－六三）「三月十八日 菊池海荘《きくちかいそう》江戸自《よ》り帰るに約して京師《けいし》〔京都〕に遇《あ》わんとす…」詩に「一肩の行李 函関《かんかん》〔箱根の関所〕の雨、十幅の軽帆 淀水《でんすい》〔淀川〕の風」。崎陽　長崎の中国風の呼称。

〈鑑賞〉

この七言絶句は、佐賀の善定寺《ぜんじょうじ》に寄寓していた天保十年（一九三九）九月の終わり、長崎まで足を伸ばした時の作である。異郷に身を寄せる詩にはふつう寂寞感が漂うものであるが、しかしこの詩はそれを突き抜けた、むしろ意気軒昂たるものがある。なぜなら当時、唯一海外に開かれた異国情緒豊かな長崎への羨望があったからである。果たして二十三歳の月性がそこで詠んだ漢詩には、海外の文明に対する好奇心と驚きに満ちたものや、長崎という開放的な雰囲気に飲まれてか、かなり羽目を外したものまである。

## 旅夜

旅夜《りょや》

1　作レ客関山万里賒

客《きゃく》と作《な》り　関山《かんざん》　万里《ばんり》賒《とお》し

2　一身飄泊滞二天涯一
3　人当二独坐一偏懐レ友
4　夢倦二長程一不レ到レ家
5　旅恨十年従二夜雨一
6　帰期幾度誤二秋瓜一
7　明朝毋レ得二郷書至一
8　枕上残燈忽結レ花

一身《いっしん》飄泊《ひょうはく》して天涯《てんがい》に滞《とどこお》る
人《ひと》独坐《どくざ》に当《あ》たりて偏《ひとえ》に友《とも》を懐《おも》い
夢《ゆめ》長程《ちょうてい》に倦《う》みて家《いえ》に到《いた》らず
旅恨《りょこん》十年《じゅうねん》夜雨《やう》に従《したが》い
帰期《きき》幾度《いくど》か秋瓜《しゅうか》を誤《あやま》る
明朝《みょうちょう》郷書《きょうしょ》の至《いた》るを得《う》ること毋《な》からんや
枕上《ちんじょう》残燈《ざんとう》忽《たちま》ち花《はな》を結《むす》ぶ

旅の夜に

故郷を離れて身を寄せたところは遥か彼方《かなた》の地。身ひとつでさすらってはこの世の果てでくすぶっている。

ひとり坐せばひたすら友のことが思われ、あまりの道程《みちのり》の遠さに疲れて故郷を夢みることさえできない。

何年もの旅の恨みがこの夜の雨に生じ、これまで何度も帰郷して瓜を食べる機会を逃してきた。

明日の朝は故郷からの便りを手にするのでは。思いがけず枕元の消えかかった灯りの芯が花を作ったから。

〈注釈〉

1客　故郷を離れてよそに身を置いている人。関山　郷里から遠く隔たった関所の山々。中国では「関山《かんざん》の月《つき》」という楽府題《がふだい》（19頁コラム参照）で辺境を守る兵士や旅人の離別の悲しみが多く歌われてきた。「紗幬《さちゅう》〔蚊帳《かや》〕」詩（二十六歳）には「尤《もっと》も憐《あわれ》む　客舎《きゃくしゃ》にて親《おや》を思《おも》う夕《ゆう》、関山　帰省《きせい》の　魂《たましい》を阻《へだ》てざるを」と、薄い蚊帳が郷里への思いをさえぎらないことを詠む。睽　はるか遠い。2飄泊　漂泊に同じで、郷里を離れてさすらい漂うこと。「十二月十七日　懐《おも》いを書《しょ》す三首」詩（二十七歳）の其の一に「千里《せんり》　郷国《きょうこく》を辞《じ》し、浪華津《なにわつ》に漂泊す」と。滞　ずっと留まる。天涯　空の果て。「己亥元旦《きがいがんたん》分《わ》けて三《さん》の字《じ》を得《う》〔分け与えられた「三」を韻字として詩を作ること〕」詩（二十三歳）に「天涯に遊《ゆう》学《がく》して功未《こういま》だ就《な》らず、多年《たねん》　飄落《ひょうらく》して亦《また》慚《は》ずるに堪《た》えたり」と。3当　…に際して。偏　ひたすら。4倦長程　あまりに遠い道程にくたびれる。不到家　夢の中でも遠い家にはたどり着けず、郷里の夢さへ見ることができないということ。唐《とう》、孟郊《もうこう》「再《ふたた》び下第《かだい》す〔不合格になる〕」詩に「一夜《いちや》九《く》たび起《た》ちて嗟《なげ》き、夢は短《みじか》くして家に到らず」と。5旅恨　異郷に身を置いていることの恨み。夜雨　夜の雨は人の心を重苦しくさせるにふさわしい情景。6帰期　帰省の時期。誤　機会を逃す。秋瓜　郷里に実る秋の瓜。これは唐《とう》、杜甫《とほ》「悶《もだ》えを解《と》く十二首」の其の三の「一《ひと》たび故国《ここく》を辞《じ》して十《と》たび秋《あき》を経《へ》、秋瓜を見《み》る毎《ごと》に故丘《こきゅう》〔故郷〕を憶《おも》う」に基づく。7毋　この否定の助字を反語に用いる。郷書　郷里からの手紙。8残燈　長い夜が過ぎて消えかかった灯り。忽　不意に。結花　灯の芯に

## コラム　漢詩豆知識

中国に起源を持つ漢詩の歴史は古く、最古の詩集『詩経《しきょう》』は紀元前十一世紀頃に起こった周《しゅう》王朝のものを収める。その後、句数・音律・修辞・題材などに工夫を凝らしながら、永らく中国文学の王道を歩み続けてきた。それが日本に伝えられ、七五一年に成った日本の最古の漢詩集『懐風藻《かいふうそう》』に収める飛鳥《あすか》時代の大《おお》友皇子《とものおうじ》の五言古詩二首が最も古い作である。その後、奈良、平安と時代が下るにつれ、中国の当時の文学思潮にもしっかりと視線を向けながら、日本独自の漢詩も模索していった。日本で作られた漢詩を日本漢詩と言われるゆえんはここにあり、日本文学に於いても一定の地位を築くに至った。

本書に出て来るいくつかの用語について、ここで簡単に解説しておく。

唐代（八世紀ころ）になって、制約のゆるかったそれまでの古詩《こし》とは別に、句数・押韻《おういん》（韻を踏む）・平仄《ひょうそく》（声調《せいちょう》による字の配置）・対句《ついく》などといった厳しい制約を受ける近体詩《きんたいし》が作られるようになった。その近体詩の中で四句のものを絶句《ぜっく》、八句のものを律詩《りっし》といい、さらに一句の字数によって、五言《ごごん》絶句、七言《しちごん》絶句、五言律詩、七言律詩などに分かれる。

対になる二句を一聯といい、律詩（八句）の場合、第一句と第二句を第一聯（首聯《しゅれん》）、第三句と第四句を第二聯（頷《がん》聯）、第五句と第六句を第三聯（頸《けい》聯）、第七句と第八句を第四聯（尾《び》聯）という。漢詩は意味的にも一聯をひとまとまりとする傾向が強い。

故事や来歴のあることばを典故という。和歌の本歌《ほんか》取《ど》りに似て、これら典故のイメージを背景にすることで奥行きのある重層的な詩の境地が生まれる。

前漢の武帝の時、全国各地の歌謡を採取し収める楽《がく》府《ふ》という役所が設けられた。そこに集められた歌を楽《が》府《ふ》といい、その歌の題名を楽府題《がふだい》といった。その後、その楽府題を借りて詩を作ることがはやった。

手書きの書を写本、或いは抄本《しょうほん》・稿本《こうほん》という。木版《もくはん》で印刷されたものは刊本《かんぽん》、或いは版本《はんぽん》という。

できる燃えかすが花のようになるのを燈花《とうか》と呼び、縁起がよいとされた。南宋《なんそう》、范成大《はんせいだい》「道中《どうちゅう》」詩に「客愁《きゃくしゅう》　錦《にしき》の字《じ》（錦に字を織り込んだ妻からの手紙）無《な》く、郷信（郷里からの手紙）燈花有り」と。

〈鑑賞〉

この七言律詩は、『清狂吟稿』には丙申（天保七年、一八三六）の作として並べられており、またこの詩題の下にみんなで題を決めて詠む「課題」の二字があるので、月性二十歳の秋、佐賀に赴く途中、蔵春園に立寄った時の作であろう。第五句「旅恨十年」とは実数ではなく、注釈6に引く杜甫の詩に拠った誇張表現とみる。中二聯（19頁コラム参照）の対句や結びの句など、うまく典故を用いて望郷の念を詠んでいる。

# 故郷のうた

## 丙申早春

1 寂寞幽居遠㆓市闠㆒
2 絶無㆔塵累到㆓柴関㆒
3 春声先入鴨辺水
4 雪色猶横雁外山
5 二十年移孤夢裏
6 一千詩得壮遊間
7 寒村却喜人来少
8 旧草援㆑毫随意刪

丙申早春《へいしんそうしゅん》

寂寞《せきばく》たる幽居《ゆうきょ》　市闠《しかん》に遠《とお》く
絶《た》えて塵累《じんるい》の柴関《さいかん》に到《いた》ること無《な》し
春声《しゅんせい》　先《ま》ず入《い》る　鴨辺《おうへん》の水《みず》
雪色《せっしょく》　猶横《なおよこ》たう　雁外《がんがい》の山《やま》
二十年移《にじゅうねんうつ》る　孤夢《こむ》の裏《うち》
一千詩得《いっせんしえ》たり　壮遊《そうゆう》の間《かん》
寒村《かんそん》　却《かえ》って喜《よろこ》ぶ　人《ひと》の来《きた》ること少《すくな》きを
旧草《きゅうそう》　毫《ごう》を援《ひ》きて随意《ずいい》に刪《けず》る

丙申《ひのえさる》の早春に

このひっそりとした侘《わ》び住まいは町中《まちなか》からは遠く離れており、けっして世俗の煩《わずら》しさがこの柴《しば》の戸《と》まで来ることはない。

春を告げる声はまず鴨が戯《たわむ》れる川の水音となって表れているが、白い雪はまだ雁《かり》が飛ぶ遥か向こうの山々にかかったまま。

ひとり旅寝《たびね》の夢を見ては二十年が移りゆき、壮大な志を抱き巡り歩いては一千首の詩も作った。

この人気のない寂しい村はむしろ人が滅多に来ないのがうれしい。むかし書いたものを筆を執っては心のままに選び取るのである。

〈注釈〉

1丙申　天保七年（一八三六）の干支《えと》は丙申《ひのえさる》。時に月性は二十歳。早春　春の初めをいう。寂寞　うら寂しいこと。幽居　人里離れた静かな住まい。市闠　「市」「闠」ともに街《まち》。2絶無　まったくない。塵累　「塵」は俗塵、「累」は係累（足手まといとなるもの）で、世俗の煩わしさをいう。柴関　柴で作った門、あるいは簡単なしつらえの家で、隠者の住まいを想起させる。3　雪解け水でかさの増した川の音から先ず春の到来を知る。「鴨辺水」は、鴨が居る川。4　遥か向こうの山に残る雪から冬がまだ完全に立ち去らぬのを知る。「雁外山」は雁が飛ぶその向こうの山々。南宋《なんそう》、范成大《はんせいだい》「将《まさ》に石湖《せっこ》に至《いた》らんとし道中《どうちゅう》に事《こと》を書《しょ》す」詩に「水緑《みどり》にして鴎辺漲《みなぎ》り、天青《てんあお》くして雁外晴《は》る」と。第三句が聴覚に訴えるのに対して、この第四句は視覚で対をなす。この二句は天保十一年

（一八四〇）、同じく郷里遠崎で詠んだ「庚子元日《こうしがんじつ》 某生《ぼうせい》の韻《いん》に和《わ》す」詩の頸聯《けいれん》（第五句・第六句）の「雁外の青山猶お雪色、鴨辺の流水已《すで》に春声」もこれに酷似する。５二十年　この時の月性の年齢と同じ。移　年月が移り変わること。孤夢　異郷にあって一人さびしく見る夢。裏　中に同じ。６一千詩　この頃までに月性が一千首の詩を作っていたことは、月性展示館所蔵の『虎山醒窓二家批評未定清狂吟稿巻之三』と標題のある写本の中の「旧稿《きゅうこう》の後《あと》に題《だい》す并《なら》びに引《いん》（序）」の冒頭にも、「辛《しん》卯《ぼう》（天保二年、一八三一）の夏、予《よ》甫《はじ》めて十五歳にして豊《ほう》（豊前）に遊び恒真卿《こうしんけい》（恒遠醒窓）先生の門に入りて詩を学び、中間に二たび親を省《かへり》みて（帰省する）、一たび京に上《のぼ》りて往来し、五年にして詩を作ること凡《およ》そ一千余首、自《みずか》ら謂《おも》えらく足《た》れりと」と、十五歳から詩作を始めて五年で一千首あまり作ったとある。壮遊　壮大な志を抱いて遊学すること。７寒村　寒々とした人気のない村で、遠崎《とおざき》をいう。却　むしろ。旧草　古い草稿、旧稿。援毫　筆を執る。「毫」は筆の穂。随意　周囲に煩わされることなく気ままに。刪　詩集を編むために、出来の悪いものを削って良いものだけを選び取ること。

〈鑑賞〉

この七言律詩は『清狂遺稿』以外は未見のものだが、郷里遠崎に戻って旧稿を見直しながら、その月性自身の二十年にわたる人生を振り返り、ひとり心静かに新春を過ごす内容である。ただこのような閑適《かんてき》の気分を強調するために、周囲の情景描写など必要以上にしつらえられているようで、いささか創作のための創作という印象もぬぐえない。

## 村外散歩

1 村外泥濘路
2 吟衫雨後飄
3 分レ流斜引レ水
4 横レ木仮為レ橋
5 刈レ麦黄雲散
6 移レ秧緑浪搖
7 農功勤苦節
8 游屐愧二逍遥一

村外散歩《そんがいさんぽ》

村外《そんがい》 泥濘《でいねい》の路《みち》
吟衫《ぎんさん》 雨後《うご》に 飄《ひるがえ》る
流《なが》れを分《わ》けて斜《なな》めに水《みず》を引《ひ》き
木《き》を横《よこ》たえて仮《かり》に橋《はし》と為《な》す
麦《むぎ》を刈《か》れば黄雲散《こううんさん》じ
秧《なえ》を移《うつ》せば 緑浪揺《りょくろうゆ》る
農功《のうこう》 勤苦《きんく》の節《せつ》
游屐《ゆうげき》 逍遥《しょうよう》を愧《は》ず

村の近くの散歩

村の近くのぬかるんだ道。詩を吟ずれば雨上がりの風に衣《ころも》は翻《ひるがえ》る。
川から横へと水を引き込み、木を倒して橋の代わりにしてある。

麦が刈り取られるとそこから黄色い雲が消えてしまい、苗が植えられるとそこには青い波がゆらめいている。

農事のもっともきつい時に、こうして足の赴くままにぶらぶらしているのが恥ずかしく思われる。

〈注釈〉

1泥濘　ぬかるみ。「梅雨《ばいう》」詩（三十四歳）に「泥濘 路を阻《はば》み客来《きゃくきた》ること稀《まれ》なり」と。2吟衫　詩を吟ずる月性が着ている単衣《ひとえ》の短い衣。3　田畑に水を注ぐために川から水を引き入れることをいう。5刈麦　麦を刈り取る。唐《とう》、白居易《はっきょい》「麦《むぎ》を刈《か》るを観《み》る」詩は、「田家《でんか》〔農家〕間月《かんげつ》〔閑な月〕少なく、五月 人倍《ますま》す忙し…今 我 何の功徳《くどく》か、曽《かつ》て農桑を事とせず…此《これ》を念《おも》えば私自《ひそか》に愧《は》じ、尽日《じんじつ》〔一日中〕忘るること能《あた》わず」と、農民は齷齪《あくせく》働き、その刈り取られた麦はみな税として持って行かれるのに対して、役人である我が身は、農業に従事せずともぬくぬくとしていられることへの忸怩《じくじ》たる思いを詠む。黄雲散　あたり一面黄色く実った麦を雲に見立てて、麦が刈り取られるとそれがどこかに消えたという。明《みん》、高啓《こうけい》「禾《いね》を刈るを看《み》る」詩も、「黄雲 漸《ようや》く収《おさ》め尽《つ》くし、曠望《こうぼう》〔遠くまでの眺め〕空《くう》にして 郊〔刈り取られた後の田野〕平《たい》らかなり」と、稲穂を「黄雲」に見立ててそれがすっかり刈り取られたさまを詠む。6移秧　稲の苗を苗代《なわしろ》から田んぼに植え替える。緑浪揺　青々とした稲の苗が風に靡《なび》くさまをゆらゆらと揺れる波に見立てる。北宋《ほくそう》、蘇軾《そしょく》「郡中《ぐんちゅう》の同僚《どうりょう》の雨《あめ》を賀《が》すに答《こた》う」詩には、「城に登りて麰麦《ぼうばく》〔麦〕を望めば、緑浪風に掀舞《きんぶ》す」と、待望の雨が降って青々とした麦が風に吹かれて波のように揺れ動くさまを詠む。７農功　農作業。「栄城《えいじょう》〔佐賀〕雑詠《ざつえい》四首」〔二十二歳〕其の三に「初めて知る沢国〔佐賀〕の農功の早きを、四月中旬に已《すで》に秧を挿《さ》す〔田植えをする〕」と。８游屐　下駄を履いてぶらぶらする。愧逍遥　気ままであることが気が引ける。南《なん》宋《そう》、陸游《りくゆう》「逍遥《しょうよう》」詩に「台省《たいせい》〔中央官庁〕の諸公は日に朝に造《いた》るも〔朝廷に参内する〕、放慵《ほうよう》たる〔怠けるさま〕別駕《べつが》〔州の次官である自身〕は逍遥を媿ず」と。

〈鑑賞〉

この詩は『天保古詩百一鈔草稿』と表書のある中の『庚戌未定稿』にも収録されているので、嘉永三年〔庚戌歳、一八五〇〕、月性三十四歳の時の作で、遠崎あたりの梅雨の中休みの風景を詠んだものとみる。

斎藤拙堂《さいとうせつどう》〔一七九七－一八六五〕はこの詩を、「上人〔月性〕の農を憫《あわ》れむの意、往往にして詩中に見《み》ゆ」と評するのは、末句で「游屐愧逍遥」と詠んでいることによる。しかし第五句の「刈麦」の注釈で引用した白居易《はっきょい》の詩を白居易自身が「諷諭《ふうゆ》詩」と名付けるのは、農民への憐れみの裏に苛酷な政治への批判が寓されているからである。月性のこの詩にはそのようなところがなく、田園風景を絵画的、牧歌的に描くところなど、むしろ後藤松陰《ごとうしょういん》〔一七九七－一八六四〕が「二聯〔第三句～第六句〕皆妙なり。頷聯《がんれん》〔第三句・第四句〕尤《もっと》も天然にして、大雅翁〔池大雅《いけのたいが》〕の画致〔絵の風情〕

あり」というのが的を射ていよう。

## 自広島帰遠崎舟中

広島《ひろしま》自《よ》り遠崎《とおざき》に帰《かえ》る舟中《しゅうちゅう》

1 帰帆疾㆓於箭㆒
2 風便雨余天
3 貯㆑酒香猶冽
4 沽㆑魚味亦鮮
5 海晴黄蝶渡
6 春懶白鴎眠
7 驚喜杯中影
8 家山忽在㆑前

帰帆《きはん》箭《や》より疾《はや》く
風《かぜ》は便《べん》なり雨余《うよ》の天《てん》
酒《さけ》を貯《たくわ》うれば香猶冽《かおりなおれつ》たり
魚《さかな》を沽《か》えば味《あじ》も亦鮮《またせん》なり
海《うみ》晴《は》れて黄蝶渡《こうちょうわた》り
春懶《はるものう》くして白鴎眠《はくおうねむ》る
驚喜《きょうき》す杯中《はいちゅう》の影《かげ》
家山《かざん》忽《たちま》ち前《まえ》に在《あ》り

広島から遠崎に帰る舟の中にて

帰りの舟は矢より早く、雨上がりに風も順風ときた。
蓄《たくわ》えた酒はまだぷうんと鼻をつき、買い求めた魚もまた新鮮なことよ。

晴れた海に黄色い蝶々が渡ってゆき、もの憂《う》い春に白い鴎《かもめ》は眠っている。と、驚き喜んだのはこの盃に映った景色、故郷の山はあっという間に目の前ではないか。

〈注釈〉

0遠崎 山口県柳井市にある月性の生家である妙円寺の所在地。『清狂遺稿』は「崎」一字に作っているが、『清狂吟稿』に拠って「遠崎」に改める。1疾於箭 放たれた矢よりも舟が早く進むこと。2風便 船が進むのに都合のよい風が吹くこと。雨余 雨が上がった後。3貯酒 船旅に備えて酒を樽や壺などに入れておくこと。猶 時間が経ってもなおという意。冽 清らかでかぐわしいさま。4沽魚 酒の当《あ》てにと魚を買う。亦 酒だけでなく魚についてもまたという意。5・6 この二句はのどかな春の情景を詠む。坂井虎山《さかいこざん》（一七九八－一八五〇）の評語に「老杜《ろうと》（杜甫《とほ》）は『風蝶は勤《つと》めて檝《かじ》に依《よ》り、春鴎は懶く船を避《さ》く』（「行きて古城の店《やど》に次《やど》り江に泛《う》かびて作る……」詩）と云《い》い、五・六は平なりと雖《いえど》も（平板にみえるが）、此れも亦自《またおのずか》ら奇特なり」と評して、杜甫にその発想を得ていながらよくできているという。7杯中影 酒盃に映る景色。唐《とう》、杜荀鶴《とじゅんかく》が「新《あら》たに竹《たけ》を栽《う》う」詩に、竹が酒盃に映るのを「酒に入る杯中の影、碁《ご》に添《そ》う局上の声」と詠んでいるのに拠る。「影」は姿や形。

〈鑑賞〉

この五言律詩は、月性展示館所蔵『未定清狂吟稿』では、「大野《おおの》〔厳島の対岸にある港〕自《よ》り遠崎に帰る舟中」と題し、この詩の前に「舟にて広城〔広島〕を発す」「餌浦にて潮《しお》を候《うかが》う」「厳灘〔厳島附近〕舟中」「大野浦に夜泊す」が並んでいるので、天保十二年（一八四二）春、広島に初めて坂井虎山を訪ねての帰りの作であることが知れる。前川秋香《まえかわしゅうこう》（一八〇一－五四）が「結《けつ》〔終わり〕は起処《きしょ》〔はじまり〕に応じ、驚喜の態想《おも》うべし」と述べているように、春ののどかさを楽しむ間もなく、あっという間に郷里遠崎に着いたというこの詩が月性の満ち足りた気持ちで溢れているのは、坂井虎山への面会が叶ったことの喜びまで想起させる。

もっともこの詩は、『天保古詩百一鈔草稿』と表書のある中の『鄙稿』などを見ると、坂井虎山などの手もかなり加わっており、二十五歳の月性は詩人としてはいまだなお成長の過程にあったといえよう。

## 検古紙得土井士強戯画余肖像

古紙《こし》を検《けん》して土井士強《どいしきょう》の戯《たわむ》れに余《よ》の肖像《しょうぞう》を画《えが》けるを得《え》たり

1 憶昔年少日　憶《おも》う昔《むかし》年少《ねんしょう》の日《ひ》
2 出㆑家游㆓上都㆒　家《いえ》を出《い》でて上都《じょうと》に游《あそ》びしを

3 禿髪鬅鬙乱
4 状貌与レ常殊
5 非レ僧亦非レ俗
6 学レ仏又学レ儒
7 窓下参禅暇
8 好読二豹韜書一
9 甲兵森満レ腹
10 足レ敵二十万夫一
11 夷賊如来寇
12 使三我当二其途一
13 入則参二帷幄一
14 出則斬二羯奴一
15 方外奇男子
16 自謂道衍徒
17 人皆笑二狂妄一
18 君独入二画図一

禿髪《とくはつ》 鬅鬙《ほうそう》として乱《みだ》れ
状貌《じょうぼう》 常《つね》と殊《こと》なる
僧《そう》に非《あら》ず 亦俗《またぞく》に非《あら》ず
仏《ほとけ》を学《まな》びて 又儒《またじゅ》を学《まな》ぶ
窓下《そうか》 参禅《さんぜん》の暇《いとま》
好《この》みて豹韜《ひょうとう》の書《しょ》を読《よ》む
甲兵《こうへい》 森《しん》として腹《はら》に満《み》ち
十万《じゅうまん》の夫《ふ》を敵《てき》するに足《た》る
夷賊《いぞく》 如《も》し来寇《らいこう》せば
我《われ》をして其《そ》の途《みち》に当《あ》たらしめよ
入《い》れば則《すなわ》ち帷幄《いあく》に参《さん》じ
出《い》づれば則《すなわ》ち羯奴《けつど》を斬《き》らん
方外《ほうがい》の奇男子《きだんし》
自《みずか》ら謂《おも》えり道衍《どうえん》の徒《と》と
人皆《ひとみな》 狂妄《きょうもう》を笑《わら》うも
君独《きみひと》り画図《がと》に入《い》る

19 一朝帰二火宅一
20 湖海気全除
21 授レ読課二童蒙一
22 説レ法諭二郷閭一
23 靦然改二面目一
24 日対二夫婦愚一
25 今吾非二故我一
26 披レ図我笑レ吾
27 君如来一見
28 亦笑為二野狐一

一朝《いっちょう》 火宅《かたく》に帰《かえ》りて
湖海《こかい》 気《き》全《まった》く除《のぞ》かる
読《よ》みを授《さず》けて童蒙《どうもう》に課《か》し
法《ほう》を説《と》きて 郷閭《きょうりょ》に諭《さと》す
靦然《てんぜん》として面目《めんもく》を改《あらた》め
日《ひ》に夫婦《ふうふ》の愚《ぐ》に対《たい》す
今《いま》の吾《われ》は故《もと》の我《われ》に非《あら》ず
図《ず》を披《ひら》けば 我《われ》は吾《われ》を笑《わら》う
君《きみ》如《も》し来《きた》りて一《ひと》たび見《み》なば
亦笑《またわら》いて野狐《やこ》と為《な》さん

昔の書き物を点検していたら土井士強《どいしきょう》がお遊びで描いてくれたわたしの肖像画が出てきた
想い出されるのは昔の若い頃、家を出て上方《かみがた》で学んだこと。

髪はバサバサの坊主頭《ぼうずあたま》、すがた格好もふつうの人とは違っていた。

坊さんには見えないし世間の人にも見えず、仏教だけでなく儒教《じゅきょう》も学んだ。

窓辺で修行の合間に、好んで兵書も読んだ。

戦いの事はたんと腹一杯知り尽くし、十万の敵兵だってなんのその。

異国の賊どもが侵略してきたら、このわたしに対処させればよい。

陣幕の中に入れば参謀となり、外に打って出ればやつらを斬り捨ててやる。

僧侶にして非凡な男、それを自分では中国の僧道衍《どうえん》のような者だと思っていた。

これを人は常軌を逸していると笑ったが、君だけはわたしを絵に描いてくれた。

いったん家に戻ってからというもの、あの豪快な気概は全く消え失《う》せてしまった。

子供たちに読み書きを教え、村の人たちには仏《ほとけ》の道を説いている。

恥ずかしながらすっかり変わり果てて、こうして世間の人を相手にする毎日。

今のわたしはもう昔のわたしとは違う。この肖像画を広げてみると昔のわたしが今のわたしを笑っているではないか。

もし君がやって来てわたしを見たら、君もまた似非坊主《えせぼうず》と笑うだろう。

〈注釈〉
０土井士強　土井聱牙《どいごうが》（一八一八－八〇）、名は有恪《ゆうかく》、字は士強、または士恭とも。伊勢津藩の儒医土井橘窓《きっそう》の次男で、斎藤拙堂《さいとうせつどう》（一七九七－一八六五）らに学び、藩校有造館《ゆうぞうかん》の督学をつとめ、詩文書画を善くした。１憶昔　懐古する時の常套語。２游　勉学などのために他所に行くこと。上都ふつうは京都をいうが、ここは広く関西も含む。3鬅鬙　髪の乱れたさまで、頭をきれいに丸く刈っていないことをいう。長三洲《ちょうさんしゅう》（一八三三―九五）は、『清狂遺稿』の序文で月性を描写して、「破《は》衲《のう》〔つぎはぎだらけの僧衣〕を衣て、頭髪は蝟《い》礫《たく》〔ハリネズミの針〕の如《ごと》し」と。4　月性の姿格好が普通の人とは異なっていることについて、「南紀自《よ》り京に還《かえ》り、賦して執政久野丹州、及び司農水野氏并《なら》びに小浦・白井・茂田諸君に寄せ奉る」詩（四十一歳）にも、「長髪・破袍《はほう》〔ボロボロの衣〕にして状貌殊なる」と。5・6　既存の枠組みの中にはまらない生き方をしていたことをいう。窓下　窓辺。漢詩では何かを行う場所としてよく使われる。7参禅　ふつう禅宗での坐禅といった修行をいうが、浄土真宗本願寺派の僧侶である月性はこれを念仏など浄土真宗の修行全般の意として転用している。郷里遠崎の作である「春日偶成《しゅんじつぐうせい》」詩（三十四歳）にも、「禅を学びて生涯淡《たん》なるを悟ると雖《いえど》も、武を好めば猶《なお》存す　意気の剛《ごう》なるを」と。8豹韜書　兵法の書。「豹韜」は、周《しゅう》の太公《たいこう》望《ぼう》、呂尚《りょしょう》の作といわれる『六韜《りくとう》』の中の篇名のひとつ。前出「春日偶成」詩にも、「仏堂　例として〔お決まりのこととして〕三経〔浄土三部経〕を誦《しょう》し罷《おわ》れば、又《また》生徒に対して六韜を講ず」と詠むように、月性は清狂草堂でも子供たちに兵法の手ほどきをしていた。9甲兵　「甲」は鎧《よろい》、「兵」は武器で、転じて軍隊や戦い。本書に収める「詩を作る」詩（三十四歳）にも「一《ひと》たび酔《よ》えば　胸《きょう》中《ちゅう》に兵戟躍《へいげきおど》る」（71頁）といい、また本詩と同年の作、「歳杪《さいびょう》〔年末〕簫海土屋〔土屋蕭海〕生の書を得て　其《その》簡堂羽倉〔羽倉簡堂〕君に従い学ぶを聞き　此《これ》を賦して之《こ》れに寄せて兼ねて羽君に呈す」

詩の、「豹韜数巻 海防の籌《ちゅう》〔方策〕、十万の甲兵 厳として腹に在り」もほぼ同じ言い回し。森 数の多いさま。10足 …するにじゅうぶんである。敵 相手にする。夫 兵。11夷賊 外国の賊ども。「夷」はもと中国にとって東方の異民族であるが、転じて外国に対する蔑称。寇 侵略して害をなす。12使 使役のことばで、…させる。当其途 外国人を追い払う役目に当たること。13参 関与する。帷幄 陣幕《じんまく》のことで、そこの中で作戦が練られる。14羯奴 外国の者ども。「羯」は中国の北方に居住する匈奴《きょうど》の一種族で、「奴」とともに蔑称として用いられる。15方外 世事や世俗の外にいる僧侶。奇男子 並外れた男。「奇」は普通の人とは異なって優れているという価値観を有することば。16謂 …と思う。道衍 明《みん》代の姚広孝《ようこうこう》（一三三五－一四一八）の法名。幼名は天禧《てんき》、十四歳で出家して道衍と名乗り、後に永楽《えいらく》帝が帝位に就くのに貢献し、広孝の名を賜る。17狂妄 分別をわきまえず身の程知らずなこと。18入画図 絵にしておさめること。19一朝 ある日。本書「懐《おも》いを秋晩香《しゅうばんこう》に寄《よ》す」詩の第一段（6頁）に「一朝 我《われ》 豊山《ぶざん》の客《きゃく》と作《な》り」と。火宅 煩悩多き俗世のことで、異郷での自由気ままな生活から郷里に帰って世間の人を相手に窮屈な生活を強いられるようになったことをこのようにいう。20湖海気 「湖海」は広い世界のことで、そこで存分に養われた豪壮な気概をいう。ここの句は『三国志《さんごくし》』「魏志《ぎし》」「陳登伝《ちんとうでん》」に記す「陳元龍《ちんげんりゅう》〔陳登の字《あざな》〕は湖海の士にして、豪気除かれず」を逆用している。21授読 本の読み方を教えることから、広く勉強を教える意となる。課 義務としてさせる。童蒙 まだ知識の浅い子供たち。「蒙」は道理に暗いこと。

22説法　仏法を説く　諭　教え導く。郷閭　郷里の人たち。23靦然　深く恥じ入るさま。改面目　これまでの生き方が一変する。24夫婦愚　「愚夫愚婦」に同じく、一般庶民をいう。25吾　自分。故　以前。我　自分。昔の「吾」と区別するためで平仄も異なる（第二十六句の「吾」は韻字）。26披図　肖像画を広げる。28亦　昔のわたしだけでなく君もまたという意。野狐　悟ったようにみせかけて人を欺く禅の修行者を野狐禅《やこぜん》というが、月性自身もそのようなものだと、郷里に埋もれて活躍の場を失っているという憤懣《ふんまん》も込めて自虐的にいう。

〈鑑賞〉

嘉永《かえい》五年（一八五二）、三十六歳の時に作られたこの五言古詩は連作二首の第一首で、天保《てんぽう》十四年（一八四三）、二十七歳の月性が彼の有名な題壁詩を書き残して関西に遊学したところから詠みはじめる。月性はこの遊学中に斎藤拙堂を訪ねて津に赴いているが、同じ津藩の土井士強とも出会っており、肖像画を描いてもらったのもこの時であろうか。その頃の月性はまことに気宇壮大な志を抱いていた。しかしその遊学も終わりを告げ、嘉永元年（一八四八）、郷里遠崎の妙円寺に私塾時習《じしゅう》館《かん》（清狂草堂）を開いて子供たちの教育や寺の仏事に携わるようになると、束縛の感が募り、志を果たせず、髀肉《ひにく》の嘆《たん》をかこつ日々を送っていると訴えているが、この時の月性の真率な心情がまことによく表れている。因みに万延《まんえん》元年（一八六一）に出版された『近世名家詩鈔《きんせいめいかししょう》』にもこの詩を収めるものの、全十八句で詩題も「壬子（一八五二）春日　余の昔年の肖像を得て戯《たわむ》れに題す」となっている。

## 日前途上口占

1 普門寺裏去相尋
2 帯石山中春色深
3 青袂紅裙村女伴
4 与レ郎携レ手賽二観音一

日前《ひくま》途《と》上口占《じょうこうせん》
普門寺裏《ふもんじり》去《い》きて相尋《あいたず》ぬれば
帯石山中《おびいしさんちゅう》　春色深《しゅんしょくふか》し
青袂《せいべい》　紅裙《こうくん》　村女《そんじょ》の伴《はん》
郎《ろう》と手《て》を携《たずさ》えて観音《かんのん》に賽《さい》す

日前《ひくま》の途上での即興の作
普門寺《ふもんじ》を訪ね行けば、帯石山《おびいしやま》は春たけなわ。
きれいな着物を着て連れ立ってくる村の娘は、若い男と手を取りあって観音様にお参り。

〈注釈〉
0日前　山口県大島《おおしま》郡周防大島《すおうおおしま》町日前《ひくま》。口占　下書き無しで口をついて出るままに詩を詠ずること。
1普門寺　曹洞宗帯石山普門寺《そうとうしゅうおびいしさんふもんじ》。寺務所は周防大島町大字西安下庄長天《おおあざにしあげのしょうながてん》六一一にあるが、この「普門寺」はそこから北東へ約四キロほど離れた嵩山《だけさん》中腹の帯石観音《おびいしかんのん》のある飛び地境内（周防大島町日前）

を指す。**裏**（普門寺の境内の）中。**相**　行為者側からの行為について添えられる語。**去**　行く。**2帯石山**　帯石観音のある嵩山。**3青袂紅裙**　日本の若い女性のよそおいを、青い上衣に紅いスカートという典型的中国の若い女性の服装を用いて描写している。**村女伴**　連れの村娘。**4郎**　若い男で、夫か許嫁《いいなずけ》であろう。**賽観音**　観音様にお参りする。帯石観音には巨石があり、その岩の模様が妊婦が巻く岩田帯《いわたおび》に似ていることから安産の霊験があるといわれており、この男女もそれを祈願してお参りをしているのである。

〈鑑賞〉

この七言絶句は、嘉永六年（一八五三）、三十七歳の月性が遠崎の近くの周防大島を訪ねた時の作であるが、『清狂遺稿』に載せるこの詩の前の詩も周防大島の阿弥陀寺《あみだじ》（周防大島町久賀《くか》）を訪ねて作ったもので、その詩題に「上元《じょうげん》」とあることから、この詩は一月十五日過ぎのものということになる。いかにも正月新春の和やかな雰囲気を伝えるものであるが、この時期のいたって不穏な世情を思えば、なおさらこのような光景を愛惜せずにはおられない月性の気持ちがよく伝わってくる。それはまたその場で目にした光景を即興的に詠むという「口占」詩の持つリアリティにも因っていよう。

# 交情のうた

## 珮川先生携令嗣立大君見訪余於精里寓居　畳前韻以呈

珮川先生《はいせんせんせい》 令嗣立大君《れいしりつだいくん》を携《たずさ》えて余《よ》を精里《せいり》の寓居《ぐうきょ》に訪《たず》ねらる 前韻《ぜんいん》に畳《かさ》ねて以《もっ》て呈《てい》す

1 寓居人少旅情孤
2 此日迎㆑君話㆓海湖㆒
3 書画已簪頭上管
4 文章更佩掌中珠
5 談従㆓劇処㆒玄機漏
6 詩対㆓名家㆒好句無
7 水墨願煩㆓游戯手㆒
8 描㆓成一幅虎渓図㆒

寓居《ぐうきょ》人少《ひとすく》なく 旅情《りょじょう》孤《こ》なり
此《こ》の日《ひ》 君《きみ》を迎《むか》えて海湖《かいこ》を話《はな》す
書画《しょが》は已《すで》に簪《しん》す 頭上《ずじょう》の管《かん》
文章《ぶんしょう》は更《さら》に佩《お》ぶ 掌中《しょうちゅう》の珠《たま》
談《だん》は劇処《げきしょ》従《よ》り玄機《げんき》漏《も》れ
詩《し》は名家《めいか》に対《たい》して好句《こうく》無《な》し
水墨《すいぼく》 願《ねが》わくは游戯《ゆうぎ》の手《て》を煩《わずら》わして
一幅《いっぷく》の虎渓図《こけいず》を画《えが》き成《な》さんことを

珮川《はいせん》先生が御令息の立大君《りつだい》を連れて精里《せいり》の住まいまでわたしを訪ねてこられた　前作の詩の韻をそ

のまま用いて差し上げる

他所《よそ》に身を寄せている者など少なく心寂しいものである。この日あなたをお迎えして世の中のことについてお話ができた。

書や画といえば髪に筆を挿しもするし、詩や文といえばさらに珠玉のことばがちりばめられている。

談論は激しさの中から奥深い道理が垣間見《かいまみ》られるし、詩は大家を前にしてはいい句など浮かぶはずもない。

どうか筆のすさびに水墨で虎渓《こけい》の絵を一枚描いてもらえないでしょうか。

〈注釈〉

○珮川先生　草場珮川《くさばはいせん》（一七八七－一八六七、名は韡《さかえ》、字は棣芳《ていほう》、号が珮川で後に佩川に改む）、佐賀多久《たく》の出身で、佐賀藩校の弘道館《こうどうかん》教授を務め、漢詩や画を善くした。令嗣　他人の子息の敬称。立大　珮川の子、草場船山《くさばせんざん》（一八一九－八七、名は廉、字は立大、号ははじめ舟山、のち船山・鶴翁）で月性より二歳年下。この詩が作られた前年の天保八年（一八三七）、十九歳にして多久の郷校、東《とう》原庠舎《げんしょうしゃ》の教官になっている。見　…してくださる。精里　佐賀城下の精町《しらげまち》（佐賀市与賀町《よかまち》精小路）で、月性が住んでいた善定寺精居寮《ぜんじょうじせいきょりょう》がある。本書「精里除夜」詩（12頁）参照。寓居　仮住まい。畳前韻　この詩の前に月性は「珮川先生《はいせんせんせい》に湖珠別函《こしゅべっかん》の畳韻唱和集《じょういんしょうわしゅう》を寄《よ》せ示《しめ》さる　其原韻《そのげんいん》に次《じ》して以《もっ》て謝《しゃ》す」詩（二十二歳）という七言律詩を作っており、ここもそれとまったく同じ韻字（孤・湖・珠・図）を同じ順番で用いていることをいう。１旅情孤　ひとり異郷に在ることによってもたらされる心もとない情感。２海湖　世の中のことをふつう「湖海」というが、ここは韻字を合わせるために字を顛倒させている。３・４　草場珮川が学問以外にも書画や詩文の才に長《た》けていることをいう。３已　第四句の「更」と呼応して、…であるかと思えば、また…でもある。簪　書や画を描くために先ず筆を耳にかけたり髪に挿すこと。管　筆。４文章　詩や文をいう。「自《みずか》ら清狂草堂《せいきょうそうどう》の図巻《ずかん》の後《あと》に題《だい》す」詩（二十九歳）に「幾篇《いくへん》の題詠《だいえい》文章妙《みょう》にして、一幅《いっぷく》の雲煙《うんえん》画巻《がかん》長《なが》し」と。佩掌中珠　美しい玉《ぎょく》を身につけるように、すぐれた文才を備えていること。「佩」は帯びる。「掌中珠」は手の中の玉で、すばらしく大切なもの。５談　草場父子と論じ合うこと。従　起点を表す助字、…より。劇処　議論が盛り上がって大激論となること。玄機　深遠で奥深い道理。６名家　草場佩川をいう。７水墨　水墨画。煩　面倒をかけて…してもらう。游戯手　お遊びで筆を手にすること。「游」は「遊」に同じ。８虎渓図　廬山《ろざん》の東林寺《とうりんじ》の近くに渓谷があり、東晋《とうしん》の名僧、慧遠《えおん》は人を見送る時にそこを越えることはなかったが、或る日、陶淵明《とうえんめい》と陸修静《りくしゅうせい》を見送った時についつい話に夢中になってこの渓谷を越えてしまったところ、虎の鳴き声が聞こえて、それに気づいた三人は大笑いしたという「虎渓三笑《こけいさんしょう》」の故事は日本でもよく画題として取り上げられている。これは月性ら三人をなぞらえてもいる。

〈鑑賞〉

この七言律詩は、天保九年（一八三八）ころ、佐賀の善定寺精居寮にいた時の作。この年のはじめに詠んだ「珮川先生の卜居《ぼっきょ》〔転居〕を賀す」詩の「君が宅を移すに隣辺に向《お》けるを喜ぶ」という句から弘道館教授の草場珮川が近くに転居してきたことが知れるが、こうして珮川父子の方からわざわざ二十二歳の月性を訪ねて来させるところなど、人の心を捉むことに才《た》けた月性ならではであろう。そしてこうして三人が集っていれば、彼《か》の中国の慧遠たちのようなものだと比べてみせようとするところにこの詩の面白味がある。「虎渓三笑図」を描いてもらいたいというのは詩の中の戯れではあったが、この詩の次に続く「珮川先生　墨竹数幅を作り恵《めぐ》まる　復《ふたた》び前韻《ぜんいん》に畳《かさ》ねて鳴謝《めいしゃ》す」詩（二十二歳）があるから、実際に竹の水墨画数枚を拝領したことが知られる。

## 臥虎山歌　贈坂井先生

1 臥虎山高㆓宇宙間㆒
2 気勢万仞不㆑可㆑攀
3 下有㆓繡虎㆒文章鬱
4 早被㆔人間窺㆓一斑㆒

## 臥虎山《がこさん》の歌《うた》　坂井先生《さかいせんせい》に贈《おく》る

臥虎山《がこさん》　宇宙《うちゅう》の間《かん》に高《たか》く
気勢万仞《きせいまんじん》　攀《よ》ずべからず
下《した》に繡虎《しゅうこ》有《あ》り文章鬱《ぶんしょううつ》たりて
早《つと》に人間《じんかん》に一斑《いっぱん》を窺《うかが》わる

5 維時文明称二多士一
6 屈レ指野麋山鹿耳
7 麒麟不三復出二西郊一
8 熊羆何人釣二渭水一

9 駱駝大任更属レ誰
10 騏驥千里名空馳
11 売文貪レ銭皆豺狼
12 曠言欺レ世尽狐狸

13 山獺多淫丘貉睡
14 狒狒諂笑猩猩酔
15 不レ見仁譲果然群
16 謾道太平畲耳至

17 牛頭挂レ巻人已遐

維《こ》れ時《とき》に文明《ぶんめい》にして多士《たし》と称《しょう》するも
指《ゆび》を屈《くっ》すれば野麋《やび》と山鹿《さんろく》のみ
麒麟《きりん》復《ま》た西郊《せいこう》に出《い》でず
熊羆《ゆうひ》何人《なんぴと》か渭水《いすい》に釣《つ》らん

駱駝《らくだ》大任《たいにん》 更《さら》に誰《たれ》にか属《たの》まん
騏驥《きき》千里《せんり》 名《な》空《むな》しく馳《は》す
売文《ばいぶん》 銭《ぜに》を貪《むさぼ》るは皆豺狼《みなさいろう》
曠言《こうげん》 世《よ》を欺《あざむ》くは 尽《ことごと》く狐狸《こり》

山獺《さんだつ》多淫《たいん》にして 丘貉《きゅうかく》睡《ねむ》り
狒狒《ひひ》諂笑《てんしょう》して 猩猩《しょうじょう》酔《よ》う
見《み》ず 仁譲《じんじょう》 果然《かぜん》の群《ぐん》を
謾《あざむ》きて道《い》う 太平《たいへい》 畲耳《しゅうじ》至《いた》ると

牛頭《ぎゅうとう》に巻《かん》を挂《か》くるは人《ひと》已《すで》に遐《とお》く

18 驢背作レ詩不レ掩レ瑕
19 桂陽之犬偽君子
20 遼東之豕自大家

21 詞壇猶予策屢失
22 筆陣狼狽救無レ術
23 文章或雖レ仮二虎皮一
24 破綻其奈レ見二羊質一

25 狗尾続レ貂列二史官一
26 亦是沐猴而儒冠
27 案頭詩書教二鼠囓一
28 猫与二先生一共素餐

29 大風起兮繍虎怒
30 一嘯吹二折満山樹一

驢背《ろはい》に詩《し》を作《つく》るも瑕《きず》を掩《おお》わず
桂陽《けいよう》の犬《いぬ》は偽君子《ぎくんし》にして
遼東《りょうとう》の豕《いのこ》は自《みずか》ら大家《たいか》とす

詞壇《しだん》 猶予《ゆうよ》のごとく 策《さく》 屢《しばしば》 失《しっ》し
筆陣《ひつじん》 狼狽《ろうばい》のごとく 救《すく》うに術《すべ》無《な》し
文章《ぶんしょう》 或《あ》るいは虎皮《こひ》を仮《か》ると雖《いえど》も
破綻《はたん》 其羊質《それようしつ》を見《あらわ》すを奈《いか》んせん

狗尾《こうび》 貂《ちょう》を続《つ》いで 史官《しかん》に列《つら》なるも
亦是沐猴《またこれもっこう》にして儒《じゅ》の 冠《かんむり》 するのみ
案頭《あんとう》の詩書《ししょ》 鼠《ねずみ》をして囓《かじ》らしめ
猫《ねこ》と先生《せんせい》と共《とも》に素餐《そさん》す

大風起《たいふうおこ》りて 繍虎《しゅうこ》怒《いか》り
一《ひと》たび嘯《うな》りて満山《まんざん》の樹《じゅ》を吹折《すいせつ》す

31　魑魅潜兮魍魎伏
32　任㆓君天下縦独歩㆒
33　嗚呼我亦作㆑歌閣㆓兎毫㆒
34　仰㆓-看虎山㆒高又高

魑魅《ちみ》は潜《ひそ》み魍魎《もうりょう》は伏《ふ》し
君《きみ》が天下《てんか》に縦《ほし》いままに独歩《どっぽ》するに任《まか》す
嗚呼《ああ》我《われ》も亦《また》歌《うた》を作《つく》りて兎毫《とごう》を閣《お》かん
虎山《こざん》を仰《あお》ぎ看《み》れば 高《たか》くして又高《またたか》し

臥虎山《がこさん》の歌　坂井先生に贈呈する

臥虎山はこの世界に高く聳《そび》え立ち、勢いよく屹立《きつりつ》していてとてもよじ登れない。この山の下には虎がいて毛並みは美しく、この世に早くから多少なりともそのすばらしさが知られていた。

時に世は文明が開けて有能な人物が多くいるというが、指を折って数えてみても野山の鹿といった類《たぐい》の者ばかり。麒麟《きりん》はもう西の郊外に現れないし、熊《くま》や羆《ひぐま》のような傑物も渭水《いすい》で釣り糸を垂れることなどあろうか。駱駝《らくだ》が重荷を運ぶようにその大役《たいやく》をいったいまた誰に委《ゆだ》ねたらよいやら。駿馬《しゅんめ》が千里を走っているという噂《うわさ》だけが駆け巡っている。

物書きで金を貪《むさぼ》るのはみな山犬や狼といった輩《やから》で、はったりで世間を騙《だま》すのはすべて狐や狸のような者どもだ。


山獺《さんだつ》のように快楽に溺《おぼ》れ丘に巣くう貉《むじな》のように惰眠《だみん》を貪ったり、狒狒《ひひ》のように追従笑《ついしょうわら》いをし猩々《しょうじょう》のように酔いしれている者ばかり。

思いやりや譲《ゆず》り合いの心を持つ果然《かぜん》の群れを見ることもなく、この太平の世に酋耳《しゅうじ》が現れたなどとたぶらかしてばかり。


牛の角《つの》に書物を懸けて行くのはすでに遠い昔の人のこと、驢馬《ろば》に跨がって詩を作るようなことをしてもその出来の悪さは覆《おお》い隠すことなどできない。

桂陽《けいよう》の犬のようではインチキ君子だし、遼東《りょうとう》の豚は自分が偉いと思っている。

文壇では猶予《ゆうよ》のように疑心暗鬼になって何度も政策を誤ってきたし、筆陣《ひつじん》を張ろうにも狼狽《ろうばい》のようにうろたえてばかりで救うべき方法を見いだせないでいる。

虎のような威勢だけで文を書いたところで、羊のような頼りなさがばれてはどうしようもない。

無駄に史官の職に名を列ねたとしても、やはり猿が儒者の冠をつけただけのこと。

机の上の経典も鼠が齧《かじ》るにまかせ、猫も先生方もともに無駄飯を食らっているではないか。

大風が巻き起こって虎は怒り狂い、ひとたびうなり声を上げると山中の木々がなぎ倒される。

化《ば》け物《もの》どもは逃げ隠れし、ひとりあなたはこの天《あめ》が下《した》を思うがままに行くのである。

ああ、わたしもまたこの歌を作って筆を置くことにしよう。虎山を仰ぎ見ればどこまでも高いことよ。


〈注釈〉

○臥虎山　広島城の東南に虎が伏せている形に似ていることから名付けられたといわれる臥虎山（広島市南区、現在の呼称は比治山《ひじやま》）を広島藩儒坂井華《ひかる》（一七九八－一八五〇）の号である虎山に掛ける。この山は実際は標高七〇メートルほどの丘で、この詩に対する坂井虎山の評語にも「虎山は一培塿《ほうろう》（小高い丘）なるも、此《これ》（月性のこの詩）を得て頓《とみ》に気勢万仞たるを覚《おぼ》ゆ」と。また月性展示館所蔵『翰墨因縁《かんぼくいんねん》』にはこの詩を「竹虎山《ちっこさん》の歌　坂井先生に呈す」詩と題して、「君見ずや日本安芸《あき》の竹虎山を」と詠んでおり、「竹虎山」の呼称もあったようである。「臥虎」とは、有能な人物がその才能を隠しているのが伏せている虎のようであることをいう。なおこの長篇詩が最後の一聯を除いて四句ごとに韻を換えていることがわかりやすいように表示している。

1―4　坂井虎山を臥虎山に棲む虎に喩える。宇宙　天地、世界。2気勢　臥虎山の醸し出す迫力や勢い。万仞　一仞は七尺（中国では一尺が約二二・五センチメートル）で、「万仞」は山の極めて高いことをいうが、ここは想念として臥虎山が聳《そび》え立つように高いのだという。攀　登る。3繡虎　詩文の才のある人を毛並みの美しい虎に喩える。魏《ぎ》の曹植《そうしょく》は七歩あるく間に詩を作ったことから「繡虎」と称せられた。文章鬱　「文章」は彩《あや》・文様《もんよう》で、「鬱」は盛んなさま。詩文の才が豊かなことを文様の鮮やかさで喩える。4被　受け身のことば。人間　「じんかん」と読み慣わされ、世の中という意。　窺一斑　「一斑」は、もと豹の斑《まだら》模様の一部で、それを見ただけで全貌がじゅうぶんに想像できるという意。

5維時　時に。「維」は語調を整えることば。赤穂浪士《あこうろうし》を詠んだ「義士《ぎし》」詩（二十九歳）にも「維れ時に元禄年十五」と。文明　文化的教化によって世の中が繁栄すること。多士　多くの有能な人材。『詩経《しきょう》』「大雅《たいが》」「文王《ぶんのう》」に、「済済《せいせい》たる多士、文王以《ぶんのうもっ》て寧《やす》んず」と、文王が天命を受けて築いた周王朝には多くのりっぱな人材がいると讃える。6野麋山鹿　野山にふつうに見かける大鹿（麋）や鹿で、凡人を喩える。劉宋《りゅうそう》、劉義慶《りゅうぎけい》『世説新語《せせつしんご》』「排調《はいちょう》」に、西晋《せいしん》の荀隠《じゅんいん》が陸雲《りくうん》の名（雲）と字《あざな》（士龍）をもじって、「本《もと》雲龍の騤騤《きき》たるか（勇壮なさま）と謂《おも》うも、定《さだ》めし是《これ》山鹿・野麋の獣なるのみ」と、彼が雲を呼ぶ龍かと思ったら、結局はそこら中にいる鹿でがっかりさせられたとやり込めた話に拠る。7麒麟不復出西郊 「麒麟」は胴体は鹿、顔は狼、尾は牛という神獣で、本来、聖王の世に現れるとされる。ここは『春秋左氏伝《しゅんじゅうさしでん》』「哀公《あいこう》十四年」の「春 西に狩《かり》し麟を獲たり」に拠って、坂井虎山を麒麟に喩え、しかしこれほどの人物はもうこの世に現れることはないという。8熊羆何人釣渭水 「熊羆」は熊と羆《ひぐま》で、大いに頼みとなる人物の喩え。『史記《しき》』「斉太公世家《せいたいこうせいか》」に、西伯《せいはく》（西方の諸侯たちの長）の昌《しょう》（後の周の文王）が狩りに出る際に占いを立てたところ、「獲《う》る所は龍に非ず螭《みずち》（龍の一種）に非ず、虎に非ず羆に非ず、獲る所は覇王の輔《ほ》（王を補佐する人）なり」と出た。そこで「果《は》たして太公に渭の陽（渭水の北）に遇《あ》う」と渭水で釣りをしていた太公望呂尚《たいこうぼうろしょう》に出会い、昌を補佐するようになった。ここも坂井虎山を呂尚に喩えてこれほどの人物はもう存在しないという。

9駱駝大任 駱駝が重い荷を運ぶように、重責を負うこと。斎藤拙堂《さいとうせつどう》（一七九七－一八六五）の「駱駝の説」に、駱駝が極めて有用の動物であるとして「出群《しゅつぐん》の材《ざい》」と讃える。属 嘱に同じで、頼み託すこと。10騏驥千里 「騏驥」は一日に千里も走るといわれる駿馬《しゅんめ》で、有能な人物に喩えられる。『淮南子《えなんじ》』「斉俗訓《せいぞくくん》」に、「夫《そ》れ騏驥千里、一日にして通《とお》る（到達する）」と。名空馳 名馬（すぐれた人材）がいるという話だけがあっという間に世間に広まって実在しないことを嘆く。11売文 詩や文を書いて生計を立てること。豺狼 貪欲な者を豺（やまいぬ）や狼に喩える。12曠言 大言壮語して中味のないことばを吐く。欺世 世の中を欺《あざむ》く。狐狸 狡猾な者を狐や狸に喩える。「狐貍」は二字できつねの意味として用いられることもあるが、ここは前句「豺」や「狼」と対応して二種の動物と解しておく。

13山獺多淫　「山獺」はかなり淫乱とされる獣。南宋《なんそう》、范成大《はんせいだい》『桂海虞衡志《けいかいぐこうし》』「志獣」に、山獺が「性淫毒《いんどく》〔ひどく淫乱〕にして、山中に此《こ》の物有れば、凡《およ》そ牝獣《ひんじゅう》〔雌の動物〕悉《ことごと》く避けて去る」と。丘貉睡　「貉」はムジナ。『漢書《かんじょ》』「楊惲伝《よううん》」に、楊惲が暗愚な君主の下では賢明な臣下は遠ざけられるのは今も昔も同じだというのを「古と今とは一丘の貉の如し」と喩えて、唐《とう》の顔師古《がんしこ》はそこに「其《そ》の同類なるを言うなり。貉は獣の名にして狐に似て善く睡る」と注を付ける。14狒狒諂笑　「狒狒」は、マントヒヒのたぐい。「諂笑」は媚びへつらって作り笑いをすること。『山海経《せんがいきょう》』に、狒狒について「其の状は人の如く、面長く脣《くちびる》黒く、身に毛有りて、踵《きびす》を反《かえ》して〔後戻りして〕人を見て則《すなわ》ち笑う」と。猩猩酔　「猩猩」は、サルに似た想像上の動物で、唐《とう》、李肇《りちょう》『唐国史補《とうこくしほ》』巻下には「猩猩は酒と屐《げき》〔履き物〕を好む」と。15仁譲果然群　「仁譲」は互いに思いやって譲り合うこと。「果然」は、尾の長いサルで、集団で譲り合って仲良く行動するといわれている。明《みん》、李《り》時珍《じちん》『本草綱目《ほんぞうこうもく》』「獣之四」「果然」に「果然は、仁獣《じんじゅう》なり…群れ行くを喜び、老いたる者は前にして、少《わか》き者は後なり。食らいては相譲《あいゆず》り、居りては相愛《いとお》しみ、生きては相聚《あつ》まり、死しては相赴《おもむ》く。柳子《りゅうし》の所謂《いわゆる》仁譲孝慈なる者〔唐、柳宗元《りゅうそうげん》「王孫《おうそん》を憎《にく》む文《ぶん》」中のことば〕とは是《これ》なり」と。16謾　いつわりあざむくこと。道　言う。太平酋耳至　「酋耳」は虎よりも大きい想像上の動物で太平の世に現れる瑞獣《ずいじゅう》とされる。唐《とう》、張鷟《ちょうさく》『朝野僉載《ちょうやせんさい》』巻二に、酋耳は「生物を食らわず、虎の暴《あば》るる有らば、則《すなわ》ち之を殺す」と。

17牛頭挂巻　牛に跨がりその角に書巻を懸けてそれを読みながら行くほどの勤勉ぶりをいう。『新《しん》唐書《とうじょ》』「李密伝《りみつ》」に、李密が緱山《こうざん》に住む大儒、包愷《ほうかい》を訪ねていく際に、「蒲韉《ほせん》（蒲《がま》の葉で編んだ敷物）を以《もっ》て牛に乗り、『漢書《かんじょ》』一帙《いっちつ》（歴史書『漢書』を入れた袋）を角上に挂け、行き且《か》つ読む」と記す。広瀬淡窓《ひろせたんそう》（一七八二―一八五六）も「関玄珪《せきげんけい》宅に宿《やど》る」詩で、玄珪の勤勉ぶりについて「牛頭に猶《なお》巻を挿《さ》し、鶏外《けいがい》に漫《そぞ》ろに竿《さお》を持《じ》す（麦干しで鶏に食べられないように竿を持っても漫然と番をするだけで読書に没頭してしまい、雨が降って麦が流されても気づかなかった後漢《ごかん》の高鳳《こうほう》のようだ）」と詠む。遐　はるか昔。18驢背作詩　驢馬《ろば》に乗って旅行く途中に詩を作ること。五代《ごだい》、孫光憲《そんこうけん》『北夢瑣言《ほくぼうさげん》』巻七「鄭綮相《ていけいしょう》の詩」に、宰相の鄭綮が「詩思《しし》は灞橋《はきょう》（唐の都、長安《ちょうあん》のすぐ東の灞河に架かる橋で、ここで旅立つ人を見送った）・風雪の中・驢の背上に在り」と、悲しく辛い場面にこそ詩情は生まれると言った。不掩瑕　欠点を覆い隠すことができない。「瑕」は玉《ぎょく》にある傷。19桂陽之犬偽君子　桂《けい》陽《よう》太守（桂陽の長官）の李叔堅《りしゅくけん》の家の犬が人間のように立って歩いたことが君子に喩えられたことを、ここは偽の君子だと逆用する。漢《かん》、応劭《おうしょう》『風俗通《ふうぞくつう》』「怪神《かいしん》」に、「桂陽太守《けいようたいしゅ》汝南《じょなん》（李叔堅《りしゅくけん》の出身地）の李叔堅、少《わか》き時、従事（属官）為《た》りて家に在るに、狗《いぬ》人立《じんりつ》して（人間のように立って）行く。家（家の人）当《まさ》に之を殺すべしと言えり。叔堅云《い》えり、犬馬は君子に諭《たと》う。狗人の行くを見て之を効《なら》えば、何《なん》ぞ傷《そし》らんやと」。20遼東之豕自大家　ひとりで得意になること。『後漢書《ごかんじょ》』「朱浮《しゅふ》伝」に、みずから手柄を誇った者を朱浮が諫《いさ》めた手紙に「往時　遼東〔今の遼寧《りょうねい》省の南東部〕に豕〔豚〕有りて子を生み、白き頭なれば異《い》として〔珍しいと思い〕之《これ》を献ぜんとす〔皇帝に献上しようとした〕。行きて河東《かとう》〔今の山西《さんせい》省の黄河東部〕に至り、群豕《ぐんし》〔たくさんの豚〕を見れば皆白なり。慚《はじ》を懐《いだ》きて還《かえ》る。若《も》し子《し》〔そなた〕の功を以て朝廷に論ずれば、則《すなわ》ち遼東の豕と為《な》さん」と述べたことに拠る。21詞壇　知識人たちが論じ合う場。文壇。猶予　清《しん》、黄生《こうせい》『義府《ぎふ》』「猶予」に「俗人妄《みだ》りに解説を生じて謂《い》うに、獣性として疑多しと」と、それが疑い深い獣であるという俗説を載せる。策　政治的方策。22筆陣　「陣」は陣に同じく、文筆で論争する行為を戦いの陣立《じんだ》てに見立てる。狼狽　「狽」は前足の短い狼の一種で、いつも前を行く「狼」の後ろ足に乗っかって行動し、「狼」がいなくなると動きが取れなくなることから、ちぐはぐでうまくいかないとか、うろたえる意が生まれた。唐《とう》、段成式《だんせいしき》『酉陽雑俎《ゆうようざっそ》』「毛篇」に「或《ある》ひと言《い》えり、狼・狽は是れ両《ふた》つの物にして、狽は前足絶《た》えて短く〔異常に短く〕、行く毎《ごと》に常に狼の腿《もも》の上に駕《が》す〔乗っかる〕。狽　狼を失えば、則《すなわ》ち動くこと能《あた》わず。故《ゆえ》に世に事乖《そむ》く者〔物事がうまく行かなくなること〕を言いて狼狽と称《しょう》すと」。23・24書かれた文について、表面は虎のように雄壮に見えても、中味は羊のように弱々しく見かけ倒しなことをいう。前漢《ぜんかん》、揚雄《ようゆう》『法言《ほうげん》』「吾子《ごし》」に、「羊の質にして虎の皮なるは、草を見れば悦《よろこ》び、豺《さい》〔山犬〕を見れば戦《おのの》き、其《その》皮の虎なるを忘るるなり」と。「破綻」はボロが出ること。

25狗尾続貂　立派な人の後につまらぬ者が官職に就くこと。「狗尾」は犬の尾、「続」は継ぎ足すこと。「貂」はイタチ科のテンで、その尾を冠の飾りとした。『晋書《しんじょ》』「趙王倫伝《ちょうおうりんでん》」に、趙王の司馬倫《しばりん》が歓心を買うために多くの無能な者を高位高官につけたために、「時人〔当時の人たち〕之《これ》が諺《ことわざ》を為《な》して曰《いわ》く、貂足らざれば狗尾もて続《つ》がんと」と、貂が足りなくなって犬の尾で代用することになるだろうと揶揄《やゆ》された。史官　歴史を記録したり、書籍を管理する官で、博識が求められた。26沐猴而儒冠　猿〔沐猴〕が儒者〔儒学を修める人〕の冠をかぶっているようなものだ。『史記《しき》』「項羽《こうう》本紀《ほんぎ》」は、「人《ひと》言《い》えり、楚人《そひと》は沐猴にして冠《かんむり》するのみと」と、楚の出身の項羽らの無教養を揶揄した話を載せる。27案頭　机の上。「案」は机で、「頭」は名詞の後に付けられる接尾辞。詩書　直接には『詩経』と『尚書〔書経〕』をいうが、ここは聖人の教えを記した経書全般を指す。「秦紀《しんき》を読《よ》む」詩〔三十二歳〕に、「斯《こ》の道《みち》〔聖人の道〕豈宮殿《あにきゅうでん》の燼《じん》〔秦が滅びて宮殿が燃えたその残りかす〕と同《おな》じからんや、詩書　旧《きゅう》に依《よ》りて人間《じんかん》に遍《あまね》し〔依然として世間に広く伝わっている〕」と。教　使役の語。ここの二句については、本詩が最後の一聯を除き四句ずつでひとまとまりになっていることから、前の第二十五句第二十六句と同様に皮肉を込めて、第二十七句を勉強もせずに大切な書物を鼠の齧るままにさせているとし、第二十八句をその鼠を捕まえようとしない猫と同じように世間の諸先生方も「素餐」、つまり無駄飯を食らっているだけではないかと解しておく。ただそうすると、この詩の題に「坂井先生」と記しておきながら、ここで批判の対象として「先生」という語を用いるのは違和感が残る。ここを坂井虎山は、「素餐、作者〈月性〉の意は、素餐を以《もっ》て素食と為すが似《ごと》きも、本義〈本来の意味〉に非ざるなり。素餐は、尸禄《しろく》〈俸禄をもらうだけで何の働きもないこと〉なり。先生に於《お》いては則ち当たれるも、猫は則ち冤《えん》〈濡れ衣〉と謂《い》うべし、呵々《かか》〈大声で笑うさま〉」と評するように、「素餐」を素食、「先生」を坂井虎山自身とし、猫も主人も素食に甘んじていると月性は詠んだのだという理解に立っている。

29大風起兮繡虎怒　乱世に虎の如き坂井虎山が憤怒《ふんぬ》の形相《ぎょうそう》で立ち上がったことをいう。「大風」は乱世をイメージさせるが、新しい時代や傑出した人物の出現の前ぶれでもある。漢、高祖《こうそ》（劉邦《りゅうほう》）の「大風《たいふう》の歌《うた》」に「大風起りて雲飛揚す（大風起兮雲飛揚）」と。「兮」は語調を整えるための置き字。また虎の咆哮は風を呼ぶとされて、『淮南子《えなんじ》』「天文訓《てんもんくん》」に「虎嘯《うな》りて谷風《こくふう》〈山谷から吹く風〉至り、龍挙《あ》がりて景雲《けいうん》〈瑞雲〉属《あつま》る」と。31魑魅潜兮魍魎伏　「魑魅」と「魍魎」は人に害を及ぼす化け物で邪悪な者に喩えられ、それらが「繡虎」のような坂井虎山の出現によって鳴りを潜めたり隠れたりすることをいう。32任君天下縦独歩　坂井虎山が天下無双《てんかむそう》の存在であることをいう。「独歩」は他人の追随を許さずにひとり我が道を行くこと。「任」は思うにまかす。

33亦　他の人たちが坂井虎山を讃えるようにわたしも、という意。閣兎毫　擱筆《かくひつ》に同じで、筆を置いて終りにすること。「兎毫」はうさぎの毛で作った筆。34仰看虎山高又高　冒頭の一句と呼応して、坂井虎山の偉大さを讃えることで最後を締める。

〈鑑賞〉

天保十二年（一八四一）春、二十五歳の月性は広島藩儒坂井虎山（一七九八－一八五〇）を初めて訪ねたが、その際、「初《はじ》めて虎山先生《こざんせんせい》に謁《えっ》し賦《ふ》して呈《てい》す」詩を贈っている。この七言古詩はそこから遠崎に帰った後に作られたものである。坂井虎山は、名は華《ひかる》、字は公実《こうじつ》、通称、百太郎《ひゃくたろう》、虎山はその号で、またこの詩題にもあるように臥虎山人《がこさんじん》とも号した。かつて同じ広島藩の頼山陽《らいさんよう》（一七八一－一八三二）の父、頼春水《らいしゅんすい》（一七四六－一八一六）に学んだことがある。この詩は文壇に於ける坂井虎山の存在を孤高然とした臥虎山に喩えて讃え、いまだ太平の世だと酔いしれる社会に虎山こそ必要なのだと訴える内容で、最後の二句を除いて四句毎に韻を換え、しかも動物尽くしの諷刺詩に仕立てているところに月性の独創性が十分に窺える。

この詩に関して、月性展示館所蔵の稿本の内、『天保古詩百一鈔草稿《てんぽうこしひゃくいっしょうそうこう》』と標題のある中の『鄙《ひ》稿《こう》』もほぼこれと同じものを収めるが、『虎山醒窓《こざんせいそう》二家批評未定清狂吟稿巻之三』と標題のある中の『未定小稿』には「戯《たわむ》れに臥虎山の歌を作り坂井虎山翁に贈る」と題してかなり文字の異同があるし、『翰墨因縁《かんぼくいんねん》』にもこの詩の習作三首を載せており、ここからも若き月性が時の碩学《せきがく》坂井虎山に対して自身をアピールするためにいかに苦心したかが知れる。それが功を奏してか、『天保古詩百一鈔草稿』の中に虎山がこの月性の詩とまったく同じ韻字を同じ順番で詠んで返した「清狂尊《せいきょうそん》者《じゃ》の寄《よ》せらるる臥虎山の歌に次韻《じいん》し却呈《きゃくてい》す〔お返しする〕」と題する詩が収められており、さらに広島の木原慎斎《きはらしんさい》（名は籍之、一八一六－八一）の「清狂師の臥虎山の歌の韻に次す」も附せられている。月性はこれ以降、しばしば虎山に詩を贈ったり、また詩の添削も依頼しており、『虎山醒窓二家批評未定清狂吟稿巻之三』のみならず、『清狂遺稿』にも随所に虎山の評語がみられる。

# 志のうた

## 亡祖聞名院大祥忌賦以誌懐　五首

亡祖《ぼうそ》聞名院《もんみょういん》の大祥忌《だいしょうき》に賦《ふ》して以《もっ》て懐《おも》いを誌《しる》す　五首《ごしゅ》

其の一

1 憶嘗簦笈賦㆓西征㆒
2 扶㆑杖門前送㆓我行㆒
3 臨㆑別贈㆑言猶在㆑耳
4 加㆑餐勤対㆓読書檠㆒

憶《おも》う嘗《かつ》て簦笈《とうきゅう》もて西征《せいせい》を賦《ふ》すを
杖《つえ》に扶《たす》けられて門前《もんぜん》に我《われ》の行《ゆ》くを送《おく》る
別《わか》れに臨《のぞ》みて言《げん》を贈《おく》るに猶《なお》耳《みみ》に在《あ》り
餐《さん》を加《くわ》えて勤《つと》めて読書《どくしょ》の檠《けい》に対《たい》せと

亡き祖父聞名院《もんみょういん》の三回忌にこの詩を作って思いを書き記す　五首

想い出されるのはむかし笠をかぶり笈《きゅう》を背負って西へと旅立った時のこと。祖父は杖をつきながら門口までわたしを見送ってくれた。

別れに際して贈ってくれたことばが今でも耳に残っている。しっかりと食事を取って頑張って灯りの下で勉学に励めと。

〈注釈〉

0亡祖聞名院　天保八年（一八三七）十二月十七日に八十五歳で亡くなった妙円寺《みょうえんじ》第八世住職、謙《けん》譲《じょう》の院号で月性の祖父。大祥忌　三回忌。山口県立山口博物館所蔵の『草稿』にはこの詩を「亡祖父聞名院の三回忌辰《さんかいきしん》に此《これ》を賦《ふ》す」と題している。1簦笈　「簦」は笠、「笈」は書物などを入れる竹製の背負い箱で遊学のための出で立ち。賦西征　西晋《せいしん》の潘岳《はんがく》が長安《ちょうあん》の令《れい》となり「西征の賦《ふ》」を作って西に向かったように、月性も天保二年（一八三一）、十五歳の時に豊前《ぶぜん》の蔵春園《ぞうしゅんえん》（福岡県豊前市）で学ぶべく遠崎《とおざき》（山口県柳井市）から西のかた九州に向かったことをいう。「賦」はここでは動詞で、作ること。2扶杖　杖によりかかる、杖をつく。この時すでに祖父の身体が衰えていたことをいう。4加餐　食事をしっかり取って養生に努めるようにという、いたわりのきまりことば。勤　一所懸命に精を出して励むこと。対読書檠　「対」は向かう、「檠」は燭台で、夜遅くまで机に向かって勉強せよという激励のことば。

〈鑑賞〉

この七言絶句五首の連作詩は、天保十年（一八三九）十二月の亡祖父の三回忌の時に郷里の遠崎で作られたもの。時に月性二十三歳。第一首は、遠崎の妙円寺を出て九州に旅立つに際して、祖父が老体を押して門口まで見送ってくれた回想で始まる。

其の二

1 読㆓書檠下㆒独精研
2 苦㆓学鎮西㆒留四年
3 何料歳除孤館夕
4 一封郷信訃音伝

檠下《けいか》に読書《どくしょ》して独《ひと》り精研《せいけん》し
鎮西《ちんぜい》に苦学《くがく》して留《とど》まること四年《よねん》
何《なん》ぞ料《はか》らん 歳除《さいじょ》 孤館《こかん》の夕《ゆう》
一封《いっぷう》の 郷信《きょうしん》 訃音《ふいん》伝《つた》うるを

灯りの下で本を読んではひとり研鑽《けんさん》を積み、九州の地で苦労して学問すること四年に及んだ。大晦日《おおみそか》の夕暮れ寂しく住まう寓居に、訃報《ふほう》を知らせる郷里からの一通の手紙が届くとは思いもしなかった。

〈注釈〉
1精研　深く学問を探究をする。2鎮西　九州。かつて太宰府《だざいふ》（福岡県太宰府市）を鎮西府と称し九州を統治させた。山口県立山口博物館所蔵の『草稿』は「九州」に作っている。四年　祖父が亡くなった天保八年（一八三七）十二月から単純に逆算すると、第一首の別れの場面は天保四年

（一八三三）頃のこととなるが、月性がはじめて遠崎を出て九州は豊前の蔵春園に向かったのが天保二年（一八三一）なので、この「四年」は九州での正味の滞在期間とみる。3何料　どうして想像できただろうか。歳除　大晦日。孤館　ひとりぼっちの客舎。この時、月性は仏学を学ぶべく佐賀は善定寺《ぜんじょうじ》の精居寮《せいきょりょう》（佐賀市与賀《よか》町）にいた。4郷信　故郷からの便り。訃音　祖父が亡くなったという訃報。

〈鑑賞〉

九州の佐賀で孜孜《しし》として学問に励む月性のもとに訃報が届く。第一句に「独」、第三句に「孤」と記すように、異郷にあって孤独な思いを強いられている月性は、慈愛溢れる祖父を喪うことで更なる孤独感を味わうことになる。

其の三

1　訃音雖レ到奈二天涯一
2　遥向二家山一雨涙垂
3　遠道三年帰不レ得
4　一周之忌亦違レ期

訃音《ふいん》到《いた》ると雖《いえど》も天涯《てんがい》を奈《いか》んせん
遥《はるか》に家山《かざん》に向《む》かいて雨涙《うるい》垂《た》る
遠道《えんどう》三年《さんねん》帰《かえ》るを得《え》ずして
一周《いっしゅう》の忌《き》も亦《また》期《き》を違《たが》う

訃報《ふほう》が届いてもこのような地の果てに居てはどうしようもない。遠く故郷の方に向かって涙の雨を降らすばかりであった。

遠い道のりでは三年のあいだ帰省できず、一周忌もまた帰りそこなう始末。

〈注釈〉

1奈「奈何」「如何」と同じで、どうしたらいいのだろうか、いやどうにもならないという反語。天涯　空の果ての九州をいう。2家山　故郷。雨涙　雨のごとくこぼれ落ちる涙。唐《とう》、李白《りはく》「秋浦《しゅうほ》の歌《うた》十七首」其の二に「何《いず》れの年《とし》か是帰《これかえ》る日《ひ》ならん、雨涙孤舟《こしゅう》に下《お》つ」。3　豊前の蔵春園から遠崎に戻っていた月性は天保七年（一八三六）秋に佐賀の善定寺へと旅立ち、以来祖父の一周忌の天保九年（一八三八）まで足掛け三年間帰省できなかったという。4一周之忌　天保九年十二月十七日が祖父の一周忌。

〈鑑賞〉

祖父の葬式に参加できなかったばかりか、一周忌にも帰省できなかったことの不義理に対する後悔を詠む。

## 其の四

1　周忌違レ期歳又遷
2　大祥今日乃修レ禅
3　茫茫往事皆帰レ夢
4　焼断沈檀幾弁煙

周忌《しゅうき》期《き》を違《たが》い 歳又遷《さいまたうつ》り
大祥《だいしょう》 今日《こんにち》 乃《すなわ》ち禅《ぜん》を修《おさ》む
茫茫《ぼうぼう》として往事《おうじ》皆《みな》 夢《ゆめ》に帰《き》し
焼断《しょうだん》す 沈檀《ちんだん》 幾弁《いくべん》の 煙《けむり》

一周忌も帰りそこなって年はさらに過ぎゆき、三回忌のきょうやっと法事をとり行うことができた。過ぎ去った昔はぼおっとすべてが夢まぼろしで、幾筋かのお香の煙もすっかり消えてしまった。

〈注釈〉

1遷　時が移り過ぎゆくことで、そこに人生の無常も重ねられている。2乃　はじめてやっと。修禅　ここは月性も加わっての法事を行うことをいう。この句を山口県立山口博物館所蔵の『草稿』は「今朝《こんちょう》　偶《たまたま》此《ここ》に経筵《けいえん》を設《もう》く」と作っている。3茫茫　まぼろしのようにぼおっとかすんださま。往事　過ぎ去った昔のこと。帰夢　夢と消え果てる。4焼断　燃え尽きる。長い時間の経過をいう。「断」は動詞の後に付いてとことん…してしまうこと。南宋《なんそう》、葉適《しょうてき》「許相公挽詞《きょしょうこうばんし》〔死を悼む歌〕二首」の其の二に「行露《こうろ》〔道ばたの露〕空《むな》しく多く暁色《ぎょうしょく》催《もよお》し〔明け方になろうとする〕、夜香〔夜焚かれたお香〕焼断して飛埃《ひあい》〔飛び散る塵《ちり》〕と作《な》る」。沈檀　沈香《じんこう》や白檀《びゃくだん》で作った抹香《まっこう》。幾弁煙　焚かれたお香から立ちのぼる幾筋かの煙。「弁」はお香を数える量詞。『草稿』は「一弁煙」に作る。

〈鑑賞〉

祖父の葬儀と一周忌には九州に居て会することができず、やっと郷里で三回忌の法事に居合せることができたが、過ぎ去った日々は焼香の煙のごとく夢まぼろしなのかと、人生の無常を痛感する。

其の五

1　沈　檀　煙　断　夜　分　闌　　沈檀《ちんだん》　煙《けむり》断《た》ちて　夜分《やぶん》闌《たけなわ》きんとするも
2　懐㆑旧　呻　吟　涙　未㆑乾　　旧《きゅう》を懐《おも》い呻吟《しんぎん》して　涙《なみだ》未《いま》だ乾《かわ》かず
3　読　書　猶　保㆓平　生　志㆒　　読書《どくしょ》　猶《なお》平生《へいぜい》の　志《こころざし》を保《たも》ちて
4　欲㆑報㆓海　山　恩　一　端㆒　　海山《かいさん》の恩《おん》の一端《いったん》に報《むく》いんと欲《ほっ》す

焼香の煙も燃え尽きて夜も終わりを告げようとするが、昔のことが想い出されて詩を吟じれば涙は乾くことはない。

勉学に励み平生からの志はなお保ち続けて、海より深く山よりも高い祖父の恩のわずかでも報いるつもりだ。

〈注釈〉

1夜分闌　夜が尽きる。この詩と同年作の「春暁雨寒《しゅんぎょううかん》」詩（二十三歳）に「香爐《こうろ》煙断ちて夜分闌き、簷頭《えんとう》に点滴《てんてき》して声《こえ》未だ乾かず」と似た表現がある。2呻吟　祖父への思いを詩にして吟じる。3猶依然として変わることなく。平生志　世のために尽くすというふだんからの心ばえをいう。「久《くさ》下玄機《かげんき》を輓《いた》む」詩（三十八歳）に「読書して国《くに》を医《いや》すは平生の志」と。4海山恩　ここは祖父の恩をいう。ふつう海よりも深く山よりも高いというのは父母の恩で、鎌倉《かまくら》時代から子供の教育のため用いられた『童子教《どうじきょう》』に「父の恩は山より高く、須弥山《しゅみせん》も尚下《なおひく》し。母の徳は海より深く、滄溟《そうめい》の海も還《かえ》って浅《あさ》し」とあり、江戸中期の上杉鷹山《うえすぎようざん》にも「父母の恩、山よりも高く、海よりも深し」と。しかし、父を知ることなく育った月性にとっての祖父は父にも等しい存在であった。一端　一部分。

〈鑑賞〉

この連作詩は、第一首の第四句末の「読書檠」を第二首の第一句のはじめにも用いるというふうに、すべての詩がこのような繋がりをみせ、内容的にも五首が一つの物語を成すという、いわゆる連環詩（蝉聯体《せんれんたい》）に仕立てられているところが面白い。そして最後は学問を成就させてこの世のために尽くすという大志を果たすことで祖父の恩義に報いようと誓うのであるが、このような精神構造はこの頃の知識人たちにとって普遍的なものであったといえる。ただ月性は、弘化《こうか》元年（一八四四）、祖父の七回忌に詠んだ「十二月十七日懐《おも》いを書す」詩三首（二十八歳）でも、いまだ志を果たせず祖父の思に報いられずにいることを歎いている。

## 将東游題壁　二首

将《まさ》に東游《とうゆう》せんとして壁《かべ》に題《だい》す　二首

其の一

1　二十七年雲水身　　二十七年《にじゅうしちねん》　雲水《うんすい》の身《み》
2　又尋㆓師友㆒向㆓三津㆒　　又《また》師友《しゆう》を尋《たず》ねて三津《みつ》に向《む》かう
3　児烏反哺応㆑無㆑日　　児烏《じう》の反哺《はんぽ》　応《まさ》に日《ひ》無《な》かるべし
4　忍㆑別北堂垂白親　　別《わか》るるに忍《しの》びんや　北堂《ほくどう》　垂白《すいはく》の親《おや》

東へと遊学するにあたり壁に書きつける　二首

二十七年ひたすら漂泊《ひょうはく》の人生だった。これからまた師や友をもとめて大坂へと行かねばならぬ。子烏《こがらす》が大きくなって親鳥を養うような時など来ないのであろうな。家に残される白髪の母上とのお別れが忍びないことよ。

〈注釈〉

○東游　東の大坂へと遊学すること。「游」はある目的を持ってよその地に行くことで、「遊」に同じ。○題壁　寺院、役所、名所旧跡などの壁に書きつけることで、それが詩で書かれたのが「題壁詩」。この月性の旅立ちにあたっては、退路を断った自身の決意を宣言するのに恰好なものとして、公開性を有するこの「題壁」の名を借りたまでで、必ずしも実際に遠崎の自坊、妙円寺の壁にこれが書きつけられたと見なくともよい。1二十七年　文化十四年（一八一七）に生まれてからこの詩が詠まれた天保十四年（一八四三）までの月性の人生。○雲水　僧籍にある人を「雲水」というのは、行く雲や流れる水のように何ものにも縛られることなく自然のままに生きようとするからであるが、ここはまた雲や水のように定めなくふらふらと生きてきたという自省の念も込められる。2又　その上さらにまた。月性はすでに十五歳で豊前《ぶぜん》の蔵春園《ぞうしゅんえん》で恒藤醒窓《つねとうせいそう》（一八〇三－六一）に、二十歳になると佐賀の善定寺《ぜんじょうじ》で不及《ふぎゅう》（一七八五－一八四六）に師事している。○師友　先生や学友。○三津　大坂の港で御津《みつ》とも称す。3児烏反哺　子供が親に孝養を尽くすことをいう。子烏が成鳥になると親鳥に食べ物を咥《くわ》えてきて養うという話に基づく。この時、母、尾《お》の上《うえ》はすでに五十三歳であった。月性はまた明《みん》の方正学《ほうせいがく》が両親への情愛を込めて作った「愛日堂《あいじつどう》」詩に感動し、「偶《たまたま》方正学の愛日堂の詩を読み感有りて即《すなわ》ち次韻《じいん》す」詩（二十七歳）を詠んでいるが、そこでも「学成れば匹馬に帰鞭《きべん》を著《つ》けん、高堂　反哺は定めて何《いず》れの年ならん」と、学業が成就したなら馬にムチ打って帰省するのだが、父母に孝養を尽くすのはいつのことやらという。○応　きっと…にちがいない。○無日　孝養を尽くす日はいつまで経っても訪れない。４北堂　女性の居所。「病中吟五首」詩（三十五歳）の其の三に「死に去れば応《まさ》に仏に成るべく、還《かえ》り来れば人を度《ど》せんと欲す。心に関わるは唯《た》だ一事のみ、老いたり北堂の親」と詠み、死んでしまえば仏になって、またここに戻って来て多くの人々を彼岸《ひがん》（悟りの世界）へと救いたいのだが、心残りはただひとつ、それは家に残される年老いた母上のことだけという。垂白　白髪が垂《た》れ下がる年寄りをいう。

〈鑑賞〉

天保十四年（一八四三）八月、二十七歳の月性はさらに意を決して、大坂の篠崎小竹《しのざきしょうちく》（一七八一―一八五一）らの下で研鑽《けんさん》を積むために、故郷、遠崎《とおざき》（山口県柳井市遠崎）から旅立つが、この詩はその時のもの。七言絶句の連作二首の第一首めは、母親、尾の上の情愛や苦労になんら報いることなく、今後もそのような機会に恵まれないのではという不安を抱いたまま学業の旅へと向かわねばならぬ苦衷を吐露する。「水母《すいぼ》〔クラゲ〕六首」（三十六歳）其の六にも、「殷勤《いんぎん》として母氏を慰《なぐさ》め、復《ま》た然《しか》る労劬《ろうく》勿《な》からしめんとす」と詠むように、母上を懇《ねんご》ろにいたわって、もうこのような苦労を掛けないようにせねばというのは、父親を知ることなく育った月性の偽らざる思いであった。

## 其の二

1　男児立レ志出二郷関一
2　学若無レ成不二復還一
3　埋レ骨何期墳墓地
4　人間到処有二青山一

男児《だんじ》　志《こころざし》を立《た》てて郷関《きょうかん》を出《い》づ
学《がく》　若《も》し成《な》る無《な》くんば復《ま》た還《かえ》らず
骨《ほね》を埋《うず》むるに何《なん》ぞ期《き》せん　墳墓《ふんぼ》の地《ち》
人間到《じんかんいた》る処《ところ》　青山《せいざん》有《あ》り

男児たる者、しっかりと志を立てて故郷を出るものだ。学業が成就《じょうじゅ》しなかったらもう二度と帰るまいぞ。骨を埋めるのに郷里の墓だと決めてかかることもなかろう。この世のそこかしこに青々とした山があるではないか。

〈注釈〉

1男児　立派な一人前の男。立志　目的の達成を誓うことであるが、その「志」は国のためとか社会的意義を有していなければならない。郷関　郷里。2不復還　退路を絶った決意のことば。『史記《しき》』「刺客《しかく》列伝」に、荊軻《けいか》が燕《えん》の太子丹《たん》のために秦《しん》の始皇帝《しこうてい》暗殺に赴く時に詠んだ「易水《えきすい》の歌」に「風蕭蕭《しょうしょう》として易水寒し。壮士一《ひと》たび去って復た還らず」と。3埋骨　自分の骨を埋葬する。期　そうであることを願ったり、そうだと決め込むこと。墳墓地　祖先が眠る墓のある郷里。4人間世間という意味で、「じんかん」と読み慣わされる。青山　青々とした山。第三句・第四句について、北宋《ほくそう》の蘇軾《そしょく》が獄中で死を覚悟して弟の蘇轍《そてつ》に送った「予 事を以《もっ》て御史台《ぎょしだい》の獄に繋《つな》がる。獄吏稍《やや》侵され〔監獄を司る役人がどこからか圧力をかけられて〕、自《みずか》ら度《はか》るに堪《た》うる能《あた》わずして獄中に死し、子《し》由《ゆう》〔蘇轍の字《あざな》〕に一別するを得ざらんと。故《ゆえ》に二詩を作り、獄卒〔獄吏の下で囚人を担当する〕梁成《りょうせい》に授け、以《もっ》て子由に遺《や》る」詩の其の一に、「是《いた》る処 青山にして 骨を埋むべし、他年の夜雨 独《ひと》り神《しん》〔心〕を傷《いた》ましめん」と、ここかしこに山があればそこらに葬るがよく、いつか雨降る夜にお前はひとり悲しみにくれることだろうと、さめざめと詠んでいる。蘇軾のこの有名な詩を意識してか、月性はこの題壁の詩よりも一年前の天保十三年（一八四二）の初春に作った「偶成《ぐうせい》」詩（二十六歳）の中で、「人生 意の如《ごと》くならず、西帰〔極楽浄土に行くこと〕は我の期する所。青山は骨を埋むるの地、白水は心を洗うの池」と詠んで弱気なところを見せている。しかしこの題壁の詩は同じ詩語を用いながらいたって意気軒昂《いきけんこう》であるところに月性の独創性が発揮されている。万延《まんえん》元年（一八六〇）の作とされる高杉晋作《たかすぎしんさく》（一八三九－六七）の「笠間《かさま》の加藤先生を訪ね、席上 匆卒《そうそつ》として□□す」詩で、「壮士は期せず墳墓の地、到る処青山にして骨を埋めんと欲す」と勇壮に歌い、また米沢《よねざわ》藩士、雲井龍《くもいたつ》雄《お》（一八四四－七〇）の「客舎《きゃくしゃ》の壁《かべ》に題《だい》す」詩にも、「斯《こ》の志を成さんと欲すれば豈《あ》に躬《み》を思わんや、骨を埋む 青山碧海《へきかい》の中」と決死の覚悟を綴っているが、これらはこの月性詩の影響を受けているといえよう。

〈鑑賞〉

学業が成就しなかったら再び故郷の地を踏むまいという不退転の決意を詠むこの第二首だけがひとり歩きして、もっとも月性を代表するものとしてこれまで愛唱されてきた。しかしやはりこれが連作詩であるということは大いに注意されなければならない。篠崎小竹《しのざきしょうちく》（一七八一－一八五一）はこの詩について、「此《こ》の志《こころざし》　即《すなわ》ち是反哺《これはんぽ》なり」と評するが、この「志」とは第二首に、そして「反哺」は第一首に見えるものであり、明らかに小竹はこれを二首連作のものとして捉えて、このような志を抱くことが、すなわち親に孝養を尽くすことなのだと、月性を慰め、且《か》つ励ましているのである。つまり第一首の主題を「孝」「情」「私」とみれば、第二首は「忠」「志」「公」という対立軸をもって構成されている。しかも後者が優先されるというのは、ひとり月性のみならず、当時の知識人たちの精神の有《あ》り様《よう》を端的に表している。月性と交渉があり、安政《あんせい》の大獄《たいごく》で獄死した梅田雲浜《うめだうんぴん》（一八一五－五九）が「訣別《けつべつ》」詩で「妻は病牀《びょうしょう》に臥《ふ》し児は飢えに叫《な》くも、身を挺《てい》して直《ただ》ちに戎夷《じゅうい》（異国）を払わんと欲す」と詠んだのもこれと通ずるものがあり、このような月性の心意気、そして苦衷が国の内外を問わず多くの人たちの共感を呼んだといえよう。

## コラム　幕末維新の漢詩

幕末に生きた月性がその声価を高めたのは、藩政に対する改革意見を述べた「封事草稿」や異国に対する海防を説いた「海防意見封事」といった建白書の存在が大きい。しかし当時の階級社会の中にあって、武士ではない一介の真宗の僧がかくも大いに活躍できたのには、漢詩というツールを最大限活用したことも見逃せない。つまり天下国家を論じ、人間の悲哀を詠む漢詩が作れるということが階級を超えた交際を可能とする知識人としての証だったからである。

そもそも漢詩というのは西洋文明を積極的に導入しようとする幕末維新にあって顧みられることのない代《しろ》物《もの》になり下がったのではと思われがちである。しかし維新の公文書がなお漢文調を保っており、漢詩の創作熱も衰えるどころかますます高まっていったのが歴史的事実である。

貴族らによって作られていた平安時代の漢詩は、鎌倉室町時代になるとその作り手の中心が寺院の僧侶たちへと移っていった。そして江戸時代を迎えて経済活動が活発になり町人が台頭してくると、学問や文化にも大きく影響を与えることになった。武士や学者だけでなく、一般庶民までもが学に志すことが可能になったからである。武士の子弟が学ぶ藩校以外に、庶民の子弟が読み書きを習う寺子屋も増えていき、更には身分を選ばない私塾も盛行していた。恒遠醒窓の蔵春園（福岡県豊前市）や篠崎小竹の梅花社（大阪市）は月性が漢詩を学びそれに磨きをかけた漢学塾であり、全国から気鋭の若者を集めた広瀬淡窓・旭荘の咸宜園（大分県日田市）も月性に刺激を与えている。また江戸には市川寛斎の江湖詩社や梁川星巌の玉池吟社、大坂には片山北海の混沌詩社などといった漢詩創作の場としての詩社も全国に多数存在していた。

このような環境の中で育った若者たちがやがて明治維新を推し進める中核となったのであれば、漢詩がなお命脈を保っていたのは当然のことである。

# 憂国のうた

## 作詩

1 作レ詩不レ欲レ為二尋常之詩人一
2 放吟満腹吐二経綸一
3 飲レ酒不レ欲レ為二尋常之酒客一
4 一酔胸中躍二兵戟一
5 近歳西邦啓二小戎一
6 遂使三余波及二大東一
7 沿海伝言蛮船見
8 要衝藩鎮議二防戦一
9 我居二方外一志難レ酬
10 詩酒清狂消二杞憂一
11 安得袈裟代二甲冑一

## 詩《し》を作《つく》る

詩《し》を作《つく》りては尋常《じんじょう》の詩人《しじん》為《た》るを欲《ほっ》せず
放吟《ほうぎん》 満腹《まんぷく》 経綸《けいりん》を吐《は》く
酒《さけ》を飲《の》みては尋常《じんじょう》の酒客《しゅきゃく》為《た》るを欲《ほっ》せず
一《ひと》たび酔《よ》えば 胸中《きょうちゅう》に兵戟《へいげき》躍《おど》る
近歳《きんさい》 西邦《せいほう》 小戎《しょうじゅう》を啓《ひら》き
遂《つい》に余波《よは》をして大東《だいとう》に及《およ》ばしむ
沿海《えんかい》 伝言《でんごん》す 蛮船《ばんぱく》見《あら》わると
要衝《ようしょう》 藩鎮《はんちん》 防戦《ぼうせん》を議《ぎ》す
我《われ》 方外《ほうがい》に居《お》れば 志《こころざし》 酬《むく》い難《がた》く
詩酒《ししゅ》 清狂《せいきょう》 杞憂《きゆう》を消《け》さんとするのみ
安《いず》くんぞ得《え》ん 袈裟《けさ》もて甲冑《かっちゅう》に代《か》え

12 如意指揮防㆓外寇㆒
13 撃㆓砕艨艟㆒海底沈
14 一戦絶㆓彼覬覦心㆒
15 不㆑効㆓満清和戎議㆒
16 肯許犬羊割㆓土地㆒

如意《にょい》もて指揮《しき》し外寇《がいこう》を防《ふせ》ぎ
艨艟《もうどう》を撃砕《げきさい》し海底《かいてい》に沈《しず》め
一戦《いっせん》彼《か》の覬覦《きゆ》の心《こころ》を絶《た》たんことを
満清《まんしん》の和戎《わじゅう》の議《ぎ》に効《なら》わず
肯《あえ》て許《ゆる》さんや犬羊《けんよう》に土地《とち》を割《さ》くを

詩を一首

俺《おれ》は並の詩人のような詩を作りたいなどとは思わない。腹の中にたんと溜《た》まった世直しの策を存分《ぞんぶん》に歌うのだ。

俺は並の酒飲みのような酒を飲みたいなどとは思わない。ひとたび酔えば胸の内で戦《いくさ》が繰り広げられるのだ。

近年、西の清《しん》では戦いが起こり、かくしてその余波がこの日本にも及んだ。

沿海に異国の船が現れたと噂《うわさ》が流れ、要衝《ようしょう》の守りについて諸藩が議論している。

自分は僧侶の身であれば志《こころざし》を遂げることもままならず、こうして詩を吟じ酒を喰《く》らっては存分に心を解き放って不安をかき消そうとするしかない。

なんとか袈裟《けさ》を甲冑《かっちゅう》の代わりに、如意《にょい》を手に軍を指揮して外国の侵略を防ぎ、戦艦を撃破して海の底に沈め、ものの一戦で彼らの野心を断ち切ってみたいものだ。清朝の異国の輩《やから》との講和などまねるものか。この地をどうして犬や羊のような輩《やから》などに分け与えられようぞ。

〈注釈〉

1為　…である、という断定のことば。尋常之詩人　花鳥風月を詠むふつうの詩人。月性は年を追うごとに世の中をなんとかしたいという、いわゆる経世《けいせい》の志《こころざし》を述べることが詩作の中心になっていく。2放吟　放歌に同じく、高らかに詩を吟ずること。満腹吐経綸　腹いっぱいもの世直しの施策を述べること。「経綸」は、もと糸を縦横きちんと整えることで、転じて天下をしっかりと治める意となる。3飲酒　酒を飲むその目的もまた時によって異なる。「水母《すいぼ》〔クラゲ〕六首」〔三十六歳〕其の五には「酒を飲みて憂いを忘れんと欲す」と。4胸中躍兵戟　武器を持って戦う情景が心に浮かび上がる。「兵戟」は武器、「躍」は躍動すること。菅茶山《かんちゃざん》（一七四八－一八二七）「頼子成《らいしせい》〔頼山陽〕連《しきり》りに伊丹《いたみ》の酒を恵《めぐ》み、此《これ》より前に西遊《さいゆう》の草《そう》〔九州紀行詩文稿〕を示されれば、此《これ》を賦して併《あわ》せて謝す」詩に「慨然《がいぜん》として連《しきり》りに南蛮《なんばん》の酒《さけ》を酌《く》めば、胸中　兵戟躍りて休《や》まず」と。5西邦　西方の国で清《しん》をいう。啓小戎　戦いを始める。「啓」は先鋒となること、「小戎」は兵車。『詩経《しきょう》』「秦風《しんぷう》」「小戎」の毛伝《もうでん》に、「小戎は、兵車なり」とあり、唐《とう》、孔穎達《くえいだつ》はさらに「先に啓き行く車　之を大戎と謂い、後に従う者 之を小戎と謂う」と解しており、本来なら「大戎」と「啓」の組み合わせが妥当であるが、下の句の「大東」の「大」と字の重複を避けたもの。ここはこの詩が作られた嘉永《かえい》三年（一八五〇）の十年前の天保《てんぽう》十一年（一八四〇）に清と英国との間に阿片《あへん》戦争が起こったことを指す。6大東　東方にある日本をいう。月性が吉田松陰《よしだしょういん》（一八三〇－五九）に贈った「二十一《にじゅういっ》回猛士《かいもうし》の野山獄中《のやまごくちゅう》に在《あ》るに贈《おく》る」詩（三十九歳）の第七十四句に「大東 神国の体を樹立す」と。7蛮舶　外国船。この詩が作られた前年の閏《うるう》四月にイギリス軍艦マリナー号が浦賀《うらが》や下田《しもだ》にやってきており、俄然、海防論が起こる。見「現」に同じで、出現すること。8要衝　軍事上、重要な所。嘉永六年（一八五三）のアメリカのペリー来航に際して、幕府が諸藩に命じて防備を行わせたことに関連して詠んだ「今茲《こんじ》六月、墨夷《ぼくい》〔アメリカ〕軍艦四隻 浦賀に来《きた》りて泊《はく》す。幕府 諸藩に命じて戍兵《じゅへい》〔守りの兵〕を出《いだ》し以《もっ》て近都《きんと》〔江戸近郊〕の海岸を防禦《ぼうぎょ》せしむ。相《あい》伝うるに 当時 我が藩は大森《おおもり》〔江戸の南の海岸〕の営にて武備《ぶび》殊《こと》に具《そな》わると。乃《すなわ》ち此の詩を賦《ふ》して前参政《ぜんさんせい》 村田松斎翁《むらたしょうさいおう》〔村田清風〕に贈る」詩（三十七歳）に、「総海《そうかい》〔房総《ぼうそう》半島あたり〕は会津《あいづ》 要衝を扼《やく》し〔しっかりと押さえ〕、凜然《りんぜん》として〔守りの厳しいさま〕誰《たれ》か其鋒《そのほう》〔会津の守り〕を犯《おか》すを得《え》ん」と詠み、安政《あんせい》四年（一八五七）、海防の必要性を説くために紀州《きしゅう》藩〔和歌山〕に赴いたその帰りに作った「南紀自《よ》り京に還《かえ》り、賦して執政〔官名〕久野丹州、及び司農〔官名〕水野氏・并《なら》びに小浦・白井・茂田諸君に寄せ奉る」詩にも、「南国の要衝は是れ紀藩〔紀州藩〕」と。藩鎮　藩。議防戦　海防について議論する。9方

外　僧侶という世俗から離れた立場をいう。志難酬　世の中をよくしたいという思いを叶えることが難しい。「志」とは国家、政治、社会に対する思いをいい、個人的な私情とは区別される。当時はなお武家社会であり、武士でない僧侶の月性が政治に参画するための大義名分として用いたのが、万民が天皇の臣下であるという「王臣」ということばであった。前句の「要衝」の注釈にも引用した「南紀自り京に還り…」詩に、「我は方外と雖《いえど》も亦《また》王臣にして、四海の辺防一身に任《にな》う…十歳勤王の志も亦酬《またむく》いられ、杞人《きひと》は堕天《だてん》の憂《うれい》を解釈《かいしゃく》す〔昔、杞の国の人が天が落ちてきたらどうしようかと憂えていたが、自分が紀州藩に海防を説いてそのような心配は取り除かれた〕」と。10詩酒清狂　詩作や飲酒にのめり込んで心が解放させられた状態をいう。「清狂」は月性の号であり、遠崎の自坊、妙円寺《みょうえんじ》に開いた草堂の名でもある。この語は南宋《なんそう》の陸游《りくゆう》が多用しており、月性が「自《みずか》ら清狂草堂の図巻《ずかん》の後《あと》に題《だい》す」詩（二十九歳）に「二十年間詩酒の場、花を吟じ月に酔い自《おのずか》ら清狂たり」と詠んでいるのも、陸游の「成都《せいと》に赴《おもむ》かんとして舟を泛《うか》べて三泉自《さんせんよ》り益昌《えきしょう》に至《いた》り、謀《はか》るに以《もっ》て明年三峡《さんきょう》を下《くだ》らんとす」詩の「詩酒清狂二十年、又《また》病眼を摩《ま》して〔老眼をこすって〕西川《せいせん》〔成都のある地〕を看《み》ん」が意識されていよう。「清狂」の用例としては陸游よりも前の、唐《とう》、李白《りはく》「侍郎《じろう》叔〔叔父の刑部《けいぶ》侍郎の李曄《りよう》〕に陪《ばい》して洞庭《どうてい》に遊び酔いて後三首」詩の其の一に「今日《こんにち》竹林《ちくりん》の宴《えん》〔晋の七人の賢者が世俗を避けて竹林で飲酒し清談に耽った故事にならった宴〕、我《わ》が家《いえ》の賢侍郎《けんじろう》〔李曄《りよう》〕。三杯小《しょう》阮《げん》〔竹林の七賢《しちけん》のひとりで阮籍《げんせき》の甥《おい》、阮咸《げんかん》を李白自身に喩える〕を容《ゆる》せ、酔いて後清狂を発《はっ》す」とあり、これを清《しん》の王琦《おうき》が「詩人《しじん》の称《い》う所《ところ》は多《おお》く詩酒《ししゅ》に情《じょう》を縦《ほしいまま》にするの類《るい》を以《もっ》て清狂と為《な》す」と注するように、詩作や飲酒によって精神が高ぶり放逸になることであって、その人物の醇朴《じゅんぼく》にして豪放《ごうほう》、そして精神の自由闊達《かったつ》であることを表すことばである。月性の詩としては二十七歳の作「十四夜、虎山《こざん》先生〔坂井虎山〕招き飲む。濱野章吉《はまのしょうきち》・木原慎斎《きはらしんさい》・堀小一《ほりしょういち》諸君も亦来《またきた》りて会《かい》せば、先生 女《おんな》校書《こうしょ》〔多才な妓女〕英をして酒を行《や》らしむ〔御酌をさせる〕」詩の「豪来《きた》りて清狂の態《たい》を極めんと欲《ほっ》し、口を衝《つ》きて酔談・諧謔《かいぎゃく》頻《しきり》なり」というのが一番早い用例。杞憂 第九句「志難酬」の注釈に引用する「南紀自り京に還り…」詩を参照。11安得 なんとかして…したいものだという意で第十四句までかかる。袈裟 僧侶の着る衣。甲冑 鎧《よろい》と兜《かぶと》で武士が身につける武具。因みに「村田翁《むらたおう》に簡《かん》す〔手紙代わりとする〕」詩（三十七歳）に拠ると、萩《はぎ》藩の時の重鎮、村田清風《むらたきよかぜ》（一七八三－一八五五）の依頼で詩を作り、その報酬として甲冑を所望したところ、「翁曰《いわ》く武器〔甲冑〕なる者、他人に貽《おく》るを禁ず。国家三尺〔規定〕在りて、法と為《な》せば敢《あえ》て固辞すと」と断られ、武家社会との厚い壁を痛感させられている。12如意指揮「如意」は僧侶が読経《どきょう》や説法《せっぽう》の際などに手に持つ孫の手のような仏具で、それを揮って軍を指図すること。安政《あんせい》元年（一八五四）に毛利家家老浦氏の家臣、秋良敦之助《あきらあつのすけ》（一八一二－九〇）の所領、阿月《あつき》（山口県柳井市阿月）の円覚寺《えんかくじ》で説法とともに海防論を説いたことが大いに村人を鼓舞したという功績で鉄槍を贈られたことを詠んだ「鉄槍《てつやり》の歌《うた》 秋良賢《あきらけん》契《けい》〔後生に対する呼称〕に呈《てい》す」詩（三十八歳）（山口文書館所蔵『吉田松陰杉梅太郎加筆月性詩稿』・長府博物館所蔵『清狂吟稿近作抄出』）冒頭に「天妙華《みょうか》を雨《あめ》ふらす説法の場、如意もて指揮し海防を論ず」と、実際に「如意」を振るって海防論を説いたと詠む。外寇　海外からの侵略。前句「如意指揮」の注釈に引用した「鉄槍《てつやり》の歌《うた》」詩の序文に「今茲《こんじ》十月中浣《ちゅうかん》〔今年十月中旬〕、請《こ》いに応《おう》じて阿月《あつき》の円寺〔円覚寺〕に説法《せっぽう》し、亦傍《またかたわ》らに〔ついでに〕外寇・邪教〔キリスト教〕の害を論じて、以《もっ》て邑人《いうじん》〔村人〕に聞かせしむ」と。13艨艟　戦艦。村田清風の依頼で作った「三隅山荘十二勝《みすみさんそうじゅうにしょう》」詩の其の十二「内海《うちうみ》の漁火《いさりび》」詩（三十六歳）は、漁《いさ》り火《び》から海戦での火攻めを想像して「想見《そうけん》す洋夷来寇《よういらいこう》の日《ひ》、火《ひ》もて攻《せ》めて勝《か》ちを決《けっ》して艨艟を燬《や》くを」と。14覬覦心　身分不相応にも他のものを欲しがる邪《よこしま》な考え。「重陽《ちょうよう》〔旧暦九月九日〕後二日須佐《すさ》の神山《こうやま》に登《のぼ》る。賦《ふ》して邑主《いうしゅ》〔領主〕弾正《だんじょう》益田大夫《ますだたいふ》〔一八三三－六四〕に呈《てい》し奉《たてまつ》る」詩（三十六歳）に、「蛮夷《ばんい》〔異国の輩〕此従《これよ》り益《ますます》猖狂《しょうきょう》にして〔猛り狂うさま〕、覬覦せんとして西北の洋を往来す」と。15満清　満州《まんしゅう》族の打ち立てた清《しん》王朝。和戎議　外敵と和睦するための会議。「戎」はもと中国にとって西方の異民族であるが、転じて外国に対する蔑称。一八四〇年、英国による阿片《あへん》の密輸により勃発した阿片戦争は清朝の一方的な敗北に終わり、一八四二年の南京《なんきん》条約によって自由貿易や香港《ほんこん》割譲などかなりの不平等を強いられることとなった。「浪華《なにわ》の拇戦師《ぼせんし》〔拳を使った遊びの名人〕義浪《ぎろう》余の其技《そのわざ》を喜ぶを聞き、天狗拇《てんぐぼ》戦図《せんず》を寄《よ》せ賛《さん》〔絵に添える詩や文〕を需《もと》むれば、戯《たわむ》れに長句一篇を賦《ふ》して以《もっ》て贈《おく》る」詩（三十一歳）に「近《ちか》ごろ聞《き》く暎仏《えいふつ》〔英・仏〕犬羊《けんよう》の虜《りょ》にして、満清に寇《こう》〔侵略〕を為《な》して太《はなは》だ強梁《きょうりょう》たり〔凶暴なさま」と」と。安政元年（一八五四）三月三日の日米和親条約締結後の八月十五日に秋良敦之助《あきらあつのすけ》に贈った「中秋の夜、秋良賢契《あきらけんけい》 舟を泛《うか》べて月を賞《め》でんとし、遂《つい》に来《きた》りて余を訪ぬ。酔いて後 同《とも》に乗り、送りて阿月《あつき》に到り、其《そ》の創製《そうせい》の車輪船《しゃりんせん》を観《み》る。帰りて後 賦《ふ》して寄《よ》す」詩（三十八歳）には、「惜《お》しいかな 閣老（幕府の重臣）和戎を唱《とな》へ、列藩《れっぱん》の侯伯《こうはく》（大名）も其《その》議を賛《たす》く」と幕府も諸藩も開国論で押し切ったことを記し、同年十一月二十五日以降の作の「災異《さいい》を紀《しる》す」詩（三十八歳）でも「或《ある》ひと和戎の議を言いて、大いに鬼神の瞋《いか》りに触《ふ》る」と詠むように、開国によって地震や津波といった神の怒りに触れたのだという。16肯許　どうして…などということが許されようか。犬羊　外国人を蔑んで禽獣に喩えたもの。

〈鑑賞〉

月性展示館所蔵『天保古詩百一鈔草稿』と標題のある中の『草稿』では、この七言古詩の「詩を作る」という詩題が「酔いて後 放歌す」に改められているが、底本とした『清狂遺稿』に拠っておく。またこの『草稿』には「庚戌春 感有りて作る」の題注があることから（次頁写真参照）、嘉永三年（庚戌、一八五〇）の春、月性三十四歳の作で、詠まれた場所も遠崎と見なしてよいであろう。また同じく月性展示館所蔵の超然《ちょうねん》（号虞淵《ぐえん》、一七九三－一八六八）の求めに応じて書かれた掛け軸にもこの詩を載せて、詩の後に「右十余年前、『阿片始末考異《あへんしまつこうい》』を作りし時、賦《ふ》する所の旧製一首」とあり、この詩が『鴉（阿）片始末考異』と同様に、天保十一年（一八四〇）に勃発した英国と清

採収○○

削

○醉後作詩放歌　庚戌春有感而作

作詩不欲為尋常之詩人放吟滿腹吐經綸飲酒不
欲為尋常之酒客一醉胸中躍兵戰近歲大邦啓小
戎遂使餘波及海東沿海傳言蠻船見要衝藩鎭議
防戰我居方外志難酬詩酒清狂消杞憂安得袈裟
代甲冑羽扇指揮防外寇擊碎艨艟海底沈一戰長
絶覬覦心不效滿清和戎議肯許犬羊割土地

松堂曰如此詩方外所絶無唯清在有之耳○松
沈陰曰相模太郎再出○又曰語語妙但恨勇而不

夏日山居

との阿片戦争を契機に抱いていた危機感から書かれたものであることが知られる。

詩の内容は、酒の勢いに任せて、なんとかこの日本を我が手で守って見せたいという気概を勇壮に吟じるものである。この詩に添えられた斎藤拙堂《さいとうせつどう》（一七九七－一八六五）の評語には、「此《か》くの如《ごと》き詩は方外《ほうがい》に絶《た》えて無《な》き所《ところ》にして、唯《た》だ清狂之有《せいきょうこれあ》るのみ」と、月性以外にこのような詩を作る僧はいないと言い、篠崎小竹《しのざきしょうちく》（一七八一－一八五二）の女婿、後藤松陰《ごとうしょういん》（一七九七－一八六四）も「相模太郎《さがみたろう》〔元寇《げんこう》に抵抗した北条時宗《ほうじょうときむね》〕再び出づ。又曰《またいわ》く、語語妙《ごごみょう》なるも、但《た》だ恨《うら》むらくは勇《ゆう》なるも沈《ちん》ならざる〔沈着冷静なところに欠ける〕を」と評し、直情径行《ちょくじょうけいこう》、悲憤慷慨《ひふんこうがい》の士、月性についてよく言い当てているといえる。因みに大分県中津市耶馬渓風物館所蔵の『清狂吟稿』巻三を見ると、当時この詩の過激な内容が危惧されたのか、この詩の部分が切り取られている。

## 執政浦大夫父子延見 賦此呈下執事

**執政《しっせい》浦《うら》大夫《たいふ》父子《ふし》延見《えんけん》す 此《これ》を賦《ふ》して下執事《かしつじ》に呈《てい》す**

第一段

1 海天夜雨暗㆓風雲㆒　海天《かいてん》の夜雨《やう》 風雲《ふううん》暗《くら》く
2 咫尺厳洲望不㆑分　咫尺《しせき》の厳洲《げんしゅう》 望《のぞ》むも分《ふん》たらず
3 大声瞞㆑賊浦兵部　大声《たいせい》 賊《ぞく》を瞞《あざむ》く 浦兵部《うらひょうぶ》

4　一隊船軍援㆓義軍㆒
5　横㆑海老鯨容易斃
6　神山一掃滅㆓妖氛㆒
7　従㆑此南征又北伐
8　水陸戦功常抜㆑群
9　赫赫英名載㆓国史㆒
10　大書特筆紀㆓殊勲㆒

一隊《いったい》の船軍《せんぐん》 義軍《ぎぐん》を援《たす》く
海《うみ》に横《よこ》たわる老鯨《ろうげい》 容易《ようい》に斃《たお》れ
神山一掃《しんざんいっそう》 妖氛《ようふん》を滅《めっ》す
此《これ》従《よ》り南征《なんせい》し又北伐《またほくばつ》して
水陸《すいりく》 戦功《せんこう》 常《つね》に群《ぐん》を抜《ぬ》く
赫赫《かくかく》たる英名《えいめい》 国史《こくし》に載《の》り
大書《たいしょ》 特筆《とくひつ》 殊勲《しゅくん》を紀《しる》す

執政の浦大夫《うらたいふ》と御子息へのお目通りが許された　この詩を作って浦様に差し上げる

瀬戸内《せとうち》の夜は暗雲立ちこめる雨空《あまぞら》、目の前の厳島《いつくしま》を見ようにもどこかよくわからない。「援軍が来た」と大声をあげて賊軍を欺《あざむ》いた浦兵部丞《うらひょうぶのじょう》は、水軍の一隊を率いて正義ある軍を助けたのだ。鯨のごとく瀬戸内の海にのさばっていた奴《やつ》はいともたやすく打ち倒されて、神宿る厳島からは妖気が一掃された。これより北へ南へと征伐に向かったが、海や陸での戦いはいつも抜群の功績をあげた。輝かしいその名声は国の歴史に記され、そのたぐいまれなる勲功が特筆されたのである。

長篇につき韻が換わるところで分けて五段とする。第一段は、小早川隆景《こばやかわたかかげ》の家臣で浦靭負《うらゆきえ》（名、元襄《もとまさ》、一七九五－一八七〇）滋之助《しげのすけ》（名、親教《ちかのり》、一八二五－八〇）父子の先祖である浦宗勝《うらむねかつ》（一五二七－九二）から説き起こす。天文《てんぶん》二十四年（一五五五）十月、厳島《いつくしま》での戦いで小早川隆景が加勢する父の毛利元就《もうりもとなり》が圧倒的に劣勢な情況にありながらも逆臣の陶晴賢《すえはるかた》を打ち破ったのには、浦宗勝の手柄があったからだと大いに讃える。

〈注釈〉

0執政　藩政を与《あずか》る毛利家家老職をいう。この時、浦靭負は江戸当役《とうやく》の任にあった。大夫　家老職の異称。延見　「引見《いんけん》」「召見《しょうけん》」に同じで、目下の者を招いて会うこと。下執事　高貴な人への敬称。高貴な人とは直接遣《や》り取りすることが憚《はばか》られることから、高貴な人に宛てて言うのに、その取り次ぐ場所を意味する「殿下」や「閣下」、或いは取り次ぎ役の「侍者」や「執事」などといった呼称を用いる。1海天　瀬戸内海の空。2咫尺　「咫」は八寸（一寸は約三センチメートル）、「尺」は十寸で、ほんの短い隔たりをいう。厳洲　広島の厳島《いつくしま》。月性は広島に行く時など厳島を間近にした海路を選んでおり、この島を詠んだ詩もある。望不分　悪天候のために目の前にあるはずの厳島がよく見えない。「分」ははっきりとしていること。3・4　悪天候のために敵方からこちらがよく見えないことを利用して、大声を張り上げて援軍が来たかのように装って攻め込んだことをいう。

頼山陽《らいさんよう》（一七八一－一八三二）の『日本外史《にほんがいし》』巻十二「足利氏後記」「毛利氏」にこの厳島の戦いを載せて、「賊、風雨を恃《たの》みて、警邏《けいら》する者〔見張りの者〕なし。浦宗勝、大声答えて曰《いわ》く、『筑前《ちくぜん》の兵　徴《もとめ》に応《おう》じて来《きた》る』と。船を避けて達せしむ。稍々《しょうしょう》〔徐々に〕岸に上る」と。「瞞」は欺く。「賊」と称するのは、陶晴賢が天文二十年（一五五一）、主君の大内義隆《おおうちよしたか》に叛《そむ》き自刃《じじん》に追い込んだことによる。浦兵部　浦宗勝の通称を兵部丞《ひょうぶのじょう》といった。船軍　浦宗勝が味方に引き入れた村上《むらかみ》水軍で、浦氏とは血縁関係にあった。義軍　主君に叛いた賊軍を討ち取るという大義名分のある毛利元就の軍をいう。5横海老鯨　瀬戸内にのさばる老獪《ろうかい》な陶晴賢をいう。「横海」は瀬戸内海に横行する。「老鯨」は手の付けられない邪悪な者の喩えで、赤穂《あこう》浪士《ろうし》を詠んだ「十四夜　月に対《たい》して　古《いにしえ》を懐《おも》う」詩（三十三歳）に、「凛然《りんぜん》たり忠義大石《おおいし》氏、一挙　復讐《ふくしゅう》し老鯨を斃《たお》す」と主君の仇《かたき》の吉良《きら》上野介《こうずけのすけ》を「老鯨」に喩えている。6神山　厳島の神々しい山々をいう。妖氛　逆臣陶晴賢がもたらした邪悪な気。「久下玄機《くさかげんき》を輓《いた》む」詩（三十八歳）は外国からの侵略の不安について、「辺陲《へんすい》〔日本の周辺〕未だ妖氛を撲滅せず」と。この第五句・第六句の二句は、浦氏が今なお海防に貢献していることを讃える最後の第四十八句「金戈《きんか》もて海《うみ》を跨《また》ぎて長鯨《ちょうげい》を戮《ころ》せよ」、第四十九句「英風一掃《えいふういっそう》　妖氛《ようふん》を滅《めっ》し」と呼応する。7従此　これ以降。「従」は時間の起点を表す助字。南征又北伐　各地を転戦したことをいう。「征」「伐」ともに正義をもって悪人を懲らしめることをいう。9赫赫英名　まばゆいばかりの立派な名声。国史　国の歴史を記した書。この二字を『清狂吟稿』は「外史」に作るように、この戦いの場面は注釈の3・4にも引く『日本外史《にほんがいし》』が下敷きにある。

## 第二段

子孫食レ禄三千石
遥沿二南海一領二封域一
由来門閥生二英主一
藩台執政任二権職一
今公前後十余年
勤労久尽股肱力
輔-二佐君侯一臨二万民一
燮-二理陰陽一経二二国一
苞苴不レ行讒諛遠
忠勇家風尚二樸直一

子孫《しそん》 禄《ろく》を食《は》む 三千石《さんぜんごく》
遥《はるか》に南海《なんかい》に沿《そ》いて封域《ほういき》を領《りょう》す
由来《ゆらい》門閥《もんばつ》 英主《えいしゅ》を生《しょう》じ
藩台《はんだい》の執政《しっせい》 権職《けんしょく》に任《にん》ぜらる
今公《きんこう》 前後《ぜんご》十余年《じゅうよねん》
勤労《きんろう》久《ひさ》しく尽《つ》くす 股肱《ここう》の力《ちから》
君侯《くんこう》を輔佐《ほさ》して万民《ばんみん》に臨《のぞ》み
陰陽《いんよう》を燮理《しょうり》して二国《にこく》を経《けい》す
苞苴《ほうしょ》行《おこな》われず 讒諛《ざんゆ》遠《とお》し
忠勇《ちゅうゆう》なる家風《かふう》 樸直《ぼくちょく》を尚《とうと》ぶ

その子孫は三千石の禄高をもらい、遠く南の瀬戸内《せとうち》沿いの領地を与えられている。これまでその格式高い家から英明な領主を輩出し、藩政では重職を担ってきた。

今の御領主は前後十年余り、ずっと藩主のために立ち働いてこられた。藩主をお助けして多くの民のために事にあたり、うまく取り仕切って防長《ぼうちょう》二国を治めてこられた。賄賂《わいろ》は行われず誹謗中傷《ひぼうちゅうしょう》や御機嫌取《ごきげんと》りなど縁遠い。忠義で勇猛な家風は質朴にして実直であることを信条としてきたのである。

第二段は、浦宗勝以降の浦氏が阿月《あつき》（山口県柳井市阿月）の地に根を下ろして立派な領主を輩出し、今また浦靭負《うらゆきえ》が益々《ますます》家名を高めて毛利藩主のために働いていることを述べる。

〈注釈〉

11食禄三千石　「禄」は一年の報酬として藩から分け与えられる俸禄で、浦氏の実際の禄高は二千七百二十一石四斗三升二合である。「食」は俸禄を受けること。12遥沿南海　浦氏の所領がある阿月《あつき》が、日本海に面した藩庁のある萩《はぎ》から遠く離れて南の瀬戸内海に面した周防《すおう》に位置することからこのようにいう。封域　藩主から分け与えられた領地。13門閥　立派な家柄。英主　すぐれた領主。「短刀の歌　弾正《だんじょう》益田大夫《たいふ》に呈す」詩（三十九歳）では、毛利家の重臣、益田親施《ますだちかのぶ》（通称、弾正、一八三三－六四）について、「大夫 年少にして真の英主」と讃える。14藩台　藩の役所である藩庁をいう。本詩と同じ年に作られた「無題」詩（三十九歳）に、「今日 藩台 内命を伝え、公然と二州（長州藩の周防と長門〉の人に諭《さと》すを許す」と、藩が月性に説法とともに海防を説いて回ることを公認したという。執政　政権を担う職。権職　権力ある職。15今公　現在の浦家当主、浦靱負。十余年　浦靱負は弘化《こうか》四年（一八四七）には老中〈家老職〉に就《つ》き、嘉永《かえい》五年（一八五二）に加判役《かはんやく》〈家老職〉、この詩が作られた安政《あんせい》二年（一八五五）は江戸当役《とうやく》の要職にあった。16尽股肱力　「股」はもも、「肱」はひじで、家臣が主君の手足となって忠実に立ち働くこと。「秋良《あきら》氏　夷艦《いかん》の摂海《せっかい》に入るを聞き、壮士三十余人を率《ひき》いて来《きた》りて、武技を演じ、余をして縦《ほしいまま》に観《み》せしめ、以《もっ》て憤懣《ふんまん》を洩《も》らさんとするに、賦して謝す」詩三首〈三十八歳〉は、嘉永七年（一八五四）、浦家の家臣、秋良氏がロシア軍艦が大坂湾に入ったのを憤って配下の者たちを引き連れて月性に演武を披露して鬱憤を晴らそうとした時の作であるが、其の一に「卅《そう》人〈三十人〉の壮士　股肱良し、勇猛　皆四方を守るに堪《た》う」と秋良氏の配下の者たちを讃える。17君侯　藩主、毛利敬親《もうりたかちか》（一八一九‐七一）。18燮理陰陽　藩政を平和に治める。「燮理」はうまく調和させて治めること、「陰陽」は万物の根源となる二つの気をいい、「陰」と「陽」がうまく調和すると社会全体が安穏になる。二国　周防《すおう》国と長門《ながと》国。「杉梅太郎《すぎうめたろう》に贈る」詩〈三十九歳〉に、「君は郡官に属《ぞく》し戸籍を主《つかさど》り、防長二国の氓《たみ》を記載す」と。19苞苴　賄賂。「苞」は贈り物を包むもの、「苴」は贈り物の下に敷くもの。讒諛　「讒」は人を陥れることば、「諛」は人にへつらうことば。20樸直　飾り気がなく真っ直ぐなこと。

**第三段**

21 況其家宰多㆓賢良㆒　況《いわん》や 其家宰《そのかさい》に賢良《けんりょうおお》多く

22 封邑近年庶政張　封邑《ほうゆう》 近年《きんねん》 庶政《しょせい》張《は》る

23 文有㆓賓師㆒武壮士　文《ぶん》に賓師《ひんし》有《あ》り 武《ぶ》に壮士《そうし》

24 両道研磨克己堂　両道研磨《りょうどうけんま》す 克己堂《こっきどう》

25 更募㆓民兵㆒編㆓隊伍㆒　更《さら》に民兵《みんぺい》を募《つの》りて隊伍《たいご》を編《あ》み

26 農壮商丁習㆓剣槍㆒　農壮《のうそう》 商丁《しょうてい》 剣槍《けんそう》を習《なら》う

27 人人趁㆑義猶如㆑渇　人人《じんじん》 義《ぎ》に趁《おもむ》くこと猶渇《なおかつ》するが如《ごと》く

28 奮厲唯期殲㆓犬羊㆒　奮厲《ふんれい》 唯《た》だ期《き》す 犬羊《けんよう》を殲《ほろ》ぼさんことを

29 巨砲将㆑成大艦造　巨砲《きょほう》 将《まさ》に成《な》らんとし大艦《たいかん》も造《つく》られんとし

30 足㆘以㆓家軍㆒守㆗一方㆖　家軍《かぐん》を以《もっ》て一方《いっぽう》を守《まも》るに足《た》る

ましてや浦家で采配を振るう家臣たちには賢明な者が多く、ここ数年、領内で政務全般にわたって実績を上げている。

学問では賓客待遇の師が招かれ武芸では勇壮な者たちがおり、克己堂《こっきどう》で文武両道において磨きをかけている。

さらに民兵を募って軍隊を編成し、農家や商家の成年たちが剣術《けんじゅつ》や槍術《そうじゅつ》を学んでいる。人々はのどが渇いたかのように大義を求め、発憤して異国の輩《やから》を殲滅《せんめつ》することだけを望んでいる。大砲の完成も近いし大きな軍艦も作られようとしており、浦家の軍隊がこちらを守るにはじゅうぶんである。

第三段は、当主の浦靱負《うらゆきえ》だけでなく、その家臣や領民も国を防るという大義のためによく立ち働いていることを述べる。

〈注釈〉

21況　当主はもちろん、家臣たちはなおさらという意。家宰　浦家の要《かなめ》となる家臣。「宰」は仕切ること。『清狂吟稿』はこの句に「秋良某、赤彌某《ママ》」と注しており、秋良貞温《あきらさだあつ》（字、子良・士良。通称、敦之助、一八一一－九〇）と赤禰《あかね》忠右衛門（武人の養父）をいう。22封邑　藩主から分け与えられた領地。庶政張　領地での政務が万事にわたってうまく行われているということ。23・24　ここは天保十三年（一八四二）に領内に郷校、克己堂《こっきどう》（柳井市阿月一七二九－二）が置かれ文武両道において大いに活気があったことをいう。ここから白井小助《しらいこすけ》（一八二六－一九〇二）・世良修蔵《せらしゅうぞう》（一八三五－六八）・赤禰武人（一八三八－六六）らを輩出している。「両道」は、『清狂遺稿』は「両堂」

に作るが、『清狂吟稿』に拠って改めた。賓師　賓客としてもてなされるほどの優れた先生。壮士　勇猛な男児。25民兵　いわゆる農兵。浦家は自領から積極的な農兵取立を行ってその軍隊を補強した。26農壮商丁　働き盛りの農民や商人。「壮」も「丁」も一人前の男。剣槍　刀と槍。「短刀の歌　弾正《だんじょう》益田大夫に呈す」詩（三十九歳）に、「今　海外の百蛮夷《ばんい》、銃陣　争《あらそ》いて節制の師〔統率のとれた軍隊〕を誇る。歩趨進退　児戯《じぎ》に斉《ひと》しく、剣槍の接戦　豈能《あによ》く為《な》さんや」というように、外国は鉄砲での戦いを誇るが、接近戦となれば刀や槍が優位であると主張する。27　喉が乾いて水をほしがるように藩や国のために尽くすという大義を追い求める。本詩が作られたこの年、佐世《させ》元定《もとさだ》（福《ふく》原越後《ばらえちご》、一八一五―六四）の依頼でその領内の黄波戸《きわど》の海岸寺《かいがんじ》（山口県長門市日置上《へきかみ》黄波戸）で説法に赴いた時の作、「上巳《じょうし》（三月三日）黄波渡　客中の作」詩（三十九歳）にもその領主と領民を讃えて、「教化　風《ふう》を移す封邑《ほうゆう》の主〔領主は教化によって土地の風紀を改め〕、勃興《ぼっこう》として〔一気に盛り上がるさま〕義に趨《おもむ》く僻郷《へききょう》の民」と詠む。28奮厲　奮い立つこと。殲犬羊　異国の輩《やから》を滅ぼす。「犬羊」は、外国人を蔑《さげす》んで禽獣に喩えたもの。注釈16に引用する「秋良氏　夷艦の摂海に入るを聞き…」詩の其の二に、「願わくば諸君と同《とも》に義を唱え〔大義を掲げて〕、勤王もて犬羊の夷を去《さ》り殲ぼさん」と。

29　本詩が詠まれる前年の嘉永七年（一八五四）の作「中秋の夜、秋良賢契《あきらけんけい》　舟を泛《うか》べて月を賞《め》でんとし、遂《つい》に来《きた》りて余を訪ぬ。酔いて後　同《とも》に乗り、送りて阿月《あつき》に到り、其創製《そのそうせい》の車輪船《しゃりんせん》を観《み》る。帰りて後　賦《ふ》して寄《よ》す」詩（三十八歳）に、「我も亦《また》辺防〔海防〕曾《かつ》て建策し、大砲を鋳《い》て蕃船《ばんぱく》〔外国船〕

を砕かんと欲《ほっ》す。君と志を決して良工に命じ、一同製造せん数千百。既《すで》に我が砲成らば君が舟に載せて、万里遠征せん五大洲」と、大砲ができたら秋良敦之助の作った船に載せようというように、このころ大砲や小銃を作ることが急がれていた。30家軍　浦家が組織した軍隊。一方　萩藩の南側の周防を指す。

**第四段**

我今優待蒙㆓延見㆒
温顔再接桜花院
真是堂堂大国相
恩威並溢春風面
下問従容及㆓海防㆒
一片丹心籌㆓決戦㆒
退㆓於別院㆒見㆓郎君㆒
杯酒辱㆑陪㆓春夜醼㆒
既酔劇談馳㆓棒喝㆒
眼光猶閃双巌電

我《われ》今《いま》優待《ゆうたい》せられて延見《えんけん》を蒙《こうむ》り
温顔《おんがん》再《ふたた》び接《せっ》す　桜花院《おうかいん》
真《まこと》に是堂堂《これどうどう》たる大国《たいこく》の相《しょう》にして
恩《おん》威《い》並《なら》びに溢《あふ》る　春風《しゅんぷう》の面《めん》
下問《かもん》　従容《しょうよう》として海防《かいぼう》に及《およ》べば
一片《いっぺん》の丹心《たんしん》　決戦《けっせん》を籌《はか》る
別院《べついん》に退《しりぞ》きて郎君《ろうくん》に見《まみ》え
杯酒《はいしゅ》　春夜《しゅんや》の醼《えん》に陪《ばい》するを　辱《かたじけな》くす
既《すで》に酔《よ》えば劇談《げきだん》して棒喝《ぼうかつ》を馳《は》せ
眼光《がんこう》　猶閃《なおひらめ》く　双《そう》の巌電《がんでん》

わたしはいまこうして格別のおもてなしで浦靭負《うらゆきえ》公へのお目通りが許され、桜花院《おうかいん》で再び温厚なご尊顔を拝する機会に恵まれた。
公はまことに堂堂たる雄藩の宰相であり、春風に吹かれるお顔は慈愛と威厳に満ち溢れていた。おもむろにご下問が海防に及んだので、溢れんばかりの真心で外国と一大決戦を交《まじ》うべきとの策を申し述べたのである。
別の院へと退《さ》がって若君にお目にかかり、盃を傾けての春夜の宴まで陪席させていただいた。酔いが回るとその熱弁にハッと気づかされるものがあり、その眼光は巌下の稲妻のごとくピカッと光っていた。

第四段は、浦靭負《うらゆきえ》・滋之助《しげのすけ》父子との面会を通して、彼らが藩を支えるに相応しい大人物であると讃える。

〈注釈〉
31優待　格別の待遇でもてなすこと。蒙　かたじけなくも…してもらう。32温顔　温厚な面《おも》もち。再接　再び接見する。「再」とは、浦靭負とのお目通りが今回で二度目ということになる。桜花院萩の浦家邸宅の建物のひとつ。33大国相　強大な萩藩毛利家の家老。「相」は主君を補佐する宰相の意。34恩威　権力者に特有の慈愛と威厳。春風面　ふつう春風にふさわしい美女の美しいかんばせをいうが、ここは実際に面会が叶った二月の春風に吹かれる立派な浦靭負の面持《おもも》ちをいう。35下問　目下の者に対して訊ねること。従容　大人《たいじん》のように落ち着き払ったさま。海防　海の守り。本詩が作られた二年前の嘉永《かえい》六年（一八五三）六月三日、浦賀《うらが》沖に現れたアメリカのペリー提督はフィルモア大統領の親書を携えて通商を求め、翌年三月三日に江戸幕府と日米和親条約を結んだ。これが日本亡国の危機感を募らせることとなり、俄然、海防が喫緊《きっきん》の課題となった。これと同じ年に作られた「久下玄機《くさかげんき》を輓《いた》む」詩（三十八歳）の序にも、「時に鄂《がく》船（ロシア船）崎嶴《きおう》（長崎）に留泊し、墨《ぼく》艦（アメリカ船）も亦《また》再び浦港（浦賀港）に来《きた》れば、藩府　玄機に命じて、海防を策せしむるも、其《その》稿具《ぐ》して逝《ゆ》けり（海防の策を記した原稿を差出したところで亡くなった）」というように、海防は萩藩にとっても例外ではなかった。36一片　程度のじゅうぶんすぎることを表す数量詞。丹心「丹」は赤で、赤心《せきしん》、まごころ。籌決戦　一気に勝敗を決せんことを謀る。ペリー初来航の嘉永六年（一八五三）、重鎮の村田清風《むらたきよかぜ》（別号、松斎《しょうさい》）に贈った「今茲《こんじ》六月、墨夷（アメリカ）軍艦四隻浦賀に来《きた》りて泊す。幕府　諸藩に命じて戍兵《じゅへい》（守りの兵）を出《いだ》し以て近都《きんと》（江戸近郊）の海岸を防禦《ぼうぎょ》せしむ。相《あい》伝うるに　当時　我が藩は大森（江戸の南の海岸）の営にて武備《ぶび》　殊《こと》に具《そな》わると。乃《すなわ》ち此の詩を賦して、前参政　村田松斎翁に贈る」詩（三十七歳）にも、「明春　答えを促《うなが》して復《ま》た能《よ》く来《きた》らば、一意〔答えはひとつ〕決戦群賊を殲《ほろ》ぼさん」と意気込んでいたが、本詩が作られた年の暮れの作「歳晏行《さいあんこう》」（三十九歳）には、「爾後《じご》〔その後〕三年未だ戦いを決せず、幕議〔幕府の会議〕因循《いんじゅん》として〔ぐずぐずするさま〕歳復《ま》た終わる」と、江戸幕府がいまだ外国を追い払うことができない苛立ちをあらわにしている。37退於別院　桜花院とは別の建物へと下がる。郎君　高貴な家の子息で、浦滋之助《うらしげのすけ》のこと。滋之助は佐々木元久《ささきもとひさ》の子で、浦家の養子となった。38辱　第三十一句の「蒙」と同じく、かたじけなくも…してもらう。陪　身分の高い人に侍《はべ》る。醺　宴に同じ。39劇談　「劇」は激に同じで、かなり熱く語ること。注釈29の「中秋の夜、秋良賢契…」詩にも「劇談未《いま》だ半《なか》ばならずして酒肴《しゅこう》尽き、伴いて扁舟《へんしゅう》〔秋良氏の小舟〕に上りて更に酔いを尽くさんとす」と。馳棒喝　強烈な啓示を与えることをいう。禅宗では棒で叩いたり、一喝〔大声でどなる〕したりして悟りへと導く。「馳」は間髪入れずにさっと行うこと。村田清風から下賜された鉄扇を詠んだ「鉄扇《てっせん》の歌　松斎村田翁《しょうさいむらたおう》に呈す」詩（三十八歳）にも、「鉄扇もて風馳せ鉄棒もて喝し、月空《げっくう》〔明《みん》の少林寺《しょうりんじ》の僧で倭寇《わこう》と戦ったとされる〕の独《ひと》り名を擅《ほしいまま》にするを許さず」と。40眼光猶閃双巌電　「巌」は崖で、目の上の眉骨のあたりをそれに見立てて、その下の二つの目が、稲妻がキラッと光って射《い》るようで鋭いことをいう。劉宋《りゅうそう》、劉義慶《りゅうぎけい》『世説新語《せせつしんご》』「容止《ようし》」に、魏《ぎ》・晋《しん》の竹林《ちくりん》の七賢《しちけん》のひとり王戎《おうじゅう》の容貌について「眼爛爛《らんらん》として巌下の電の如《ごと》し」と。

## 第五段

41 嗚呼君家父子国干城
42 内外為レ治須二励精一
43 外夷強大過二陶賊一
44 水軍莫レ辱二祖先名一
45 若有三火船来二海岸一
46 直乗二風雨一進二神兵一
47 大声喝二破夷蛮胆一
48 金戈跨レ海戮二長鯨一
49 英風一掃妖氛滅
50 頼レ君南海再澄清

嗚呼《ああ》 君《きみ》が家《いえ》の父子《ふし》は国《くに》の干城《かんじょう》
内外《ないがい》 治《ち》を為《な》して 須《すべから》く励精《れいせい》すべし
外夷《がいい》強大《きょうだい》にして 陶賊《とうぞく》に過《す》ぐるも
水軍《すいぐん》 祖先《そせん》の名《な》を 辱《はずかし》むること莫《な》かれ
若《も》し火船《かせん》の海岸《かいがん》に来《きた》ること有《あ》らば
直《ただ》ちに風雨《ふうう》に乗《じょう》じて神兵《しんぺい》を進《すす》めよ
大声《たいせい》にて夷蛮《いばん》の胆《きも》を喝破《かっぱ》し
金戈《きんか》もて海《うみ》を跨《また》ぎて長鯨《ちょうげい》を戮《ころ》せよ
英風一掃《えいふういっそう》 妖氛滅《ようふんめっ》し
君《きみ》に頼《たよ》りて南海《なんかい》再《ふたた》び 澄清《ちょうせい》たらん

ああ、貴家《きか》の父子はこの藩の盾や城壁というべきもので、内外に治政を施してしっかりと励んでいただきたい。外国の輩《やから》の強大なことは彼《か》の逆臣、陶晴賢《すえはるかた》にもまさるものがあるが、けっして公の水軍が祖先の名を汚すようなことがあってはなりませぬ。

もし外国の軍艦がこの海岸にやってくるようなことがあれば、ただちに風雨に乗じて神州《しんしゅう》の兵を進撃させるべきです。
鬨《とき》の声を上げて外国の輩の魂胆を暴《あば》き出し、見事な戈《ほこ》を手に海を大跨《また》ぎして巨鯨のような者どもを殺してしまうべきです。
そのすばらしい気風によって不祥な気などすっかり払われ、あなた方のお蔭でこの瀬戸内《せとうち》の海に再び平和が訪れるのです。

第五段は、浦靭負《うらゆきえ》・滋之助《しげのすけ》父子が藩の守りとなって、外国の脅威に対して先祖の浦宗勝《うらむねかつ》に負けぬ働きをすれば、この世に平和を取り戻すにちがいないと強い期待を寄せて締めくくる。

〈注釈〉
41嗚呼　この感嘆のことばを二字加えて、いよいよこの詩のまとめに入ろうとする。君家　浦家を尊ぶことば。干城　敵から身を守るための盾と城壁。中国では城壁で囲まれた都市全体を「城」といった。42励精　心を奮い立たせて励むこと。43外夷　外国の蔑称。安政元年頃（一八五四）の作と思われる「感ずること有り二首」詩（三十八歳）の其の一に「外夷交〔日米和親条約〕定まりて我が憂《うれ》い深く、異教〔キリスト教〕今従《よ》り必ず浸淫《しんいん》せん〔徐々に国内に巣くっていく〕」と日米和親条約締結後の外国からもたらされる不安を詠む。陶賊　厳島《いつくしま》で浦宗勝《うらむねかつ》が戦った賊臣、陶晴賢《すえはるかた》をいう。第一段参照。44水軍　第四句の「船軍」に同じで、海上で戦う軍、海軍。45火船　蒸気船。注釈36「籌決戦」に引用した「今茲《こんじ》六月、墨夷軍艦四隻…」詩では、「果《はた》して夷蛮《いばん》肝胆《かんたん》寒くし（肝を冷やす）、火船飛び去りて凱歌起こる」と、江戸湾の大森や羽田での萩藩の警護に恐れをなしてペリー艦隊は逃げ帰ったのだと詠む。46　この句あたりからかつての厳島の戦いを彷彿《ほうふつ》とさせる。第一段参照。「神兵」は、神州日本の兵士。47喝破　見抜いて暴《あば》くこと。肝　魂胆。48金戈　人を突き刺す武器である戈《ほこ》の美称。跨海　海を大跨ぎするように、その気概の途方もなく大きいことをいう。長鯨　ここは異国の邪悪な輩の喩え。注釈5「横海老鯨」参照。49英風　浦父子のすぐれた風采なり気風をいう。一掃妖氛滅　異国がもたらす不祥な気を消し去る。第一段で浦宗勝《うらむねかつ》の働きによって「神山一掃滅妖氛」（第六句）と詠んでいたが、ここでそれを繰り返すことで浦父子にも同じような期待を抱く。50澄清　乱れた世の中が平和な状態になる。

〈鑑賞〉

この七言古詩は、山口県文書館所蔵毛利家文庫の『浦日記』によって、安政二年（一八五五）二月二十四日夜、萩（山口県萩市）において江戸当役《とうやく》（家老職）、浦靭負《うらゆきえ》とその子滋之助《しげのすけ》にお目通りした時の作と知れる。浦靭負は弘化四年（一八四七）に家老職に就き、嘉永五年（一八五二）には加判役に任ぜられるなど、この時すでに藩の実力者となっていた。月性はここぞという時に、またこれはという人に長篇の詩を作っているが、本詩もその憂国の情から浦靭負・滋之助父子に対して、海防の強化、平和の回復を願い、さらには自らが十分な活躍の場を与えられることの期待も込めて書かれたもので、月性のこの詩に賭ける思いには並々ならぬものがあったといえる。

### 紙鳶

1　万里秋晴放二紙鳶一
2　掌中誰握一糸権
3　莫下乗二風便一誤中操使上
4　跋扈恐二他飛戻一レ天

紙鳶《しえん》

万里《ばんり》秋晴《しゅうせい》紙鳶《しえん》を放《はな》つ
掌中《しょうちゅう》誰《たれ》か握《にぎ》る一糸《いっし》の権《けん》
風《かぜ》の便《べん》なるに乗《じょう》じて操使《そうし》を誤《あやま》ること莫《な》かれ
跋扈《ばっこ》して他《かれ》の飛《と》びて天《てん》に戻《いた》らんことを恐《おそ》る

凧《たこ》

どこまでも晴れ渡る秋の空に凧《たこ》を飛ばしている。その糸は誰が手にしているのか。風がいいからといって誤って操ってはならないぞ。勝手に空の彼方にまで飛んでいってしまうのではないかとそれが心配なのだ。

〈注釈〉
0紙鳶　凧《たこ》。2一糸権　凧の糸を操る権利。3莫　禁止のことば。風便　凧揚げによい風が吹く。操使　操作。4跋扈　勝手気ままに振る舞うこと。恐　…なのが気がかりだ。他　凧を指す。戻　至る。

〈鑑賞〉
この七言絶句は、『清狂遺稿』の詩の並びから、安政二年（一八五五）、月性三十九歳の作とみる。吉田《よしだ》松陰《しょういん》は『清狂《せいきょう》詩鈔《ししょう》』で「二十八字 無限の慷慨《こうがい》。当路《とうろ》（政権を担う者）の真《まこと》に此《こ》の味《あじ》を解《かい》する者《もの》幾人《いくにん》なるか、長大息《ちょうだいそく》す」と評するが、この前年の日米和親条約の締結などといった幕府の対応への不信感や将来への不安がこのような大いに含むところのある寓意の詩を書かせているのである。因みにこの詩の制作と同じ年に月性が編纂した『今世名家文鈔』に野田笛浦《のだてきほ》（一七九九－一八五九）の「紙鳶《しえん》の説《せつ》」なるものを収めており、これも権力者を風刺するものである。

## 雨中入須佐

雨中《うちゅう》に須佐《すさ》に入《い》る

1 大波渾浩闘㆓魚龍㆒　大波《たいは》渾浩《こんこう》として魚龍《ぎょりゅう》闘《たたか》い

2　溟海層雲欲レ盪レ胸　　溟海《めいかい》の層雲《そううん》　胸《むね》を盪《うご》かさんと欲《ほっ》す
3　万岳千山須佐路　　万岳千山《まんがくせんざん》　須佐《すさ》の路《みち》
4　満天風雨一簑衝　　満天《まんてん》の風雨《ふうう》　一簑《いっさ》衝《つ》く

雨の中を須佐《すさ》に入る

大波は激しく荒れ狂い魚や龍は戦いを繰り広げ、この果てしない大海原《おおうなばら》に立ち込める雲の重なりに胸も揺り動かされそうになる。
無数の山々に囲まれたこの須佐への道、空一面に吹き荒れる雨や風の中をただひとり突き進んでいく。

〈注釈〉

0須佐　萩市街からさらに北東に位置する日本海沿いの入江町（山口県萩市大字須佐）。1・2　海沿いに須佐へと向かう途中の荒れた海の情景を詠む。渾浩　波の激しいさま。闘魚龍　「魚龍」は海の中の魚介類すべてを指し、海が荒れ狂っているのはそれらが激しく戦っているからだとイメージを膨らます。2溟海　果てしなく広い海。層雲　幾重にも重なる雲。盪胸　心が激しく揺り動かされる。唐《とう》、杜甫《とほ》が若い頃に泰山《たいざん》を眺めて作った「嶽《がく》を望《のぞ》む」詩の「胸を盪かす曽（層）雲の生《しょう》ずるに」が意識されている。3万岳千山　海とは反対の山側に目を転じた光景。4満天　空一面。

一簑　「簑」は、茅《かや》や菅《すげ》の茎で編んだ雨具で、「一簑」ということばでそれをまとった者を表す。衝まっすぐ突き進んでいく。

〈鑑賞〉

この七言絶句は、三十九歳の月性が、安政二年（一八五五）八月末、あいにくの荒れ模様の中、長州藩の実力者、益田親施《ますだちかのぶ》（通称、弾正右衛門介《だんじょううえもんのすけ》、一八三三－六四）に呼ばれて、その所領の浄蓮寺《じょうれんじ》（山口県萩市大字須佐松原）での説法のため須佐への道を急いでいた時の作。須佐では海防を説くという目的もあったはずで、「万岳千山」（第三句）、そして「満天風雨」（第四句）の中を、ひたすら突き進んでいく「一簑」という詠みぶりに、国難に際して一歩も引かずひとり突き進む月性の心意気がひしひしと伝わってくる。

# Ⅱ　建白書

上田純子

## 解説　方外にあって、天下国家を論ず

日本の近世社会とは、政治への関与が身分によって制限を受けた社会であった。その統治（支配）を担っていたのは、今日、幕府や藩と呼ばれている政治組織である。そこでは家格や知行・俸禄（給与）の高下によって序列化された武士が、その地位に対応したサーヴィスの一環として、軍事力の提供とともに、統治機構の運営・運用にも携わっていた。同時代の中国や韓国など他の東アジア諸国では、科挙と呼ばれる官吏登用試験の制度が設けられて、天下国家を治めるための学問、すなわち儒学を学んだ政治エリートを任用する途が開かれていた。しかし、日本において政治に関与することが出来たのは、武士のなかでも極少数の政治を世襲する門閥層と、機構運用上の便宜に適った限られた階層の実務担当者たちだけである。儒者として、為政者である将軍や大名に政治《まつりごと》を講じることはあっても、実際の政治社会におけるその地位は、往々にして低いのが現実であった。

もっとも、為政者のブレインとして政治に関与した儒者がいなかったわけではない。月性（一八一七－五八）の生きた時代にも、備中阿賀郡西方村の絞油業の家に生まれた山田方谷《やまだほうこく》（一八〇五－七七）は、儒学によって士分に取り立てられ、備中松山藩主板倉勝静《いたくらかつきよ》（一八二三－八九）に仕えて藩政改革に尽力し、その老中在任中には幕政についても献策を行った。月性が師事した伊勢津藩士の

斎藤拙堂《さいとうせつどう》（一七九七－一八六五）も、二十三歳の時に五人扶持で儒者として出仕して以降、藩主藤《とう》堂高猷《どうたかゆき》（一八一三－九五）に重用されて上士に列せられ、三〇〇石を食むに至る。その間、藩政に寄与するところも多く、郡奉行として民政を掌ったこともあった。しかし、その拙堂に三舎を避くと言わしめた土井聱牙《どいごうが》（一八一八－八〇）は、高猷の侍読となってその信任を得、献策を行うも、これを儒者による藩政への干渉と誹議する者があり、侍読の職を解かれている。若狭小浜藩士であった梅田雲浜《うめだうんぴん》（一八一五－五九）に至っては、藩政や海防についての建白書を藩主酒井忠義《さかいただあき》（一八一三－七三）や家老に提出したのが原因で召し放ちとなり、浪人した。当時の日本社会において、政治を掌る立場にない者が政治的な言論活動を行うことは、その地位や、時にその生命をも脅かしかねない、危険な行為だったのである。

本章に収載した月性の建白書、「封事草稿《ふうじそうこう》」・「内海杞憂《ないかいきゆう》」・「海防（護法）意見封事」の三点は、そのような時代に、武士でないばかりか、元来俗世のことには関わりを持たない方外の徒である僧が、天下国家の政治を論じて世俗と宗教双方の権力者に訴えたものである。そもそも封事《ふうじ》あるいは意見封事とは、古代中国に始まった、君主の求めに応じて諸臣が政治的意見を上呈する文体のことをいい、封をしたまま君主のもとへ届けられる。君主が直接開封してこれを読むことで、他の者が恣意的に意見を選別するのを防ぐ狙いがある。月性の「封事草稿」は、まさしく萩藩主毛利敬親《もうりたかちか》（一八一九－七一）が、安政元年（一八五四）十一月二十八日、領内に命を下して、官・民を問わず広く政治改革の意見を募った際、それに応えた「封事」の草稿として伝わったものである。「内海杞憂」は、その補遺として萩藩要路に提出された。言論の自由などなかった時代、学問好きの藩主敬親が、儒学的な政治文化を重んじて、自らの政治に対する懇切率直な意見を求め、言路を開いたことで、本来政治の場からは排除されている者たちにも、政治的発言の機会が与えられた。被支配身分であり、且つ方外の僧として、二重の意味で近世日本の政治の場から排除されていた月性の建白は、この敬親の発した諮問を受けて、初めて実現したのである。

安政三年（一八五六）十月付の「海防意見封事」あるいは「護法意見封事」と呼ばれる建白書も、月性が浄土真宗本願寺派宗主広如《こうにょ》（一七九八－一八七一）の諮問を受けて作成した、という体裁で記されている。本願寺は、この月性の建白書をもとに『仏法護国論』を刊行し、全国一万の末寺へ配布して教化の資料とした。その執筆の経緯には不明の点が多い。しかし、地方末寺の一住職に過ぎない月性の意見書が、「意見封事」という体裁を採って本願寺の中枢に達せられ、その後の本願寺の教団運営に影響を与えたという事実は変わらない。知識人や支配者層のなかに仏教排斥の気運が広がりを見せるなか、本願寺は、月性の意見書を用いて教団再興の新戦略を打ち出したのである。

古来、文筆の力は、知識人たちが政治に物申す際の最も有用な武器であった。月性は、真宗僧であることを矜持としつつも、儒学者・漢学者たちとの交流・交際を通じて、その文筆力に磨きをかけた。古今和漢の書籍を読み漁っては知識を広げ、さらに当時の日本社会が直面する諸問題について、情報を交換し、議論を闘わせる同志を得た。そして、時勢を論じ、政治を論じた。萩藩主毛利敬親が下した政治改革の諮問、また本願寺宗主広如の諮問という形式で実現した本願寺への意見具申は、そうして練り上げられた月性の政治改革論や教団改革論、そして海防という国土の防衛論を、現実の政治とリンクさせる千載一遇のチャンスだったのである。

しかし、そのような情報発信には、時に死罪をも覚悟する必要のあったことを、月性は自身の書簡に述べている。歴史書にも、建白書を提出して左遷された者、命を落とした者の例は枚挙に暇がない。為政者が言路を塞ぎ、文筆によって政治を論じる途が閉ざされた時、暴力によって状況を変化させようとする動きが出て来る。これもまた、幾度も繰り返されてきた歴史なのである。

一、原文の翻刻に際して、便宜上各建白書とも適宜節を分けて内容見出しを付け、上段に原文を、下段に書き下し文を配した。原文の平出・欠字は省き、訓点や割注は原文に従った。

一、底本と異本の表記が異なる場合、誤字・脱字は本文中に補った。参考を示す場合は〔　〕で傍注した。また本文に欠落がある場合は［　］で示し、異本で補える場合は［　］で補った。

一、編者が加える注記はすべて（　）を用いて示した。

# 封事草稿

## 解題

「封事草稿」は、月性（一八一七―五八）が、時務論並びに萩藩の弊政改革について著した意見書の草稿で、「嘉永七年十二月」付で作成されている。この年は、ペリー再来航、内裏炎上、各地の地震災害など、災異が相次いだことから、十一月二十七日、元号が嘉永から安政へ改められた。ここで嘉永が用いられているのは、作成時、改元がまだ周知されていなかったことを窺わせる。

当史料は、萩藩主毛利敬親（一八一九―七一）が、災異に事寄せて藩政の大改革を断行しようと、領内の武士・庶民に広く意見を求めた安政元年（一八五四）十一月二十八日の布達に応える形で執筆されている。その提出期限は、はじめ十二月二十日までとされていたが、翌安政二年（一八五五）二月中まで延期された。月性は、盟友秋良敦之助《あきらあつのすけ》（一八一一―九〇）に宛てた同年正月十一日付の書簡（僧月性顕彰会蔵）で、意見書を草稿のまま送るので、これに添削を加え、土屋矢之助《つちややのすけ》（蕭海《しょうかい》、一八二九―六四）に清書させて提出して欲しいと依頼している。したがって、この間、一月十日から三月一日まで萩に滞在した秋良の手を経て、月性の意見書も提出されたと推察される。しかし、その原本は、提出の有無も含め確認出来ていない。

その草稿は、前段の経緯から秋良家に伝わったものの写真版（僧月性顕彰会蔵）と、品川弥二郎（一八四三－一九〇〇）が、吉田松陰の遺志を継いで京都に設立した尊攘堂の収集資料内に伝わったもの（京都大学附属図書館蔵）の二冊が確認されている。秋良本は、表紙と付箋のみ月性自筆で他は他筆、秋良自筆の添削が加えられている。尊攘堂本は、秋良本の本文に月性の付箋部分を加え、字句を若干修正した写本と見え、秋良による加筆修正部分は反映されていない。同志間で読まれ、吉田松陰も手にしたという「封事草稿」は、この尊攘堂本の内容であった可能性が高い。109頁の写真はその内表紙である。このほかにも妙円寺には、漢文と、それを書き下し文に改めた二種類の自筆原稿（僧月性顕彰会蔵）が部分的に伝存している。これは、前掲十一月の布達に、意見書は一つ書き・仮名書き等見やすい体裁で提出するようあったことから、月性は、漢文で書きはじめた意見書を、書き下し文に改めたものであろう。

校合に際しては、秋良とおそらくは土屋の校閲を経た尊攘堂本を底本とし、秋良本との字句の異同については参考として〔　〕で秋良本を傍記した。その際、書き下し文としての漢字・カナの別（イヘトモ→云ヘトモ、以テ→モッテなど）、送り仮名（知ス→知ラスなど）など、単純な表記の違いはこれを省略し、漢文の訓点は本文中に補った。秋良の加筆修正案文については、一部関係本文の後

に収載して、本文内容の理解に供した。(184頁)

当史料の核心について、月性は、前掲秋良宛書簡で、「攘夷違言有時は、失職の問罪と諸侯合従とは性《しょう》(月性)が安心立命、どふ思ても改める能わず候」と述べている。徳川将軍を頂点とした征夷府(幕府)が、攘夷を外交政策方針としない場合、有志大名連合を結成してその罪を追求し、王政に復古するよう、敬親に決断を迫るもので、同時に敬親がこれを閲覧しさえすれば、斬首も厭わない、と、その覚悟をも示している。これは、徳川将軍が諸大名以下の軍役動員権能を有する近世的な国家体制の改変を示唆したものであり、言論が厳しい統制を受けた当時の社会では、決して許されないことである。意見書の提出を一任された秋良の添削の跡からも、この点に腐心したことが窺える。

一方で当史料には、人材登用や冗費節減、武備強化等の萩藩政に対する批判と提言も見える。これは秋良の言を代弁したものという(前掲秋良宛書簡)が、一介の僧侶が萩藩政の問題点を的確に論じていることに驚かされよう。秋良は、伊保庄阿月(現柳井市)領主である寄組浦家の陪臣で、財政破綻した浦家の再建に功績のあった能吏であり、また、当時江戸当役を勤める浦靱負《うらゆきえ》(一七九五－一八七〇)の用人として、萩藩の行政事務にも精通していた。月性は、秋良との交際を通じて、萩藩政についての正確な知識と情報に触れる機会を得ていたのであり、当史料は政治論議が武士身分の周縁へと波及していく一つの具体事例としても重要である。

大嶋郡遠崎村
妙圓寺 月性再拝

# 封事草稿

## 閣下の立派な御意志に応《こた》えて、直言いたします

伏テ惟ニ[1]、閣下[2]仁賢聡明ノ資、己レヲ責メ民[3]ヲ憂ルニ急ニ、前月上国ノ地震[4]、遠ク封内ノ二州ニ波及[5]シ、余震止マザルヲ以テ、天意如何[6]ト自ラ反省シ、広ク朝野[7]ノ直言[8]ヲ求メ、政事ノ得失ヲ聞カント欲ス。古明君賢主ノ心ヲ用ユトイヘトモ、此ノ如クナルニハ過サルノミ。性輩[9]、草茅ニ居ルモノト云ヘトモ、窃ニ感喜ノ至ニタヘス。

当今、廟堂[10]ノ上、言責アル其人[11]ニ乏キコトナク、一藩ノ文武官、有識者モマタ少カラズトス。想ニ、其献言スルトコロ、時弊ニ切中シ、

---

伏《ふ》して惟《おもんみ》るに、閣下《かっか》仁賢聡明《じんけんそうめい》の資《し》、己《おの》れを責《せ》め民《たみ》を憂《うれう》るに急《せ》くに、前月上国《ぜんげつじょうこく》の地震《じしん》、遠《とお》く封内《ほうない》の二州《にしゅう》に波及《はきゅう》し、余震《よしん》止《や》まざるを以《もっ》て、天意如何《てんいいかん》と自《みずか》ら反省《はんせい》し、広《ひろ》く朝野《ちょうや》の直言《ちょくげん》を求《もと》め、政事《まつりごと》の得失《とくしつ》を聞《き》かんと欲《ほっ》す。古《いにしえ》の明君賢主《めいくんけんしゅ》の心《こころ》を用《もち》ゆといえども、此《か》くのごとくなるには過《す》ぎざるのみ。性《しょう》輩《はい》、草茅《そうぼう》に居《い》るものと云《い》えども、窃《ひそ》かに感喜《かんき》の至《いた》りにたえず。

当今《とうこん》、廟堂《びょうどう》の上《うえ》、言責《げんせき》ある其《そ》の人《ひと》に乏《とぼ》しきことなく、一藩《いっぱん》の文武官《ぶんぶかん》、識有《しきあ》る者《もの》もまた少《すく》なからずとす。想《おも》うに、其《そ》の献言《けんげん》するところ、時弊《じへい》に切中《せっちゅう》し、有《ゆう》

有政ニ裨益アルモノ、必ス多カラン。又何ソ草野芻蕘[12]ノ言ニ取ヲモチヒン。

然リト雖トモ、若シ言トコロナクシテ黙止スルトキハ、閣下求言ノ美意ニ背カンコトヲ是懼ル。コ、ヲ以テ、一二狂妄[13]ノ言ヲ陳ヘテ、以テ野芹[14]ノ微忠ヲ献ス。但、性生テ方外[15]ニアルヲ以テ、国家[16]政度[17]ノ事体[18]ヲ知ラス。是ヲ以テ言トコロ、ミナ方柄円鑿[19]ニシテ、時宜ニ合セス、国家ノ禁忌ニ触ルモノアラン。伏テ惟ニ、閣下、ソノ罪ヲ録セス、ソノ意ヲ採リ、詳ニ思テ其中ヲ択ハ、幸甚矣。

政《せい》に裨益《ひえき》あるもの、必《かなら》ず多《おお》からん。又何《またなん》ぞ草野芻《そうやすう》蕘《じょう》の言《げん》に取《と》るをもちいん。

然《しか》りと雖《いえど》も、若《も》し言《い》うところなくして黙止《もくし》するときは、閣下《かっか》求言《きゅうげん》の美意《びい》に背《そむ》かんことを是懼《これおそ》る。ここを以《もっ》て、一二《いちに》狂妄《きょうぼう》の言《げん》を陳《の》べて、以《もっ》て野芹《やきん》の微忠《びちゅう》を献《けん》ず。但《ただ》し、性《しょう》、生《う》まれて方外《ほうがい》にあるをもって、国家政度《こっかせいど》の事体《じたい》を知《し》らず。是《ここ》を以《もっ》て言《い》うところ、みな方柄円鑿《ほうぜいえんさく》にして、時宜《じぎ》に合《がっ》せず、国家《こっか》の禁忌《きんき》に触《ふ》れるものあらん。伏《ふ》して惟《おもんみ》るに、閣下《かっか》、その罪《つみ》を録《ろく》せず、その意《い》を採《と》り、詳《つまび》らかに思《おも》いて其中《そのなか》を択《えら》ばば幸甚《こうじん》たり。

　謹んで思いをめぐらせてみますと、閣下におかせられましてはお情け深く徳に優れた聡明の御資質でいらっしゃいまして、御自身をお責めになり御領民を御案じなさいますのにお心が急いておられますから、前月都に近い国々で発生した地震の影響が、遠く離れた御領内の周防・長門二国にも及び、余震がまだ収まらないというので、天は何を伝えたいのかと御自身を省みられ、広く政府と民間から率直な意見をお求めになり、政治のよいところ悪いところをお聞きになろうとしておられます。昔の賢明なる君主たちの精神を真似たものではございますが、これにまさるものはございません。わたくしめは、民間にあるものでございますが、陰ながらこの上ない喜びと存じております。

当節、政庁には、意見を申し上げる御家老方にも人材が揃っており、一藩の政事や軍事を担う役人、有識者もまた少なくないことと存じます。察しますに、それらの方々が申し上げた意見のなかには、今の時代の弊害を言い当てて、御政治に役立つものもきっと多いことでございましょう。またどうして民間の卑しい身分のものの意見に採用するところがありましょうか。

とは申すものの、もし何も申し上げず黙っておりましては、閣下が意見をお求めになるその御立派な御意志に背くのではないかと、これを危惧いたします。それゆえに、一つ二つ途方もない意見ではございますが申し述べて、取るに足らないわずかばかりの忠義の心を献呈いたします。ただし、わたくしは生まれてこのかた俗世の外に居るものですから、御国家の政事《まつりごと》について詳しくは存じておりません。ですから申し上げますことは、みな円い穴に四角い柄をはめ込むようにちぐはぐで、時代に合わず、御領国の禁忌に触れるものもあることでございましょう。謹んで考え思いますのに、閣下におかせられましては、罪を犯しているとはお思いにならず、その意図するところを汲み取って、子細にお考えくださり、その核となるところを抜き出していただけましたなら、甚だ幸せなことと存じます。

## コラム 「清狂」する月性―清狂の号について

月性は、大坂遊学以降、清狂の号を好んで用い、その終の棲家にも清狂草堂の名を付した。この「清狂」には、狂人ではないが、言行が常軌を逸して狂人に似ているさま、また、潔癖すぎて狂人のように見えるさま、放逸で反俗的な生き方、などといった意味がある。

一方、かの名高い李白(七〇一‐六二)や杜甫(七一二‐七〇)の詩の中には、心情の赴くままに詩を賦し酒に浸るさまとして、「清狂」が用いられている。月性自身、南宋の詩人陸游(一一二五‐一二一〇)の、「詩酒清狂二十年」という詩句に倣って「清狂」を号としていると語っており、いかにも詩に巧みで酒を好んだ月性に相応しい号のように思われる。

では、「清狂」とは、詩作と飲酒の快楽に耽る放蕩三昧を意味するのか。『清狂遺稿』を紐解いてみると、どうやらそうではない。嘉永三年(一八五〇)春の「作詩」(71頁)で月性は、その詩作を「放吟満腹経綸を吐く」ものといい、その飲酒を「一たび酔えば胸中に兵戟踊る」ものといっている。詩に政治への熱い志を託し、酔っぱらって軍事に思いを馳せるのである。しかし、嘉永五年(一八五二)の「水母六首 其の三」には、酒を飲んで憂いを忘れようとするも金がなく、詩を作ってやるせない気持ちを晴らそうとしたら、却って気持ちが高ぶってむせび泣いてしまうと、なんとも情けない様子が詠まれている。身分不相応の大言壮語の裏側に、理想と現実との狭間で鬱屈し、劣等感に苛まれる月性の姿が浮かぶ。杜甫も李白も、また陸游も、その志に反して政治社会の周縁に埋没し、詩人として名を遺すしかなかった士である。その、酔えども酔わず、狂えど狂わずの如何ともし難い心情に、月性のそれが重なる。

僧という身分ゆえに、近世日本の政治社会から排除される月性は、それを克服しようと必死に漢学を学び、酒席では口角泡を飛ばして政治を論じた。当時の社会規範に照らすと、まさに狂人である。しかし、それは狂しているのではない。「清狂」しているのである。

〈注釈〉

1伏テ惟ニ　下から上に対していう謙譲の言葉。多くは上書や書簡に用いる。2閣下　高い地位の人を呼ぶ時の敬称。ここでは萩藩主毛利《もうり》敬親《たかちか》（一八一九－七一）を指す。3民　統治されている人々。4上国ノ地震　上国は都に近い国々。安政元年（一八五四）十一月四日から五日にかけて、南海トラフ沿いに発生した東海地震と南海地震をいう。これにより東海道の交通は寸断され、広範囲に津波被害が及んだ。5遠ク…波及　東海・南海地震の後、十一月七日に豊予海峡を震源とする地震が発生した。6天意如何　人間の行為の善悪が自然界の異変となって現れる天人相関の考えに基づく。↓災異ノ説（117頁）。7朝野　政府と民間。8直言　気兼ねせず、思うことを憚らずに言う。9草茅　民間。在野。草莽と同じ。10廟堂　政事を掌るところ。ここでは萩藩の政府を指す。11言責アル其人　「言責」は君主を諫める責任。藩主あるいは藩政に誤りがあった場合、藩主を諫めてそれを正すことを職責とする家老を指す。↓用語解説「**萩藩の職制**」（318頁）。12草野芻蕘　いなかの草刈りと木こり。民間のいやしい身分の人をいう。13狂妄　常軌を逸して道理にはずれること。自らへりくだっていう言葉で、清狂の「狂」にも通じる。14野芹　のぜり。芹（せり）はつまらないものの喩え。自分の意見を記して目上の人に呈する時、へり下って「献芹（芹を献ず）」と言う。「海防意見封事」には「献芹ノ微衷」と出ている（310頁）。15方外　世の外。世の雑事にわずらわされない所。仏道、仏教。世事にかかわらないことからいう。16国家　いわゆる藩。ここでは、萩藩を指す。↓用語解説「国家」（314頁）。17政度　政事の状況。18事体　状態。しくみ。19方枘円鑿　まるいあなに四角な木をはめこむ意で、物事がうまくかみ合わないことのたとえ。

## 天、幕府の失政を怒る

夫、古今災異ノ説[1]、春秋[2]已下歴代ノ史編特筆大書シテ絶ルコトナク、人君ノ宜ク自ラ省ミ、殷鑑[3]トナスヘキモノ、閣下、已ニ見テ詳ニ知ルトコロ、〔今〕マタ之ヲ煩言セス。但、皇国[4]今日ノ地震海嘯、其由テ来ルトコロノモノ、漸ナリト雖トモ、目下幕府、征夷ノ任[5]ニ在テ、而モ王室[6]ヲ尊ヒ、夷狄[7]ヲ攘フノ職掌ヲ奉スル能ハス、祖宗ノ法令[8]ヲ無ミシ、神州[9]ノ国体[10]ヲ傷リ、墨夷[11]ニ許ニ通信〔交〕貿易[12]ヲ以テシ、剰ヘ之ニ地ヲ貸シテ、上陸横行[13]セシメ、犬羊[14]羶腥[15]ノ為ニ、神州清浄ノ国土ヲ汚穢セラル、ヲ以テ、天地

夫《そ》れ、古今災異《ここんさいい》の説《せつ》、春秋《しゅんじゅう》已下《いか》歴代《れきだい》の史編特筆《しへんとくひつ》大書《たいしょ》して絶《た》ゆることなく、人君《じんくん》の宜《よろ》しく自《みずか》ら省《かえり》み、殷鑑《いんかん》となすべきもの、閣下《かっか》、已《すで》に見《み》て詳《つまび》らかに知《し》るところ、今《いま》また之《これ》を煩言《はんげん》せず。但《ただ》し、皇国今日《こうこくこんにち》の地震《じしん》・海嘯《かいしょう》、其《そ》の由《よ》りて来《きた》るところのもの、漸《ぜん》なりと雖《いえど》も、目下幕府《もっかばくふ》、征夷《せいい》の任《にん》に在《あ》って、而《しか》も王室《おうしつ》を尊《たっと》び、夷狄《いてき》を攘《はら》うの職掌《しょくしょう》を奉《ほう》ずる能《あた》わず、祖宗《そそう》の法令《ほうれい》を無《な》みし、神州《しんしゅう》の国体《こくたい》を傷《やぶ》り、墨夷《ぼくい》に許《ゆる》すに通信貿易《つうしんぼうえき》を以《もっ》てし、剰《あまつさ》え之《これ》に地《ち》を貸《か》して、上陸横行《じょうりくおうこう》せしめ、犬羊羶腥《けんようせんせい》の為《ため》に、神州清浄《しんしゅうせいじょう》の国土《こくど》を汚穢《おわい》せらるるを以《もっ》て、天地《てんち》の神祇《じんぎ》、祖宗《そそう》の

ノ神祇、祖宗ノ鬼神[16]、瞋怒[17]威震シテ深ク之ヲ罪スルニ出ルコト、智〔知〕者ヲ待テ而后〔後〕ニ知ルモノニアラザルナリ。[18] 請フ、ソノ証ヲ列挙セン。

鬼神《きしん》、瞋怒威震《しんどいしん》して深《ふか》く之《これ》を罪《つみ》するに出《いず》ること、智者《ちしゃ》を待《ま》ちて而《しか》る后に知《し》るものにあらざるなり。請《こ》う、その証《しょう》を列挙《れっきょ》せん。

そもそも、古今の災異説と申しますのは、『春秋』をはじめとして連綿と歴代の歴史書にことさら大きく書き記されておりまして、人に君たるものが自らを省みて、いましめの手本とするべきもので、閣下におかせられましては、既に御覧になって詳しく御存知のことですから、今またこれをくだくだしくは申しません。しかし、皇国に今日起こっております地震や津波は、その由来と申しますのが、たとえきざしであるにしても、さしあたって幕府は夷狄を征伐するという任にありながら、天皇家を尊崇し、外国の輩を打ち払うという役目を勤めることができておらず、代々受け継がれてきた法令を軽んじ、神州の国体を損ない、アメリカには国交を開いて貿易を許可し、そればかりかこれに土地を貸して、上陸して自由に歩きまわらせ、犬や羊のような外国人どもの悪影響によって、神州の清らかな国土を穢されていることから、天神《あまつかみ》と地祇《くにつかみ》、御歴代様方の御霊が怒り震え、深くこれを責めておられるからであることは、智恵者に教えられてはじめてわかることではございません。その証拠を列挙させてくださいますようお願い申し上げます。

〈注釈〉

1災異ノ説　日食・彗星の出現・洪水・地震・大火などの自然災害や異常現象を、人間の行為と関連付けて、天からの警告と見做す説。前漢中期の代表的な儒学者である董仲舒《とうちゅうじょ》（前一七六？－前一〇四？）が、『春秋公羊伝《しゅんじゅうくようでん》』の解説をもとに、天災地異を為政者の失政や悪徳に対する譴責として解釈したことに始まる。2春秋　書名。経書の一つ。孔子が古代中国東周時代前半の魯国の記録について筆削したものといわれる。3殷鑑　「殷鑑遠《いんかんとお》からず」の戒め。殷の人が戒めとすべき手本（鑑《かがみ》）は、すぐ前の夏の国が悪政によって滅びたことにある、自分の戒めの材料はすぐ近くにある、という喩え。4皇国　↓用語解説（314頁）。5征夷ノ任　↓用語解説「**征夷大将軍**」（315頁）。6王室　帝王（天子）の家。皇室。7夷狄　↓用語解説「**華夷思想**」（315頁）。8祖宗ノ法令　↓用語解説「**鎖国祖法観**」（316頁）。9神州　↓用語解説「**神国思想**」（317頁）。10国体　↓用語解説（318頁）。11墨夷　亜墨利加《アメリカ》を指す。↓用語解説「**華夷思想**」（315頁）。12通信貿易　↓用語解説「**鎖国祖法観**」（316頁）。秋良本原文は「交」易につくるが、ミセケチで「貿」易。13上陸横行　安政元年三月三日（一八五四年三月三十一日）に締結された日米和親条約では、下田（現静岡県下田市）と箱館（現北海道函館市）を開港し（第二条）、そこに一時的に逗留するアメリカ合衆国の漂流民その他の市民は、長崎において中国人やオランダ人が居住区外への他出を禁止され、厳しい監視下に置かれているのと同様の待遇を受けることなく、下田港内の小嶋周り凡そ七里（一里は約四キロ）内は、自由に徘徊することが出来る（箱館港については追って協議）（第五条）ことが取り決められた。14犬羊　卑俗な犬と強情な羊。外敵に対する蔑称。15羶腥　腥羶。生臭い獣肉。他民族の漢族に対する侵入や統治によって造成される悪影響の比喩に用いられた言葉。ここでは和親条約締結によって下田を開港し、外国人遊歩規定を設けたことで受ける影響をいう。16祖宗ノ鬼神　歴代君主の霊魂。17瞋怒　いかる。憤怒を示す。18智者ヲ待テ…　中国の文章に散見される言い回しで、知恵者に教えられるまでもなく、誰にでもわかること。

## 天変地異と外国船の来航

去年二月、相州地震[1]、函根山頽レ、小田原波揚リ、余震三崎浦賀ノ海岸ニ及フ。而シテ六月、墨夷其地ニ来テ[2]暴凌[3]猖蹶[4]ス。是、天預メ兆ヲ示シ、人ヲ誡ムノ一証ナリ。同七月、妖星[5]昏ニ西ニ見ヘテ、八月、魯狄[6]長崎ニ来テ、[7]通信交易ヲ乞フ。是レ、其証〔二証〕ナリ。本年正月、墨夷再ヒ来テ、幕府遂ニ之レト和

---

去年《きょねん》二月《にがつ》、相州《そうしゅう》地震《ちふる》い、函根山《はこねやま》頽《くず》れ、小田原《おだわら》波《なみ》揚《あが》り、余震《よしん》三崎《みさき》・浦賀《うらが》の海岸《かいがん》に及《およ》ぶ。而《しか》して六《ろく》月《がつ》、墨夷《ぼくい》其《そ》の地《ち》に来《きた》りて暴凌《ぼうりょう》猖蹶《しょうけつ》す。是《これ》、天《てん》預《あらかじ》め兆《きざ》しを示《しめ》し、人《ひと》を誡《いまし》むの一証《いっしょう》なり。同七月《どうしちがつ》、妖星《ようせい》昏《いくれ》に西《にし》に見《み》えて、八月《はちがつ》、魯狄《ろてき》長崎《ながさき》に来《きた》りて、通信交易《つうしんこうえき》を乞《こ》う。是《これ》、其《そ》の証《しょう》二《に》なり。本年正月《ほんねんしょうがつ》、墨夷《ぼくい》再《ふたた》び来《きた》りて、幕府《ばくふ》遂《つい》に之《これ》と和《わ》し、

シ、以テ盟ヒ、豆州ノ地方七里ヲ貸ス。[8] 四月、禁宮災[9]アリテ、天子行宮ニ遷幸シ[10]〔玉ヒ〕、五月、大坂城故ナク壊ル、コト数十丈、[11] 六月、マタ畿内及勢州ノ地大ニ震テ、[12] 九月、果シテ魯狄再ヒ来テ摂海ニ突入、[13] 内地ヲ測量シ、近畿ヲ汚穢[14]ス。是、其ノ証三〔三証〕ナリ。

性、窃カニ聞ク、是時ニ当テヤ、朝廷、天子マサニ避テ大津ニ遷幸シ玉フベキノ議アリト。豈亦タ天朝[15]ノ大変ナラズヤ。然而、幕府猶覚テ以テ決戦、賊ヲ殲ス能ハズ。其レヲシテモ、亦下田ニ趁カシメ、通信上陸ヲ許ス。[16] 是ニ於テ、天地人ノ鬼神、赫怒[17]大瞋[18]シテ、再ヒ大ニ地震海嘯ノ大災[19]〔災異〕ヲ降シ、大坂ヲ洗滌[20]シテ以テ近畿ヲ雪メ、[21] 下田ヲ蕩尽[22]シテ以テ腥膻ヲ流シ、[23] 而シテ東南海道、賊夷必衝ノ地ヲ尽ク震動破壊シテ、以テ幕府及列国ノ諸侯伯[24]ヲ

---

以《もっ》て盟《ちか》い、豆州《ずしゅう》の地方七里《ちほうしちり》を貸《か》す。四月《しがつ》、禁宮《きんきゅう》災《わざわ》いありて、天子《てんし》行宮《あんぐう》に遷幸《せんこう》し、五月《ごがつ》、大坂城《おおさかじょう》故《ゆえ》なく壊《こわ》るること数十丈《すうじゅうじょう》、六月《ろくがつ》、また畿内及《きないおよ》び勢州《せいしゅう》の地大《ちおお》いに震《ふる》いて、九月《くがつ》、果《はた》して魯狄再《ろてきふたた》び来《きた》りて摂海《せっかい》に突入《とつにゅう》、内地《ないち》を測量《そくりょう》し、近畿《きんき》を汚穢《おわい》す。是《これ》、其《そ》の証三《しょうさん》なり。

性《しょう》、窃《ひそ》かに聞《き》く、是《こ》の時《とき》に当《あた》りてや、朝廷《ちょうてい》、天子《てんし》まさに避《さ》けて大津《おおつ》に遷幸《せんこう》し玉《たま》うべきの議《ぎ》ありと。豈亦《あにま》た天朝《てんちょう》の大変《たいへん》ならずや。然《しか》れども、幕府猶覚《ばくふなおさと》りて以《もっ》て決戦《けっせん》、賊《ぞく》を殲《ほろぼ》す能《あた》わず。其《そ》れをしても、亦下田《またしもだ》に趁《おもむ》かしめ、通信上陸《つうしんじょうりく》を許《ゆる》す。是《ここ》に於《お》いて、天地人《てんちじん》の鬼神《きしん》、赫怒《かくど》大瞋《たいしん》して、再《ふたた》び大《おお》いに地震《じしん》・海嘯《かいしょう》の大災《たいさい》を降《ふ》らし、大坂《おおさか》を洗滌《せんでき》して以《もっ》て近畿《きんき》を雪《きよ》め、下田《しもだ》を蕩尽《とうじん》して以《もっ》て腥膻《せいせん》を流《なが》し、而《しか》して東南海道《とうなんかいどう》、賊夷必衝《ぞくいひっしょう》の地《ち》を尽《ことごと》く震動破《しんどうは》壊《かい》して、以《もっ》て幕府及《ばくふおよ》び列国《れっこく》の諸侯伯《しょこうはく》をして、此《こ》の

シテ、此後必ス諸蛮大挙シ来テ、我ニ寇スルコトヲ知ラシムルノ四証トスルナリ。聞ク、予豊両国海峡相対スルノ地、震動亦殊ニ甚ト[25]。我恐ハ、近日賊船此ノ間ヨリ入テ、我長防沿海ニ突来センコトヲ。閣下、安ソ恐懼[26]戒慎[27]セサルコトヲ得ンヤ。

---

後《のち》必《かなら》ず諸蛮《しょばん》大挙《たいきょ》し来《きた》りて、我《われ》に寇《あだ》することを知《し》らしむるの四証《ししょう》とするなり。聞《き》く、予《よ》豊両国《ほうりょうこく》海峡《かいきょう》相対《あいたい》するの地《ち》、震動《しんどう》亦《また》殊《こと》に甚《はなはだ》しと。我恐《われおそ》るらくは、近日賊船《きんじつぞくせん》此《こ》の間《あいだ》より入《い》りて、我《わが》長防《ちょうぼう》沿海《えんかい》に突来《とつらい》せんことを。閣下《かっか》、安《いずく》んぞ恐懼戒慎《きょうくかいしん》せざることを得《え》んや。

去年（一八五三）二月、相模国で地震があり、函根山（箱根山）が崩れ、小田原（現神奈川県小田原市）に津波が揚がり、余震は三崎（現神奈川県三浦市）・浦賀（現神奈川県横須賀市）の海岸に及びました。そうして六月、アメリカがその地へやって来て横暴の限りを尽くしました。これは、天があらかじめ前兆を現して、人々に忠告した第一の証拠でございます。

同年七月、妖しい星が夕暮れ時の西の空に現れると、八月にはロシアが長崎に来航して、国交を開き貿易を行うよう要求いたしました。これが、その第二の証拠でございます。

本年（一八五四）正月、アメリカが再び来航すると、幕府はとうとうこれと和睦し、条約を結んで、伊豆国の地七里四方を貸しました。四月、御所に火災があって、天子様（孝明天皇）は仮の御所へ御移りになられ、五月、大坂城が理由もなく数十丈ほど壊れ、六月、またしても畿内および伊勢国で大きな地震があると、九月、果たしてロシアが再びやって来て大坂湾に突入し、畿内の地を測量して、京の都近くを蹂躙《じゅうりん》いたしました。これが、その第三の証拠でございます。

わたくしが内々に聞いておりますところでは、この時にのぞんで、朝廷には、天子様は難をお避けなされて大津へ御移りなさるのがよろしかろうという議論があったということでございます。なんと天朝の御一大事ではございませんか。しかしながら、幕府はそれでも目を覚まして決戦を挑み、外国からの賊を葬り去ってしまうことができません。それ（ロシア軍艦）についても、やはり下田へ赴かせて、国交と上陸を許可いたしました。

このようなことですから、万物の霊魂は、かっとなって激しく怒り、再び大いに地震や津波の大災害を降らし、大坂を洗い濯《ゆす》いで京の都近くを清め、下田を全部無くして、これによって外国人の生ぐさみを流し、そうして東海道・南海道の、外国の賊どもが必ず衝いてくるであろう場所をことごとく震わせ破壊することで、幕府および諸国の大名方に、今後必ずや諸外国の輩が大挙してやって来て、我が国を侵略すると広く知らせている第四の証拠としたのでございます。

聞くところによりますと、伊予国と豊後国の海峡が接したところは、揺れもまた特にひどかったそうでございます。わたくしが恐れますのは、近い将来外国の輩の船がこの間から侵入して、我が長門国と周防国の沿海に突然やって来るのではないか、ということでございます。閣下におかせられましては、どうして恐れかしこまって戒め慎まないでおられましょうか。

〈注釈〉

1相州地震　嘉永六年（一八五三）二月二日、相模国の小田原を中心に発生した小田原地震。小田原城が大破したのをはじめ、城下や足柄平野の村々、箱根で震度が強く、被害は真鶴・大磯・鎌倉にも及んだ。早川河口では津波が発生し、小田原から大山へ向けて早川を遡上した。2其地ニ来テ　嘉永六年六月三日のペリー来航をいう。3暴凌　あばれ侵す。4猖獗　悪い物事がはびこり、勢いを増すこと。猛威をふるうこと。5妖星　一八五三年第三彗星クリンケルフューズ彗星。この嘉永六年七月に観測された彗星について、「武江年表」には、「同（七月）十七日より始まり、暮時より戌の方に彗星《ほうきぼし》現はる、けん星とも云ふ、廿二日迄次第に北へよりて見へけるが其後は曇りて見へず」（『江戸叢書』一二）と記されている。6魯狄　魯西亜《ロシア》を指す。↓用語解説「**華夷思想**」（315頁）。7長崎ニ来テ　嘉永六年七月十八日、ロシア海軍中将プチャーチンは、四隻の艦隊を率いて長崎に来航し、開国と通商、さらに千島・樺太の国境画定を求めて幕府との交渉を求めた。8方七里ヲ貸ス　日米和親条約第五条、伊豆国下田港内の外国人遊歩規定を指す。↓上陸横行（117頁）。9禁宮災　禁宮すなわち天子の居所に起った火災。安政元年（一八五四）四月六日昼ごろ、後院北殿から出火して内裏を延焼し、翌七日早朝ようやく鎮火した。10遷幸　孝明天皇（一八三一－六七）は、内裏の火災を避けて下鴨神社から聖護院宮へと動座した。同十五日、禁裏御所北側桂宮邸を仮皇居として、聖護院宮より遷御した。11丈　一丈は約三・〇三メートル。12大ニ震テ　安政元年六月十五日の伊賀上野地震。13摂海ニ突入　安政元年九月十五日、紀淡海峡にプチャーチン率いるロシア軍艦ディアナ号が姿を現し、十八日には大坂の天保山沖に投錨した。このプチャーチンの示威行動に、幕府は開国・通商交渉を下田で行う旨を伝え、プチャーチンは十月三日天保山沖を離れて下田へ向かった。14汚穢　けがす。15天朝　朝廷または天子を敬っていう語。16通信上陸ヲ許ス　安政元年十二月二十一日（一八五五年二月七日）、下田において日露和親条約を締結し、下田・箱館・長崎の開港と、択捉《エトロフ》と得撫《ウルップ》島の間を国境とし、樺太は両国雑居とすることを定めた。秋良本は「通商」につくり、「信」を傍記。17赫怒　かっといかる。はげしくいかる。18大瞋　おおいにいかる。19大災　安政元年十一月四日の東海地震と、その三二時間後の十一月五日に発生した南海地震。20洗滌　あらいすすぐ。あらってよごれを去る。21近畿ヲ雪メ　安政南海地震では、二・五〜三メートルの津波が安治川や木津川を遡上した。22蕩尽　全部無くなる。23腥羶ヲ流シ　「腥羶」はなまぐさいもの。またそれを食う外国人をののしる言葉。安政東海地震では、下田へは地震後一五〜二〇分後から七〜八回の津波が押し寄せ、二回目の津波は五〜六メートルに達した。これによって八四一軒が流失、三〇軒が半潰、九九人が流死した。碇泊中のロシア軍艦ディアナ号も被害を受け、修理のため戸田港へ廻航中に座礁、その後沈没した。24諸侯伯　大名と小名。小名は大名のうち領地の少ないもの。25予豊両国…甚ト　安政南海地震の二日後、十一月七日に発生した、大分県と愛媛県の間にある豊予海峡地震。26恐懼　おそれかしこまること。27戒慎　言動をいましめつつしむこと。

## 二百余年の太平の末に

且ツ、其由テ来ルトコロノモノ、漸ナル所以ヲ云〔言〕ハンカ〔乎〕。

二百余年大平ノ久キ、幕府及列国ノ侯伯宴安[1]ニ狎レ、驕奢[2]ニ長シ、数十万石ノ禄〔ナ〕ヲ以テ国用ヲ弁スルニ足ラス。農民ノ膏血[3]ヲシホツテ、宮室衣食ノ美ヲ極メ、商賈[4]ノ金銀ヲ借テ、妻妾婦女ノ歓ヲ尽シ、武備ヲ捨テ、問ハサルニ置キ、外寇[5]虜患[6]ノ何事タルヲ知ラサルモノ、天下滔々[7]トシテ皆是ナリ[8]。

一旦墨夷ノ変[9]アルニ及テ驚愕狼狽、彼カ陸梁[10]猖獗ノ罪ヲ問フコト能ハス、遂ニ肯テ和ヲ議スルニ至ル。コレ、其戦ノ道ヲ知ラサルト、

---

且《か》つ、其《そ》の由《よ》りて来《きた》るところのもの、漸《ぜん》なる所以《ゆえん》を云《い》わんか。

二百《にひゃく》余《よ》年太平《ねんたいへい》の久《ひさ》しき、幕府《ばくふ》及《およ》び列国《れっこく》の侯伯宴《こうはくえん》安《あん》に狎《な》れ、驕奢《きょうしゃ》に長《ちょう》じ、数十万石《すうじゅうまんこく》の禄《ろく》を以《もっ》て国《こく》用《よう》を弁《べん》ずるに足《た》らず。農民《のうみん》の膏血《こうけつ》をしぼって、宮《きゅう》室衣食《しついしょく》の美《び》を極《きわ》め、商賈《しょうこ》の金銀《きんぎん》を借《か》りて、妻妾《さいしょう》婦女《ふじょ》の歓《よろこ》びを尽《つく》し、武備《ぶび》を捨《す》てて問《と》わざるに置《お》き、外寇虜患《がいこうりょかん》の何事《なにごと》たるを知《し》らざるもの、天下滔々《てんかとうとう》として皆是《みなこれ》なり。

一旦墨夷《いったんぼくい》の変《へん》あるに及《およ》びて驚愕狼狽《きょうがくろうばい》、彼《か》が陸梁《りくりょう》猖獗《しょうけつ》の罪《つみ》を問《と》うこと能《あた》わず、遂《つい》に肯《がえん》じて和《わ》を議《ぎ》するに至《いた》る。これ、其《そ》の戦《いくさ》の道《みち》を知《し》らざると、戦《たたか》

戦ベキノ備ナキヲ以テナリ。而、宰執[11]及侯伯ノ中、或ハ和議ノ不可ナルヲ知ルモノアリト雖トモ、亦ミナ一身ノ謀ヲ為ス者而已。蘇明允[12]カ所レ謂、知テ三其勢将ニスルヲレ有ント二遠禍一、而度テ二己レ不ルヲレ及ハレ見ニ、謂フレ可ト下以テ寄セ二之ヲ後人ニ一、以(苟)免ル中吾身ヲ上者也[13]。

是以、宗室水戸老侯[14]ノ英武、及福井侯[15]ノ智勇ナルアツテ、決戦和スベカラザルノ議ヲ主張シ、外藩閣下[16]ノ賢明ナルト、細川侯[17]ノ豪邁ナルアツテ、之ヲ羽翼[18]スルト云〔イ〕ヘトモ、其策遂ニ行ハレスシテ、蛮夷夏ヲ猾リ[19]、天地災ヲ降スニ至ル。嗚呼、此レ太平末運ノ勢、如何トモスベカラサルモノナリト雖トモ、抑モ亦人事ヲ以テ天道ヲ挽回スルノ力ヲ尽サヾルニ由テナリ。豈痛哭大息スベカラサルベケンヤ。

---

うべきの備《そな》えなきを以《もっ》てなり。而《しか》して、宰執及《さいしつおよ》び侯伯《こうはく》の中《うち》、或《あるい》は和議《わぎ》の不可《ふか》なるを知《し》るものありと雖《いえ》ども、亦《また》みな一身《いっしん》の謀《はかりごと》を為《な》す者《もの》のみ。蘇明允《そめいいん》が謂《い》う所《ところ》、「其《そ》の勢《せい》、将《まさ》に遠禍《えんか》有《あ》らんとするを知《し》りて、己《おの》れ見るに及ばざるを度《はか》りて、以《もっ》て之《これ》を後《こう》人《じん》に寄《よ》せ、以《もっ》て吾身《わがみ》を免《まぬが》るべしと謂《い》う者《もの》なり。」

是《ここ》を以《もっ》て、宗室水戸老侯《そうしつみとろうこう》の英武《えいぶ》、及び福井侯《ふくいこう》の智《ち》勇《ゆう》なるあって、決戦和《けっせんわ》すべからざるの議《ぎ》を主張《しゅちょう》し、外藩閣下《がいはんかっか》の賢明《けんめい》なると、細川侯《ほそかわこう》の豪邁《ごうまい》なるあって、之《これ》を羽翼《うよく》すると云《い》えども、其《そ》の策遂《さくつい》に行《おこな》われずして、蛮夷夏《ばんいか》を猾《みだ》り、天地災《てんちわざわい》を降《ふら》すに至《いた》る。嗚呼《ああ》、此《こ》れ太平末運《たいへいまつうん》の勢《せい》、如何《いかん》ともすべからざるものなりと雖《いえ》ども、抑《そもそ》も亦人事《またじんじ》を以《もっ》て天道《てんどう》を挽回《ばんかい》するの力《ちから》を尽《つく》さざるに由《よ》りてなり。豈痛哭大息《あにつうこくたいそく》すべからざるべけんや。

さらに、その由来と申しますのが、きざしであるという理由を申し上げましょう。

二百年来太平が長く続いたことで、幕府及び諸藩の大名方は、遊楽に馴れて贅沢にふけり、数十万石の石高があっても、藩の経費を賄うのに足りません。農民の脂や血を搾り取って、御殿や衣服・食べ物の立派なことこの上なく、商人の金銀を借りて、妻妾婦女との歓楽をきわめ、軍備を放棄して問題とすることもなく、外寇とは、外敵の災いとはどのようなことであるのか気にも留めない、日本全土が悉くこのような方向に流されていっております。

ひとたびアメリカの事件が起こるに至ってひどく驚いて慌てふためき、それら（ペリー艦隊）が勝手気ままに横暴の限りを尽くすその罪を問いただすことも出来ず、とうとうよしとして和睦を協議するに至りました。これは、それら幕府や大名が戦争の方法を知らないから、戦えるだけの準備が無いからでございます。それに加えて、御老中や大名方のなかに、あるいは和議を結ぶべきでないと分かっているものがいたとしても、またすべて皆自分一人の保身を謀る者ばかりでございます。蘇明允が申しましたところの、「その情勢が、将来禍を引き起こすであろうことを知りながら、自分は見る必要がないように考えてこれを後世の人に任せ、それで自身は免れようという者である。」でございます。

このようなことですから、徳川家の御一族には水戸老侯（徳川斉昭）という英武に長けた方、福井侯（松平春嶽）という智勇に優れた方がおられて、決戦して和睦すべきでないという意見を主張なさり、外様《とざま》諸侯のなかには、閣下（毛利敬親）という御賢明な方や、細川侯（細川斉護）という豪邁な方がおられて、これを補佐なさるというのに、その策は結局実行されることなく、外国の輩がこの日本を侵犯して、天地の神霊が災害を降らせるに至ったのでございます。ああ、これは太平の末の命運に伴う情勢であって、なんともしようがないものではございますが、そもそもまた人事をもってして天の道理を回復するための力を尽していないことにも原因があるのでございます。どうして嘆き悲しんで深くため息をつかずにおられましょうか。

〈注釈〉

1宴安　何もせずに遊び楽しむこと。2驕奢　奢侈にふけること。おごっていてぜいたくなこと。また、そのさま。3膏血　人の脂と血。苦心して得た収益のたとえ。4商賈　商人の総称。商は行商、賈は店売りをいう。5外寇　国外から敵が攻めてくること。外敵。6虜患　外敵の災い。虜は敵をののしっていう語。7天下　ここでは日本全土をいう。↓天下（199頁）　8天下滔々…是ナリ　世間の風潮が勢い激しく一方に流れ向うさま。『論語』「微子」に、「滔滔たる者天下皆是れなり」とある。9墨夷ノ変　ペリー来航を指す。10陸梁　勝手気ままにあばれまわること。11宰執　宰相。幕府老中を指す。12蘇明允　蘇洵《そじゅん》（一〇〇九‐六六）。北宋時代の中国の文人、唐宋八大家の一人。蘇軾・蘇轍の父。字は明允、老泉と号す。13知其勢…以免吾身者也　蘇洵「審敵論」の一節。訓点は秋良本に拠る。14水戸老侯　徳川斉昭《なりあき》（一八〇〇‐六〇）。前水戸藩主。水戸学の立場から強硬な攘夷論を唱え、軍事力の強化に努めた。15福井侯　松平慶永《よしなが》（春獄《しゅんがく》）（一八二八－九〇）。徳川斉匡《なりまさ》（田安、一七七九－一八四八）の八男。越前福井藩主となる。ペリー来航の際には、海防強化と攘夷を主張した。16外藩　外様《とざま》大名。関ヶ原の戦い後に徳川氏に臣従した大名。17細川侯　細川斉護《なりもり》（一八〇四－六〇）。熊本藩主。18羽翼　助けること、また、その人。補佐。19蛮夷夏ヲ猾リ　『尚書（書経）』「舜典」の一節。古代中国の辺境少数民族が中原地区を侵犯したことを言うが、ここでは蛮夷をアメリカやロシアなどの諸外国、夏を日本の意で用いる。

## 戦って後に備える

其、挽回ノ術他ナシ。武備ヲ厳ニシ、戦ヲ決シ、夷狄ヲ攘フテ、王室ヲ尊フニ在リ。決戦ノ策、老侯已下天下識者ノ論、已ニ尽テ漏スコトナケレハ、今復贅セス[1]。但、其備テ而后ニ戦フト、戦テ而備ルト、先後得失アルヲ論シテ、閣下ノ志ヲ決セン。

今ヤ幕府ノ謀、天下武備ノ不足ナルヲ以テ、

---

其《そ》れ、挽回《ばんかい》の術他《じゅつほか》なし。武備《ぶび》を厳《げん》にし、戦《いくさ》を決《けっ》し、夷狄《いてき》を攘《はろ》うて、王室《おうしつ》を尊《たっと》ぶに在《あ》り。決戦《けっせん》の策《さく》、老《ろう》侯已下天下識者《こういかてんかしきしゃ》の論《ろん》、已《すで》に尽《つ》きて漏《もら》すことなければ、今復贅《いままたぜい》せず。但《ただ》し、其《そ》れ備《そな》えて而《しか》る后《のち》に戦《たたか》うと、戦《たたか》いて而《しか》して備《そな》うると、前後得失《ぜんごとくしつ》あるを論《ろん》じて、閣下《かっか》の志《こころざし》を決《けっ》せん。

今《いま》や幕府《ばくふ》の謀《はかりごと》、天下武備《てんかぶび》の不足《ふそく》なるを以《もっ》て、外《そと》

外彼カ乞ヲ拒マス、通商(信)ヲ許シ、土地ヲ貸シ、内我ノ武ヲ弛ス、驕奢ヲ戒メ、器械[2]ヲ製シ、三五年ノ後、士気振ヒ、武備足ルヲ待テ、而后ニ交ヲ絶チ〔シ〕、戦ヲ決セント謂フ。是レ、至テ怯策、極メテ拙謀、天災地変荐リニ臻テ、神州ノ国脈[3]ヲシテ終ニ滅絶セシムルノ道ナリ。何トナレハ、則二百余年習染ノ驕奢、廃弛ノ武備、戦〔未夕〕ハスシテ止メ、且厳ナラシメント欲ス。幕府タトヒ朝ニ戒メ夕ニ禁シ、千号万令スト雖トモ、豈ニ能ク得ンヤ。

驕奢止ラサレハ、武器備フヘカラス。武器備ハラサレハ、戦決スベカラス。戦決スヘカラサレハ、夷狄攘ハスシテ、神州終ニ其有トナル矣。若シ、之ニ先ンスルニ戦ヲ以テスルトキハ、戒メスシテ驕奢自ラ止ミ、令セスシテ武備従テ厳ニ、夷寇退キ、天災弭テ、而神州

---

彼《か》が乞《こ》うを拒《こば》まず、通商《つうしょう》を許《ゆる》し、土地《とち》を貸《か》し、内《うち》我《われ》の武《ぶ》を弛《ゆる》めず、驕奢《きょうしゃ》を戒《いまし》め、器械《きかい》を製《せい》し、三五《さんご》年《ねん》の後《のち》、士気《しき》振《ふる》い、武備《ぶび》足《た》るを待《ま》ちて、而《しか》る后《のち》に交《まじ》わりを絶《た》ち、戦《いくさ》を決《けっ》せんと謂《い》う。是《こ》れ、至《いた》って怯策《きょうさく》、極《きわ》めて拙謀《せつぼう》、天災地変荐《てんさいちへんしき》りに臻《いた》りて、神州《しんしゅう》の国脈《こくみゃく》をして終《つい》に滅絶《めつぜつ》せしむるの道《みち》なり。何《なん》となれば、則《すなわ》ち二百余年《にひゃくよねん》習染《しゅうせん》の驕奢《きょうしゃ》、廃弛《はいち》の武備《ぶび》、戦《たたか》わずして止《や》め、且《かつ》厳《げん》ならしめんと欲《ほっ》す。幕府《ばくふ》たとい朝《あした》に戒《いまし》め夕《ゆうべ》に禁《きん》じ、千号万令《せんごうまんれい》すと雖《いえ》ども、豈《あに》能《よ》く得んや。

驕奢《きょうしゃ》止《や》まらざれは、武器備《ぶきそな》うべからず。武器備《ぶきそな》わらざれは、戦決《いくさけっ》すべからず。戦決《いくさけっ》すべからざれば、夷狄攘《いてきはら》わずして、神州終《しんしゅうつい》に其《そ》の有《ゆう》となる。若《も》し、之《これ》に先《さき》んずるに戦《いくさ》を以《もっ》てするときは、戒《いまし》めずして驕奢自《きょうしゃおのずか》ら止《や》み、令《れい》せずして武備従《ぶびしたが》いて厳《げん》に、夷寇退《いこうしりぞ》き、天災弭《てんさいや》みて、而《しか》して神州《しんしゅう》の国脈《こくみゃく》、

ノ国脈、亦天地ト倶ニ永ク存スルコトヲ得ル矣。閣下、何ソ一日モ早ク志ヲ此ニ決セサル。然リト雖トモ、幕府ノ謀怯拙[4]已ニ此ノ如ニシテ、列国侯伯マタ徒ニ因循[5]、ソノ指揮ヲ受テ違ハサルトキハ、相ヒ倶ニ国亡ヒ、天下滅シ、遂ニ開国已来、未タ曽テ夷狄ノ凌辱ヲ受サル、堂々タル天朝神孫ノ真天子ヲシテ、膝ヲ屈テ虎狼[6]犬羊ヲ拝セシムルニ至ラン。豈亦痛哭流涕スヘカラサランヤ。

---

亦《また》天地《てんち》と倶《とも》に永《なが》く存《ぞん》することを得《う》る。閣下《かっか》、何《なん》ぞ一日《いちにち》も早《はや》く志《こころざし》を此《ここ》に決《けっ》せざる。然《しか》りと雖《いえ》ども、幕府《ばくふ》の謀《はかりごと》怯拙《きょうせつ》已《すで》に此《かく》の如《ごと》くにして、列国侯伯《れっこくこうはく》また徒《いたずら》に因循《いんじゅん》、その指揮《しき》を受《う》けて違《たが》わざるときは、相《あ》い倶《とも》に国亡《くにほろ》び、天下《てんか》滅《めっ》し、遂《つい》に開国已来《かいこくいらい》、未《いま》だ曽《かつ》て夷狄《いてき》の凌辱《りょうじょく》を受《う》けざる、堂々《どうどう》たる天朝神孫《てんちょうしんそん》の真天子《しんてんし》をして、膝《ひざ》を屈《かが》めて虎狼犬羊《ころうけんよう》を拝《はい》せしむるに至《いた》らん。豈亦痛哭流涕《あにまたつうこくりゅうてい》すべからざらんや。

いったい、挽回する方法とは他でもございません。軍備を厳重にし、戦争して勝敗を決し、外国の輩を打ち払って、天皇家を尊重することでございます。決戦の策略につきましては、老公（徳川斉昭）をはじめ日本全土の有識者の議論が、既に漏れなく出尽くしておりますので、今またくだくだしくは申しません。ただし、軍備を調えた後に戦争に及ぶのと、戦争をしてから軍備を調えるのとでは、物事の順序に利と不利があることを論じて、閣下のお考えをお定めいただきたく存じます。

今まさに幕府の策略は、日本全土の軍備が不足していることを理由に、国の外に向かっては彼（諸外国）

の要求を拒否することなく、貿易を許可し《（国交を開き）》、土地を貸し与え、国の内に向かってはわれわれ（幕府・諸藩）の厳戒を解かず、贅沢を慎しませ、武器を製造し、三年から五年の後、士気が盛んになり、軍備が充実するのを待って、その後に交際を断ち、戦争して決着をつけようと申します。これは、はなはだ弱腰の策、極めて稚拙な謀《はかりごと》でして、天変地異がたびたび起って、神州の命脈を結局は絶滅させる道でございます。何故かと申しますと、つまりそれは二百年余りにわたって習慣として染みついた奢りや贅沢、廃れ弛んだ軍備を、戦わないのに止めさせ、また厳重に備えさせようとするのでございます。幕府がたとえ朝にとがめ夕に禁じて、数限りなく号令を下したとしても、どうしてできるものでしょうか。

奢りや贅沢を止めなければ、武器を準備することはできません。武器が準備できなければ、戦争で決着をつけることはできません。戦争して決着をつけることができなければ、外国の輩を打ち払うこともなく、神州も結局はその所有となってしまうのでございます。もしも、何よりも先にまず戦争を始めたなら、とがめるまでもなく贅沢は自然と止み、命じるまでもなく軍備もそれにともなって厳重になり、外国の敵は退散し、天災は止まり、そうして神州の命脈も、また天地とともに末永く存続することができるのでございます。閣下におかせられては、どうして一日も早く御考えをここにお定めにならないのでしょうか。

そうではあっても、幕府の策略がもはやこのように弱腰でおぼつかないありさまで、諸国（藩）の大名方もまたぐずぐずと決断が出来ず、その指揮に従うだけの調子では、一緒になって国（徳川幕府と諸藩）は絶え国（日本）全土も滅び、果ては皇国が開かれて以来、未だかつて外国の輩の辱めを受けたことがない、堂々たる天朝の神の子孫である真正の天子さまに、膝を折らせ虎狼犬羊のように卑しい外国の輩に拝礼をおさせすることとなりましょう。どうしてまた嘆き悲しんで涙を流さずにおられましょうか。

〈注釈〉
1贅　くだくだしい。わずらわしい。2器械　武器。器は鎧・兜の類、械は矛・弓の類。3国脈　国の命脈。4怯拙　おくびようなことと、いくじがないこと。5因循　ぐずぐずして煮え切らないさま。6虎狼　残虐な虎と貪欲な狼。外敵に対する蔑称。

## 今こそ王政復古の好機会

夫、王室ニ勤労スルハ、国家祖宗ノ以テ意ヲ致〔玉フ〕ストコロニシテ、閣下ノ宜ク奉テ、以テ業ヲ継〔玉フ〕ヘキトコロナリ。是ヲ以テ、向後夷船モシ我沿海ノ地ニ来ルコトアラハ、閣下、マサニ幕命ヲ待タス、一意決戦シテ之ヲ粉韲[1]スヘシ。此ノ如クニシテ、猶幕府モシ違言アルトキハ、

---

夫《そ》れ、王室《おうしつ》に勤労《きんろう》するは、国家祖宗《こっかそそう》の以《もっ》て意《い》を致《いた》すところにして、閣下《かっか》の宜《よろし》く奉《ほう》じて、以《もっ》て業《ぎょう》を継《つ》ぐべきところなり。是《ここ》を以《もっ》て、向後夷船《きょうごいはく》もし我沿《わがえん》海《かい》の地《ち》に来《きた》ることあらば、閣下《かっか》、まさに幕命《ばくめい》を待《ま》たず、一意決戦《いちいけっせん》して之《これ》を粉韲《ふんせい》すべし。此《かく》の如《ごと》くにして猶《なお》、幕府《ばくふ》もし違言《いげん》あるときは、閣《かっ》

閣下〔亦〕マサニ天子ノ勅[2]ヲ奉シ、敵愾ノ侯伯ニ合従[3]シ、勤王ノ義兵ヲ大挙シテ、失職[4]ノ罪ヲ問ヒ、夷狄ヲ攘ヒ、王室ヲ尊ヒ、神州ヲシテ再ヒ政コト天子ヨリ出ノ古ニ復セシムヘシ。能ク此ノ如クナラバ、天下ノ豪傑、草間ノ英雄争ヒ出テ、攀龍附鳳[5]、以テ閣下ヲ羽翼スルモノ、又何ソ限ラン。性、窃ニ天地人事ノ勢ヲ察スルニ、今之時将サニソノ機会ニ当タル矣。

閣下ノ志、〔既ニ〕此ニ決スルトキハ、善政美教[6]、以テ天下ノ英雄豪傑ヲ服セシムルニ足ルモノアルニ非レハ不可ナリ。性、窃ニ国家ノ政教ヲ視ニ、其善美、モトヨリ当今列国苛酷ノ比ニアラスト云ヘトモ、亦未タ之ヲ尽セリト云ヘカラス。是其頻年風水旱澇[7]ノ災荐リニ至テ、今日地震ノ以テ波及〔未夕〕止マサルトコロナリ。性請フ、詳ニ之ヲ論セン。

---

下《か》まさに天子《てんし》の勅《ちょく》を奉《ほう》じ、敵愾《てきがい》の侯伯《こうはく》に合従《がっしょう》し、勤王《きんのう》の義兵《ぎへい》を大挙《たいきょ》して、失職《しっしょく》の罪《つみ》を問《と》い、夷狄《いてき》を攘《はら》い、王室《おうしつ》を尊《たっと》び、神州《しんしゅう》をして再《ふたた》び政《まつり》ごと天子《てんし》より出《いず》るの古《いにしえ》に復《ふく》せしむべし。能《よ》く此《かく》の如《ごと》くならば、天下《てんか》の豪傑《ごうけつ》、草間《そうかん》の英雄争《えいゆうあらそ》い出《いで》て、攀龍附鳳《はんりゅうふほう》、以《もっ》て閣下《かっか》を羽翼《うよく》するもの、又何《またなん》ぞ限《かぎ》らん。性《しょう》、窃《ひそか》に天地人事《てんちじんじ》の勢《せい》を察《さっ》するに、今《いま》の時《とき》、将《まさ》にその機《き》会《かい》に当《あた》りたる。

閣下《かっか》の志《し》、此《ここ》に決《けっ》するときは、善政美教《ぜんせいびきょう》、以《もっ》て天《てん》下《か》の英雄豪傑《えいゆうごうけつ》を服《ふく》せしむるに足《た》るものあるに非《あら》ざれば不可《ふか》なり。性《しょう》、窃《ひそか》に国家《こっか》の政教《せいきょう》を視《み》るに、其《その》善美《ぜんび》、もとより当今列国苛酷《とうこんれっこくかこく》の比《ひ》にあらずと云《い》えども、亦未《またいま》だ之《これ》を尽《つく》せりと云《い》うべからず。是其頻《これそのひん》年風水旱澇《ねんふうすいかんろう》の災荐《わざわいしき》りに至《いた》りて、今日地震《こんにちじしん》の以《もっ》て波及止《はきゅうや》まざるところなり。性《しょう》請《こ》う、詳《つまび》らかに之《これ》を論《ろん》ぜん。

そもそも、天皇家の御ために心身を労して勤めるということは、御国家（萩藩）の御歴代様が御心を砕かれたところでして、閣下がおしいただいて、御遺業をお継ぎなさるべきものでございます。それゆえに、今後外国船がもしもわたくしたちの沿海の地にやって来るようなことがありましたら、閣下におかせられましては、当然幕府の命令を待つことなく、頑として決戦を挑み、これを粉砕しなければなりません。

このようであって、それでも幕府にもし道理にそむく言葉があったその時には、閣下におかせられましては、天子様の勅《みことのり》をおしいただいて、天子様の恨みや怒りを晴らそうとする大名方と同盟し、大いに勤王の義兵を挙げて、（幕府の）失策の罪を問いただし、外国の輩を打払い、天皇家を尊崇し、神州を再び政事が天子さまから発せられる古《いにしえ》の状態へと戻さなければなりません。このようにできましたならば、日本全土の豪傑や、巷間の英雄は争って姿を現わし、龍の鱗や鳳凰の翼につかまるように明君を頼って集まり、閣下を補佐する者が、またどうして（御領内の者に）限定されたりいたしましょうか。わたくしが、ひそかに天と地と人事の情勢をよく考えてみましたところ、今が、まさにその時でございます。

閣下のお考えを、このようにお定めになりましたら、立派な政治と立派な風俗の教化とによって、日本全土の英雄や豪傑を心から従わせるのに十分なものがなければなりません。わたくしが、ひそかに御国家（萩藩）の政治と風俗の教化について観察いたしましたところ、そのご立派なことは、いうまでもなく目下（他の大名方の）諸領国における無慈悲な状態とは比べものになりませんが、やはりまだそれが行き届いているとは申せません。これによって、毎年台風などによる風水害や干ばつ・水害などによる災害が頻繁に発生して、今日の地震にまで及んでいるのでございます。どうかわたくしに、これについて詳しく論じさせてください。

〈注釈〉

1紛韲　こなごなにくだく。2勅　天皇の命令。みことのり。3合従　従は縦で、南北をいう。南北をあわせる意。戦国時代、韓・魏・趙・燕・楚・斉の六国が南北に同盟して西の秦に対抗する外交策をとったことから。4失職　職務上の失策。5攀龍附鳳　神獣といわれる龍の鱗や鳳凰の羽につかまるように、立派な君主に頼ること。6善政美教　正しくよい政治とよい教化。教化とは、教え導いて善に進ませること。7旱澇　早は日照りによる災害、澇は水没による災害。

## 非常の変乱には非常の政治

夫、非常ノ変ニ処シ、非常ノ事ヲ成サント欲スルモノハ、非常ノ政ヲ為ニアラサレハ能ハス。今ヤ、〔者〕外寇天災ハ非常ノ変ナリ。掃蕩[1]挽

夫《そ》れ、非常《ひじょう》の変《へん》に処《しょ》し、非常《ひじょう》の事《こと》を成《な》さんと欲《ほっ》するものは、非常《ひじょう》の政《まつりごと》を為《な》すにあらざればあたわず。今《いま》や、外寇天災《がいこうてんさい》は非常《ひじょう》の変《へん》なり。掃蕩挽回《そうとうばんかい》は

回ハ非常ノ事ナリ。然而、国家ノ政コト、未夕曾テ非常ナラサルモノ、独リ何ソヤ。蓋シ、徒ラニ先例古格[2]ヲ墨守シテ、之ヲ変通[3]スルコトヲ知ラサレハナリ。

先例古格者、太宗定[4]ムル所ノ旧典[5]、孝子慈孫ノ世々守テ〔而〕失ハザルトコロナリ。性、今俄ニ之ヲ変スルノ説ヲ為ス、酷タ王安石[6]カ言ノ、何以テ二太宗ヲ一為ン[7]ト云フモノト相似ル。閣下、必ス怪テ、以為ン二新法乱ルレ国ヲ者一。然レトモ、彼ノ安石ハ、又曰フ二天変不トレ足ラレ畏[8]。而テ性ハ、則チ深ク天変ノ畏ルヘキヲ知テ、以テ之ヲ変通シテ、災ヲ弭ント欲スルナリ。其言ハ同、而其意即〔則〕大ニ〔相〕反ス。閣下モ亦何ソ深ク怪焉。

且、所レ謂先例古格者、太宗、乱ヨリ治ニ趁クノ時ニ当リ作〔テ〕為シ玉フ守成ノ法、一二百余年、

---

非常《ひじょう》の事《こと》なり。然《しか》れども、国家《こっか》の政《まつり》ごと、未《いま》だ曾《かつ》て非常《ひじょう》ならざるもの、独《ひと》り何《なん》ぞや。蓋《けだ》し、徒《いらず》らに先例古格《せんれいこかく》を墨守《ぼくしゅ》して、之《これ》を変通《へんつう》することを知《し》らざればなり。

先例古格《せんれいこかく》は、太宗定《たいそうさだ》むる所《ところ》の旧典《きゅうてん》、孝子《こうし》・慈孫《じそん》の世々守《よよまも》りて失《うしな》わざるところなり。性《しょう》、今俄《いまにわか》に之《これ》を変《へん》ずるの説《せつ》を為《な》す、酷《はなは》だ王安石《おうあんせき》が言《げん》の、「何《なん》ぞ太《たい》宗《そう》を以《もっ》て為《なさ》ん」と云《い》うものと相似《あいに》る。閣下《かっか》、必《かなら》ず怪《あやし》みて、以《もっ》て新法国《しんぽうくに》を乱《みだ》るものと為《な》さん。然《しか》れども、彼《か》の安石《あんせき》は、又《また》「天変畏《てんぺんおそ》るるに足《た》らず」と曰《い》う。而《しか》して性《しょう》は、則《すなわ》ち深《ふか》く天変《てんぺん》の畏《おそ》るべきを知《し》りて、以《もっ》て之《これ》を変通《へんつう》して、災《わざわい》を弭《や》めんと欲《ほっ》するなり。其言《そのげん》は同《おな》じく、而《しか》れども其意《そのい》即《すなわ》ち大《おお》いに反《はん》す。閣下《かっか》も亦何《またなん》ぞ深《ふか》く怪《あや》しまん。

且《か》つ、謂所先例古格《いわゆるせんれいこかく》は、太宗《たいそう》、乱《らん》より治《ち》に趁《おもむ》くの時《とき》に当《あた》り作為《さくい》し玉《たま》う守成《しゅせい》の法《ほう》、二百余年《にひゃくよねん》、因循《いんじゅん》

因循シテ行フトコロ、其弊マタ多矣。之ヲ墨守シテ更張セス[9]、今日天下ノ勢、マサニ治ヨリ乱ニ趍カントスル時ニ施ス。所謂膠レテ柱ニ鼓ルレ瑟ヲ[10]ノ類、豈ニ能ク調スルモノアランヤ。

して行《おこな》うところ、其弊《そのへい》また多《おお》し。之《これ》を墨守《ぼくしゅ》して更《こう》張《ちょう》せず、今日天下《こんにちてんか》の勢《せい》、まさに治《ち》より乱《らん》に趍《おもむ》かんとする時《とき》に施《ほどこ》す。所謂《いはゆる》柱《はしら》に膠《にかわ》して瑟《しつ》を鼓《かなで》るの類《たぐい》、豈能《あによ》く調《ちょう》するものあらんや。

いったい、思いがけない異変に対処し、特にすぐれた事業を成し遂げようとする者は、思い切った政治を行うのでなければそれはできません。今まさに、外の敵と天災は思いがけない異変でございます。しかしながら、御国家（萩藩）の政治が、これまで一度も思い切ったものであったことがないというのは、いったいどうしたことでございましょうか。思いますのに、むなしく先例やら昔からのしきたりやらを固く守って、これを時と場合に合わせて自在に変えることを知らないからでございます。

先例や昔からのしきたりとは、太宗綱広公がお定めになられた古い規則であり、孝行な子や孫が代々守り伝えて忘れなかったものでございます。わたくしが、今突然にこれを変えようとする説を唱えますのは、王安石の言葉で「どうして太宗（を模範にしよう）などとおっしゃいますか」と言ったのとよく似ております。閣下におかせられましては、きっと訝しまれて、新法によって国を乱すものだとお思いになることでしょう。

しかしながら、彼の安石は、また「天災は恐れるに足りない」と申しました。そうしてわたくしは、すなわち天災とは恐るべきものとよく承知しておりますから、先例や昔からのしきたりを自在に変えることで、災害を止めたいと願うのでございます。その言葉は同じですが、しかしその意味するところはつまり大きく異っております。閣下におかせられましても、またどうして深く訝しまれることがございましょうか。

さらに、いわゆる先例や昔からのしきたりと申しますものは、太宗綱広公が戦乱の世から太平の世へと向かう時に臨んでお作りになった創業を受け継ぎ守るための法でございますから、二百余年の間、その古い法を守って改めることなく用いておりますと、その弊害もまた多く出てまいります。これをかたくなに守って時代に合わなくなったところを改めることもなく、今日日本全土の情勢が、まさに太平の世から戦乱の世へと向かおうとしている時に用いるのは、いわゆる琴柱を膠で粘りつけてから瑟を奏でるというようなもので、どうして調律できる者がおりましょうか。

〈注釈〉

1掃蕩　残らず払い除くこと。2古格　昔からの由緒あるやり方。3変通　臨機応変に事を処すること。4太宗　中国の王朝で太祖（初代）に次ぐ業績のある皇帝（多くは二代）に奉つる廟号。ここでは萩毛利家二代藩主毛利綱広《つなひろ》（一六三九－八九）に対し用いる。5旧典　いわゆる「万治制法」。

万治三年（一六六〇）から翌寛文元年（一六六一）にかけて、毛利綱広が制定した萩藩の基本法。幕府の法令を参考にしつつ、毛利元就（一四九七－一五七一）以来の毛利家の法令を二九編に集大成した。6王安石　一〇二一年－八六年。北宋の政治家。神宗（一〇六七－八五）に登用されて、富国強兵のための大胆な経済・政治・軍事の改革を行った。しかし、この王安石の新法派と、これを批判する旧法派との激しい政治闘争が延々とくり広げられ、これが北宋の衰退を招いたといわれる。7何以太宗為　熙寧《きねい》元年（一〇六八）四月、神宗が王安石に、「政治を行ううえで優先すべきことは何か」と尋ねると、安石は「まずは模範とする術《みち》をお択びください」と答え、神宗が「唐の太宗（李世民、五九八－六四九）はどうか」というと、「陛下は堯や舜を模範となさるべきです。どうして太宗などとおっしゃいますか。」と、伝説上の聖王である堯や舜の統治に学ぶことを進言した（『宋史』王安石伝）。8天変不足畏　前掲『宋史』王安石伝にも見える、「天変畏るるに足らず、祖宗法《のっと》るに足らず、人言恤《うれ》うるに足らず」、すなわち、天変地異を天からの警告とは考えない、太祖以来の法や伝統よりも改革を優先する、反対（旧法）派の批判を気にしない、という、いわゆる「三不足説」の一節。これは、二〇世紀後半に至るまで、王安石がその改革に対し自ら述べたものと見做されてきたが、現在は王安石に対する批判の語とされている。また、その「天人相関説」についても、否定ではないとする解釈が出てきている。9更張　琴の糸をあらためて張ること。転じて、今までゆるんでいたことを改めて盛んにすること。10膠柱鼓瑟　膠《にかわ》で琴柱《ことじ》を粘りつけた後に瑟《おおごと》を奏である。琴柱は動かせないので調弦が出来ないことから、固執拘泥して、時と場に応じ自由に変化することができないことのたとえ。

## 改革すべきは速やかに改革を

董生[1]言アリ。曰、教化不レ立タ、万民不レ正ラ。譬ハ、琴瑟不レ調セ甚者、必解テ而更二張之ヲ一、乃可レ鼓ス也。為レ政而不レ行甚者、必変而更二化之一、乃可レ理也。漢得二天下一以来、常欲レ治、而至レ今不レ可二善治一者、当二更化一而不二更化一也[2]ト。閣下、亦国ノ善治ヲ欲セハ、速ニ更メ化スヘキヲ更メ化スルニ如カス。若シ更メ化セントスルハ、之ヲ外ニ求ルヲ待ス。国家自ラ太祖[3]及両川[4]先公[5]、創業典刑[6]ノ立ル有リ。此誠ニ宜ク閣下ノ則ツテ遵奉スヘキトコロナリ。

---

董生言《とうせいげん》あり。曰《いわ》く、「教化《きょうか》立《た》たず、万民《ばんみん》正《ただ》しからず。譬《たとえ》ば、琴瑟《きんしつ》調《ちょう》せざるの甚《はなはだ》しきは、必《かなら》ず解《と》きて之《これ》を更張《こうちょう》すれば、乃《すなわ》ち鼓《こ》すべきなり。政《まつりごと》を為《な》して行《おこな》われざるの甚《はなはだ》しきは、必《かなら》ず変《へん》じて之《これ》を更化《こうか》すれば、乃《すなわ》ち理《おさ》むべきなり。漢《かん》の天下《てんか》を得《え》て以来《いらい》、常《つね》に治《ち》を欲《ほっ》して、而《しか》も今《いま》に至《いた》りて善治《ぜんち》すべからざるは、当《まさ》に更化《こうか》すべくして而《しか》も更化《こうか》せざればなり」と。閣下《かっか》、亦国《またくに》の善治《ぜんち》を欲《ほっ》せば、速《すみ》やかに更《あらた》め化《か》すべきを更《あらた》め化《か》するに如《し》かず。若《も》し更《あらた》め化《か》せんと欲《ほっ》せば、之《これ》を外《そと》に求《もと》むるを待《ま》たず。国家《こっか》自《おのずか》ら太祖《たいそ》及《およ》び両川先公《りょうせんせんこう》、創業典刑《そうぎょうてんけい》の立《た》つる有《あ》り。此《こ》れ誠《まこと》に

一　宜《よろ》しく閣下《かっか》の則《のっと》って遵奉《じゅんぽう》すべきところなり。

董仲舒の言葉がございます。「教化が行われず、万民が正しい道を進んでおりません。たとえば、琴や瑟の調子がひどく合わなければ、必ず弦を解いてこれを張り替えますと、そこではじめて弾くことができます。政治を行って少しもうまくいかない場合には、ぜひとも変えてしまってこれを教化し直しますと、そこではじめてうまく治めることができます。漢が天下を取ってからというもの、常に立派に治めようと望みながら、今に至るまで立派に治めることができないのは、当然改革すべきところを改革していないからなのです。」、と。

閣下が、また御領国を立派に治めようとお望みになりましたら、速やかに改革なさるべきところを改革なさるのに勝るものはございません。もし改革なさろうとお望みになるのでしたら、これを御領外にお求めになるまでもございません。御国家（萩藩）にはおのずから太祖元就《もとなり》公および両川の吉川元春《きっかわもとはる》公・小早川隆景《こばやかわたかかげ》公が、創業の御定法をお立てなされたものがございます。これは、本当によくよく閣下が従い守らなければならないものでございます。

〈注釈〉

1董生　董仲舒。建元元年（紀元前一四〇）、武帝（前一五六－前八七）から古今の治道について諮問を受けて「賢良対策」を献じ、制度改革・儒教の官学化・人材登用を説いて採用された。2教化不立…不更化也　「賢良対策」の一節。教化は教えて感化すること。更化はあらためて教化すること。ここでは、『十八史略』もしくは『資治通鑑』から引用。3太祖　中国の王朝を興した初代皇帝にたてまつる廟号。ここでは萩毛利家の始祖毛利元就に対し用いる。4両川　「毛利の両川」と呼ばれた吉川家と小早川家。毛利元就は、中国地方の有力豪族吉川家に次男元春（一五三〇－八六）を、同じく小早川家に三男隆景（一五三三－九七）を養子として相続させ、この両家が政治と軍事の両面で毛利家を補佐する体制を作った。5先公　先代の主君。6典刑　毛利元就が、弘治三年（一五五七）毛利家を継ぐ嫡男毛利隆元（一五二三－六三）と、元春・隆景に宛てた、いわゆる「三子教訓状」を指す。元就は、急拡大した毛利氏の領国を維持するため、過信・慢心を戒め、三兄弟が一致協力して毛利家の維持に努めるよう説き、その政治構想を伝えた。

### 改革には能力主義の人才登用を

抑、先例古格者、権門勢家ノ、頼テ以テ人君ノ威権ヲ把弄[1]シ、下情言路[2]ヲ壅蔽[3]シテ通セサラシムルモノニシテ、之ヲ変スルハ、其甚タ

---

抑《そもそも》、先例《せんれい》古格《こかく》は、権門勢家《けんもんせいか》の、頼《たの》みて以《もっ》て人君《じんくん》の威権《いけん》を把弄《はろう》し、下情《かじょう》言路《げんろ》を壅蔽《ようへい》して通《つう》ぜざらしむるものにして、之《これ》を変《へん》ずるは、其《そ》れ甚《はなは》だ欲《ほっ》せ

欲セサルトコロナリ。是ヲ以テ、閣下、英武独断、決然勇為スルニアラスンハ更化シ易カラサル、亦人才未㆓尽[2]ク挙㆒ラヲ以テナリ。苟モ、人才尽ク挙テ、両職已下、権要ノ地、枢機ノ職ニ居ルモノ、皆其任ニ当リ、上下一心、愷誠[3]忠[4]直、己レヲ忘テ社稷[5]ノ為ニスルニ志アラハ、閣下亦何憂㆑難㆓更化㆒乎。

然而、人才ノ不㆑挙、亦先例古格ニ拘リ、其才ノ賢否如何ヲ問ハス、徒ニ門地ヲ選ヒ、禄位ヲ論シ、小吏陪臣[6]及草間〔野〕ノ野〔間〕ニ取テ用ルコトヲ許サレハナリ。古ノ人ヲ進ル者、或ハ盗ニ取リ、或ハ管庫ニ挙ル。小吏陪臣草間ノ豪傑、賤シトイヘトモ、猶以テコレニ比ルニ足ル。然ルヲ、取テ用ルコトヲ許サス。宜矣、国家人才ノ不㆑挙、人才挙ラサレハ、政コト更化スヘカラスシテ、吏職シハ〳〵

---

ざるところなり。是《ここ》を以《もっ》て、閣下《かっか》、英武《えいぶ》独断《どくだん》、決《けっ》然勇為《ぜんゆうい》するにあらずんば更化《こうか》し易《やす》からざる、亦人《またじん》才未《さいいま》だ尽《ことごと》く挙《あが》らざるを以《もっ》てなり。苟《いや》しくも、人才《じんさい》尽《ことごと》く挙《あが》りて、両職已下《りょうしょくいか》、権要《けんよう》の地《ち》、枢機《すうき》の職《しょく》に居《い》るもの、皆其《みなそ》の任《にん》に当《あた》り、上下一心《じょうげいっしん》、愷誠忠《しんせいちゅう》直《ちょく》、己《おの》れを忘《わす》れて社稷《しゃしょく》の為《ため》にするに志《こころざし》あらば、閣下亦何《かっかまたなん》ぞ更化《こうか》し難《がた》きを憂《うれ》えんか。

然《しか》れども、人才《じんさい》の挙《あが》らざる、亦先例古格《またせんれいこかく》に拘《こだわ》り、其《そ》の才《さい》の賢否如何《けんぴいかん》を問《と》わず、徒《いたずら》に門地《もんち》を選《えら》び、禄《ろく》位《い》を論《ろん》じ、小吏《しょうり》・陪臣及《ばいしんおよ》び草間《そうかん》の野《や》に取《と》りて用《もちゆ》ることを許《ゆる》さざればなり。古《いにしえ》の人《ひと》を進《すすむ》るは、或《あるい》は盗《とう》に取《と》り、或《あるい》は管庫《かんこ》に挙《あ》ぐる。小吏《しょうり》・陪臣《ばいしん》・草間《そうかん》の豪傑《ごうけつ》、賤《いや》しといえども、猶以《なおもっ》てこれに比《くら》ぶるに足《た》る。然《しか》るを、取《とり》て用《もちゆ》ることを許《ゆる》さず。宜《むべ》なるかな、国家《こっか》人才《じんさい》の挙《あが》らず、人才挙《じんさいあが》らざれば、政《まつり》ごと更化《こうか》すべからずして、吏職《りしょく》しばしば変易《へんえき》するの弊又《へいまた》変易スルノ弊又生焉。 ――生《しょう》ず。

　そもそも、先例や古い格式というものは、権勢のある門閥や家柄の者が、拠り所として主君の権威を手中にして弄び、下々の実情を進言する路を塞いで通じなくさせるためのものでして、これを変更することは、彼らの非常に望まないところでございます。ですから、閣下におかせられまして、（門閥や家柄の者に御相談されることなく）お一人で御英断をお下しになり、決然と思いきって（改革を）断行されるのでなければ改革が難しいというのも、また才能ある者がまだ残らず登用されていないからでございます。かりにも、才能ある者が残らず登用されて、江戸当役・当職の両職以下、権力のある重要な地位や、大切な政務を担う役職に就いている者が、皆その任務に責任を持ち、上下が心を一つにして、忠義に厚く正直《せいちょく》にして、我を忘れ国家のため役立とうとする意志があったならば、閣下におかせられては、またどうして改革が難しいなどと憂慮なさることがございましょうか。

　しかしながら、才能ある者が登用されないのは、また先例や古い格式にこだわって、その才能がすぐれているかどうかを問題とせず、無益に出自で選別し、家禄の多寡や家格の上下がどうだと言い立てて、小役人や又家来《またげらい》や民間からも選び出して登用することを許さないからでございます。昔は役人を任用するのに、あるいは盗賊から採用し、あるいは蔵番からも登用いたしました。小役人や又家来、民間の豪傑は、身分が低いとはいうものの、それでもやはりこれらに比べても十分でございましょう。それなのに、採用することをお許しになりません。なるほど、御国家（萩藩）には才能ある者が登用されることなく、才能ある者が登用されなければ、政治を改革することもできずに、役人はしばしば交代するという弊害を生じますのも、もっともなことでございます。

〈注釈〉
1把弄　手にとってもてあそぶ。いじる。2言路　君主に意見を述べるみち。3壅蔽　君主の耳をふさいで、人の善言を聞かせない。また、君主がそうなること。4両職　萩藩の家老。→用語解説「萩藩の職制」（318頁）。5愖誠　「愖」は「忱」に同じ。まこと。まごころ。6社稷　古代中国で、天子や諸侯が祭った土地の神（社）と五穀の神（稷）。転じて朝廷または国家。7陪臣　臣下の臣下。間接の家臣の意で、又者《またもの》或は又家来《またげらい》ともいう。

## 権要の職は頻繁に交替させない

古人有言。曰、凡諸侯之国、権職数々易ル者ハ、治世ナレハ、則国家疲弊シ、武備弛廃シ、士民[1]怨望テ而不レ服。乱世ナレハ、則不レ能レ戦、而其

古人言《こじんげん》有《あ》り。曰《いわ》く、「凡《およ》そ諸侯《しょこう》の国《くに》、権職数々易《けんしょくしばしばかわ》るは、治世《ちせい》なれば、則ち国家疲弊《こっかひへい》し、武備弛廃《ぶびちはい》し、士《し》民怨望《みんえんぼう》して而《しか》して服《ふく》せず。乱世《らんせ》なれば、則《すなわ》ち戦《たたか》うこ

国滅亡ストト。性、窃ニ国家ノ政事ヲ察スルニ、似レ未レ免二此弊ヲ一。

閤下、就レ封已来、未二数十年一。両職及権要ノ任ニ在モノ、大故[2]アルニアラスシテ、数々変易[3]スルモノ幾人〔ソ〕ヤ。其変易スル毎ニ、両政府[4]属吏已下、諸々郡宰小吏[5]ニ至ルマテ、尽ク己レニ党スルモノヲ挙用ス。是ヲ以テ権職一二人ノ挙措[6]ニヨツテ、公私ノ費誠ニ夥ク、闔国[7]其弊ヲ受ケ、士民怨望不レ服モノ、実ニ古人ノ所レ言ノ如シ。豈不二亦殆一哉。

昔者、堯舜[8]ノ九官[9]十二牧[10]ヲ挙ケ、湯武[11]ノ伊尹[12]太公[13]ニ任ル、降テ而斉桓[14]ノ管仲[15]、晋文[16]ノ六卿[17]、漢文[18]ノ呉張[19]、唐太宗[20]ノ房杜[21]ニ於ケル、皆終身任用シテ易ヘス。我国近世ニ在テハ、備前侯[22]ノ熊沢某[23]ニ任テ、細川侯[24]ノ堀某[25]ヲ用ル、委任スルコト専ラニシテ、且ツ久矣。而今ノ

---

とあたわずして、而《しか》して其国滅亡《そのくにめつぼう》す」と。性《しょう》、窃《ひそか》に国家《こっか》の政事《まつりごと》を察《さっ》するに、未《いま》だ此弊《このへい》を免《まぬが》れざるに似《に》たり。

閤下《かっか》、封《ほう》に就《つ》きて已来《いらい》、未《いま》だ数十年《すうじゅうねん》ならず。両《りょう》職《しょく》及《およ》び権要《けんよう》の任《にん》に在《あ》るもの、大故《たいこ》あるにあらずして、数々《しばしば》変易《へんえき》するもの幾人《いくたり》ぞや。其《そ》の変易《へんえき》する毎《ごと》に、両政府《りょうせいふ》属吏《ぞくり》已下《いか》、諸々《もろもろ》郡宰《ぐんさい》小吏《しょうり》に至《いた》るまで、尽《ことごと》く己《おの》れに党《なかま》するものを挙用《きょよう》す。是《ここ》を以《もっ》て権職《けんしょく》一二人《いちににん》の挙措《きょそ》によって、公私《こうし》の費《つい》え誠《まこと》に夥《おびただ》しく、闔国其弊《こうこくそのへい》を受《う》け、士民怨望《しみんえんぼう》して服《ふく》せざるもの、実《じつ》に古人《こじん》の言《い》う所《ところ》の如《ごと》し。豈亦殆《あにまたあやう》からずや。

昔者《むかし》、堯舜《ぎょうしゅん》の九官《きゅうかん》十二牧《じゅうにぼく》を挙《あ》げ、湯武《とうぶ》の伊尹《いいん》太公《たいこう》に任《にん》ずる、降《くだ》りて斉桓《せいかん》の管仲《かんちゅう》、晋文《しんぶん》の六卿《りくけい》、漢文《かんぶん》の呉張《ごちょう》、唐太宗《とうたいそう》の房杜《ぼうと》に於《お》ける、皆終《みなしゅう》身任用《しんにんよう》して易《か》えず。我国近世《わがくにきんせい》に在《あ》りては、備前侯《びぜんこう》の熊沢《くまざわ》某《なにがし》に任《まか》せて、細川侯《ほそかわこう》の堀某《ほりなにがし》を用《もち》ゆる、委任《いにん》するこ

佐嘉侯[26]、鍋島某[27]ヲ挙テ執政タラシムル三‐二十‐余‐年于茲一二、未二曽一変易一、亦可三以為二美談一矣。

と専《もっぱ》らにして、且《か》つ久《ひさ》し。而《しか》して今《いま》の佐嘉侯《さがこう》、鍋島《なべしま》某《なにがし》を挙《あ》げて執政《しっせい》たらしむる茲《ここ》に三十余年《さんじゅうよねん》、未《いま》だ曽《かつ》て一《いつ》に変易《へんえき》せず。亦以《またもっ》て美談《びだん》と為《な》すべし。

古《いにしえ》の人は申しております。「おしなべて諸侯の国では、権力のある役職に就いた者がたびたび変わると、太平の世であれば、国家は疲れ弱り、軍備は疎《おろそ》かになり、そうして民衆はうらめしく思って従わない。騒乱の世であれば、その時には戦うことができず、そうしてその国は滅亡する。」、と。わたくしがひそかに御国家（萩藩）の政治につきまして観察しているところでは、今もなおこの弊害から逃れられていないようでございます。

閣下におかせられましては、御領国を受け継がれましてから、まだ数十年も経ってはおりません。（江戸当役・当職の）両職や権威ある重要な役職に就いた者で、大きな過失がないのにたびたび交代したものはいったい何人になりましょうか。その交代するたびに、（両職配下の）地方《じかた》・江戸方《えどがた》両政府の諸役人や付属の小役人をはじめ、多くの代官や下役にいたるまで、すべて自分の仲間を登用いたします。これによって、権力のある役職のものが一人二人交代させられますと、公私にわたって経費は非常に多額に上り、御領国中がその弊害を受けますので、「民衆はうらめしく思って従わない」と申しますのも、まことに古の人が申した通りでございます。なんとまあ危ういことではございませんか。

昔、堯や舜の時代に九官十二牧を設け、商の湯王《とうおう》は伊尹を、周の武王《ぶおう》は太公望呂尚《りょうしょう》を任用し、時代を降って斉の桓公は管仲を、晋の文公は六卿を、漢の文帝は呉王劉濞《りゅうび》と張武《ちょうぶ》を、唐の太宗は房玄齢《ぼうげんれい》と杜如《とじょ》晦《かい》を、すべて終身任用して交代させませんでした。我が国の近い時代ですと、備前侯（池田光政《いけだみつまさ》）が熊沢《くまざわ》蕃山《ばんざん》を任用し、細川《ほそかわ》侯（重賢《しげたか》）が堀平太左衛門《ほりへいたざえもん》を登用いたしましたのは、政務を専ら委任して、かつ長期間にわたりました。そして今の佐賀侯（鍋島直正《なべしまなおまさ》）が、鍋島茂真《なべしましげまさ》を登用して執政といたさせておりますこと三十余年にして、今に至るまで一度も交替させたことがございません。また美談と申せましょう。

**〈注釈〉**

1士民　広く人民・庶民を指す。2大故　大きな悪事。3変易　変える、また変わること。4両政府　萩藩江戸政府と地方政府。→用語解説「**萩藩の職制**」（318頁）。5郡宰　代官。宰判《さいばん》（萩藩の行政区）ごとに置かれて民政を掌る要職で、代官を経て政府へ累進するのが二〇〇石前後以下大組士《おおぐみし》の代表的な昇進コース。6挙措　あげることとおくこと。挙錯。7闔国　国じゅう。ここでは萩藩内全部。8堯舜　中国古代の伝説上の聖天子である堯と舜。9九官　舜が設置したと伝わる九種の官職の長官。司空（総理）・后稷（農業）・司徒（教育）・士（法律・刑罰）・共工（技術）・虞（山林・沼沢）・秩宗（祭祀）・典楽（音楽）・納言（君主と臣民との間の意見の伝達）。10十二牧　舜の時の十二州の長官（牧）。11湯武　商（殷）王朝の初代天子湯王と、周王朝初代の天子武王をいう。12伊尹商の湯王に仕えた宰相。夏朝の滅亡と商朝の建立に貢献した。13太公　太公望呂尚《りょしょう》。文王・武王をたすけて商（殷）を滅し、その功によって斉の地に封じられた。14斉桓　斉の桓公（?－前六四三）。中国春秋時代、斉の十六代君主。管仲を宰相として軍政合一・兵民合一の制度改革を実行し、斉国を強国にした春秋五覇のひとり。15管仲　前七二五－六四五斉の桓公に仕えた政治家。16晋文　晋の文公（前六九七?－六二八）。中国春秋時代、晋の二十四代君主。斉の桓公と並び称される春秋五覇のひとり。17六卿　紀元前六三三年、晋の文公は三軍六卿の制度を設け、上・中・下各軍の将（将軍）・佐（副将）には卿（大臣）が就任し、これを六卿と呼んだ。18漢文　前漢の五代皇帝劉恒（前二〇二－一五七）。質朴を旨としてよく諫言を容れ、民力の休養に努めて、刑罰・租税を軽減するなど、その治世に漢朝の社会は安定し、次の景帝の代と合せて文景の治と称され、賢明な帝王の模範とされた。19呉張　呉王劉濞《りゅうび》（前二一五－一五四）と張武。呉王は、世子劉賢が入朝した際、皇太子劉啓（前一八八－四一、後の景帝）と口論になって殺害されたことから、病と偽って入朝を拒否し、朝廷を軽視するようになったが、文帝はこれに老・病を養うための脇息《ひじかけ》と杖を下賜して入朝を免じた。また文帝が代王であったころからの側近であった張武らが、賄賂の金銭を受けこれが発覚したが、さらに賞賜を加えて、その心に恥じさせた。20唐太宗　唐の二代皇帝李世民《りせいみん》（五九八－六四九）。積極的に群臣の意見を聞き入れて文治政治を行い、中国史上著名な名君となる。その治世は貞観の治と呼ばれ、唐朝百三十年の繁栄の基礎を築いた。21房杜　房玄齢（五七九－六四八）

と杜如晦（五八五－六三〇）。共に太宗を輔けて貞観の治を現出させた政治家。22備前侯　岡山藩初代藩主池田光政（一六〇九－八二）。熊沢蕃山を登用して儒教主義に基づく藩政改革を行い、また学問・文化の興隆に努めた。23熊沢某　熊沢蕃山（一六一九－九一）。京都出身の陽明学者。岡山池田家に仕え、光政の側近となって岡山藩初期の藩政の確立に貢献するが、家中の反感や朱子学者からの批判を受け、明暦三年（一六五七）致仕して岡山を去った。24細川侯　熊本藩六代藩主細川重賢（一七二一－八五）。襲封当時、藩財政は困窮を極めていたが、堀平太左衛門を抜擢して藩政改革を断行し、法制の改革、検地、藩校時習館の創設、殖産に努めて名君と称された。25堀某　熊本藩士堀平太左衛門（一七一七－九三）。世禄五〇〇石であったが、藩主細川重賢の信任を得て藩政改革に尽力し、中老を経て家老（三五〇〇石）に登用された。26佐嘉侯　佐賀藩第十代藩主鍋島直正《なべしまなおまさ》（一八一五－七一）。号は閑叟《かんそう》。儒者古賀穀堂《こがこくどう》を登用して藩財政を再建し、西洋文化を積極的に取り入れ、殖産興業に努めた。27鍋島某　佐賀藩家老鍋島茂真（一八一三－六六）。直正の庶兄で、佐賀藩の重臣須古《すこ》鍋島家を継ぐ。天保六年（一八三五）五月より安政六年（一八五九）まで、執政として直正の改革を輔翼した。

## 漢室中興の祖、宣帝の治世に学ぶ

昔者、宣帝[1]ノ漢室ヲ中興スル也、史[2]ニ称テ曰、帝興リ二於閭閻[3]一ヨリ、知リ二民事ノ艱難一ヲ、厲精シテ為レス治ヲ。枢機周密、品式具リ(備)[4]、拝ルニ[5]二刺史[6]守相[7]一ヲ、輒チ親ク見聞ス(問)[8]。常曰、民所下ノ以テ安二シ其田里一ニ而無キ中歎息愁恨ノ声上者ノハ、政コト平ニ訟理レハ也。与レ我共ニスル此ヲ者ハ、其レ(惟)良二千石[9]乎ト。以為、太守ハ吏民之本、数々変易レバ、則民不レ安カラ。故ニ二千石有二レハ治理[10]之効一シ、輒チ以テ二璽書[11]一ヲ勉厲シ、増シレ秩ヲ、賜ヒレ金ヲ、公卿[12]欠レハ、則選ヒ二諸ノ所レ表[13]スル一ヲ、以テレ次ヲ用ユレ之ヲ。漢世良吏、於テレ是ニ為スレ盛ト。信賞必罰、綜二核[14]シ名実一ヲ、政事文学法理之士、咸ク精ク二其能一ニ、吏称ヒ二其職一ニ、民安シ二其業一ニ、遭二値[15]シ匈奴[16]ノ衰乱[17]一ニ、推シレ亡ヲ固シレ存ヲ、信[18]ス二威ヲ北夷一ニ。単于[19]慕ヒレ義ヲ、稽首[20]シテ称スレ藩[21]ト。功光リ二祖宗一ニ、業垂ル二後世(裔)一ニ。可シレ謂ツ三中興侔スト二徳ヲ高宗[22]周宣[23]一ニ矣ト。

---

昔者《むかし》、宣帝《せんてい》の漢室《かんしつ》を中興《ちゅうこう》するや、史《し》に称《たた》えて曰《いわ》く、「帝《てい》、閭閻《りょえん》より興《おこ》り、民事《みんじ》の艱難《かんなん》を知《し》り、厲精《れいせい》して治《ち》を為《な》す。枢機周密《すうきしゅうみつ》、品式具《ひんしきそなわ》り、刺史《しし》・守《しゅ》・相《しょう》を拝《はい》するに、輒《すなわ》ち親《した》しく見問《けんもん》す。常《つね》に曰《いわ》く、『民《たみ》の以《もっ》て其《そ》の田里《でんり》に安《やす》んじ而《しか》して歎息愁恨《たんそくしゅうこん》の声《こえ》無《な》き所《ところ》の者《もの》は、政《まつり》ごと平《たいらか》に訟理《しょうり》すればなり。我《われ》と此《これ》を共《とも》にする者《もの》は、其《そ》れ良二千石《りょうにせんせき》や』と。以為《おもえらく》、太守《たいしゅ》は吏民《りみん》の本《もと》、数々変易《しばしばへんえき》すれば、則《すなわ》ち民《たみ》安《やす》からず。故《ゆえ》に二千石《にせんせき》治理《ちり》の效《しるし》有《あ》れば、輒《すなわ》ち璽《じ》書《しょ》を以《もっ》て勉厲《べんれい》し、秩《ちつ》を増《ま》し、金《かね》を賜《たま》い、公卿《こうけい》欠《か》くれば、則《すなわ》ち諸《もろもろ》の表《ひょう》する所《ところ》を選《えら》び、次《じ》を以《もっ》て之《これ》を用《もち》ゆ。漢世良吏《かんせいりょうり》、是《ここ》に於《お》いて盛《さか》んと為《な》す。信賞必《しんしょうひつ》罰《ばつ》、名実《めいじつ》を綜核《そうかく》し、政事《せいじ》・文学《ぶんがく》・法理《ほうり》の士《し》、咸《ことごと》く其能《そののう》に精《くわ》しく、吏其職《りそのしょく》に称《かな》い、民其業《たみそのぎょう》に安《やす》んじ、匈奴《きょうど》の衰乱《すいらん》に遭値《そうち》し、亡《ぼう》を推《お》し存《そん》を固《かた》くし、威《い》を北夷《ほくい》に信《のば》す。単于《ぜんう》義《ぎ》を慕《した》い、稽首《けいしゅ》して藩《はん》と称《しょう》す。

此レ、亦閣下ノ宜ク師トシテ効ベキモノナリ。

---

功《こう》祖宗《そそう》に光《ひか》り、業《ぎょう》後世《こうせい》に垂《た》る。中興《ちゅうこう》徳《とく》を高宗《こうそう》周《しゅう》宣《せん》に侔《ひと》しうすと謂《い》いつべし」と。
此《こ》れ、亦閣下《またかっか》の宜《よろ》しく師《し》として効《なら》うべきものなり。

昔、宣帝が漢王室を中興すると、歴史書に称えて申しますには、「皇帝は、民間に育ちそこから身を起こしたので、民の生活の苦しみを知っており、精魂込めて政治を行った。物事の肝要な点にはしっかりと念を入れて、法度も備わり、州の刺史《しし》や郡国の太守《たいしゅ》、諸侯王の宰相の官を授ける場合には、そのたびごとに自ら彼らを引見して下問した。いつも言うことには、『人々をその故郷に落ち着かせて、ため息をついたり為政者を恨んだりする声がないというのは、政治が正しく裁判が公平だからである。わたくしとこれを一緒に行うのは、法を守り道理に従って人民を治める郡太守と諸侯相である。』、と。

思うに、太守は官吏と人民の手本であって、たびたび交代すれば、すなわち人民はしずまらない。その故に、郡太守や諸侯相に人民を治めて功績があれば、すなわち詔書を下してすすめ励まし、俸禄を増やし、金を下賜し、高位高官に欠員があれば、多くの地方官から提出された文書をもとに選んで、順序よくこれに登用した。漢の時代の役人は、このようにして大いに勢いづいた。功績あるものには約束どおりに賞を与え罪があれば必ず罰し、名声と功績とを良く取り調べたので、政治・文章・法律の仕事にあたる者たちは、みなその能力に精通しており、役人はその職にふさわしい者たちで、人民はその仕事に満足し、匈奴《きょうど》の内紛による衰退にめぐりあっては、亡ぶべき者（郅支単于《しちしぜんう》）を押さえて存続させるべき者（呼韓邪単于《こかんやぜんう》）を強固にし、威光を北方の異民族に伸ばした。（呼韓邪）単于《ぜんう》は仁義を重んじる漢王朝を慕い、頭を地に付け拝礼して漢の藩属であることを認めた。その功績は先代の皇帝らより輝き、その事業は子孫に伝えられる。漢の中興は徳を殷の高宗や周の宣王と等しくすると言えるだろう。」、と。

これはまた、閣下が師となさって学ぶのにふさわしいことでございます。

〈注釈〉

1宣帝　前漢の十代皇帝劉詢《りゅうじゅん》（前九一－四八）。前漢中興の祖とされる。2史　以下は、『漢書』宣帝紀・同循吏伝の内容であるが、ここでは『十八史略』を引いたと見える。引き間違いは本文に（　）で傍注した。また、訓点は秋良本で底本を補った。3閭閻　村里。民間。宣帝は、生後間もなく巫蠱の獄に遭って投獄され、恩赦によって釈放された後、民間で育てられた。毛利敬親も、父斉元が永代家老福原房純の養嗣子として福原家に入っていた際に、その長子として生まれており、境遇が重ねられている。4品式具　法度・制度が明瞭で完備されていること。5拝　天子が臣下に拝礼して官を授けること。6刺史　漢武帝が設置した監察官。全国を十三州に分け、各州に一名の刺史を派遣した。7守相　郡の長官を守（郡太守）、諸侯王の国の宰相を相（諸侯相）という。8輙親見聞「輙親見問」の引き間違いであるが、内容については月性も「輙親見問」の意味で理解しているので、口語訳ではそのように訳した。9良二千石　良は循良。法を守り道理に従って人民を治める役人のこと。二千石は郡太守・諸侯相をいう。10治理　管理する。統治する。11璽書　天子の印の押してある文書。12公卿　三公と九卿。高位高官の総称。13表　君主や役所に奉る文書。14綜核　物事を総合して事実を考えきわめる。15遭値　「遭」も「値」もあうことで、そのような時に出くわすこと。16匈奴　紀元前四世紀頃から紀元五世紀頃にかけて、モンゴル高原を中心に活躍した遊牧騎馬民族。17衰乱　宣帝時代、匈奴はその傘下部族から攻撃されて多くの兵と家畜を失い、従っていた周辺諸国も離反して弱体化したため、漢に対抗できなくなった。また匈奴国内も内紛によって分裂するが、漢に入朝してその援助を受けた呼韓邪単于《こかんやぜんう》（？－前三一）によって再び統一された。18信　顔師古《がんしこ》（五八一－六四五）の注に、「信は、読みて申《の》ばすと為す。古通用の字」とある。19単宇　匈奴をはじめとした北アジア遊牧国家の君主の称号。20稽首　頭を地に着くまで下げてする礼。21称藩　小国が大国或は宗主国に向って自己の従属的な地位を承認すること。藩は属国・属地あるいは分封された土地。22高宗　殷（商）の第二十二代王。傅説《ふえつ》を登用して殷を中興した。23周宣　周の第十一代宣王。宣王中興と称される時代を築いた。

## 非常の改革は適材適所の人才登用から

当テ二是時一ニ、黄覇潁川1ノ太守2トナル3。長吏許4丞5、老テ聾ヲ病ム。督郵6白テ之ヲ逐ント欲ス。覇曰、許丞ハ廉吏ナリ。雖レ老ト、尚能ク拝起ス7。重聴8ハ何ソ傷ン。数々易レハ二長吏一ヲ、送リレ故ヲ迎フレ新ヲ之費、及ヒ姦吏因縁シテ9絶チ二簿書一ヲ10盗ム二財物一ヲ。公私ノ費耗甚多シテ、所ノレ易ル新吏又未ス二必シモ賢ナラ一、或ハ不レ如カ二其故一ニ。徒ニ相ヒ益テ為スレ乱ヲ。(凡)治道ハ、去ル二其太タ甚シキ者一ヲ耳ト。

嗚呼、覇者能ク帝ノ意ヲ承テ行フモノト謂ツ可シ矣。而、数々吏職ヲ易ルノ弊ヲ云モ、亦此ノ言ヨリ詳ニシテ、且ツ尽セルハナシ。閣下、若シ宣帝ノ行フトコロヲ行ハ、、其下必ス覇カ如キモノアツテ、出テ、閣下ヲ羽翼セン(三)。中興ノ功業光リ二祖宗一ニ、垂ル二后(後)世一ニモノ、何ソ成シ難コトカアラン。

国家、今日変易ノ数ナルモノハ、蓋選挙其人

---

是時《このとき》に当《あた》りて、黄覇潁川《こうはえいせん》の太守《たいしゅ》となる。長吏許《ちょうりきょ》の丞《じょう》、老《おい》て聾《ろう》を病《や》む。督郵《とくゆう》白《もう》して之《これ》を逐《お》わんと欲《ほっ》す。覇曰《はいわ》く、「許《きょ》の丞《じょう》は廉吏《れんり》なり。老《おい》たると雖《いえど》も、尚能《なおよ》く拝起《はいき》す。重聴《じゅうちょう》は何《なん》ぞ傷《そこ》なわん。数々《しばしば》長吏《ちょうり》を易《か》うれば、故《ふる》きを送《おく》り新《あたら》しきを迎《むか》うの費《つい》え、及《およ》び姦吏《かんり》因縁《いんえん》して簿書《ぼしょ》を絶《た》ち財物《ざいぶつ》を盗《ぬす》む。公私《こうし》の費耗甚《ひもうはなは》だ多《おお》くして、易《か》わる所《ところ》の新吏《しんり》、又未《またいま》だ必《かなら》ずしも賢《けん》ならず、或《あるい》は其故《そのふる》きに如《し》かず。徒《いたずら》に相《あ》い益《ま》して乱《らん》を為《な》す。治道《ちどう》は、其《そ》の太《はなは》だ甚《はなはだ》しき者《もの》を去《さ》るのみ」と。

嗚呼《ああ》、覇《は》は能《よ》く帝《てい》の意《い》を承《う》けて行《おこな》うものと謂《い》いつ可《べ》し。而《しか》して、数々吏職《しばしばりしょく》を易《か》うるの弊《へい》を云《い》うも、亦此《またこ》の言《げん》より詳《つまび》らかにして、且《か》つ尽《つく》せるはなし。閣下《かっか》、若《も》し宣帝《せんてい》の行《おこな》うところを行《おこな》わば、其《そ》の下《した》必《かなら》ず覇《は》が如《ごと》きものあって、出《い》でて閣下《かっか》を羽翼《うよく》せん。中興《ちゅうこう》の功業《こうぎょう》祖宗《そそう》に光《ひか》り、後世《こうせい》に垂《た》るるもの、何《なん》ぞ成《な》し難《がた》きことかあらん。

ニ非ルヲ以テナリ。閣下、亦宜ク親ラ見聞(問)シ、且ツ諸々ヲシテ表セシメ、真賢才其職ニ称ヒ、一タヒ登庸シテ再ヒ変易スヘカラサルモノヲ選挙シテ可ナリ。人才既ニ悉ク挙リ、変レ易スル吏職ヲ一ノ弊亦除テ、而后、非常ノ革政初メテ行フコトヲ得ベシ。

---

国家《こっか》、今日変易《こんにちへんえき》の数《しばしば》なるものは、蓋《けだ》し選挙其《せんきょそ》の人《ひと》に非《あら》ざるを以《もっ》てなり。閣下《かっか》、亦宜《またよろ》しく親《みずか》ら見問《けんもん》し、且《か》つ諸々《もろもろ》をして表《ひょう》せしめ、真賢才其職《しんけんさいそのしょく》に称《かな》い、一《ひと》たび登庸《とうよう》して再《ふたた》び変易《へんえき》すべからざるものを選挙《せんきょ》して可《か》なり。人才既《じんさいすで》に悉《ことごと》く挙《あが》り、吏職《りしょく》を変易《へんえき》するの弊亦除《へいまたのぞ》きて、而《しか》る后《のち》、非常《ひじょう》の革政初《かくせいはじ》めて行《おこな》うことを得《う》べし。

この宣帝の時代に、黄覇は潁川の太守となりました。地方の上級官吏である許県の丞は、年老いて耳が聞こえにくくなっておりました。督郵は、報告して許県の丞を退けようといたしました。覇の言うことには、「許県の丞は正直で欲のない役人である。年老いたとはいえ、いまもって膝をついておじぎをし立つことが出来る。耳が遠いからといって、どうして中傷しようとするか。たびたび地方の上級官吏を交代させたならば、前任者を送って新任者を迎えるための費用がかかり、悪い役人が、交代のどさくさに役所の帳簿を紛失させて財物を盗むだろう。公私ともに費用の損耗が非常に多いにもかかわらず、後任の新しい役人は必ずしも優れた人物とは限らず、あるいはその前任者に及ばないかもしれない。いたずらにより混乱を招くだけだ。政《まつりごと》をうまくやるには、そのあまりにひどいものを取り除いてやるだけでよいのだ。」、と。

なんと、覇はよく皇帝の考えに従って実行したものと申せましょう。そして、度々役人を交代させることの弊害を言いますのも、この言葉よりも詳細にして、且つ意を尽くしたものはございません。閣下が、もし宣帝の実行したところを実行なさったならば、その下にはきっと覇のようなものがいて、現れて閣下をお助けすることでしょう。御家をさらに盛り立てる御事業で御歴代様を輝かせ、御子孫様にお示しなさることの、どうして難しいことがありましょうか。

御国家（萩藩）において、今日役人がたびたび交代いたしますのは、思いますに役人として選び出されたその人が適材適所ではないからでございます。閣下におかせられましては、また御自身が引見して御下問なさるとともに、一方では諸々の家臣に意見書を奉らせて、本当に才能があってその職とつりあい、一度登用すれば二度と交代させる必要のない者をお選びになるのがよろしいでしょう。才能ある者がすべて登用され、役人を交代させるという弊害もまた取り除かれましたなら、その後に、思いきった御改革も初めて行うことができるのでございます。

〈注釈〉

1黄覇　前一三〇－前五一。漢代、民を治めることの第一人者と評される。2潁川　現在の河南省中部に置かれ、予州に属する郡。3太守　郡の長官。4長吏　地位の高い県級の官吏。5許丞　許県（現河南省許昌市）の丞（次官）。県令を補佐する。6督郵　郡太守の属官で、郡下の県の行政を監督する。7拝起　ひざをついておじぎをするといった、役人としての立ち居振る舞い。8重聴　難聴。9因縁　官吏が、ある機会に乗じて悪事をはたらくこと。10簿書　役所の金銭や穀物の出納をしるす帳面。

## 倹約令は、枝葉末節、本末転倒のありさま

国家、従前倹約ノ令、屢々セサルニ非ス。然レトモ、有司其小ヲ倹スルヲ知テ、其大ヲ倹スルヲ知ラス。其末ヲ倹スルヲ知テ、其本ヲ倹スルヲ知ラス。未夕之ヲ、大体[1]ヲ知ルモノト謂ヘカラス。性、又詳ニ之ヲ論セン。

窃聞、国家一歳田穀ノ入、四物成[2]ト称スルモノ、八十余万石[3]ノ多キヲ収メ、其半ヲ頒テ群下[4]ノ禄秩[5]ニ賜ヒ、余ルトコロヲ算シテ、現米[6]十六万石[7]ヲ得ル。亦、事故[8]アッテ消亡シ、及

---

国家《こっか》、従前倹約《じゅうぜんけんやく》の令《れい》、屢々《しばしば》せざるに非《あら》ず。然《しか》れども、有司《ゆうし》其《そ》の小《しょう》を倹《けん》ずるを知《し》りて、其《そ》の大《だい》を倹《けん》ずるを知《し》らず。其《そ》の末《すえ》を倹《けん》ずるを知《し》りて、其《そ》の本《もと》を倹《けん》ずるを知《し》らず。未《いま》だ之《これ》を、大体《だいたい》を知《し》るものと謂《い》うべからず。性《しょう》、又詳《またつまび》らかに之《これ》を論《ろん》ぜん。

窃《ひそか》に聞《き》く、国家一歳田穀《こっかいっさいでんこく》の入《い》る、四物成《よつものなり》と称《しょう》するもの、八十余万石《はちじゅうよまんごく》の多《おお》きを収《おさ》め、其《そ》の半《なかば》を頒《わかち》て群下《ぐんか》の禄秩《ろくちつ》に賜《たま》い、余《あま》るところを算《さん》して、現米《げんまい》十六万石《じゅうろくまんごく》を得《う》る。亦《また》、事故《じこ》あって消亡《しょうぼう》し、荒蕪《こうぶ》

荒蕪[9]ノ田、永ク廃シテ賦セサルモノ又三万石[10]。是ヲ以テ、現今公賦ノ入、僅々十二(ママ)万石ノミ。其価[11]凡十二万金ヲ以テ、尽ク参府[12]ノ経費トナシ、猶足ラサルトコロアルヲ以テ、其他征テ得ル[13]トコロ小物成[14]ト称スルヲ以テ之ヲ補ヒ、且国府[15]ノ費用ニ供スト。果シテ然、則二州ノ精神、万民ノ膏血ヲ挙テ、尽ク之レ、ヲ東海ノ浜ニ投スルナリ。嗚呼、亦惨シカラズヤ。此ノ根本ノ大費ヲ是レ倹スルコトヲ知ラス、徒ラニ国内枝葉ノ節倹ヲ厳ニシ、[16]武備愈足リ、兵器益具ハラスンハアルヘカラサルノ時ニ当リ、上下ノ月俸ヲ減シ、[17]大小ノ職禄ヲ省〔ク〕[18][19]。管子曰、倉廩実テ知リ二礼節一ヲ、衣食足テ知ル二栄辱[20]一ヲ。夫レ、人倉廩衣食実足セサレハ、礼節栄辱〔ナ〕ヲ知[21]ルヘカラス。然ルヲ、況ヤ月俸ヲ減隕シ、日用ヲ窮乏セシメテ、猶ナンソ之

に及《およ》ぶの田《でん》、永《なが》く廃《はい》して賦《ふ》せざるもの又三万石《またさんまんごく》。是《ここ》を以《もっ》て、現今公賦《げんこんこうふ》の入《い》る、僅々十二万石《きんきんじゅうにまんごく》のみ。其《そ》の価凡十二万金《あたいおよそじゅうにまんきん》を以《もっ》て、尽《ことごと》く参府《さんぷ》の経費《けいひ》となし、なお足《た》らざるところあるを以《もっ》て、其《そ》の他征《ほかとり》て得《う》るところ小物成《こものなり》と称《しょう》するを以《もっ》て之《これ》を補《おぎな》い、且国《かっこく》府《ふ》の費用《ひよう》に供《きょう》すと。果《はた》して然《しか》らば、則《すなわ》ち二州《にしゅう》の精《せい》神《しん》、万民《ばんみん》の膏血《こうけつ》を挙《あげ》て、尽《ことごと》く之《これ》を東海《とうかい》の浜《ひん》に投《とう》ずるなり。嗚呼《ああ》、亦惨《またいたま》しからずや。此《こ》の根本《こんぽん》の大費《だいひ》を是《こ》れ倹《けん》ずることを知《し》らず、徒《いたずら》に国内枝葉《こくないしよう》の節倹《せっけん》を厳《げん》にし、武備《ぶび》愈《いよいよ》足《た》り、兵器《へいき》益《ますます》具《そな》わらずんばあるべからざるの時《とき》に当《あた》り、上《じょう》下《げ》の月俸《げっぽう》を減《げん》じ、大小《だいしょう》の職禄《しょくろく》を省《はぶ》く。管子《かんし》曰《いわ》く、「倉廩《そうりん》実《みち》て礼節《れいせつ》を知《し》り、衣食《いしょく》足《たり》て栄辱《えいじょく》を知《し》る」と。夫《そ》れ、人倉廩《ひとそうりん》衣《い》食《しょく》実足《じっそく》せざれは、礼節栄辱《れいせつえいじょく》なお知《し》るべからず。然《しか》るを、況《いわん》や月俸《げっぽう》を減隕《げんいん》し、日用《にちよう》を窮乏《きゅうぼう》せしめて、猶《なお》なんぞ之《これ》に責《せむ》るに、軍国《ぐんこく》の機《き》

ニ責ルニ、軍国ノ機務ヲ知コトヲ以テセンヤ。[22]且ツ、堂堂タル数十万石ノ大国ヲ以テ、五六万ノ小金ニ苦ミ、経営[23]奔走シテ頭ヲ奴輩ノ摂商ニ屈シ、苟モ乞貸ヲ得レハ、復タ息ノ高下ヲ問ハス。啻銭穀ノ権ヲ商売ニ奪ル、ノミナラス、国遂ニ之カ為ニ疲弊シ、武備亦従テ衰廃ス。此レ、豈政教ノ善美尽セリ矣ト云ヘケンヤ。

---

務《む》を知《し》ることを以《もっ》てせんや。
且《か》つ、堂々《どうどう》たる数十万石《すうじゅうまんごく》の大国《たいこく》を以《もっ》て、五六万《ごろくまん》の小金《こがね》に苦《くるし》み、経営奔走《けいえいほんそう》して頭《こうべ》を奴輩《どはい》の摂商《せっしょう》に屈《くっ》し、苟《いやしく》も乞貸《きったい》を得《う》れば、復《ま》た息《そく》の高下《こうげ》を問《と》わず。啻《ただ》に銭穀《せんこく》の権《けん》を商売《しょうばい》に奪《うば》わるるのみならず、国遂《くについ》に之《これ》が為《ため》に疲弊《ひへい》し、武備亦従《ぶびまたしたが》って衰廃《すいはい》す。此《これ》、豈《あに》政教《せいきょう》の善美尽《ぜんびつく》せりと云《い》うべけんや。

御国家（萩藩）は、これまでにも倹約令を、たびたび出してこられました。しかしながら、役人はその小さなものを倹約することは知っているのに、その大きなものを倹約することは知りません。その末節を倹約することは知っているのに、その大本を倹約することは知りません。これでは物事の本質を心得ているとは申せません。わたくしは、また詳しくこれについて論じましょう。

内々に承っておりますところでは、御国家（萩藩）における一年間の年貢収入のうち、四物成《よつものなり》と申しますものは、八十余万石もの（高請地から）多くの米を（租税として）収納いたしておりますが、その半分を取り分けて多勢の御家来方の俸禄にくだされ、余ったものを計算いたしますと、現米として十六万石を得ます。その一方で、理由があって無くなったり荒れ果てたりした田で、永く廃田となって年貢をかけていないものがまた三万石ございます。これによって、現今年貢として（藩庫に）入りますのは、僅かに十二万石だけでございます。その代金のおよそ十二万両をもって、すべて参勤交代で江戸へ赴くための経費とし、それでも足らないというので、その他に雑税として徴収する小物成《こものなり》と申しますものでこれを補填し、さらに国許諸役所の経費にも充てるということでございます。まことにそのようなことでしたら、つまりは長防二国の精神、すべての御領民の血と脂を残らず集めて、すべてこれを東海の果てに投げ捨てているのでございます。ああ、なんと悲惨なことではございませんか。

この大本の莫大な費用、これを倹約することを知らず、無益に御領国内のささいな倹約を厳しくして、軍備はいよいよ充実し、兵器はますます揃っていなければならない時に臨んで、御家来方の上から下までその月々の俸給を減らし、大官小官の役料を省いております。管子は申しました。「穀物を収める倉がいっぱいになってはじめて礼儀や節度をわきまえ、衣服や食料が十分であってはじめて名誉や恥のなんたるかを知るものだ。」、と。そもそも、人というものは、穀物倉や衣服・食料が満ち足りていなければ、礼儀や節度も名誉や恥もやはりわきまえることはできません。それなのに、月々の俸給を減額して、日々の費えにも困窮させておきながら、そのうえどうしたら御家来方を急き立てるのに、軍事を重んじる国であるからその重大な責務をわきまえよなどと申せましょうか。

そのうえ、堂々たる数十万石の大国であるのに、五・六万両の小額の金に苦労し、あちらこちらと走り回って頭を卑しい大坂の商人に下げ、もしも借りることができるのなら、利息の高い安いは問題といたしません。ただに金銭と穀物の権柄を商人に奪われているばかりではなく、御領国は、とうとうこのために疲れ弱り、軍備もまたこれによって衰え廃れております。これでは、どうして立派な政治と風俗の教化をおこなっているといえましょうか。

〈注釈〉

1大体　重要な道理。物事の本質。2四物成　幕府や藩が賦課した租税のうち、田畑や屋敷地にかけられたものを、本途物成あるいは本年貢といい、四物成（四ツ成）は、その税率が一〇〇石に付四〇石、四割であることをいう。幕府や藩の基本的な収入源。3八十余万石　萩毛利家の幕府に公認された表高は、三六万九四〇〇石余であるが、ここでは実際に租税賦課の対象となる高請地を八十余万石と見積っている。4群下　多くの臣下。群臣。5禄秩　武士などの俸禄。扶持。6現米　租税のうち実際に米で納められたもの。7十六万石　八〇万石に税率四割を乗じた三二万石を二分して、一六万石は家臣団に俸禄として支給し、残りの一六万石が萩藩の歳費となる。8事故　わけ。子細。9荒蕪　土地が荒れ果てる。10三万石　月性自筆草稿は、これを「八万余」と訂正している。これを八十余万石のうちの損毛高とすると、税率四割を乗じた数字が約三万石となる。11其価　米で納入された年貢は、商人に売却して換金される。12参府　江戸へ参勤すること。13征テ得ル　税を取る。14小物成　本年貢以外の雑税の総称。15国府　国許の政府。萩藩の地方《じかた》支配機構。16枝葉ノ…厳ニシ　萩藩では天保改革以降、諸役所の冗員整理や事務に関わる諸経費の削減に取り組んでいた。17上下ノ…減シ　萩藩では、緊縮財政の一貫として、実質的には俸禄の五割減に相当する半知を最大値とした高率の馳走出米（いわゆる給料カット）が常態化していた。18省ク　尊攘堂本は「省キ」に作るが、秋良本の月性自筆付箋をとった。19大小ノ…省ク　天保改革以降は、嫡子雇いや役務に伴う支出を補填するための役料の支出も大幅に抑えられていた。20倉廩…知栄辱　『管子』「牧民」の一節。21栄辱ナヲ　尊攘堂本は「栄辱ヲ」に作るが、秋良本の月性自筆付箋をとった。22猶ナンソ…センヤ　武士は、軍役・職役にかかる経費は自己負担が建て前であったため、俸禄の減額は、役務提供の質と直結する。23経営　往来するさま。

## 参勤交代の経費を削減せよ

伏惟、閣下賢明、若シ前ニ陳スルトコロヲ以テ、悉ク狂妄ノ言、取ルニ足ラストセス、一モ或ハ時弊ニ中ルコトアツテ、改革セント欲セン乎、性請、又詳ニ其術ヲ論セン。

---

伏《ふ》して惟《おもんみ》るに、閣下賢明《かっかけんめい》、若《も》し前《さき》に陳《ちん》ずるところを以《もっ》て、悉《ことごと》く狂妄《きょうもう》の言《げん》、取《と》るに足《た》らずとせず、一《いっ》も或《あるい》は時弊《じへい》に中《あた》ることあって、改革《かいかく》せんと欲せんか、性請《しょうこ》ふ、又詳《またつまびらか》に其《そ》の術《じゅつ》を論《ろん》ぜん。

閣下、今ヨリ之後、英武独断、志ヲ戦ニ決シ、生レテ戦国争乱ノ世ニ際スルノ想ヲナシ、当今天下侯伯ノ江戸ニ参府スルモノ、行列徒卒[1]ノ儀ヲ盛ニシ、門第宮室ノ観ヲ美ニスルハ、悉ク太平驕奢ノ虚飾、軍国有用ノ実備ニアラサルヲ、詳ニ思テ猛省スヘシ。閣下一念此ニ及フトキハ、凡百[2]無用ノ経費、労セスシテ省クヘキコト、掌ヲ反スヨリモ易シ。

性、曾テ、徒卒ノ江戸ニ扈従[3]スルモノニ聞ク。曰ク、閣下東征[4]ノ乗輿、毎々舁夫[5]三十二人ヲ用ヒ、一夫傭銀凡二十金、一乗輿往来ノ費トコロ六百四十金。而シテ執政大臣[6]已下、之ニ称テ差等アリト。 若シ合テ之ヲ計ラハ、一行乗輿ノ経費ト云ヘトモ、其夥大ナルコト知ル可シ矣。夫レ、乗輿者、太平安逸[7]ノ具而已。未タ嘗〔曾〕テ之ヲ軍国ノ時ニ用ユルコトヲ聞カス。又、未タ嘗〔曾〕

---

閣下《かっか》、今《いま》よりの後《のち》、英武独断《えいぶどくだん》、志《こころざし》を戦《いくさ》に決《けっ》し、生《うま》れて戦国争乱《せんごくそうらん》の世《よ》に際《さい》するの想《おも》いをなし、当今《とうこん》天下侯伯《てんかこうはく》の江戸《えど》に参府《さんぷ》するもの、行列徒卒《ぎょうれつとそつ》の儀《ぎ》を盛《さか》んにし、門第宮室《もんていきゅうしつ》の観《かん》を美《び》にするは、悉《ことごと》く太《たい》平驕奢《へいきょうしゃ》の虚飾《きょしょく》、軍国有用《ぐんこくゆうよう》の実備《じつび》にあらざるを、詳《つまびらか》に思《おも》いて猛省《もうせい》すべし。閣下《かっか》一念此《いちねんこ》に及《およ》ぶときは、凡百無用《ぼんびゃくむよう》の経費《けいひ》、労《ろう》せずして省《はぶ》くべきこと、掌《てのひら》を反《かえ》すよりも易《やす》し。

性《しょう》、曾《かっ》て、徒卒《とそつ》の江戸《えど》に扈従《こじゅう》するものに聞く。曰く、閣下東征《かっかとうせい》の乗輿《じょうよ》、毎々舁夫三十二人《まいまいよふさんじゅうににん》を用《もち》い、一夫傭銀凡《いっぷようぎんおよそ》二十金《にじゅっきん》、一乗輿《いちじょうよ》往来《おうらい》の費《ついや》すところ六百四十金《ろっぴゃくよんじゅっきん》。而《しか》して執政大臣已下《しっせいだいじんいか》、之《これ》に称《かな》いて差等《さとう》ありと。若《も》し合《あわ》せて之《これ》を計《はか》らば、一行乗輿《いっこうじょうよ》の経費《けいひ》と云《い》いえども、其《そ》の夥大《かだい》なること知《し》るべし。夫《そ》れ、乗輿《じょうよ》は、太平安逸《たいへいあんいつ》の具《ぐ》のみ。未《いま》だ嘗《かつ》て之《これ》を軍国《ぐんこく》の時《とき》に用《もち》ゆることを聞《き》かず。又《また》、未《いま》だ嘗《かつ》て太《たい》テ太祖太宗[8]ノ十州[9]ヲ有チ玉フ時ト云ヘトモ、両川先公ノ盛ナル日ト云ヘトモ、乗輿アッテ此ノ如ク莫大ノ金ヲ費シ玉フコトヲ聞ス。閣下、亦何ソ乗輿ニ代ルニ騎馬ヲ以テセサル。

馬者軍国ノ必用、且ツ日ニ御テ習ハサレハ、強悍[10]制シ難ク、陣ニ臨ンテ駆馳意ノ如クナラズ。閣下、已ニ馬ヲ用ユルトキハ、執政大臣已下、皆ナ馬ニ騎テ扈従、而馬疲レタルトキ、仮ニ乗輿ヲ用テ可ナリ。仮ニ用ユルノ乗輿、又何ソ数十人ノ舁夫ヲ用イン。蓋シ、閣下ハ八人、執政ハ四人、大臣ハ三人、或ハ所レ謂宿籠[11]ニ乗ルモ亦可ナリ。

聞ク、古ノ英雄、乗輿ニ代ルニ土畚[12]ヲ以テスルモノアリト。宿籠猶土畚ニ勝ラスヤ。其他不急ノ行李、無用ノ徒卒、凡ソ軍国ノ実備ニアラサルモノ、宜ク之ニ称テ省略ヲ加フヘシ。

---

祖《そ》・太宗《たいそう》の十州《じゅっしゅう》を有《たも》ち玉《たま》う時《とき》と云《い》えども、両川先《りょうせんせん》公《こう》の盛《さか》んなる日《ひ》と云《い》えども、乗輿《じょうよ》あって此《かく》の如《ごと》く莫大《ばくだい》の金《かね》を費《ついや》し玉《たも》うことを聞《き》かず。閣下《かっか》、亦何《またなん》ぞ乗輿《じょうよ》に代《かえ》るに騎馬《きば》を以《もっ》てせざる。

馬《うま》は軍国《ぐんこく》の必用《ひつよう》、且《か》つ日《ひ》に御《ぎょ》して習《なら》わざれば、強《きょう》悍制《かんせい》し難《がた》く、陣《じん》に臨《のぞ》んで駆馳《くち》意《い》のごとくならず。閣下《かっか》、已《すで》に馬《うま》を用《もち》ゆるときは、執政《しっせい》・大臣《だいじん》已下《いか》、皆馬《みなうま》に騎《のり》て扈従《こじゅう》、而《しか》して馬疲《うまつか》れたるとき、仮《かり》に乗《じょう》輿《よ》を用《もち》いて可《か》なり。仮《かり》に用《もち》ゆるの乗輿《じょうよ》、又何《またなん》ぞ数《すう》十人《じゅうにん》の舁夫《よふ》を用《もち》いん。蓋《けだ》し、閣下《かっか》は八人《はちにん》、執政《しっせい》は四人《よんにん》、大臣《だいじん》は三人《さんにん》、或《ある》いは謂所《いわゆる》宿籠《しゅくかご》に乗《の》るも亦可《またか》なり。

聞《き》く、古《いにしえ》の英雄《えいゆう》、乗輿《じょうよ》に代《かゆ》るに土畚《どほん》を以《もっ》てするものありと。宿籠猶土畚《しゅくかごなおどほん》に勝《まさ》らずや。其《そ》の他不急《ほかふきゅう》の行李《こうり》、無用《むよう》の徒卒《とそつ》、凡《およ》そ軍国《ぐんこく》の実備《じつび》にあらざるもの、宜《よろし》く之《これ》に称《かな》いて省略《しょうりゃく》を加《くわ》うべし。

謹んで思い考えますのに、御閣下におかせられましては御賢明であられますから、もし前に申し上げましたところを、すべて途方もない意見であって、取り上げる価値もないとはなさらず、一つでもひょっとすると時代の悪習や弊害に的中していることがあって、御改革なさろうと思われましたなら、わたくしに、さらに詳しくその手立てを論じますことをお許し下さい。

閣下におかせられましては、今より後は、お一人で御英断をお下しになり、そのお考えを戦争とお定めになって、戦国の乱れた世にお生まれになったのだというお心持ちになられ、この頃、江戸へ参勤する日本全土の大名方が、行列にお供する中間《ちゅうげん》の風采を飾り立て、御屋敷・御殿の外観を華美にしているのは、すべて太平の世でのおごった見栄であり、軍事を重んじる国に役立つ実用の備えではないということを、事細かに御熟考なさって反省なさらなければなりません。閣下がここに思い至られましたならば、あらゆる無用の経費は、苦労なく省略できますこと、掌を裏返すよりも容易なことでございます。

わたくしは、以前、江戸にお供する軽輩の者に聞いたことがございます。申しますには、閣下が参勤のため江戸へ登られる時のお乗り物は、毎回駕籠かき人夫を三十二人もお使いになり、その一人の賃銀はおよそ二十両で、お乗り物一つの往復にかかる費用は六百四十両にもなります。そうして御家老方以下の者にも、身分に応じた違いがあるそうでございます。もしこれらを合計しましたならば、一行の乗り物にかかる経費とはいうものの、その夥しいことが知れましょう。

そもそも、乗り物と申しますのは、太平の世に遊び楽しむ道具に過ぎません。未だかつてこれを軍事を重んじている時に使用したということは聞いたことがございません。また、未だかつて太祖元就公・太宗輝元公が十州を領有されておられた時代であっても、吉川・小早川両川の先代方がお力を持っておられた時代であっても、乗り物にこれほど莫大な金をお使いになったということは聞いたことがございません。閣下におかせられましては、またどうしてお乗り物の代りにお馬を御召しにならないのでございますか。

馬は戦争をしている国にとっての必需品であり、そのうえ日々扱って訓練しておかなければ、その猛々しい性格を制御出来ず、戦陣に臨んで思うように駆け馳せさせることができません。閣下が、お馬をお召しになられました時には、執政・大臣以下、皆が馬に乗ってお供いたし、そしてお馬が疲れてしまった時には、臨時にお乗り物をお用いになるのもよろしいでしょう。臨時にお用いになるお乗り物であれば、またどうして数十人の駕籠かき人夫がいりましょうか。思いますのに、閣下は八人、執政は四人、大臣は三人として、あるいはいわゆる宿駕籠にお乗りになるのもまたよろしいでしょう。

聞くところによりますと、古の英雄は、乗り物のかわりに畚《ふご》を用いた者もあったそうでございます。宿駕籠はそれでも畚よりは勝っておりましょう。その他にも急がなくてもよい荷物や必要のない中間など、凡そ軍事を重んじる国の実用の備えでないものは、これに応じて省略になさるのがよろしいでしょう。

〈注釈〉

1徒卒　徒歩で供をする足軽や中間。特に毛槍や挟み箱を持って行列の先供を務める中間は、大名家の格式と威容を示す装置でもあったので、各家がその風采を競った。2凡百　いろいろの。あらゆる。3扈従　貴人につき従うこと。4東征　→参府（162頁）。5舁夫　かきふ。駕籠舁《かごかき》。6執政大臣　執政も大臣も家老の職。→用語解説「**萩藩の職制**」（318頁）。7安逸　何もしないで遊び暮らすこと。8太宗　ここでは毛利輝元（一五五三―一六二五）を指す。9十州　『武鑑』に「十州之太守贈三位毛利右馬頭大江元就」と載せるものがある。10強悍　強くてあらあらしい。11宿籠　旅人を乗せて、宿場と宿場の間を行き来した粗末な駕籠。12土畚　土をもるかご。なわを編んで作った土を運ぶ道具。ふご。もっこ。

## 奥向きをはじめ江戸邸の経費を削減せよ

抑、此レ猶事ノ小ナルモノ、性請、更ラニ其大ナルモノヲ論セン。伏テ願クハ、閣下、其言ノ禁忌ニ触ル、ヲ以テ、狂妄ノ甚キヲ罪スルコトナク、仁恕寛容、聴テ以テ採納焉。嚮キ者[1]ハ、性聞ク、閣下就クレ封ニノ初メ、後宮[2]ヲ鎖シテ婦女ヲ放ツト。当時、窃ニ賀テ謂

抑《そもそ》も、此《こ》れ猶事《なおこと》の小《しょう》なるもの、性請《しょうこ》う、更《さら》に其《そ》の大《だい》なるものを論《ろん》ぜん。伏《ふ》して願《ねが》わくば、閣下《かっか》、其《そ》の言《げん》の禁忌《きんき》に触《ふ》るるを以《もっ》て、狂妄《きょうもう》の甚《はなは》だしきを罪《つみ》することなく、仁恕寛容《じんじょかんよう》、聴《き》きて以《もっ》て採納《さいのう》せんことを。嚮者《さきごろ》は、性聞《しょうき》く、閣下封《かっかほう》に就《つ》くの初《はじ》め、後宮《こうきゅう》を鎖《とざ》して婦女《ふじょ》を放《はな》つと。当時《とうじ》、窃《ひそ》かに賀《よろこ》びて謂《い》う。盛《せい》

フ。盛徳美事、古ノ聖賢君ト云ヘトモ、能ク之ニ過ルコトナシト。然而、閣下、今日参府ノ往来、愛妾ヲ以テ儀衛ニ先セシムルモノ、独リ何ソヤ。夫レ、東邸[3]既ニ君夫人[4]ノ在ルアリ。閣下、何ノ足ラサル所アツテ、愛妾ヲ扈従セシムルヲ用ン。一妾ノ往来、従婢必ス五六人、乗輿必ス六七箇、衣服ノ錦繡、首飾ノ珠玉、経費亦莫シレ大ナルハレ焉ヨリ。古ノ豪傑、愛妾ヲ割テ馬ニ換ルモノアリ。[5]閣下、亦宜ク其為ニ効フベシ。

窃ニ聞ク、其東邸ニ在ルヤ、之ヲ中奥[6]ト称シ、軽裾ヲ飄シ、長袖ヲ翳サシ、粉白黛緑[7]、妍[8]ヲ争ヒ憐ヲ取テ[9]、以テ閣下ノ愛〔寵〕ヲ負ミ、後宮ノ寵〔権〕ヲ擅ニスル、殆ント君夫人ノ右ニ出ルト。想フニ、其費ス所ロ必ス数千金、亦恐クハ女謁[10]盛ニ行ハル、ノ弊アラン。若シ然ラハ、成

---

徳美事《とくびじ》、古《いにしえ》の聖賢君《せいけんくん》と云《い》えども、能《よ》く之《これ》に過《す》ぐることなしと。然《しか》れども、閣下《かっか》、今日参府《こんにちさんぷ》の往来《おうらい》、愛《あい》妾《しょう》を以《もっ》て儀衛《ぎえい》に先《さき》んぜしむるもの、独《ひと》り何《なん》ぞや。夫《それ》れ、東邸既《とうていすで》に君夫人《くんふじん》の在《あ》るあり。閣下《かっか》、何《なん》の足《た》らざる所《ところ》あって、愛妾《あいしょう》を扈従《こじゅう》せしむるを用《もち》いん。一妾《いっしょう》の往来《おうらい》、従婢《じゅうひ》必《かなら》ず五六人《ごろくにん》、乗輿《じょうよ》必《かなら》ず六七箇《ろくしちこ》、衣服《いふく》の錦繡《きんしゅう》、首飾《しゅしょく》の珠玉《しゅぎょく》、経費《けいひ》亦焉《またこれ》より大《だい》なるは莫《な》し。古《いにしえ》の豪傑《ごうけつ》、愛妾《あいしょう》を割《さ》きて馬《うま》に換《か》うるものあり。閣下《かっか》、亦宜《またよろし》く其《そ》の為《な》すに効《なら》うべし。

窃《ひそ》かに聞《き》く、其《そ》の東邸《とうてい》に在《あ》るや、之《これ》を中奥《なかおく》と称《しょう》し、軽裾《けいきょ》を飄《ひるが》えし、長袖《ちょうしゅう》を翳《か》ざし、粉白黛緑《ふんぱくたいりょく》、妍《けん》を争《あらそ》い憐《れん》を取《と》りて、以《もっ》て閣下《かっか》の愛《あい》を負《たの》み、後宮《こうきゅう》の寵《ちょう》を擅《ほしいまま》にする、殆《ほと》んど君夫人《くんふじん》の右《みぎ》に出《い》づると。想《おも》うに、其《そ》の費《ついや》す所必《ところかなら》ず数千金《すうせんきん》、亦恐《またおそるらく》は女謁盛《じょえつさかん》に行《おこな》わるるの弊《へい》あらん。若《も》し然《しか》らば、成湯《せいとう》の自《みずか》ら責《せ》めて天災《てんさい》を弭《や》むる所以《ゆえん》なり。閣下《かっか》、亦断然愛《まただんぜんあい》を割《さ》き、其《そ》の

湯ノ自ラ責テ天災ヲ弭ル所以ナリ。[11] 閣下、亦断然〔シテ〕愛ヲ割キ、其東行ニ従フヲ禁スルトキハ、啻ニ往来後宮ノ大費ヲ省クノミナラス、天災地変亦従テ弭ミ、盛徳必ス湯ニ于テ光[12]アリ矣。昔者、漢文帝、所ノレ幸スル慎夫人、衣不ストレ曳カレ地[13]ヲ。中奥已ニ除クトキハ、君夫人、後宮[14]ノ服御亦減省ヲ加スンハアルヘカラス。而門第、而宮室、木土ノ工ヲ争ヒ、外観ノ美ヲ極メ、瑩光トシテ人目ヲ奪フモノ、已後其剥落頽壊ニ任セ、一切修築ヲ加フヘカラス。諸々此ノ如ノ類、猶多カルベシ。[15] 閣下、大臣ノ廉正ニシテ、吏事ニ老ルモノニ咨訪[16]シテ可ナリ。

東行《とうこう》に従《したが》うを禁《きん》ずるときは、啻《ただ》に往来後宮《おうらいこうきゅう》の大費《だいひ》を省《はぶ》くのみならず、天災地変《てんさいちへん》亦《また》従《したがっ》て弭《や》み、盛徳《せいとく》必《かなら》ず湯《とう》に于《おい》て光《ひかり》あり。

昔者《むかし》、漢文帝《かんぶんてい》、幸《こう》する所《ところ》の慎夫人《しんふじん》、衣《ころも》地《ち》を曳《ひ》かずと。中奥《なかおく》已《すで》に除《のぞ》くときは、君夫人《くんふじん》、後宮《こうきゅう》の服御《ふくぎょ》亦《また》減省《げんしょう》を加《くわ》えずんばあるべからず。而《しか》して門第《もんてい》、而《しか》して宮室《きゅうしつ》、木土《もくど》の工《たくみ》を争《あらそ》い、外観《がいかん》の美《び》を極《きわ》め、瑩《えい》光《こう》として人目《ひとめ》を奪《うば》うもの、已後《いご》其《そ》の剥落頽壊《はくらくたいかい》に任《まか》せ、一切修築《いっさいしゅうちく》を加《くわ》うべからず。諸々《もろもろ》此《か》くの如き類《たぐい》、猶多《なおおお》かるべし。閣下《かっか》、大臣《だいじん》の廉正《れんせい》にして、吏事《りじ》に老《おゆ》るものに咨訪《しほう》して可《か》なり。

そもそも、これはまだあまり重要ではない事柄でして、わたくしに、さらにその手立ての重要な事柄について論じますことをお許しください。閣下におかせられましては、その言論が禁忌に触れることから、途方がないにも程があるとお咎めになることなく、お情け深く寛大なお心をもちまして、お聞き入れ御採用くださいますよう、伏してお願い申し上げます。

以前、わたくしは、閣下が御領国を受け継がれましたはじめの頃に、奥向きを封鎖して御女中方をお召し放ちになったと聞き及びました。その時、ひそかに喜んで申しました。この素晴らしい御徳ゆえの御立派な行いは、古の聖王賢主であって、これに勝るものはないだろう、と。しかしながら、閣下におかせられましては、今日江戸へ参勤するその往復に、愛妾を御行列に先行させて出立させておられますのは、いったいどういうことでございましょうか。そもそも、江戸の御屋敷には既に御正室様がおられます。閣下におかせられましては、どのようなご不満があって、愛妾に供をおさせになるのでございますか。一人の愛妾が往復するには、供の女中が必ず五六人、乗り物が必ず六七挺、錦や縫い取りのある衣服、珠玉の首飾など、その経費もまたこれより大きいものはございません。古の豪傑には、愛妾を引き離して馬と取り換えたものもございます。閣下におかせられましても、またその行為に倣うのがよろしいでしょう。

ひそかに聞いておりますところでは、かの愛妾は江戸の御屋敷に滞在するのに、これ（居所）を中奥と称して、着物の裾を軽やかに飄《ひるがえ》し、長い袖を翳《か》ざし、白粉や眉墨をほどこして、なまめかしさを競って御歓心を買い、閣下の御愛情を身に受けて、奥向きにおける御寵愛を占有すること、ほとんど御正室様を凌ぐほどである、とか。思いますのに、その愛妾にかかる費用は必ずや数千両にのぼり、さらに恐らくは御寵愛を頼んでの請託が盛んに行われているという弊害もあることでございましょう。もしそうであれば、それは湯王が自らを咎めて天災を止めようとした原因でございます。閣下におかせられましても、またきっぱりと御愛情を断ち切られて、愛妾が参勤にお供することをお禁じになりましたときには、単に往復と奥向きにかかる莫大な費用を節約するだけでなく、天変地異もまたそれにしたがって収まり、素晴らしい御徳は必ずや湯王よりも輝くことでございましょう。

むかし、漢の文帝が寵愛した慎夫人は、衣裳の裾を引きずらなかったと申します。愛妾の中奥を廃止されましたら、御正室様や、御女儀《にょぎ》様方の御衣裳代につきましてもまた減額しなければなりません。それから御屋敷、それから御殿、木土の細工を競い、外観の美しさを極め、きらきら輝いて人の目を奪うものは、以後それが剥げ落ち崩れていくのに任せ、一切修繕してはなりません。いろいろとこのような類のものは、きっとたくさんあることでございましょう。閣下におかせられましては、大臣の、心が清らかで正しく、政務に熟達するものに御相談なさるのがよろしいでしょう。

〈注釈〉

1嚮者　さきごろ。「者」は時を示す言葉に添える助字。2後宮　ここでは、大名の夫人や家族が住む奥向きをいう。3東邸　江戸屋敷。4君夫人　正室。5古ノ豪傑…モノアリ　古楽府に「愛妾換馬」の題がある。また、唐、李冗『独異志』には、三国時代魏の曹操の子、曹彰（一八九－二二三）が、駿馬を手に入れるために愛妾と交換したという話がある。6中奥　ここでは大名のプライベートな居住空間をいう。7紛白黛緑　白粉と眉墨で、美人をあらわす。8妍　うつくしい。なまめかしい。9憐ヲ取テ　歓心を買ったり、寵愛を求めること。10女謁　女が寵愛を利用して内々で特別の計らいを頼むこと。11湯王ノ…所以　商の湯王（成湯）は、即位後大旱が七年続いたので、六事について自らを責めて言った。政治に節度がなかったか、人民が職を失ったのか、宮殿が贅沢すぎたのか、女の請託が盛んなのか、賄賂が盛んであるのか、讒言するような人間が横行しているのか、と。漢、劉高『説苑』。ここもまた『十八史略』からの引用か。12于湯有光　『尚書（書経）』「泰誓中」の一節。周の武王が商の紂王を討つ時の言葉。「于」は比較の助字。13所幸…不曳地　『漢書』「文帝紀」の一節。文帝も慎夫人も、贅沢を慎しんで天下に率先した。14後宮　ここでは、毛利斉房（一七八二－一八〇九）室貞操院や、毛利斉熙（一七八四－一八三六）室法鏡院など、先代藩主の正室・側室をいう。15多カルベシ　秋良本は「応有多」に作る。16咨訪　はかり問う。相談する。

## 幕府対策機密費を削減せよ

性請、更ニ公儀人[1]ノ一事ヲ言フテ、以テ其説ヲ終ラン。

伝へ聞ク、列国公儀人ノ職ヲ任スルヤ、怜悧[2]便佞[3]、賄賂ヲ行ヒ、酒色ヲ使ヒ、善ク幕府ノ

---

性請《しょうこ》う、更《さら》に公儀人《こうぎにん》の一事《いちじ》を言《い》うて、以《もっ》て其《そ》の説《せつ》を終《おわ》らん。

伝《つた》え聞《き》く、列国公儀人《れっこくこうぎにん》の職《しょく》を任《にん》ずるや、怜悧便《れいりべん》佞《ねい》、賄賂《わいろ》を行《おこな》い、酒色《しゅしょく》を使《つか》い、善《よ》く幕府《ばくふ》の権官《けんかん》に

権官ニ媚ヒ、其情実ヲ得モノヲ選テ之ニ置ク。故ニ、其毎歳費ス所数千万金ナリト雖トモ、執政大臣、亦其以テ出入スル所ヲ問フコトヲ得ス。人、亦此職ニ任スルモノヲ羨称シテ、酒肉地獄ニ堕スルト云。列国コレニ因テ疲弊窮乏スルモノ、常ニ多シト。嗚呼、亦何ソ其弊ノ甚キヤ。是他ナシ。太平ノ久キ、幕府ノ威福[4]年ニ盛ニ、諸侯ノ権勢日ニ衰ヘタルヲ以テナリ。

今ヤ、墨夷ノ変アツテ、幕府其職掌[5]ヲ奉スル能ワス。威権稍隕シ、復タ従前ノ甚キカ如クナラス。閣下、何ノ畏懼スルコトアツテ、此ノ無用大費ノ酒肉地獄ヲ用テ[6]セン。聞ク、上杉氏[7]、嚮ニ已ニ幕府ニ乞テ、公儀人ノ職ヲ置クコトヲ止ムト。閣下、亦何同列諸侯[8]ニ謀リ、速ニ乞テ此一職ヲ削ラサル。而幕府、若シ乞フ所

---

媚《こ》び、其《そ》の情実《じょうじつ》を得《う》るものを選《えら》びて之《これ》に置《お》く。故《ゆえ》に、其《そ》の毎歳《まいさい》費《ついや》す所《ところ》数千万金《すうせんまんきん》なりと雖《いえど》も、執政大臣《しっせいだいじん》、亦其《またそ》の以《もっ》て出入《しゅつにゅう》する所《ところ》を問《と》うことを得ず。人《ひと》、亦此《またこ》の職《しょく》に任《にん》ずるものを羨称《せんしょう》して、酒肉地獄《しゅにくじごく》に堕《だ》すると云《い》う。列国《れっこく》、これに因《よ》りて疲弊窮乏《ひへいきゅうぼう》するもの、常《つね》に多《おお》しと。嗚呼《ああ》、亦何《またなん》ぞ其《そ》の弊《へい》の甚《はなはだ》しきや。是他《これほか》なし。太平《たいへい》の久《ひさ》しき、幕府《ばくふ》の威《い》福《ふく》年《とし》に盛《さかん》に、諸侯《しょこう》の権勢《けんせい》日《ひ》に衰《おとろ》えたるを以《もっ》てなり。今《いま》や、墨夷《ぼくい》の変《へん》あって、幕府《ばくふ》其《そ》の職掌《しょくしょう》を奉《ほう》ずる能わず。威権《いけん》稍《ようや》く隕《おと》し、復《ま》た従前《じゅうぜん》の甚《はなはだ》しきが如くならず。閣下《かっか》、何《なん》の畏懼《いく》することあって、此《こ》の無用《むよう》大費《だいひ》の酒肉地獄《しゅにくじごく》を用《もっ》てせん。聞《き》く、上杉氏《うえすぎし》、嚮《さき》に已《すで》に幕府《ばくふ》に乞《こ》いて、公儀人《こうぎにん》の職《しょく》を置《お》くことを止《や》むと。閣下《かっか》、亦何《またなん》ぞ同列諸侯《どうれつしょこう》に謀《はか》り、速《すみ》やかに乞《こ》いて此《こ》の一職《いっしょく》を削《けず》らざる。而《しか》して幕府《ばくふ》、若《も》し乞《こ》う所《ところ》を許《ゆる》さずんば、則《すなわ》ち、公正廉直《こうせいれんちょく》、忠愖気節《ちゅうしんきせつ》あって、

ヲ許〔允〕サスンハ、則、公正廉直[9]、忠慨[10]気節[11]アッテ、肯テ其権官ニ屈セサルモノヲ選テ之ニ任シ、賄賂酒色諸大費ノ本源ヲ抜塞シテ可ナリ。此ノ如クニシテ、国家根本ノ経費、四分ノ三ヲ減スルコトヲ得ン。

肯《あえ》て其《そ》の権官《けんかん》に屈《くつ》せざるものを選《えら》びて之《これ》に任《にん》じ、賄賂《わいろ》酒色《しゅしょく》諸大費《しょだいひ》の本源《ほんげん》を抜塞《ばっさい》して可《か》なり。此《かく》の如くにして、国家根本《こっかこんぽん》の経費《けいひ》、四分《よんぶん》の三《さん》を減《げん》ずることを得《え》ん。

どうかわたくしはお願い申し上げます、さらに公儀人のことを申し上げて、この（経費削減についての）意見を終えますことをお許しください。

伝え聞くところによりますと、諸国（藩）が公儀人の役職を任命する際には、賢《さか》しらで口から先のお世辞を言い、賄賂を贈り、酒色で接待し、幕府の有力者に媚びへつらうのが上手く、その実情を入手できるものを選んでこの役職に据えるということでございます。ですから、公儀人の毎年使う経費が数千万両にのぼったとしても、御家老方は、公儀人の支出について問いただすこともできません。人は、またこの役職に任用されたものをうらやんで、酒肉地獄に墜ちると申します。諸藩にも、これが原因で財政難に陥るところがいつの時代も多いということでございます。ああ、またなんとその弊害のひどいことでございましょうか。これは他でもございません。太平が長らく続いて、幕府の権威と恩恵は年を追って盛んになり、大名方の権勢は日を追って衰えてしまったからでございます。

今まさに、ペリー来航という事件が起って、幕府はその（征夷の）職掌を勤めることができないでおります。権威は次第に失墜して、もはやこれまでのように強大ではございません。閣下におかせられましては、どのような畏れや憚りがあって、この役にも立たずに大金だけを費やす酒肉地獄によって情報を集めようとなさるのでしょうか。聞くところによりますと、上杉家（出羽米沢藩）は、先達て既に幕府へ願い出て、公儀人の役職を置くことを止めたそうでございます。閣下におかせられましては、またどうして同列の大名方と御相談になり、速やかに願い出られてこの公儀人の役職を廃止なさらないのでございますか。そのうえで幕府が、もしこの願い出を許可しないというのであれば、そのときには、公正にして正直、まごころに厚く気骨のある、あえて幕府の有力者に屈服しないものをお選びになって公儀人に任命し、賄賂や酒色といったもろもろ莫大な経費のおおもとを、根こそぎ塞いでしまうのがよろしいでしょう。

このようにいたしましたら、御国家（萩藩）大本の経費のうち、その四分の三を削減することができるでしょう。

**〈注釈〉**

1公儀人　留守居。御城使いとも。萩藩では、五〇〇～一五〇石の大組《おおぐみ》（馬廻《うままわり》）士が勤めた。江戸に置かれて、幕府との折衝や、他藩との交渉など、渉外事務を担当した。大名家の家格に応じて留守居組合を作り、情報交換や談合を行った。その会合は、茶屋や料亭で頻繁に催され、莫大な経費が費された。2怜悧　さとい。さかしい。りこう。3便佞　口先がうまくて心に誠がない。4威福　『尚書（書経）』「洪範」に見えることば。「威」は権力で人を脅すこと（刑罰）、「福」は恩恵で人を手なずけること（恩賞）で、これらは権力者のみが有する特権である。5幕府其職掌　征夷府の職掌↓用語解説「**征夷大将軍**」（315頁）。6用テ　尊攘堂本は「用ヲ」と作るが、秋良本の「用テ」をとった。7上杉氏　出羽米沢藩。上杉家藩主上杉斉憲（一八二〇－八九）は、藩財政の再建と軍制改革に尽力した。8同列諸侯　伺候席を同じくする諸大名。大名家は家毎に江戸城で詰める部屋が定められており、家格を表す指標として重視された。萩毛利家は、国持大名やそれに準じる大名が詰める大広間席で、同席には薩摩島津家・仙台伊達家・肥後細川家・土佐山内家などがある。9廉直　潔白で正直なこと。10忠悃　「悃」は「忱《しん》」に同じ。まこと。まごころ。11気節　気概と節操のあること。気骨。

## 千載一遇、相模国の警衛は大改革の好機会

性、又曾以為、幕府、既ニ諸蛮ト通信貿易ス。国家、マタ何ソ唯唯而其命ヲ受ケ、三面沿海 ——

性《しょう》、又曾《またかつ》て以為《おもえ》らく、幕府《ばくふ》、既《すで》に諸蛮《しょばん》と通信貿易《つうしんぼうえき》す。国家《こっか》、また何《なん》ぞ唯唯《いい》として其《そ》の命《めい》を受《う》け、三《さん》

ノ封内ヲ捨テ、守ラス、徒ニ多ク将卒器械ヲ移テ、以テ相州ヲ戍[1]ルコトヲ為ン。不レ如カ下与二細川氏[2]一同ク乞ヒ速ニ辞ルノ二其役ヲ一之為ニハ上レ愈ト也。因テ、之ヲ人ニ語ル。其人曰、然ラス。相州ハ天下要害之地也。国家兵ヲ出テ此ニ備ルハ、所レ謂天与ル也[3]。不幸ニシテ、関東若シ変ヲ生セハ、拠テ〔以テ〕大義[4]ヲ成スヘシ。且、国家、今日此大役ヲ任スルヲ以テ、外ハ則、幕府及列国ニ謝シ、朝会[5]献納[6]ノ儀、宴飲交際ノ礼ヲ略シ、内〔ハ〕則、門第宮室ノ驕、飲食衣服ノ奢ヲ止メ、非常ノ革政ヲ行フニ於テ、実ニ千歳一時、不ノレ可ラレ失フ好機会ナリ。又何ソ辞スルコトカ之レ有ント。

性、甚其論ノ高ニ服ス。故ニ、今不レ憚ラレ煩ヲ、誦シテ以テ献ス二閣下一ニ。伏惟ニ、閣下採納、莫レ失コトニ千歳ノ機会ヲ一。

---

面沿海《めんえんかい》の封内《ほうない》を捨《す》てて守《まも》らず、徒《いたずら》に多《おお》く将卒《しょうそつ》器械《きかい》を移《うつ》して、以《もっ》て相州《そうしゅう》を戍《まも》ることを為《な》さん。細川氏《ほそかわし》と同《おな》じく乞《こ》い、速《すみや》かに其《そ》の役《やく》を辞《じ》するの愈《まさ》れりと為《なす》には如《し》かざるなりと。因《よっ》て、之《これ》を人《ひと》に語《かた》る。其《そ》の人曰《ひといわ》く、然《しか》らず。相州《そうしゅう》は天下《てんか》要害《ようがい》の地《ち》なり。国家《こっか》兵《へい》を出《いだ》して此《ここ》に備《そな》うるは、謂所天《いわゆるてん》の与《あた》うるなり。不幸《ふこう》にして、関東若《かんとうも》し変《へん》を生《しょう》ぜば、拠《よっ》て以《もっ》て大義《たいぎ》を成《な》すべし。且《か》つ、国家《こっか》、今日此大役《こんにちこのたいやく》を任《にん》ずるを以《もっ》て、外《そと》は則《すなわ》ち、幕府《ばくふ》及《およ》び列国《れっこく》に謝《しゃ》し、朝会献納《ちょうかいけんのう》の儀《ぎ》、宴飲交際《えんいんこうさい》の礼《れい》を略《りゃく》し、内《うち》は則《すなわ》ち、門第宮室《もんていきゅうしつ》の驕《きょう》、飲食衣服《いんしょくいふく》の奢《しゃ》を止《や》め、非常《ひじょう》の革政《かくせい》を行《おこな》うに於《おい》て、実《じつ》に千歳一時《せんざいいちじ》、失《うしな》うべからざるの好機会《こうきかい》なり。又《また》何《なん》ぞ辞《じ》することか之《こ》れ有《あ》らんと。

性《しょう》、甚《はなは》だ其《そ》の論《ろん》の高《たか》きに服《ふく》す。故《ゆえ》に、今《いま》煩《はん》を憚《はばか》らず、誦《しょう》して以《もっ》て閣下《かっか》に献《けん》ず。伏《ふし》て惟《おもんみ》るに、閣下採《かっかさい》納《のう》、千歳《せんざい》の機会《きかい》失《うしな》うこと莫《な》かれ。

わたくしは、また以前思っておりましたことがございます。幕府は、既に諸外国と国交を結び貿易いたしております。御国家（萩藩）は、またどうして言われるままに幕府の命をお請けになり、三方が海に面した御領内を捨てて守りもせず、無駄に多くの将兵や武器を運び出して、それで相模国を警備なさるのでしょうか。細川家（肥後熊本藩）と一緒に幕府へ願い出て、速やかに相模国警衛の御軍役を辞退申し上げるのを上策とするにこしたことはないでしょうに、と。それで、これを人に話しましたところ、その人が申しますには、「そうではない。相模国はわが国全土にとって極めて重要な場所である。御国家（萩藩）が兵を出してそこの警衛に当るのは、いうところの天が与えた好機である。不幸にして、関東において万一異変が生じたならば、そこに立てこもって大義を成し遂げるべきである。また同時に、御国家（萩藩）は、今日この大役を担任することを理由に、外に向かっては則ち幕府及び諸国（藩）に断って、将軍へのお目見えや献上の儀礼、（大名方との）宴会や交際の礼式を省略し、内に向かっては則ち御屋敷や御殿に過分の金銭を費し、飲食や衣服を贅沢にすることを止め、非常の改革を実施するうえで、実に千年に一度、失ってはならない好機会である。いったいどうして辞退することがあるだろうか。」、と。

わたくしは、非常にその見識が高いことに敬服いたしました。ですから、今煩らわしさを遠慮することなく、ここに述べて閣下に献呈いたします。謹んで思い考えますのに、閣下におかせられましてはどうか御採用くださいまして、千載一遇の機会を失うことがございませんように。

〈注釈〉

1相州ヲ戍ル　嘉永六年（一八五三）十一月十四日、毛利敬親は相模国の警衛を命じられた。2細川氏　肥後熊本藩細川家。嘉永六年十一月十四日、細川斉護にも相模国警備が命じられた。3天与ル　『史記』「淮陰侯伝」の一節。天が与えてくれたものを受け取らないと、かえって天罰を受ける。4大義　主君や国に対して臣民のなすべき道。5朝会　諸侯や臣属する外国の使者が朝廷へ伺候して天子に見《まみ》えること。ここでは江戸城へ伺候して将軍に謁見することをいう。6献納　徳川将軍家への献上。大名は、参府到着の御礼言上に際しての献上をはじめ、年始・八朔の御太刀馬代献上、端午・長陽・歳暮の御時服献上、他にも季節毎に自領の産物などを献上するが、献上品は大名家の格や将軍家との関係などによって定められており、それが大名家の家格・格式の一部を構成していた。

## 特別会計の撫育金を放出せよ

雖レ然ト、相州之戍、其費モ亦莫シレ大ナルハレ焉ヨリ。宜ク撫育ノ積財[1]ヲ出テ之ヲ済スヘクシテ、而国家之策、未タレ出テ二於此ニ一者ノ、〔抑々〕何ソ也。或曰、撫育之財者、先公[2]誓言[3]アツテ、幕府非常

---

然《しか》りと雖《いえど》も、相州《そうしゅう》の戍《まもり》、其《そ》の費《ついえ》も亦焉《またこれ》より大《だい》なるは莫《な》し。宜《よろ》しく撫育《ぶいく》の積財《せきざい》を出《いだ》して之《これ》を済《すま》すべくして、而《しか》るに国家《こっか》の策《さく》、未《いま》だ此《ここ》に出《い》でざるは何《なん》ぞや。或《あるい》は曰《いわ》く、撫育《ぶいく》の財《ざい》は、先公誓言《せんこうせいげん》あって、幕府《ばくふ》非常《ひじょう》

ノ用金ヲ弁シ、及ヒ国民ノ窮餓ヲ救フノ外、妄ニ出テ用ルコトヲ許シ玉ハス。若シ之ニ違フモノアレハ、鬼神赫怒[4]シテ罰殛[5]ヲ降シ玉フト。果テ然ラハ、則今ノ時ヲ然リト為ス。夫レ、兵ヲ出テ相州ヲ戍ルハ、幕府非常ノ用ニ非スヤ。国家此ニ由テ疲弊シ、民マサニ窮餓ニ至ラントスルノ勢アリ。於レ是ニ所レ積一散ハ、則幕府ノ用弁、而窮餓之民蘇スル矣。何ソ誓言ニ違フト為ン。[6]（欄外に秋良敦之助加筆）性知ル、先公ノ鬼神、タヽニ不ル二罰殛セ一ノミナラス、必ス無窮ノ福禄ヲ降シ、諸ノ災異ヲ除玉フコトヲ。

且ツ、国家、常々撫育ノ金ヲ封内ノ民ニ称貸シ、僅々三四銖[7]ノ微息ヲ納テ、以テ充積スルト雖モ、外ハ則数十万金ヲ摂商[8]ニ借リ、七八銖ノ高息ヲ出テ債ヲ償フ。数十年漸ニ積テ国

---

の用金《ようきん》を弁《べん》じ、及《およ》び国民《こくみん》の窮餓《きゅうが》を救《すく》うの外《ほか》、妄《みだ》りに出《だ》して用《もち》いることを許《ゆる》したまわず。若《も》し之《これ》に違《たが》うものあれば、鬼神赫怒《きしんかくど》して罰殛《ばっきょく》を降《くだ》したまふと。果《はた》して然《しか》らば、則《すなわ》ち今《いま》の時《とき》を然《しか》りと為《な》す。夫《そ》れ、兵《へい》を出《いだ》して相州《そうしゅう》を戍《まも》るは、幕府非常《ばくふひじょう》の用《よう》に非ずや。国家此《こっかこれ》に由《よ》て疲弊《ひへい》し、民《たみ》まさに窮餓《きゅうが》に至《いた》らんとするの勢《せい》あり。是《ここ》に於《おい》て積《つ》む所一散《ところいっさん》せば、則幕府《すなわちばくふ》の用弁《ようべん》じ、而《しか》して窮餓《きゅうが》の民蘇《たみそ》するなり。何《なん》ぞ誓言《せいげん》に違《たが》うとなさん。（欄外に秋良敦之助加筆）性知《しょうし》る、先公《せんこう》の鬼神《きしん》、ただに罰殛《ばっきょく》せざるのみならず、必ず無窮《むきゅう》の福禄《ふくろく》を降《くだ》し、諸《もろもろ》の災異《さいい》を除《のぞ》きたまうことを。

且《か》つ、国家《こっか》、常々撫育《つねづねぶいく》の金《かね》を封内《ほうない》の民《たみ》に称貸《しょうたい》し、僅々三四銖《きんきんさんよんしゅ》の微息《びそく》を納《おさ》めて、以《もっ》て充積《じゅうせき》すると雖《いえど》も、外《そと》は則《すなわ》ち数十万金《すうじゅうまんきん》を摂商《せっしょう》に借《か》り、七八銖《しちはっしゅ》の高息《こうそく》を出《いだ》して債《さい》を償《つぐな》う。数十年漸《すうじゅうねんしだい》に積《つみ》て国民《こくみん》に得《う》る所《ところ》のものを以《もっ》て、一旦俄《いったんにわ》かに挙《あげ》て摂商《せっしょう》に失《うしな》う。得《う》

民ニ得ル所ノモノヲ以テ、一旦俄ニ挙テ摂商ニ失フ。所レ得、毎ニ不レ及ハレ所ニ失フ、而国亦遂ニ応ニ二疲弊困窮一ス矣。閣下、急ニ自ラ詣テ二先公之廟一ニ告ケ二鬼神一ニ、以テ撫育ノ積財ヲ出シ、相州戍役ノ費ニ給シテ可ナリ。

---

る所《ところ》、毎《つね》に失《うしな》う所《ところ》に及《およ》ばず、而《しか》して国亦遂《くにまたつい》に応《まさ》に疲弊困窮《ひへいこんきゅう》すべし。閣下《かっか》、急《せ》くに自《みずか》ら先公《せんこう》の廟《びょう》に詣《もう》でて鬼神《きしん》に告《つ》げ、以《もっ》て撫育《ぶいく》の積財《せきざい》を出《いだ》し、相州戍役《そうしゅうじゅえき》の費《ついえ》に給《きゅう》して可《か》なり。

とは申しましても、相模国の御警衛は、その経費もまたこれより大きいものはございません。御撫育によって積み立てた蓄財をお出しになって、そのお支払いをお済ませになるべきところ、しかしながら御国家（萩藩）の方策が、いまだこの方針をとっていないのは、そもそもどういうことでございましょうか。ある者が申しますには、「御撫育の積立て金は、重就《しげたか》公の御誓言があって、幕府が命じる臨時の御用金を不足なくそろえ、一方で御領民が生活に苦しみ飢えるのを救済する以外のことに、むやみやたらに出して使うことをお許しにならない。もしもこの御誓言に背く者があれば、（重就公の）御霊《みたま》が激しく御怒りになり、罰《ばち》をお下しになるだろう。」、と。

果《は》たしてそのようでしたら、すなわち今がその時でございます。いったい、軍勢を出して相模国を警衛するのは、幕府が命じた臨時の御用（課役）ではございませんか。御国家（萩藩）がこのことによって疲れ弱り、御領民はまさに生活に苦しみ飢えそうな情勢がございます。この時に当たって積み立てたものをすべて遣いましたなら、すなわち幕府の御用にかかる経費は不足なくそろい、そうして生活に苦しみ飢えた御領民は生き返るのでございます。どうして御誓言に背くことになりましょうか。わたくしには、重就公の御霊が、ただ誅戮をお加えにならないだけでなく、必ずや無限の幸いをお降しになり、もろもろの災異を除いてくださるということがわかっております。

それに加えて、御国家（萩藩）は、常々御撫育の金を御領国内の民に貸付けて、（一両に付）僅かに三・四朱の微々たる利息を収納し、これを積み立てているとはいえ、御領国の外では則ち数十万両を大坂の商人から借りて、（一両に付）七・八朱の高い利息を払って債務を償還しております。数十年間少しづつ積み立てて御領民から得たものを、一朝にして俄に残らず大坂の商人のために失うのでございます。得る所は、いつも失う所に及びません。こうして、御領国はやはり結局は疲れ弱って金に苦しむのでございます。

閣下におかせられましては、急いで御自らが重就公の御墓廟へ御参拝なさって御霊に御報告になり、そうして御撫育の積み立て金をお出しになって、相模国御警衛の御軍役の経費にあてがわれるのがよろしいでしょう。

〈注釈〉

1 撫育ノ積財　萩藩七代藩主毛利重就（一七二五－八九）は、幕府の課役その他特別な事情に対応するため撫育方を設置し、宝暦検地によって掌握された新田等の新規増収分を、本来の会計とは別に蓄積して運用する制度を立てた。その資金は、新田開発や港湾の整備、越荷方《こしにがた》事業、その一環としての貸銀業や備荒貯穀に運用されて収益をあげたが、通常経費の支出には用いられず、積み立てられていた。2先公　毛利重就。3誓言　明和七年（一七七〇）五月七日から十四日間、萩城内洞春寺で行われた、毛利元就二百年祭に際し、重就が元就の霊廟に告げ、また子孫に残した毛利重就告文《こうもん》と、いわゆる「訓誡一篇」をいうか。ただし、そこに「罰殛を降」す云々の文言はない。4嚇怒　かっといかる。はげしくいかる。5罰殛　罪する。6秋良本は、ここに撫育金の放出が重就の誓言に背かないことの説明を挿入する。制度の理解を助けるため、参考として本節末（184頁）に欄外の秋良敦之助自筆加筆部分を載せる。7銖　もとは古代中国の質量単位。江戸時代には「朱」として16分の1両のこと。8摂商　大坂の広岡久右衛門、鴻池善五郎、鴻池市兵衛をはじめとする御用達商人。相模国警衛に際し萩藩は、安政元年（一八五四）三月までに大坂御用達中から五万両、江戸御用達三谷三九郎から五千両の借り入れを成立させている。

**参考＝秋良敦之助欄外加筆**

其誓言タル、敢テ他用ニ供セス、幕府非常ノ　——　其《そ》の誓言《せいげん》たる、敢《あえ》て他用《たよう》に供《きょう》せず、幕府《ばくふ》非常《ひじょう》の役《やく》役ニ応セント欲ス。其非常ノ役ハ何ソヤ。曰御手伝、[1]曰信使来朝、[2]未タ其詳ナルヲ知スト雖トモ、蓋シ本勘[3]ヲ完フシテ、以テ非常ノ役ニ供スル而已。先公ノ慮モ亦遠シ。若シ、先公ノ御時ニ当テ相州ノ役有ラシメハ、御手伝信使ノ比ニアラス。第一此ノ用ニ充テ玉フヘキコト、其跡ヲ推シテ知ルヘシ。聞ク、大森ノ兵[4]一タヒ出テ、御手伝六万金ヲ許サルト[5]。信使ノ儀モ、右ニ比スルニ甚希ナリ。想ニ、亦常格ノ外余財アラン。尓後亦御手伝モ除カルヘシ。若シ亦其事アランニハ、相州ノ役ヲ以テ、コレヲ固辞シテ可ナリ。而撫育ノ積財、コレヲ相州ノ役ニ用テ、以テ幕府不時ノ用ニ供スヘシ。

---

に応《おう》ぜんと欲《ほっ》す。其《そ》の非常《ひじょう》の役《やく》は何《なん》ぞや。曰《いわ》く御《お》手伝《てつだ》い、曰《いわ》く信使来朝《しんしらいちょう》、未《いま》だ其《そ》の詳《つまび》らかなるを知《し》らずと雖も、蓋《けだ》し本勘《ほんかん》を完《まっと》うして、以《もっ》て非常《ひじょう》の役《やく》に供《きょう》するのみ。先公《せんこう》の慮《おもんぱか》りも亦遠《またとお》し。若《も》し、先公《せんこう》の御時《おんとき》に当《あた》りて相州《そうしゅう》の役有《やくあ》らしめば、御手伝《おてつだ》い・信使《しんし》の比《ひ》にあらず。第一《だいいち》此《こ》の用《よう》に充《あ》てたまうべきこと、其《そ》の跡《あと》を推《お》して知《し》るべし。聞《き》く、大森《おおもり》の兵《へい》一《ひと》たび出《いで》て、御手伝《おてつだ》い六万金《ろくまんきん》を許《ゆる》さると。信使《しんし》の儀《ぎ》も、右《みぎ》に比《ひ》するに甚《はなは》だ希《まれ》なり。想《おも》うに、亦常格《またじょうかく》の外余財《ほかよざい》あらん。尓後亦御手伝《じごまたおてつだ》いも除《のぞ》かるべし。若《も》し亦其《またそ》の事《こと》あらんには、相州《そうしゅう》の役《やく》を以《もっ》て、これを固辞《こじ》して可《か》なり。而《しか》して撫育《ぶいく》の積財《せきざい》、これを相《そう》州《しゅう》の役《やく》に用《もち》いて、以《もっ》て幕府不時《ばくふふじ》の用《よう》に供《きょう》すべし。

その御誓言と申しますのは、あえて他の用途には使わせず、幕府の臨時の課役に対応しようとするものでございます。その臨時の課役とは何でしょうか。御手伝普請をいい、朝鮮通信使の来朝をいい、未だその詳細は分りませんが、恐らくは本勘（本会計）の財政規律をしっかり守って、（御撫育金は）臨時の課役に使うのみということでございましょう。重就公の御思慮もまた遠い将来にお考えをめぐらせておられたのでございます。もし、重就公の御治世に当たって相模国警衛の課役がありましたならば、御手伝いや朝鮮通信使とは比べようもございません。まっ先にこの経費にお充てなさいますことは、その御行跡を推し量りましたら分かることでございます。聞くところによると、大森警備の兵が一度出ましたら、西丸《にしのまる》御造営御手伝いの六万両が免除されたとか。朝鮮通信使のことも、右に比べても非常にまれなことでございます。思いますに、また通例のほかに余分の財源もありましょう。今後また御手伝いも免除されることでございましょう。もしもさらに御手伝いを命じられることなどがありましたら、相模国御警衛の課役を理由に、これを固辞なさるのがよろしいでしょう。ですから、御撫育の御積み立て金は、これを相模国御警衛の課役にお使いになり、これによって幕府の臨時の御用に役立てるのがよろしいでしょう。

〈注釈〉

1御手伝　御手伝普請。徳川幕府が、諸大名に課した築城や河川・堤防の改修といった大規模な土木工事。当時は金納が常態化していた。2信使　朝鮮通信使。李氏朝鮮が、将軍の代替わりや世継ぎの誕生などに際して派遣した外交使節団。江戸時代には、一六〇七年から一八一一年までの間に十二回派遣された。十二回目は、対馬での接遇に変更されたが、それ以前は京城（ソウル）を発して釜山から海路で対馬・筑前藍島を経由し、関門海峡から瀬戸内海を通過して大坂に至ると、そこで川船に乗り換えて淀川を俎上し、淀からは陸路京を経て東海道を下り江戸に到る。萩藩は、長門赤間関（阿弥陀寺・引接寺）と周防上関（関御茶屋）において、その接待に当たった。3本勘　藩庫本会計（勘定）。藩歳入の年貢米銀の受け入れ、もしくはそれからの支出勘定のこと。4大森ノ兵　ペリー来航に際して、萩藩は大森台場への出張を命じられた。5御手伝…許サル　嘉永五年（一八五二）五月二十二日の火災によって焼失した江戸城西丸再建のため、幕府は諸大名以下に助役および金品の上納を命じていたが、嘉永六年（一八五三）六月十三日、ペリー来航時江戸湾警衛に動員された徳島蜂須賀家、高松松平家、熊本細川家、萩毛利家、姫路酒井家の課役が免除された。

## 決然と国家百年の大弊改革を

夫レ、革政此ノ如シ〔テ〕、然シ後ニ国富ミ、食足リ、群下ノ俸禄可シ二以テ復スレ一常ニ[1]。群下

夫《そ》れ、革政《かくせい》此《かく》の如《ごと》くして、然《しか》して後《のち》に国富《くにと》み、食《しょく》足《た》り、群下《ぐんか》の俸禄《ほうろく》以《もっ》て常《つね》に復《ふく》すべし。群下《ぐんか》の俸禄《ほうろく》

ノ俸禄復シレ常ニ、而武備厳ニ、士気振ヒ、夷狄可ク二以テ攘フ一、王室可ク二以テ尊フ一、而神州之国体由テレ是ニ以テ立トキ〔八〕、則天地祖宗之鬼神、並ヒ臨テ守二護セン国家ヲ一。閣下、復何ソ憂ルコトアランヤ二天災之荐ニ臻テ、而地震之未タルヲレ止マ哉。

雖然、性、今所ノレ陳ル者ハ、皆百余年来国家ノ大弊、一旦ニ革ルハレ之ヲ、固ヨリ非ルナリ三庸君凡主之所ニ二得テ而能スル一也。唯、閣下賢明之資、加ニ以シ二英武独断之勇ヲ一、決シテ下志ヲ於必戦以テ攘ニ中夷狄ヲ上而為ハレ之ヲ、則可シ二以テ成ス一矣。

若、夫攘夷之策、選テ二農兵ヲ一而代ヘ二土着ニ一、[2] 諭テ二僧徒ニ一以鋳ル二大砲ヲ一之類、性、別ニ有リレ所ロ二窃ニ籌ル一。閣下、不レ厭ハ二其ノ言ノ狂妄ヲ一、欲セハ三聴テ以テ補ント二賢明之万一ヲ一、則性請フ、重テ陳ン二之ヲ於左右ニ一。

---

常《つね》に復《ふく》して、而《しか》して武備《ぶび》厳《げん》に、士気《しき》振《ふる》い、夷狄《いてき》以《もっ》て攘《はら》うべく、王室《おうしつ》以《もっ》て尊《たっと》ぶべく、而《しか》して神州《しんしゅう》の国《こく》体《たい》、是《これ》に由《よ》って以《もっ》て立《た》つときは、則《すなわ》ち天地《てんち》祖宗《そそう》の鬼《き》神《しん》、並《なら》び臨《のぞ》みて国家《こっか》を守護《しゅご》せん。閣下《かっか》、復《ま》た何《なん》ぞ天災《てんさい》の荐《しきり》に臻《いた》りて、而《しか》して地震《じしん》の未《いま》だ止《や》まざるを憂《うれ》うることあらんや。

然《しか》りと雖《いえど》も、性《しょう》、今《いま》陳《の》ぶる所《ところ》の者《もの》は、皆百余年《みなひゃくよねん》来国家《らいこっか》の大弊《たいへい》、一旦《いったん》に之《これ》を革《あらた》むるは、固《もと》より庸君《ようくん》凡主《ぼんしゅ》の得《え》て能《よ》くする所《ところ》に非《あら》ざるなり。唯《ただ》、閣下賢《かっかけん》明《めい》の資《し》、加《くわ》うるに英武独断《えいぶどくだん》の勇《ゆう》を以《もっ》てし、志《こころざし》を必《ひっ》戦《せん》以《もっ》て夷狄《いてき》を攘《はら》うに決《けっ》して而《しか》して之《これ》を為《な》さば、則《すなわ》ち以《もっ》て成《な》すべし。

若《も》し、夫《そ》れ攘夷《じょうい》の策《さく》、農兵《のうへい》を選《えら》びて土着《どちゃく》に代《か》え、僧徒《そうと》に諭《さと》して以《もっ》て大砲《たいほう》を鋳《い》るの類《たぐい》、性《しょう》、別《べつ》に窃《ひそ》かに籌《はか》る所《ところ》有《あ》り。閣下《かっか》、其《そ》の言《げん》の狂妄《きょうもう》を厭《いと》わず、聴《きき》て以《もっ》て賢明《けんめい》の万一《まんいち》を補《おぎな》わんと欲《ほっ》せば、則《すなわ》ち性請《しょうこ》う、区々之心、過二キ愛レシ君ヲ憂レニ国ヲ、以二テ方外之徒一ヲ而論二ス国家ノ機務一ヲ。情切ニ、辞迫リ、不レ覚冒二流ス尊厳一ヲ。唯、閣下、赦二サハ其狂愚一ヲ不レ勝二ヘ幸甚一ニ。性昧死[4]、性謹上。

嘉永甲寅十二月　　釈月性稽首再拝

---

重《かさ》ねて之《これ》を左右《さゆう》に陳《の》べん。

区々《くく》の心《こころ》、君《きみ》を愛《あい》し国《くに》を憂《うれ》うるに過《す》ぎ、方外《ほうがい》の徒《と》を以《もっ》て国家《こっか》の機務《きむ》を論《ろん》ず。情切《じょうせつ》に、辞迫《じせま》り、覚《おぼ》えず尊厳《そんげん》を冒涜《ぼうとく》す。唯《ただ》、閣下《かっか》、其《そ》の狂愚《きょうぐ》を赦《ゆる》さば幸《こう》甚《じん》に勝《た》えず。性昧死《しょうまいし》して、性謹《しょうつつし》んで上《たてまつ》る。

嘉永甲寅十二月《かえいこういんじゅうにがつ》　釈月性稽首再拝《しゃくげっしょうけいしゅさいはい》

いったい、このように御改革なさって、そうした後に御領国は豊かになり、食料は十分に足り、多くの御家来方の俸禄も平常の状態に戻すことができるでしょう。御家来方の俸禄が平常の状態に戻りますと、軍備は厳重になり、士気は振るい、諸外国の輩はこれを打ち払うことができて、王室もこれを尊崇できるようになり、そうして神州の国体が、このようにして確立したときには、則ち天神《あまつかみ》と地祇《くにつかみ》および御歴代様方の御霊が、列をなして降臨し御国家（萩藩）をお守りくださることでしょう。閣下におかせられましては、またどうして天災がしばしば起こり、地震がまだおさまらないことを憂慮なさることがございましょうか。

とは申しましても、わたくしが今陳べましたことどもは、すべて百年以上続く御国家（萩藩）の大弊害でございますから、一朝にしてこれらを改革致しますことは、いうまでもなく凡庸なる君主の成し得ることではございません。ただ、閣下の賢明なる御資質、これに加えて御英断をお下しになる決然とした強い御気力でもって、御志を必ず諸外国と戦ってこれを打ち払うのだとお定めになり、そうして遂行されましたならば、その時には事も成就するはずでございます。

そもそも攘夷の策略につきまして、農兵を選抜して（武士の）土着の代わりとし、僧徒に言い含めて大砲を鋳造させるなどの事柄につきましては、わたくしにおいて、別にひそかに画策している所がございます。もし、閣下が、その意見が途方もないこととお厭いにならず、お聴きくださいましてそれで閣下の御賢明さの万分の一でも補おうとなさるおつもりがございましたら、どうにかわたくしに、重ねてこれらにつきまして御近侍方へ申し述べさせてくださいますようお願い申し上げます。

取るに足らない小さな心ではございますが、わが君を大切と思いその御領国を憂慮するあまり、僧侶の身でありながら、御国家（萩藩）の非常に重要な政務につきましてあれこれ申し立てをいたしました。差し迫った思いから、言葉も勢いあまって、知らず知らず御尊厳を冒涜することとなりました。ただ、閣下におかせられましては、わたくしの狂妄愚昧をお赦しくださいましたなら、この上なき幸せと存じ上げます。わたくしは、恐れ入りつつ、わたくしは、謹んで上呈申し上げます。

嘉永甲寅（一八五四）十二月

釈月性稽首再拝

〈注釈〉

1俸禄可以復常　年貢の税率は当時四ツ成（一〇〇石に付四〇石）であるが、実際に俸録として支給されるのは、そこから馳走出米や、他国出張の経費に当てる旅役出米が差し引かれた額である。近世初頭から藩財政が逼迫していた萩藩では、限界値である半知（一〇〇石に付二〇石）に近い数字での支給が常態化しており、家臣団の家計は慢性的に窮乏していた。十八世紀後半、外国船の目撃情報によって対外的危機が自覚されはじめた時、九代藩主毛利斉房（一七八二－一八〇九）は、家臣団の武備充実を期して俸禄の三ツ成（一〇〇石に付三〇石）支給を実現する。その後、萩藩の財政状況がさらに悪化したことから、再び半知（一〇〇石に付二〇石）に近い数字での支給となる。天保改革に際して村田清風（一七八三－一八五五）は、この斉房代の三ツ成支給を目標に掲げたが、実現しなかった。2土着　↓用語解説「**武士土着論**」（319頁）。3区々之心　取るに足らない小さな心。自分の心をへりくだつて言う。4昧死　冒昧（わけのわからぬおろかなことをする）のため死罪を犯すの意で、上書・上言するときに、おそれはばかる意を表すことば。

# 内海杞憂

## 解題

「内海杞憂」は、「封事草稿」に続いて提出されたとみられる、周防大島郡の海防を論じた意見書である。土屋矢之助の安政二年（一八五五）正月六日付月性宛書簡に、「上人（月性）御頼《おたのみの》之鋳砲（大砲鋳造）一件、参政（周布政之助）へ相話候処《あいはなしそうろうところ》、至て同意にて、兎も角も相出べくと申居候、北条（源兵衛）之説には、代官え書面を訴へ、政務座え願ふ方よろしくと申候」（「土屋矢之助二」軸、僧月性顕彰会所蔵）とあることから、「封事草稿」脱稿後、あまり時間を置かず、大島代官あるいは周布ら政府の要職者へ提出され、萩藩の政治中枢へ達せられたことが窺える。

今、この「内海杞憂」は、僧月性顕彰会に伝わる自筆草稿一点と、毛利公爵家に伝存した毛利家文書（毛利博物館所蔵）に一点、京都吉田神社社家鈴鹿連胤の蒐集史料である愛媛大学鈴鹿文庫（鈴鹿三七旧蔵書、愛媛大学図書館所蔵）に一点、確認されている。毛利家本の題箋には、「僧月性自筆」とあるが、月性の筆跡とは異なる。これと鈴鹿文庫とはほぼ同一で、共通の底本から筆写されたと推定される。草稿との間には、訂正加筆部分を含めて多少の異同が認められるが、ここでは毛利家本を底本とし、草稿をもとに誤字・脱字は本文を修正し、参考は〔　〕で傍注した。

嘉永六年（一八五三）六月、アメリカ合衆国ペリー艦隊の浦賀来航は、四方を海に面した日本の沿岸警衛（海防）を喫緊の政治課題へと押し上げた。さらに翌安政元年（一八五四）九月、プチャーチン率いるロシア軍艦ディアナ号が大坂湾に侵入した事件は、商都大坂を経て京都へとつながる瀬戸内海航路の軍事的重要性を浮き彫りにする。しかし、近世日本社会は、武士の城下町集住を建前とすることから、沿海諸村では、緊急時海防出役《しゅつやく》の際に戦闘員となる武士の数が絶対的に不足していた。また、萩藩における従来の海防体制は、主として日本海沿岸部への外国船渡来と、長崎警備の出役に備えるもので、これを直ちに瀬戸内海側へも拡大運用することは難しかった。このような状況下に月性は、その在所である遠崎村（現山口県柳井市）と海を隔てた大島郡（現山口県周防大島町）の防衛を論じ、さらに国土防衛の要衛として、瀬戸内海の防衛を展望する。

その内容は、大島郡内の村人・浦人を組織した自警団（農兵）の結成、銅錫製の器物供出による大砲鋳造、火薬の製造自給に及ぶ。そこには、翻刻間もない魏源『海国図誌』「籌海篇《ちゅうかい》」の影響も見え、中国のアヘン戦争体験と、日本の軍制改革の趨勢との交差点に、農兵取立が具体化していく道筋を窺うことができる。その前提となるのは、「大義」による民衆の教化である。これは、日本及び東アジアにおけるナショナリズムの形成を展望するうえで、重要な論点と言えよう。

## 民間在野の〝王臣〞として、国家の大事を論ずる

語曰、不在其位、不謀其政ト。[1] 況ヤ吾儕、[2] 方外[3]ノ徒ヲ以テ、国家[4]ノ大事ヲ議スル。僭越ノ罪、モトヨリ自ラ不測ノ誅[5]ヲ免レサルヲ知ル。但、其生資[6]狂愚、[7] 愛君憂国ノ心、天性ニ出ルヲ以テ、一心唯以殺夷寇[8]為期、[9] 平居自任其責曰、吾儕方外トイヘトモ、生テ率土ノ浜[10]ニ在レハ、スナハチ亦草茅[11]ノ王臣ナリ。王臣、イツクンソ王愾[12]ニ敵スルノ心ナカルヘケン哉ト。

---

語《ご》に曰《いわ》く、「其《そ》の位《くらい》に在《あ》らざれば、其《そ》の政《まつりごと》を謀《はか》らず」と。況《いわ》んや吾儕《わなみ》、方外《ほうがい》の徒《と》を以《もっ》て、国家《こっか》の大事《だいじ》を議《ぎ》する。僭越《せんえつ》の罪《つみ》、もとより自《おのずか》ら不測《ふそく》の誅《ちゅう》を免《まぬが》れざるを知《し》る。但《ただ》し、其《そ》の生資《せいし》狂愚《きょうぐ》、愛君憂《あいくんゆう》国《こく》の心《こころ》、天性《てんせい》に出《いづ》るを以《もっ》て、一心唯《いっしんただ》夷寇《いこう》を殺《そ》ぐを以《もっ》て期《き》と為《な》し、平居自《へいきょみずか》ら其《そ》の責《せき》に任《にん》じて曰《いわ》く、吾《わ》儕《なみ》方外《ほうがい》といえども、生《う》まれて率土《そっと》の浜《ひん》に在《あ》れば、すなわち亦草茅《またそうぼう》の王臣《おうしん》なり。王臣《おうしん》、いずくんぞ王《おう》愾《がい》に敵《てき》するの心《こころ》なかるべけんやと。

『論語』に、「その地位にないものは、みだりにその職務について口を出すべきではない。」とあります。

ましてやわたくしは、僧侶の身でありながら、御国家（萩藩）の重大事について述べるのです。出過ぎたことをする罪は、いうまでもなくもしかすると死罪を免れないと弁えております。ただ、その生まれついての性格は身の程知らずの愚か者で、君を仰ぎ慕い国の将来を憂う心は生まれつきの性分ですから、一心にもっぱら外国が侵犯しようとするその勢いを弱めようと心に誓い、いつもそのことを自分の責務であると自任して言うには、「わたくしは、僧侶ではあるが、生まれて王の国土に生きていれば、すなわちまた民間の王臣である。王臣に、どうして王が恨み怒るところを敵《かたき》とする精神がなかったりしようか。」、と。

〈注釈〉

1不在…不謀其政　『論語』「泰伯」「憲問」の一節。2吾儕　同輩に対して自らを遜《へりくだ》って用いる一人称。3方外　世を捨て去ること。その境遇にある僧侶。4国家　いわゆる藩。ここでは萩藩。→用語解説（314頁）。5不測ノ誅　想像もできないような処罰。死罪をいう。6生資　うまれつき。7狂愚　狂妄愚昧。身の程知らずの愚か者。8夷冦　外国人による侵略・侵犯。→用語解説「**華夷思想**」（315頁）。9為期　期する。心に誓う。10率土ノ浜　『詩経』「小雅」「北山」の一節、「溥天の下《もと》王土に非ざるは莫《な》く、率土の浜王臣に非ざるは莫し」に拠る。ここでの「王」は天皇。11草茅　民間。在野。公職に就かないで民間にいること。12王愾ニ敵スル　君主の敵に対抗し打ち勝とうとする意気。『春秋左氏伝』文公四年「諸侯、王の愾する所に敵《あた》りて其の功を献ず」に拠る。

## 海辺防備の空白を杞憂する

頃者[1]、墨夷[2]差使[3]ノ事アルニヨリ、幕府戒厳、国家ノ武備[4]、諸藩ニ冠タルヲモツテ、深ク倚頼ヲナシ、命スルニ浦賀[5]要衝ノ防禦ヲモテシ、我君、マサニ封内[7]ノ二州[8]ヲステヽ、天下[9]大難ノ衝ニ当ル。於是杞憂[10]又マス〳〵甚ク、殆トマサニ狂ヲ発ント欲ルニ至ル。何、則浦賀ハ天下ノ要衝[11]ナリ。幕府、他ノ諸藩ニ命テ、亦各々兵ヲ出テ戌ヲ置ク[12]。加之、国家、精鋭ヲ悉テ之ヲ守ル。墨夷強暴トイヘトモ、豈遽ニ深害ヲナスヲ得ンヤ。

但、我邦四外環海、今日ニ至リ、虜ソノ形勢ヲ知ル。又、甚審ニ、目前親ク列国ノ藩兵大半江戸ニ赴援スルヲ見ル。兵端若開カハ、彼

---

頃者《けいしゃ》、墨《ぼく》夷《い》差《さ》使《し》の事《こと》あるにより、幕府《ばくふ》戒厳《かいげん》、国家《こっか》の武備《ぶび》、諸藩《しょはん》に冠《かん》たるをもって、深《ふか》く倚頼《いらい》をなし、命《めい》ずるに浦賀《うらが》要衝《ようしょう》の防禦《ぼうぎょ》をもてし、我《わ》が君《きみ》、まさに封内《ほうない》の二州《にしゅう》をすてて、天下《てんか》大難《だいなん》の衝《しょう》に当《あた》る。是《ここ》に於《お》いて杞憂《きゆう》又《また》ますます甚《はなは》だしく、殆《ほとん》どまさに狂《きょう》を発《はっ》せんと欲《ほっ》するに至《いた》る。何《なん》となれば、則《すなわ》ち浦賀《うらが》は天下《てんか》の要衝《ようしょう》なり。幕府《ばくふ》、他《た》の諸藩《しょはん》に命《めい》じて、亦《また》各々《おのおの》兵《へい》を出《だ》して戌《まも》りを置《お》く。加之《しかのみならず》、国家《こっか》、精鋭《せいえい》を悉《つ》くして之《これ》を守《まも》る。墨夷《ぼくい》強暴《きょうぼう》といえども、豈《あに》遽《にわ》かに深害《しんがい》をなすを得《え》んや。

但《ただ》し、我《わ》が邦《ほう》四外《しがい》環海《かんかい》、今日《こんにち》に至《いた》り、虜《えびす》その形勢《けいせい》を知《し》る。又《また》、甚《はなは》だ審《つまび》らかに、目前《もくぜん》親《した》しく列国《れっこく》の藩《はん》兵《へい》大半《たいはん》江戸《えど》に赴援《ふえん》するを見《み》る。兵端《へいたん》若《も》し開《ひら》かば、

モツハラ浦賀ニ来ラスシテ、東侵西掠、変化出没、虚ヲ衝ノ謀ニ出ル、必然ノ勢ナリ。我防長ノ地、三面海ニ瀕シ、殊ニ府城[13]近海北溟[14]ト針路相接シ、望洋万里、最モ虜ノ来リ易キ勢アリ。然而、府下精鋭、遠ク浦賀ニ援テ、沿海ノ辺備、又イマタ全カラス。万一不測ノ変起リ、火船[15]突来セハ、マサニ何策ヲ以テ之ニ応セントスル。顧ニ、国家ノ憂、コレヨリ大ニシテ、且急ナルハナシ。此、性カ杞憂、狂ヲ発セント欲ル所以ナリ。

---

彼《かれ》もっぱら浦賀《うらが》に来《きた》らずして、東侵西掠《とうしんせいりゃく》、変化《へんか》出没《しゅつぼつ》、虚《きょ》を衝《つ》くの謀《ぼう》に出《いづ》る、必然《ひつぜん》の勢《せい》なり。我《わ》が防長《ぼうちょう》の地《ち》、三面海《さんめんうみ》に瀕《ひん》し、殊《こと》に府城《ふじょう》近海北《きんかいほく》溟《めい》と針路相接《しんろあいせっ》し、望洋万里《ぼうようばんり》、最《もっと》も虜《えびす》の来《きた》り易《やす》き勢《せい》あり。然《しか》れども、府下精鋭《ふかせいえい》、遠《とお》く浦賀《うらが》に援《たす》けて、沿海《えんかい》の辺備《へんび》、又《また》いまだ全《まった》からず。万一不測《まんいちふそく》の変起《へんおこ》り、火船突来《かせんとつらい》せば、まさに何《いず》れの策《さく》を以《もっ》て之《これ》に応《おう》ぜんとする。顧《かえり》みるに、国家《こっか》の憂《ゆう》、これより大《だい》にして且《か》つ急《きゅう》なるはなし。此《これ》、性《しょう》が杞憂《きゆう》、狂《きょう》を発《はっ》せんと欲《ほっ》する所以《ゆえん》なり。

近頃、アメリカによる使節派遣の事件があったので、幕府は警戒を厳しくして、御国家（萩藩）の軍備が、諸藩のなかでも第一級の水準にあることから、深く頼みとして、浦賀という要衝の地の防御を命じ、我が君公（毛利敬親）は、今まさに御領内の長門・周防両国を顧みず、日本全土の大難を引き受ける役目を担っておいでです。このゆえに、（わたくしの）杞憂もますます募り、すんでのところで狂を発しそうになっております。なぜならば、取りも直さず浦賀は天下の要衝です。幕府は、他の諸藩に命を下して、また各藩もそれぞれに軍勢を派遣して陣営を置いております。そればかりでなく御国家（萩藩）も、精鋭をこぞって浦賀を守っております。アメリカが常識にはずれて乱暴であったとしても、どうしてただちに深刻な被害を及ぼすことができるでしょうか。

とはいえ、我が（日本の）国は四方の境を海で囲まれており、今日に至っては、外敵どももその地勢が分っております。また、つぶさに目の前を諸国の藩兵がおおかた江戸へ応援に赴いたのを直接見ております。戦争をもし始めるのであれば、それらはもっぱら浦賀に来ることなく、東を攻め西を奪い、場所を変えてあちらこちらに出没し、油断している隙を衝くという策略に出ることは、必然の情勢です。

わたくしたちの周防・長門の地は、三方を海に面し、特に萩城の近海は北の大海と航路を接しており、遠く万里の外海を眺め、最も外敵がやって来やすい状況にあります。にもかかわらず、城下の精鋭は、遠く浦賀の応援に派遣されて、しかも海沿いの国境警衛は、しかしまだ完全ではありません。万一思いがけない異変が起って、火輪船が突然やって来たとしたら、どのような策によってこれに対応するのでしょう。振り返ってみますに、御国家（萩藩）の心配事は、これより重大にして、かつ差し迫ったものはありません。これこそ、わたくしが杞憂して、狂《きょう》を発しそうになっている理由なのです。

〈注釈〉

1頃者　この頃、近頃。2墨夷　亜墨利加《アメリカ》を指す。→用語解説「**華夷思想**」（315頁）。3差使　使節を派遣すること。嘉永六年（一八五三）六月および翌安政元年（一八五四）一月のペリー来航を指す。4武備　戦争に対する備え。萩藩では、イギリスと清国との間に起こったアヘン戦争（一八四〇－四二年）情報に触発されて、全国的にも早い段階から抜本的な軍制改革に着手していた。天保十四年（一八四三）四月、羽賀台（現山口県萩市黒川）において大規模な軍事演習が実施されたのも、その一環である。5浦賀　現神奈川県横須賀市浦賀付近。6我君　萩藩主毛利《もうり》敬親《たかちか》（一八一九－七一）。嘉永六年六月のペリー来航に際し、幕府は江戸湾警衛のため毛利家に大森町打場（現東京都大田区大森）への出張を命じた。さらに同年十一月十四日には相模国警衛の命を下し、毛利家は国元から多数の将士を派遣して、警衛に当たった。7封内　諸侯（大名）の領内。8二州　長門国と周防国。9天下　字義的には前注卒土ノ浜（195頁）に対応する「溥（普）天の下」に由来して、全国土を意味する概念。政治的に、その勢力が及ぶ範囲の全てをいう。ここでは日本全土に用いる。10杞憂　無用の心配。取り越し苦労。杞の国の人が、天が崩れ落ちはしないかと心配したという中国の故事から。11要衝　軍事・交通・産業の上での重要な場所。当時西浦賀には、浦賀奉行所および船改番所（浦賀番所）が置かれ、箱根の関所と同じように出女・入り鉄砲を取り締まるとともに、江戸湾へ出入りする諸国廻船の積荷を検査した。12幕府…戍ヲ置ク　江戸湾警衛への諸藩の動員は、文化七年（一八一〇）に会津・白河の二藩が幕府の命を受けたことにはじまり、その後縮小された時期もあるが、弘化四年（一八四七）からは、彦根・川越・会津・忍《おし》の四藩体制となっていた。嘉永六年六月のペリー来航に際しては、この四藩の外に江戸湾沿岸の諸藩が警備に当たったほか、福井・高松・姫路・徳島・熊本・萩・柳河の諸藩にも人数出張が命じられた。同年十一月、翌年のペリー再来にそなえて警衛体制の強化が図られ、四藩の外に萩・熊本・柳河・岡山・鳥取の諸藩が加えられた。13府　役所のあるところ。ここでは萩を指す。14北溟　北方の大海。日本海を指す。15火船　火輪船。外輪式蒸気船。

## 〝弧島〟大島郡の海防五策

雖然、廟堂[1]ノ上、賢才不乏其人、此等ノ大事、必忽諸[2]シテ講究[3]セサルノ理ナシ。府城近海要衝ノ地、必已ニ其備有ン。唯、我大島一郡[4]ノ如キ、環海ノ孤島、四面ミナ備ナクンハアルヘカラサルノ地ニシテ、イマタ国家其謀ヲナスヲ聞ス。是以、区々ノ心[5]越俎[6]ノ罪ヲ忘レ、鄙意[7]モツテ我郡ニ施シ行ヒ実用アルヘシトスルモノ五策ヲ建テ、以テ識者ノ採用ニ供フ[8]。若試テ実用アラハ、之ヲ国ニ施シ、遂ニ推テ

---

然《しか》りと雖《いえど》も、廟堂《びょうどう》の上《うえ》、賢才《けんさい》其《そ》の人《ひと》に乏《とぼ》しからず、此等《これら》の大事《だいじ》、必《かなら》ず忽諸《こっしょ》して講究《こうきゅう》せざるの理《ことわり》なし。府城近海要衝《ふじょうきんかいようしょう》の地《ち》、必《かなら》ず已《すで》に其《そ》の備《そな》え有《あ》らん。唯《ただ》、我《わ》が大島一郡《おおしまいちぐん》の如《ごと》き、環海《かんかい》の孤島《ことう》、四面《しめん》みな備《そな》えなくんばあるべからざるの地《ち》にして、いまだ国家《こっか》其《そ》の謀《はかりごと》をなすを聞《き》かず。是《ここ》を以《もっ》て、区々《くく》の心《こころ》越俎《えっそ》の罪《つみ》を忘《わす》れ、鄙意《ひい》もって我郡《わがぐん》に施《ほどこ》し行《おこな》い実用《じつよう》あるべしとするもの五策《ごさく》を建《た》て、以《もっ》て識者《しきしゃ》の採用《さいよう》に備《そな》う。若《も》し試《こころ》みて実用《じつよう》あらば、之《これ》を国《くに》に施《ほどこ》

中央の大畠瀬戸に架かる大島大橋から画面右へと連なる
山並みが大島郡（屋代島、山口県大島郡周防大島町）、
対する沿岸の画面左端が月性の出身地・遠崎（山口県柳井市）、
手前のタンク群は中国電力柳井発電所　〔撮影：山本健司〕

天下ニ及スモ、亦何ソ不可ナリト云ンヤ。
一曰、中大義[9]以振士気
二曰、変兵制[10]以教民[11]戦
三曰、結団練[12]以寓農兵
四曰、鋳大砲以遏奢侈
五曰、製火薬以供軍須[13]

し、遂《つい》に推《お》して天下《てんか》に及《およ》ぼすも、亦何《またなん》ぞ不可《ふか》なりと云《いわ》んや。
一《いち》に曰《いわ》く、大義《たいぎ》を申《の》べて以《もっ》て士気を振《ふる》わす。
二《に》に曰《いわ》く、兵制《へいせい》を変《へん》じて以《もっ》て民《たみ》に戦《いくさ》を教《おし》う。
三《さん》に曰《いわ》く、団練《だんれん》を結《むす》びて以《もっ》て農兵《のうへい》を寓《よ》す。
四《し》に曰《いわ》く、大砲《たいほう》を鋳《い》て以《もっ》て奢侈《しゃし》を遏《とど》む。
五《ご》に曰《いわ》く、火薬《かやく》を製《せい》して以《もっ》て軍須《ぐんしゅ》に供《きょう》す。

とはいえ、政府には、優れた才知ある人が少なからずいて、これらの重大事案について、きっとなおざりにして研究しないという理由はありません。萩城近海の要衝の地には、必ずやすでにその警衛体制が備わっていることでしょう。とはいえ、我が大島郡のように、海に囲まれた孤島は、四方向全てに警衛体制がなければならない場所ですが、いまだに御国家（萩藩）がその計略を立てたとは承知しておりません。それゆえに、つまらないものが僭越の罪を気にもとめず、愚案ながら我が大島郡に施行して実地に役立つはずの五つの策を建てて、これを見識ある人の採用に提供します。もし試しにやってみて実際に役立つようでしたら、これを御領国に施行し、最終的には推し広げて日本全土に行きわたらせることも、またどうして出来ないことと申しましょうか。

一つには、大義を述べて士気を振わせます。
二つには、兵制を変更して民に戦を教えます。
三つには、自警団を結成して農兵を集めます。
四つには、大砲を鋳造することで贅沢を制止します。
五つには、火薬を製造してこれを軍需に供給します。

〈注釈〉

1廟堂　政事を掌るところ。ここでは、萩藩の政庁を指す。2忽諸　なおざり、またゆるがせにすること。3講究　調べ究めること。研究。4大島一郡　周防国大島郡（現山口県周防大島町、201頁写真参照）。萩藩の行政区画では、これに玖珂郡の遠崎村を加えて、大島宰判とした。5区々ノ心　取るに足らない小さい心、自分の心をへりくだって言う。6越俎　自分の職分を乗り越えて、他人のことにまで世話を焼くこと。7鄙意　自分の意見をへりくだって言う。8供　毛利家本は「備」に作る。9大義　主君や国に対して臣民のなすべき道。10変兵制　一八世紀後半以降、日本の周辺海域に外国船が出没するようになると、広域的な沿海警備の必要から、武士の土着と兵制改革が議論されはじめる。↓用語解説「**武士土着論**」（319頁）。沿海諸村百姓の動員という警備体制が構想されるようになっていった。11民　人民。国家の支配者に対して被支配者をいう。12団練　正規軍とは別に郷村民から丁壮を選んで訓練した武装組織。13軍須 軍事上の必要。軍需。

## 大義が廃れ、利欲がはびこる時代に

夫、二百余年〔年来〕大平日久、神州[1]元気[2]衰餒[3]極リ、所謂男子[4]国大和魂[5]之気象地ヲ払テ索キ、天下ノ人、唯利是貪リ、マタ大義ノ何物タルヲ知モノナシ。諺曰、武家ハ商人ト。武家ナヲ然リ。況ヤ武家ナラサルモノヲヤ。況ヤ郷党[6]ノ小民[7]ヲヤ。

且、彼蛮夷、奪国拓地ノ術〔亦多端〕、専ラ戦闘ノミヲ以テセス。妖教以テ心ヲ蠱シ、金銀以テ欲ニ饜シム〔メ、巧ニ沿岸ノ愚民ヲ誘フ〕。利ヲ好ムノ民ヲ以テ、欲ニ饜シムノ教ニ遭フ。豈タ、防クコト能サルノミナランヤ。幾何其不胥而為夷也[8]。故ニ、国家、マサニ大義ヲ申〔テ〕人民ヲ教ルヲ以テ、今日海

---

夫《そ》れ、二百余年《にひゃくよねん》大平日《たいへいひ》に久《ひさ》しく、神州《しんしゅう》の元気《げんき》衰《すい》餒極《だいきわ》まり、所謂男子《いわゆるだんじ》の国大和魂《くにやまとだましい》の気象《きしょう》地《ち》を払《はら》いて索《つ》き、天下《てんか》の人《ひと》、唯利是貪《ただりこれむさぼ》り、また大義《たいぎ》の何物《なにもの》たるを知《し》るものなし。諺《ことわざ》に曰《いわ》く、武家《ぶけ》は商人《しょうにん》と。武家《ぶけ》なお然《しか》り。況《いわん》や武家《ぶけ》ならざるものをや。況《いわん》や郷党《きょうとう》の小民《しょうみん》をや。

且《か》つ、彼《か》の蛮夷《ばんい》、国《くに》を奪《うば》い地《ち》を拓《ひら》くの術《じゅつ》、専《もっぱ》ら戦闘《せんとう》のみを以《もっ》てせず。妖教以《ようきょうもっ》て心《こころ》を蠱《まど》わし、金銀《きんぎん》以《もっ》て欲《よく》に饜《あ》かしむ。利《り》を好《この》むの民《たみ》を以《もっ》て、欲《よく》に饜《あ》かしむの教《おし》えに遭《あ》う。豈《あに》ただ防《ふせ》ぐこと能《あた》わざるのみならんや。「幾何《いくばく》か其《そ》れ胥《ひき》いて夷《い》と為《な》らざらん」と。故《ゆえ》に、国家《こっか》まさに大義《たいぎ》を申《の》べて人民《じんみん》を教《おし》うる

防ノ第一策トスヘシ。

——を以《もっ》て、今日海防《こんにちかいぼう》の第一策《だいいっさく》とすべし。

そもそも、二百余年太平の日々が長く続き、神州の元気は腐りきって、いうところの男子の国の大和魂の気象は、地を掃ったようにすっかり途絶え、日本全土の人々は、ただ利《もうけ》だけを貪って、大義とはいったい何なのかを知る者はおりません。俗に、武家《ぶけ》は商人である、と申します。武家でさえそうなのです。ましてや武家ではないものはなおさらです。ましてや村里の一般の人民はなおさらなのです。

さらに、彼の野蛮な諸外国の、国を奪い土地を切り開くための手段というのは、専ら戦闘だけを用いるわけではありません。妖しげな宗教によって心を蠱わし、金銀によって欲望を満足させます。利《もうけ》を好む人民が、欲望を満足させる教えに遭遇するのです。どうして（その侵入を）ただ防ぐことが出来ないだけで済みましょうか。「どれほどの者が、こぞって野蛮な外国人のようにならないだろうか。」、です。ですから、御国家（萩藩）は、まさに大義を述べ諭して、人民を教え導くことを、今日海防の第一策としなければなりません。

〈注釈〉

1神州　神国。日本の美称。↓用語解説「神国思想」（317頁）。2元気　天地の間に広がり、万物生成の根本となる精気。3衰餒　「餒」はくさる。人の心などが衰え堕落して用に堪えなくなること。

4男子国　男児国。日本の古名。国生み神話で、イザナギ・イザナミの二神がはじめて作ったという島に由来する。『古事記』には淤能碁呂島《オノゴロジマ》、『日本書紀』には磤馭慮島《オノコロジマ》とあり、「おのころ」は男児の意ではないが、仮りて男児の義に用いた。5大和魂　日本民族固有の精神。勇猛で潔いのを特性とする。6郷党　むらざとの仲間。郷里の人。7小民　一般の人びと。8幾何…為夷也　唐・韓愈（七六八－八二四）「原道」の、夷狄の法（仏教）を持ち上げて先王の教えの上に置いた当時の風潮に続く一節。

## 民を勇者とするには

孟子曰、未有義而後其君者也[1]ト。民、大義ヲ知レハ、必士気振ツテ、君国[2]ノ為ニスルニ勇ナリ。然レトモ、ソノ之ヲ教ルノ術、道学者流心学ヲ説[3]〔キ〕、小学ヲ講シ[4]、性命ノ理ヲ談[5]スルノ類、其説ハナハタ迂遠〔ニシテ〕、今日ノ時宜ニ合ヒカタシ。国家ヨロシク慷慨気節ニシテ弁才アルモノヲ撰用シ、其ヲシテ

---

孟子《もうし》に曰《いわ》く、「未《いま》だ義《ぎ》にして其《そ》の君《きみ》を後《あと》にする者《もの》は有《あ》らざるなり」と。民《たみ》、大義《たいぎ》を知《し》れば、必《かなら》ず士《し》気振《きふ》るって、君国《くんこく》の為《ため》にするに勇《ゆう》なり。然《しか》れども、その之を教《おし》うるの術《すべ》、道学者流《どうがくしゃりゅう》心学《しんがく》を説《と》き、小《しょう》学《がく》を講《こう》じ、性命《せいめい》の理《り》を談《だん》ずるの類《たぐい》、其《そ》の説《せつ》はなはだ迂遠《うえん》にして今日《こんにち》の時宜《じぎ》に合《あ》いがたし。国家《こっか》よろしく慷慨《こうがい》気節《きせつ》にして弁才《べんさい》あるものを撰用《せんよう》し、其《そ》れ

毎月廻郡セシメ、凡民生テ皇国[6]ノ民トナルモノ、君国ノ恩、摧身粉骨シテ報スヘキノ義ト、彼蛮夷者、邪教[7]ヲ宗トスル虎狼[8]ノ国〔ニシテ〕、其屡来ノ本意、神州ノ民ヲ化テ犬羊[9]トナサント欲ルニアリ、是、皇国ノ賊、我君ノ寇、誓テ之ヲ殲サスンハアルヘカラスノ故〔理〕ト、剴切[10]明白ニ教諭セシムヘシ。物理極テ必返ル。我知、神州衰餒〔ノ元気〕ノ気、カナラス復盛ニ、天下ノ人感奮興起〔シ〕、懦弱ノ鄙夫変テ義勇ノ武人トナリ、巾幗ノ婦女化シテ須眉[11]ノ男子トナリ〔ラハ〕[12]、米夷陸梁[13]トイヘトモ、畏ルニ〔マタ何ソ畏ニ足ンヤ〕足サルコトヲ。

をして毎月廻郡《まいつきかいぐん》せしめ、凡《およ》そ民生《たみう》まれて皇国《こうこく》の民《たみ》となるもの、君国《くんこく》の恩《おん》、摧身粉骨《さいしんふんこつ》して報《ほう》ずべきの義《ぎ》と、彼《か》の蛮夷《ばんい》は、邪教《じゃきょう》を宗《むね》とする虎狼《ころう》の国《くに》にして、其《そ》の屡来《しばしばきた》るの本意《ほんい》、神州《しんしゅう》の民《たみ》を化《か》して犬羊《けんよう》となさんと欲《ほっ》するにあり、是《これ》、皇国《こうこく》の賊《ぞく》、我《わ》が君《きみ》の冦《あだ》、誓《ちか》いて之《これ》を殲《ほろ》ぼさずんばあるべからずの故《ゆえ》と、剴切明白《がいせつめいはく》に教諭《きょうゆ》せしむべし。物理極《ぶつりきわ》まって必《かなら》ず返《かえ》る。我知《われし》る、神州衰餒《しんしゅうすいだい》の気《き》、かならず復《ま》た盛《さか》んに、天下《てんか》の人感奮興起《ひとかんぷんこうき》、懦弱《だじゃく》ノ鄙夫変《ひふへん》じて義勇《ぎゆう》の武人《ぶじん》となり、巾幗《きんかく》の婦女化《ふじょか》して須眉《しゅび》の男子《だんし》となり、米夷陸梁《べいいりくりょう》といへとも、畏《おそ》るに足《た》らざることを。

『孟子』に、「義をわきまえた者であって、その君を後まわしにして顧みないなどという者はまだいない。」、とあります。人民が、大義をわきまえたならば、きっと士気を奮い立たせ、御国のために役立とうと勇敢になるものです。しかしながら、その大義を教え導く手段が、道学者流の心学をいい諭し、小学を講釈し、朱子学についてものがたるなどという類では、その内容は非常に回りくどくて、今日の状況にふさわしくありません。御国家（萩藩）は、意気盛んで気概のある弁舌巧みなものを選んで登用し、その者に毎月諸郡を廻らせて、おしなべて人民として生まれて皇国の人民となったものは、御国の恩には、身を砕き骨を粉にしても報いるのが当然であるという義（道理）と、彼の外国の輩は、邪教（キリスト教）を崇ぶ虎や狼のように残忍な国で、彼らがしばしばやって来る真意は、神州の人民を教化し犬や羊のように賤しい輩にしようとすることにあって、これこそ皇国を害する悪者であり、わたくしたちの君主のかたきであり、必ずやこれを滅ぼさなければならない理由であると、適切に明白に教え諭すようにしなければなりません。

物事の道理は極限に達すると必ずもとの状態にもどります。わたくしには、神州の衰え腐った気は、かならずや再び勢い盛んとなり、日本全土の人々は意気を振るい起し、柔弱な卑しい男は正義のために勇み立つサムライに変わり、髪飾りを着けた女は女丈夫に変わり、アメリカの輩が好き勝手に横行したとしても、恐れるに足りないということが分かっております。

〈注釈〉

1未有…其君者也　『孟子』「梁恵王上」の一節。「義」とは、正しい筋道に適うこと。2君国　君主と国家。君主の統治する国。ここでは、人民と皇国の「君」である天皇及び萩藩の「君」である毛利敬親との君臣関係は二重構造で、重層的な忠誠の対象として意識される。3道学者流心学ヲ説石門心学者による心学道話。萩藩では、天保二年（一八三一）に大一揆を経験したことから、天保六年（一八三五）以降、奥田頼杖《おくだらいじょう》（?－一八四九）ら心学者に諸郡を巡回させて、聖賢の説く道徳を平易な言葉で語る心学道話によって民衆を教化し、村落の秩序回復をはかる政策をとった。4小学ヲ講シ『小学』は、宋代の初学者向け修身作法書。古の聖人の善行や修身の格言、忠臣孝子の事跡などを集める。嘉永二年（一八四九）、藩校明倫館再興を機に、朱子学による家臣団統制を強化した萩藩では、民衆教化策も心学道話を止めて儒者による小学講談を奨励する。しかし、この小学講談は定着せず、安政元年（一八五四）には早くも心学道話に復そうとする動きが出てくる。5性命…談ス　天が付与する「命」と、それを受けた人間の「性」などの原理について説く朱子学についていう。6皇国　↓用語解説（314頁）。7邪教　キリスト教を指す。8虎狼　残虐な虎と貪欲な狼。外敵に対する蔑称。9犬羊　卑俗な犬と強情な羊。外敵に対する蔑称。10剴切　適切でゆきとどく。11巾幗…須眉　「巾幗」は女性用の髪飾り、女子を指す。また「鬚眉」は顎《あご》鬚（須）と眉、男子を指す。女子のなかで丈夫の気概があるものを「巾幗鬚眉」という。女丈夫《じょじょうふ》。12男子トナリ　自筆原稿は「男児トナリ」を訂正して「男児トナラハ」に作る。13陸梁　好き勝手に横行するさま。

## 民を訓練して戦う兵士に

民、ステニ国家〔義ヲ知リ〕ノ為ニスルニ勇ニ〔シテ〕、又教ルニ戦ヲモツテスヘシ。語曰、善人教民七年、可以即戎矣。[1] 又曰、以不教民戦、是謂棄之也[2]ト。国家急ニ懸令[3]、剣槍銃砲及柔術角抵諸技、凡事ノ戦闘ニ用テ利アルモノ、歳時休日農事ノ暇アルニ及ンテ、民ミナ之ヲ学ヲ許シ、且読書兵学ヲ知ルモノヲシテモ、亦毎月廻郡セシメ、農工商漁ノ壮丁[4]ヲ集メ、水陸二戦、編伍進退ノ法ヲ教エ、郷勇水勇[5]ノ義社[6]ヲ建テ、以テ結団習練[7]スヘシ。

其法、大抵百家ノ邑、壮丁二十五人ヲ募リ、コレヲ編テ五伍[8]一隊トナシ、里正或ハ土豪ノ才幹アルモノヲ撰ヒ、ソノ隊長トナシ、出錬毎月朔望[9]両次、一習錬大砲小銃点発法、二火

---

民、すでに国家《こっか》の為《ため》にするに勇《ゆう》に、又教《またおし》ゆるに戦《いくさ》をもってすべし。語《ご》に曰《いわ》く、「善人民《ぜんにんたみ》を教《おし》えること七年《しちねん》、以《もっ》て戎《じゅう》に即《つ》かしむべし」と。又曰《またいわ》く、「教《おし》えざるの民《たみ》を以《もっ》て戦《たたか》う、是《こ》れ之《これ》を棄《す》つと謂《い》う」と。国家急《こっかきゅう》に懸令《けんれい》して、剣槍《けんそう》・銃砲及《じゅうほうおよ》び柔術《じゅうじゅつ》・角《かく》抵諸技《ていしょぎ》、凡《およ》そ事《こと》の戦闘《せんとう》に用《もち》いて利《り》あるもの、歳時《さいじ》休日《きゅうじつ》・農事《のうじ》の暇《いとま》あるに及《およ》んで、民《たみ》みな之《これ》を学《まな》ぶを許《ゆる》し、且《か》つ読書《どくしょ》・兵学《へいがく》を知《し》るものをしても、亦《また》毎月廻郡《まいつきかいぐん》せしめ、農《のう》・工《こう》・商《しょう》・漁《ぎょ》の壮丁《そうてい》を集《あつ》め、水陸二戦《すいりくにせん》、編伍《へんご》・進退《しんたい》ノ法《ほう》を教《おし》え、郷勇《きょうゆう》・水勇《すいゆう》の義社《ぎしゃ》を建《た》て、以《もっ》て結団習練《けつだんしゅうれん》すべし。

其《そ》の法《ほう》、大抵百家《たいていひゃっけ》の邑《むら》、壮丁二十五人《そうていにじゅうごにん》を募《つの》り、これを編《あ》みて五伍一隊《ごごいったい》となし、里正或《りせいある》いは土豪《どごう》の才《さい》幹《かん》あるものを撰《えら》び、その隊長《たいちょう》となし、出錬毎月朔《しゅつれんまいつきさく》

箭火缶[10]射抛法、三商漁諸船環攻法、四剣槍奮撃接戦法、五走陸伏水法、ソノ他、火攻撃沈諸臨機ノ戦〔策〕、亦ヨクコレヲ習練セシムヘシ。

望両次《ぼうりょうじ》、一《いっ》に大砲《たいほう》・小銃点発法《しょうじゅうてんはっぽう》を習錬《しゅうれん》し、二《に》に火箭《かせん》・火缶射抛法《かかんしゃほうほう》、三《さん》に商《しょう》・漁諸船環攻法《ぎょしょせんかんこうほう》、四《し》に剣槍奮撃接戦法《けんそうふんげきせっせんほう》、五《ご》に走陸《そうりく》・伏水法《ふくすいほう》、その他《た》、火《ひ》攻《ぜ》め・撃沈諸臨機《げきちんしょりんき》の戦《いくさ》、亦《また》よくこれを習練《しゅうれん》せしむべし。

人民が、すでに（義とは何かをわきまえて）御国家（萩藩）の役に立とうと勇敢になったら、さらに戦うことを教えなければなりません。『論語』には、「有徳の君子が民を教化訓練して七年にわたると、民を戦争に従事させることができるだろう。」、とあります。また、「教化訓練していない民を率いて戦争するのは、民をむざと殺すのと同じことだ。」、ともあります。御国家（萩藩）は急いで法令を公布して、剣術・槍術・銃術・砲術ならびに柔術や相撲など諸の技、おしなべてなんでも戦闘に用いて役に立つものは、四季折々に休日や農閑期になったら、人民すべてにこれら諸の技を学ぶことを許可し、さらに学問や兵学に通じているものにも、やはり毎月諸郡を廻らせて、農民・工人・商人・漁師から壮年の男子を集め、水戦と陸戦、隊伍の編制・進退の規則を教え、郷勇や水勇といった団体を設け、地域の武装組織を結成して訓練しなければなりません。

その法令では、およそ百軒の村から、壮年の男子二十五人を募集して、これを編制して五人一伍の五伍一隊とし、庄屋または地主から能力の優れたものを選んで、その隊長として、訓練に参加するのは毎月一日と十五日の二回、一つには大砲・小銃の発射方法を練習し、二つには火矢や手投げ弾を射たり投げたりする方法、三つには商船・漁船などの諸船で相手を取り囲んで攻める方法、四つには剣や槍で力をふるって接近戦で戦う方法、五つには駆け競べ・水泳、その他にも火攻めや艦船を沈めるなどさまざまな臨機の戦法について、またしっかりとこれを訓練させなければなりません。

〈注釈〉

1善人…即戎矣　『論語』「子路」の一節。朱熹『論語集注』に、「民を教えるは、之に孝悌忠信の行、務農講武の法を教う」とある。2以不教民戦…棄之也　同前注。同前朱熹注に、「教えざるの民を用いて以て戦う、必ず敗亡の禍有り、是其の民を棄つる也」とある。3懸令　法令を公布する。4壮丁　夫役・軍役に当たる壮年の男子。5郷勇・水勇　清《しん》政府がアヘン戦争期に組織した陸上・水上の民兵。魏源《ぎげん》『海国図志』「籌海篇《ちゅうかいへん》」に見える。6義社　自筆草稿は「社」に作る。7結団習練　団練すなわち宋代から民国初年、正規軍の外に土地の壮丁を選んで訓練した地主武装組織に倣うことをいう。8伍　五人を一組とした団練編成の単位。9朔望　朔すなわち一日と望すなわち十五日の並称。10火缶　小さい鉄製・または陶製の瓶に火薬を入れたもの。投げて敵を焼く。

## 土着屯田の民兵組織を

夫、古今辺防ノ策ヲ講スルモノ、土著[1]屯田[2]ノ便利ヲ云ハサルナシト云ヘトモ、其説終ニ行ハレス。今ヤ、郡民戦ヲ知テ結団、有事則出戦、無事則退守本業、〔トキハ〕府下ノ藩士カナラスシモ転徙耕作セスシテ、土著ノ野人[3]タ、チニ屯田ノ戍兵トナル。古之所謂寓兵於農者[4]、復行于今也。是、タ、一旦攘夷ノ策ノミニアラス、実ニ万世衛国ノ良法トス。

然リト云ヘトモ、之ヲ従前大平無事ノ日ニ行ハント欲スル、マコトニ難フシテ、今日外寇ノ機見エ、天下ノ兵制マサニ一変セントスルノ時ニ施ス、ソノ勢ハナハタ易シ。孟子曰、雖有智慧[5]、不如乗勢、雖有鎡基、不如待時[6]ト。国家、此好機会ヲ失ハス、急ニ令シテ之ヲ行

---

夫《そ》れ、古今辺防《ここんへんぼう》の策《さく》を講《こう》ずるもの、土著屯田《どちゃくとんでん》の便利《べんり》を云《い》わざるなしと云《い》えども、其《そ》の説終《せつつい》に行《おこな》われず。今《いま》や、郡民戦《ぐんみんいくさ》を知《し》りて結団《けつだん》し、事有《ことあ》れば則《すなわ》ち戦《いくさ》に出《い》で、事無《ことな》ければ則《すなわ》ち退《ひ》きて本業《ほんぎょう》を守《まも》るときは、府下《ふか》の藩士《はんし》かならずしも転徙耕作《てんしこうさく》せずして、土著《どちゃく》の野人《やじん》ただちに屯田《とんでん》の戍兵《じゅへい》となる。古《いにしえ》の所謂《いわゆる》兵《へい》を農《のう》に寓《よ》する者《こと》、復《ま》た今《いま》に行《おこな》うなり。是《これ》、ただ一旦攘夷《いったんじょうい》の策《さく》のみにあらず、実《じつ》に万世衛国《ばんせいえいこく》の良《りょう》法《ほう》とす。

然《しか》りと云《い》えども、之《これ》を従前大平無事《じゅうぜんたいへいぶじ》の日《ひ》に行《おこな》わんと欲《ほっ》する、まことに難《むつか》しゅうして、今日外寇《こんにちがいこう》の機《き》見《み》え、天下《てんか》の兵制《へいせい》まさに一変《いっぺん》せんとするの時《とき》に施《ほどこ》す、その勢《せい》ははなはだ易《やす》し。孟子曰《もうしいわ》く、「智慧有《ちえあ》りと雖《いえど》も、勢《せい》に乗《じょう》ずるに如《し》かず、鎡基有《じきあ》りと雖《いえど》も、

テ可ナリ。

——時《とき》を待《ま》つに如《し》かず」と。国家《こっか》、此《こ》の好機会《こうきかい》を失《うしな》わず、急《きゅう》に令《れい》して之《これ》を行《おこな》いて可《か》なり。

そもそも、今も昔も辺境を守る策略について講究するもので、土着屯田は都合がよいことを言わないものはおりませんが、その説は結局実施されておりません。まさに今、郡下の人民は戦い方が分かって民兵団を結成し、有事に際しては則ち戦いに行き、何事も無ければ則ち退いて農作業に励み、萩城下の藩士がかならずしも転居して耕作しなくとも、そこに居住する庶民がすぐさま屯田の守備兵となります。昔のいわゆる「兵を農に寓《よ》せる」ということを、再び現在に実施するのです。これは、単に一時の攘夷の策というだけではなく、実に万代にわたって御国家（萩藩）を守るための良法なのです。

そうは申しましても、これをこれまでの平和な時代に実施しようとすると、非常に難しいものですが、今日の外敵が攻めてくる兆候があって、日本全土の軍事制度がまさに一変しようとしている時に実施するのであれば、その情勢はとても容易《たやす》いものです。『孟子』には、「どれほど賢い人でも、勢いにうまく乗った人にはかなわない。どれほどよい農具があっても、種蒔きの時期を待つのにはかなわない。」、とあります。御国家（萩藩）は、この好機会を逃すことなく、早急に命令してこれを実施するのがよいでしょう。

〈注釈〉

1土著　土着。→用語解説「武士土着論」（319頁）。2屯田　兵士を遠隔の地に土着させて、平時は農業に、非常の際には戦争に従事させる制度。中国の後漢末に始まる。→用語解説「武士土着論」。3野人　野《や》にいる人。庶人。4寓兵於農　農民に一定の軍事訓練を施して、平時は農事を務めさせ、戦時には参戦させることをいう。5慧　毛利家本は「恵」に作る。6雖有智慧…不如待時　『孟子』「公孫丑章句上」の一節。「鎡基」は鍬や鋤の農具のこと。「時」とは耕種の時をいう。

## 贅沢品を武器に

兵制変スルト雖、器械備[1]ハラサレハ、マタ徒手搏虎ノ談（枝）、モッテ戦ヲ為へカラス。然而、砲熕[2]鋳造其費莫大、モトヨリ民間ノ能ク一朝ニ弁スルトコロニアラサルナリ。国家、マツ諸村土豪ニ命シ、〔各々〕木砲数十門ヲ造ラシメ、之ヲ海岸ニ備ヘ、急速ノ変ニ応スルノ謀ヲナシ、而後一挙両得ノ術ヲ以テ銅砲ヲ鋳造スル、未

---

兵制変《へいせいへん》ずると雖《いえど》も、器械備《きかいそな》わらざれば、また徒手《としゅ》搏虎《はくこ》の談《だん》、もって戦《いくさ》を為《な》すべからず。然《しか》れども、砲熕鋳造《ほうこうちゅうぞう》其《そ》の費莫大《ひばくだい》、もとより民間《みんかん》の能《よ》く一朝《いっちょう》に弁《べん》ずるところにあらざるなり。国家《こっか》、まず諸村《しょそん》土豪《どごう》に命《めい》じ、木砲数十門《もくほうすうじゅうもん》を造《つく》らしめ、之《これ》を海岸《かいがん》に備《そな》へ、急速《きゅうそく》の変《へん》に応《おう》ずるの謀《はかりごと》をなし、而《しか》る後《のち》一挙両得《いっきょりょうとく》の術《じゅつ》を以《もっ》て銅砲《どうほう》を鋳造《ちゅうぞう》する、未《いま》だおそ

ヲソシトセス。

何ヲカ一挙両得〔ノ術〕ト云。曰、太平日ヒサシク、奢侈ノ風日ニ盛ニ、酒茶宴安[3]ノ器具、銅錫ヲモツテ作ルモノ、中人[4]已上家トシテ、之ヲ蔵セサルナシ。国家従前シハ〳〵励禁ヲ下スト云ヘトモ、終ニ之ヲ遏ルコトアタワス。蓋、時勢然ラシムルトコロ、国家ト雖、人力ヲ以テ挽回スヘカラサルモノアルナリ。

外寇ノ機見ヘテヨリ、天下ノ人、令セストイヘトモ、皆ミツカラ奢侈ニ懲リ、宴安ヲ戒ムルノ心ヲ生ス。加之、大義申ヒ、士気振ハヽ、人々賊ヲ殺ス[5]ノ心アラン。国家此機ニ乗シ、水盤[6]火炉[7] 燭台 油器 花瓶 茶缶 ノ銅ヲ以テ製スルモノ、酒瓶茶缶ノ錫ヲ以テ作ルモノ、凡太[8]平驕奢ノ器具、今日ニアツテ用ユルトコロナシ。官[9]ニ出シテ砲熕ニ鋳造スルトキハ、転テ国家不朽ノ

---

しとせず。

何《なに》をか一挙両得《いっきょりょうとく》と云《い》う。曰《いわ》く、太平日《たいへいひ》にひさしく、奢侈《しゃし》の風日《ふうひ》に盛《さか》んに、酒茶宴安《しゅちゃえんあん》の器具《きぐ》、銅錫《どうしゃく》をもって作《つく》るもの、中人已上《ちゅうじんいじょう》の家《いえ》として、之《これ》を蔵《ぞう》せざるなし。国家従前《こっかじゅうぜん》しばしば励禁《れいきん》を下《くだ》すと云《い》えども、終《つい》に之《これ》を遏《とど》むることあたわず。蓋《けだ》し、時勢《じせい》の然《しか》らしむるところ、国家《こっか》と雖《いえど》も、人力《じんりき》を以《もっ》て挽回《ばんかい》すべからざるものあるなり。

外寇《がいこう》の機見《きみ》えてより、天下《てんか》の人《ひと》、令《れい》せずといえども、皆《みな》みずから奢侈《しゃし》に懲《こ》り、宴安《えんあん》を戒《いまし》むるの心《こころ》を生《しょう》ず。加之《しかのみならず》、大義《たいぎ》申《の》び士気《しき》振《ふ》るわば、人々《ひとびと》賊《ぞく》を殺《ころ》すの心《こころ》あらん。国家此《こっかこ》の機《き》に乗《じょう》じ、水盤《すいばん》・火炉《かろ》 燭台《しょくだい》・油器《ゆき》・花瓶《かびん》・茶缶《ちゃかん》 の銅《どう》を以《もっ》て製《せい》するもの、酒瓶《しゅへい》・茶缶《ちゃかん》の錫《すず》を以《もっ》て作《つく》るもの、凡《およ》そ太平驕奢《たいへいきょうしゃ》の器具《きぐ》、今日《こんにち》にあって用《もち》ゆるところなし。官《かん》に出《だ》して砲熕《ほうこう》に鋳造《ちゅうぞう》するときは、転《てん》じて国家不朽《こっかふきゅう》の

重器〔ト〕ナリ、夷艦之ヲ〔以テ〕砕クヘク、夷賊之ヲ以テ殲スヘク、而テ君国ノ恩、之ニヨリテ以テ報スヘシト、剴切諭説スルニ、誰カ喜テ出サ、ルモノアラン。而テ、其村出ストコロノ銅錫ヲ以テ、其村備ルトコロノ砲熕ヲ鋳造シ、其費足ラサルトコロアルモノ、官銭私糧ヲモツテ之ヲ資ス。[10]如此スルトキハ、器械容易ニ成テ、奢侈亦従テ止矣。此之ヲ一挙両得ノ術ト云。

---

重器《じゅうき》となり、夷艦之《いかんこれ》を以て砕《くだ》くべく、夷賊之《いぞくこれ》を以《もっ》て殲《ほろ》ぼすべく、而《しか》して君国《くんこく》の恩《おん》、之《これ》によりて以《もっ》て報《ほう》ずべしと、剴切諭説《がいせつゆせつ》するに、誰《だれ》か喜《よろこ》びて出《いだ》さざるものあらん。而《しか》して、其《そ》の村出《むらいだ》すところの銅《どう》錫《しゃく》を以《もっ》て、其《その》の村備《むらそな》うるところの砲熕《ほうこう》を鋳造《ちゅうぞう》し、其《そ》の費《つい》え足《た》らざるところあるもの、官銭私糧《かんせんしりょう》をもって之《これ》を資《し》す。此《かく》の如《ごと》くするときは、器械容易《きかいようい》に成《な》りて、奢侈《しゃし》も亦従《またしたが》って止《や》む。此《こ》れ之《これ》を一挙《いっきょ》両得《りょうとく》の術《じゅつ》と云《い》う。

軍事制度が変わったとしても、武器の用意がなければ、やはり素手で虎と戦うような話であって、それで戦争をすることはできません。とはいっても、大砲を鋳造するその費用は莫大で、いうまでもなく民間においてわずかな間に支払えるものではありません。御国家（萩藩）は、まず諸村の有力者に命じて、木砲数十門を造らせ、それを海岸に並べ置き、緊急事態に対応するための計略を立てて、その後に一挙両得の手段によって銅製の大砲を鋳造しても、遅いことはありません。

何を一挙両得と申すのでしょうか。つまり、太平の日が長らく続き、分に過ぎた贅沢の風潮は日を追って盛んになり、酒や茶の遊楽のための道具で、銅や錫で作られたものも、中流以上の家であれば、これを持っていない家はありません。御国家（萩藩）は、これまでにも度々厳しい取締り令を出したにもかかわらず、結局この贅沢の風潮を止めることができていません。思うに、時勢がそうさせているのであって、御国家（萩藩）をもってしても、人の力では取り返せないものがあるのです。

外敵が攻めてくる兆候があらわれてから、日本全土の人々は、取締り令を出さなくても、皆が自分から贅沢はもうするまいと、遊楽にふけるのを慎しむ気持ちが生まれました。そのうえに、大義がおし広められて士気が振ったならば、人々には外敵を除こうとする気持ちが生まれることでしょう。御国家（萩藩）はこの機会をうまく利用して、「水盤や火鉢、燭台・油器・花瓶・茶缶などの銅製のもの、酒瓶・茶缶で錫で作られたもの、おしなべて太平の時代の贅沢な諸道具は、今日では使うところがない。お上に差し出してこれで大砲を鋳造するならば、転じて国家（萩藩）の後世までも長く役立つ道具となる。外国の艦船はこれによって打ち砕くことができ、外国の賊はこれによってすっかり滅ぼすことができ、そうして我が君と御国家（萩藩）の恩にも、これによって報いることができるのだ。」と、適切丁寧に教え諭したならば、誰が喜んで供出しなかったりするでしょうか。そうして、その村が供出した銅や錫を使って、その村に配備する大砲を鋳造し、その費用に不足があった場合は、官庫の銭や民間の米穀を使ってこれを補います。このようにすると、武器は容易にできあがり、分に過ぎた贅沢もまたそれに従っておさまることでしょう。このようにこれを一挙両得の手段と申します。

〈注釈〉

1器械　武器。器は鎧・兜の類、械は矛・弓の類。2砲熕　大砲。3宴安　遊び楽しむこと。4中人　中等以上の階層の人。中流。5殺ス　滅ぼす。除く。6水盤　底の浅い平らな花器。7火炉　火を入れて暖を取るもの。火鉢・こたつ・いろりなど。8太　毛利家本は「大」に作る。9官　毛利家本は「宦」に作る。官に同じ。10資ス　助ける。元手を出して助ける。

## 火薬は地元の原料で

砲熕ステニ成テ、火薬鉄弾マタ畜ヘスンハアルヘカラス。米夷ノコトアリシ[1]ヨリ、天下侯伯[2]、各其備〔兵〕ヲ為ヲ以テ、火薬ノ直ヒ頓ニ三倍ヲ増ス。若之ヲ他邦ニ求メハ〔ント欲セ〕、多少[3]ノ国財ヲ耗テ、而モマタ不可多得。不如之ヲ国内ニ取テ用ヲ給シ、其余ルトコロヲ他邦ニ鬻キ、鉄弾軍須ノ費ニ供スルノ便ナルニハ。国家、急

---

砲熕《ほうこう》すでに成《な》りて、火薬《かやく》・鉄弾《てつだん》また畜《たくわ》えずんばあるべからず。米夷《べいい》のことありしより、天下《てんか》の侯《こう》伯《はく》、各《おのおの》其《そ》の備《そなえ》を為《な》すを以《もっ》て、火薬《かやく》の直《あたい》頓《とみ》に三《さん》倍《ばい》を増《ま》す。若《も》し之《これ》を他邦《たほう》に求《もと》めば、多少《たしょう》の国財《こくざい》を耗《へ》らして、而《しか》もまた多《おお》く得《う》べからず。如《し》かず、之《これ》を国内《こくない》に取《と》りて用《よう》を給《たら》し、其《そ》の余《あま》るところを他邦《たほう》に鬻《ひさ》ぎ、鉄弾軍須《てつだんぐんしゅ》の費《つい》えに供《きょう》するの便《べん》なるには。

ニ製薬場ヲ〔郡内ニ〕設ケ、本郡アルトコロ、鼠壌[4]塗泥[5]ヲ採テ、以テ多ク火薬[6]ヲ製シテ可ナリ。

国家《こっか》、急《きゅう》に製薬場《せいやくじょう》を設《もう》け、本郡《ほんぐん》あるところ、鼠《そ》壌塗泥《じょうとでい》を採《と》って、以《もっ》て多《おお》く火薬《かやく》を製《せい》して可《か》なり。

大砲がすでにできあがったら、火薬や鉄砲の玉もまた畜えておかなければなりません。ペリー来航以降、日本全土の諸大名は、それぞれその軍備を整えているので、火薬の値段はにわかに三倍増となっております。もしこれを他の領国から購入するとしたら、多額の御国家（萩藩）の貨財を消耗して、しかもまた大量に調達することはできません。これを御領国（萩藩領）の内で調達して需要を満たし、その余ったものを他の領国に売って、鉄砲の玉など軍需品の費用にあてるという便利さにはかないません。御国家（萩藩）は、早急に火薬製造場を設け、本郡（大島郡）にある鼠が掘った穴の土や湿った泥土を採取して、それによって大量の火薬を製造するのがよろしいでしょう。

〈注釈〉

1米夷ノコト　ペリー来航。2侯伯　大名と小名。小名は大名のうち領地の少ないもの。3多少　多い。少は助字。4鼠壌　ネズミの穴。一説にネズミの穴から出た土。5塗泥　湿った泥土。6火薬　当時使われていた黒色火薬は、炭・硫黄と硝石（硝酸カリウムまたは硝酸ナトリウム）を混ぜて作る。ここでは、古民家の床下などから土を採って桶に入れ、水で硝酸カリウムを溶出する古土法によって、硝石を生産しようとしている。

## 民が大義を知れば

孟子曰、可使制梃以撻秦楚堅甲利兵[1]ト。ソレ、民義ヲ知レハ、梃ナヲ以テ堅甲利兵ヲ撻ヘシ。況ヤ我砲熕ステニ備テ、弾薬モマタ乏カラスンハ、夷艦堅窂[2]トイヘトモ、夷砲猛烈トイヘトモ、彼、何ソ敢テ我ト敵スルヲ得ンヤ。

雖然、天下ノ事、一利ヲ起セハ一害従テ生ス。況ヤ兵者凶器ナリ。今、不得已民ニ之ヲ玩シム。国家、モシ義ヲ教ユルヲ以テ本トセスンハ、所在乱盗蜂起、外冦イマタ防カスシテ、内乱ステニ起リ、我恐クハ、ソノ害多ニ勝サランコトヲ。語曰、君子有勇而無義、為乱、小人有勇而無義、為盗[3]ト。是ニ由テ之ヲ観レ

---

孟子《もうし》に曰《いわ》く、「梃《てい》を制《せい》して以《もっ》て秦《しん》・楚《そ》の堅甲《けんこう》・利《り》兵《へい》を撻《う》たしむべし」と。それ、民《たみ》の義《ぎ》を知《し》れば、梃《てい》なを以《もっ》て堅甲《けんこう》・利兵《りへい》を撻《う》つべし。況《いわん》や我砲熕《わがほうこう》すでに備《そな》わりて、弾薬《だんやく》もまた乏《とぼ》しからずんば、夷艦《いかん》堅窂《けんろう》といえども、夷砲猛烈《いほうもうれつ》といえども、彼《かれ》、何《なん》ぞ敢《あえ》て我《われ》と敵《てき》するを得《え》んや。

然《しか》りと雖《いえど》も、天下《てんか》の事《こと》、一利《いちり》を起《おこ》せば一害従《いちがいしたが》いて生《しょう》ず。況《いわん》や兵《へい》は凶器《きょうき》なり。今《いま》、已《や》むを得《え》ず民《たみ》に之《これ》を玩《もてあそ》ばしむ。国家《こっか》、もし義《ぎ》を教《おし》ゆるを以《もっ》て本《もと》とせずんば、所在乱盗蜂起《しょざいらんとうほうき》し、外冦《がいこう》いまだ防《ふせ》がずして、内乱《ないらん》すでに起《おこ》り、我恐《われおそ》るらくは、その害多《がいまさ》に勝《ま》さらんことを。語《ご》に曰《いわ》く、「君子《くんし》勇有《ゆうあ》りて義無《ぎな》ければ、

ハ、民大義ヲ知レハ、外寇固ヨリ不足憂シテ、
内乱亦庶幾于不起也。

乱《らん》を為《な》す、小人勇有《しょうじんゆうあ》りて義無《ぎな》ければ、盗《とう》を為《な》す」と。是《これ》に由《よ》りて之《これ》を観《み》れば、民大義《たみたいぎ》を知《し》れば、外寇固《がいこうもと》より憂《うれ》うるに足《た》らずして、内乱亦起《ないらんまたお》きざるに庶幾《ちか》きなり。

『孟子』、「棍棒を手にひっさげて行くだけで、秦や楚の堅固な甲冑や鋭利な武器を打ちひしぐことができる。」、とあります。そもそも民が義をわきまえたならば、棍棒でさえ堅固な甲冑や鋭利な武器を打ちひしぐことができるのです。ましてや、我が方の大砲はすでに配備され、弾薬もまた足りていれば、外国の艦船が堅くて丈夫であったとしても、外国の大砲が猛烈であったとしても、彼の国々は、どうしてむやみに我が方と敵対することができるでしょうか。

そうではありますが、この世界のことというのは、利点を一つ起せば害も一つそれに従って生じます。ましてや、武器は凶器です。今は、やむを得ず人民にこれを取り扱わせています。御国家（萩藩）が、もしも義を教えることによってその根本としなければ、そこかしこで騒動や盗賊が一斉に起こって、外敵の攻撃を防ぐ前に、内乱が起ってしまい、わたくしの憂慮するところでは、その害はまさに利点をしのいでしまうことでしょう。『論語』に、「人格者に勇気があっても大義がなければ、乱を起こす。身分の低い者に勇気が有っても大義がなければ、盗みを働く。」、とあります。このような理由から考えると、

民が大義をわきまえたならば、外敵は固より心配するまでもなく、内乱もまたほとんど起きないことでしょう。

〈注釈〉

1可使制梃…堅甲利兵　『孟子』「梁恵王上」の一節。梁の恵王（魏罃《ぎおう》、前四〇〇－前三一九）が、その代に斉・秦・楚と争って失った領土を取り戻したいと、その方法を孟子に尋ねたところ、孟子は、僅か百里四方の領地であっても、そこに仁政を施したならば、王になることが出来ると答え、刑罰を簡略にし、税を軽減し、農業を適切に管理指導し、若者には休日に、親に仕え（孝）、年長者に仕え（悌）、まごころを尽くし（忠）、言行一致させる（信）道徳を修めさせて、家の中では父兄に順い、外では年長者に順うようにさせよ、と言ったのに続く言葉。2堅牢　固くてじょうぶ。3君子有勇…為盗　『論語』「陽貨」の一節。子路が孔子に「君子は勇を尚《たっと》ぶか」と問うたのに、孔子が「君子は義を以て上と為す」と答えて続けた言葉。

## 大島一郡から日本全国へ

抑、性今之所策、ヒトリ一郡ノ為ニ謀ル支末 ―― 抑《そもそも》、性《しょう》今之《いまこれ》策《さく》する所《ところ》、ひとり一郡《いちぐん》の為《ため》に謀《はか》る支《し》

ノ論而已。若天下ノ大形ニ就テ、内海防禦ノ策ヲ論セハ、国家、小笠原氏[1]ニ謀リ、赤馬文字両関[2]海岸ニ大砲ヲ列ね(ママ)、戌兵ヲ置キ、其厳、鍋島氏[3]ノ崎陽[4]海口ニ於ルカ如クシ、又、幕府ニ申テ紀阿予豊[5]ノ諸藩ニ督命セシメ、加田[6]鳴門[7]及御(三)崎佐賀関[8]ノ海峡ヲ扼シ、コト〳〵ク内海往来ノ路ヲ塞テ、以テ其火船突入ノ衝ヲ折ス[9]。嗚呼是以為抜本塞源之策矣。

僧月性稿

---

末《まつ》の論《ろん》のみ。若《も》し天下《てんか》の大形《たいけい》に就《つ》きて、内海防禦《ないかいぼうぎょ》の策《さく》を論《ろん》ぜば、国家《こっか》、小笠原氏《おがさわらし》に謀《はか》り、赤馬《あかま》・文字《もじ》両関海岸《りょうせきかいがん》に大砲《たいほう》を列《つら》ね、戌兵《じゅへい》を置《お》き、其《そ》の厳《げん》なること、鍋島氏《なべしまし》の崎陽海口《きようかいこう》に於《お》けるが如くし、又《また》、幕府《ばくふ》に申《の》べて紀《き》・阿《あ》・予《よ》・豊《ほう》の諸藩《しょはん》に督命《とくめい》せしめ、加田《かだ》・鳴門《なると》及《およ》び三崎《みさき》・佐賀関《さがのせき》の海峡《かいきょう》を扼《やく》し、ことごとく内海往来《ないかいおうらい》の路《みち》を塞《ふさ》ぎて、以《もっ》て其《そ》の火船《かせん》突入《とつにゅう》の衝《しょう》を折《せっ》す。嗚呼《ああ》、是以為《これおもえ》らく抜本塞源之策《ばっぽんそくげんのさく》なり。

僧月性稿《そうげっしょうこう》

そもそも、わたくしが今計略をめぐらせたのは、ただ（大島）一郡のために企てる枝葉末節の論にすぎません。もし日本全土の地勢から、内海を防御する策略を論じるとすれば、御国家（萩藩）は、小笠原家（豊前小倉藩）に相談して、赤間と門司の両関の海岸に大砲を並べ、守備兵を置き、その厳戒ぶりは、鍋島家（肥前佐賀藩）の長崎港警衛と同様にし、また幕府に言上して紀伊・阿波・伊予・豊前の諸藩に命令するよう促して、加太・鳴門及び三崎・佐賀関間の海峡を押さえて、ことごとく内海を往来する路を塞ぎ、これによって外国の火船が突入するのを防ぎます。ああ、これこそ思うに根本の原因を取り除いて本源の弊害をふさぐ策なのです。

僧月性稿

〈注釈〉

1小笠原氏　豊前国小倉藩。2両関　現山口県下関市赤間町と現福岡県北九州市門司区。関門海峡を挟んだ要衝。3鍋島氏　肥前佐賀藩鍋島家。4崎陽　長崎の異称。寛永十八年（一六四一）、筑前福岡藩に長崎御番（長崎港警備）が命じられ、翌寛永十九年（一六四二）、佐賀藩にもそれが命じられて以降、福岡藩と佐賀藩が交代で長崎御番を務めていた。長崎港は中国船とオランダ商船の来航地で、寛政四年（一七九二）、根室に来航したラクスマンに長崎入航の信牌（許可証）が与えられて以降、外国交渉の窓口とされた。5紀阿予豊　紀伊（現和歌山県）・阿波（現徳島県）・伊予（現愛媛県）・豊前（現大分県）。6加田　現和歌山県和歌山市加太。その田倉崎と淡路島の間に紀淡海峡が位置する。7鳴門　現徳島県鳴門市。大毛島・島田島と淡路島の間に鳴門海峡が位置する。8佐賀関　現愛媛県西宇和郡伊方町三崎と現大分県大分市佐賀関。佐田岬半島と佐賀関半島が豊予海峡を形成している。9衝ヲ折ス　折衝。敵が攻撃してくるのをくじき防ぐ。

# 海防意見封事

## 解題

安政三年（一八五六）九月、月性は本山である本願寺の命を受けて上京し、翌四年（一八五七）六月頃まで滞京する。召命の理由には、月性が、法話・法談の際に、領主の海防に協力して国恩を報じるよう教導し、萩藩の役人や武士の大多数に歓迎され、それによって浄土真宗の評価をも高めている点が挙げられていた。海防とは、海から攻撃してくる敵を防いで、国土を守ることであり、月性は、武士や百姓などさまざまな身分・階層の老若男女を前に、西洋諸国の来航を対外危機の到来と訴え、海防への献身を力説して、広く共感と支持を得ていたのである。

本史料は、月性がこの滞京期間中に、浄土真宗本願寺派宗主広如《こうにょ》（一七九八－一八七一）の諮問に応える封事の形式で作成した、安政三年十月三日付の意見書である。原本の所在は確認できていない。刊本としては、野史台《やしだい》『維新史料』第八編（一八八八年四月）と第九編（同五月）に、「僧月性封事」として掲載されたものが最も古く、これは日本史籍協会編『野史台維新史料叢書』の『上書三』（東京大学出版会、一九七四年）に収載される。その解題に、「安政三年（紀元二千五百十六年）丙辰十月三日、周防遠崎妙円寺住持月性の、京都本山へ差出されしものにして、海防意見封事と云ふ。一に護法意見封事とも称せり」とあり、本書でもこの「海防意見封事」を史料名とした。

　この『維新史料』は、誤植の多さでも知られるが、本史料もその弊を免れておらず、また第八編初版時には後尾の九百余字が欠落している。これらは重版の都度訂正されたものもあり、国立国会図書館デジタルコレクション『野史台維新史料』所載の本史料は、史籍協会本よりも誤植が少ない。また、小畠功一『日本勤王篇　王政維新』（田中宋栄堂、一八九一年）所載の「僧月性」に引用される当史料は、同書からの転載と見えるが、補訂されてさらに誤植が少ない。本書では、これらを校合して野史台版とし、底本に用いた。異本としては、干河岸《ひがし》貫一《かんいち》『少年読本第三十三編　釋月性』（博文堂、一九一一年）所収のものがある。年少の読者を想定し、漢字カナ交じりの表記は漢字かな交じりに、漢文も書き下し文に改められているが、野史台版とは異なる字句を含む。その類本に桂集蔵『桂月性略伝』（妙円寺、一九〇九年）や利井興隆《かがいおきたか》『国体明徴と仏教』（文化時報社、一九三六年）での引用があり、これらは漢字カナ交じりで表記されるが、漢文部分の処理や、「魯西亜」を「露西亜」と表記するなどの共通点があり、編集時に原本との照合を経たものとは考えにくい。校訂に際しては、野史台版と干河岸版に加え、本願寺が当史料を添削して出版した『仏法護国論』を参照することで正確を期した。底本の脱字や欠は［　］で本文中に補い、異字は（　）で傍注して、必要に応じて注記を加えた。校訂者の注は（ ）で傍注した。

本史料と『仏法護国論』について、本願寺史料（本願寺史料研究所蔵）に関連の記載が見えるのは、留役所《とめやくしょ》『周防長門国諸記』安政四年五月三十日条に、月性の「海防之議論一冊」（①）を御用僧教宗寺へ渡し、幕府の出版統制やその他禁忌に触れることなく世間に流布するよう、同書に添削を加える旨を月性に指示した、とあるのがはじめである。広如諮問の実際も含め、①の作成に至る経緯やその出版決定の過程については、月性を広如に推挙した覚成寺《かくじょうじ》超然《ちょうねん》（一七九三－一八六八）の関与が指摘されているものの、明らかになっていない。添削の命を受けた月性は、翌閏五月二十七日、これを「護法似所海防意見封中」（②）として、教宗寺へ再提出し（同前同日条）、教宗寺は六月十三日、月性の「海防一条」を、他日差し出したように見せかけて著した「護法意見一冊」（③）として、正式に本願寺へ提出した（留役所『諸日記』同日条）。そして、同年十二月二日、月性の「海防之一条」（③）に、本願寺がさらに添削を加えて清書したもの（④）が、御用僧から紀州願正寺と教宗寺へ下げられ、親鸞の六百回大遠忌事業の一環として刊行することが指示される（前出『周防長門国諸記』同日条）。これが、「無名杜多謹白」と著者名を伏せ、全国一万ヶ寺の末寺に配布されたという、今も真宗寺院の蔵書印とともに各地に残る赤い表紙の『仏法護国論』（⑤）である。

本史料が①に該当するのか、それを改編した②・③であるのか、それを検証する手段はない。しかし、当史料にある徳川家慶や徳川斉昭に関する記述は、⑤では削除されており、これは幕府の出版統制に配慮した編集であろう。また、当史料には途中明らかな脱落があるが、そこには宗主以下本願寺への批判が述べられていたと推察され、⑤もこれを削除していることから、意図的に抜き取られた可能性がある。本願寺は、月性の意見書から教団改革のエッセンスを抜き取った上で、これを真宗信仰の他力安心に拠って、海防への献身すなわち国家への報恩を説く真俗二諦の教説として、全国の門徒に示したのである。これによって、海防という極めて世俗的な問題は、真宗教団における「護法」そして「護国」を実践する重要課題となり、広如による積極的な国事関与への途をも開くこととなった。

大洲鉄燃（一八三四－一九〇二）ら月性の門人による、⑤を改訂した同書の出版は、万延元年（一八六〇）四月には既に初版が出ており（赤禰武人書簡、秋良敦之助宛、四月二十六日付）、その後も度々改訂が加えられて、数種類の類本がある。また松下村塾で版を起こしたという説もある。これらによって、月性の海防論は真宗門徒以外にも広く知られるようになり、仏教排斥に熱心な武士や儒者の間でも高く評価される。それは、形成過程のナショナリズムとも極めて親和的な言説であった。

## 今まさに天下の心配ごとは…

臣僧[1]月性、惶恐[2]和南[3]、謹テ大法主[4]輪下[5]ニ白ス。窃ニ惟レハ、方今〔古〕[6]天下[7]ノ憂、墨、魯、英、仏諸夷[8]、覬覦[9]ノ心ヲ抱キ、コモ〳〵来テ強請[10]スルトコロアルニアリ。此、タヾ世ノ士大夫[11]タル者、ソノ憂ニ任スルノミナラス、我仏徒[12]タルモノモ、亦ソノ憂ニ任セスンハアル可カラサルナリ。

ソレ、彼諸夷、南西ノ異[13]アリトイヘトモ、ソノ邪教[14]ヲ信シ、救世ノ紀元[15]ヲ奉スルニイタツテハ、各国同シカラサルハナシ。英ト仏トハ、固ヨリ論ナシ。サキニ墨夷船将彼理[16]、幕府ニ

---

臣僧月性《しんそうげっしょう》、惶恐和南《こうきょうわなん》、謹《つつし》みて大法主輪下《だいほっすりんか》に白《もう》す。窃《ひそ》かに惟《おもん》みれば、方今天下《ほうこんてんか》の憂《うれ》い、墨《アメリカ》・魯《オロシャ》・英《イギリス》・仏《フランス》の諸夷《しょい》、覬覦《きゆ》の心《こころ》を抱《いだ》き、こもごも来《きた》りて強請《ごうせい》するところあるにあり。此《こ》れ、ただ世《よ》の士大夫《したいふ》たる者《もの》、その憂《うれ》いに任《にん》ずるのみならず、我《わ》が仏徒《ぶっと》たるものも、亦《また》その憂《うれ》いに任《にん》ぜずんばあるべからざるなり。

それ、彼《か》の諸夷《しょい》、南西《なんせい》の異《い》ありといえども、その邪教《じゃきょう》を信《しん》じ、救世《きゅうせい》の紀元《きげん》を奉《ほう》ずるにいたっては、各国同《かっこくおな》じからざるはなし。英《イギリス》と仏《フランス》とは、固《もと》より論《ろん》なし。さきに墨夷《ぼくい》の船将《せんしょう》彼理《ペリー》、幕府《ばくふ》に上《たてまつ》る書翰《しょかん》

上ル書翰[17]中ニモ亦イフ。於二西国本国一官民都知二人倫耶（爺）蘇之道[18]一ト。魯西亜船ノ長崎摂津ニ来ルモ、[19]亦皆十字ノ章旗ヲ建テ、モッテ耶蘇磔刑ノ状ヲ表シ、満船死ヲ決シテ、其教ヲ到処ニ弘通スルヲ期ス。モシ、我内民、[20]日々是ト相親ミ、ソノ蠱惑[21]ヲ受ケ、ソノ利誘ヲ啖ヒ、ソノ教法民間ニ浸淫スルニ至ラハ、我仏法、衰廃滅亡センコト必定ナリ。

中《ちゅう》にも亦《また》いう。「西国《さいごく》の本国《ほんごく》に於《お》ける、官民《かんみん》都《すべ》て人倫《じんりん》・耶蘇《やそ》の道《みち》を知《し》る」と。魯西亜《ロシア》船《せん》の長崎《ながさき》・摂《せっ》津《つ》に来《きた》るも、亦皆《またみな》十字《じゅうじ》の章旗《しょうき》を建《た》て、もって耶《や》蘇磔刑《そたっけい》の状《じょう》を表《ひょう》し、満船《まんせん》死《し》を決《けっ》して、其《そ》の教《おし》えを到《いた》る処《ところ》に弘通《ぐつう》するを期《き》す。もし、我《わ》が内民《ないみん》、日々《ひび》是《これ》と相親《あいした》しみ、その蠱惑《こわく》を受《う》け、その利誘《りゆう》を啖《くら》い、その教法民間《きょうほうみんかん》に浸淫《しんいん》するに至《いた》らば、我《わ》が仏法《ぶっぽう》、衰《すい》廃滅亡《はいめつぼう》せんこと必定《ひつじょう》なり。

わたくし月性は、恐れかしこみ稽首いたしまして、謹んで大法主輪下に申し上げます。ひそかに思いをめぐらせてみますと、今まさに日本全土の憂慮すべき事柄は、アメリカ・ロシア・イギリス・フランスの諸外国の輩が、身の程もわきまえず、かわるがわるやって来ては、無理難題をもちかけているということでございます。これは、ただ世の武士たる者が、その心配を引き受けるだけではなく、我ら仏教者もまた、その心配を引き受けないわけにはまいりません。

そもそも、彼の諸外国の輩は、南蛮と西夷の違いはございますが、彼らが邪教を信仰して、キリスト紀元をいただくということでは、各国ともみな同じでございます。イギリスとフランスとは、もとより論じるまでもございません。先頃、アメリカのペリー艦長が、幕府へ差し上げた書翰の中にも、「ヨーロッパ諸国も我が国も、政府・民間ともすべて人として守るべき道とイエスの道をわきまえています。」とこうございます。ロシア船が長崎と摂津へ来航しましたのも、また、すべて十字の旗印を立てており、これによってイエスが十字架に架けられたさまを表し、船中の者がみな死を覚悟して、その教えを到るところに広めようと心に誓っているのでございます。もし、我が国の民衆が、日毎に彼らと親しくなり、そのたぶらかしを受け、その利益に釣られて、その教義が人々の間に徐々に染み込んでいったならば、我が仏法は、必ずや衰え廃れて滅んでしまうことでございましょう。

〈注釈〉

1臣僧　出仕する僧の謙遜の自称。2惶恐　おそれかしこまること。恐惶。3和南　梵語vandanaの音訳。稽首または敬礼・度我と意訳する。長上に敬意を表わし、その安否をたずねることば。4大法主　法主とは法門の首長の意。ここでは浄土真宗本願寺派二十世宗主広如《こうにょ》（一七九八－一八七一）。5輪下　輪座の下の意で、浄土真宗の門主・管長に用いる。6方今　野史台版や干河岸版の類本は「古」に作るが、本願寺版をとった。7天下　政治的に、その勢力の及ぶ範囲の全てをいう。日本全土の意に用いる。8墨、魯、英、仏諸夷　アメリカ・ロシア・イギリス・フランスの諸外国。夷は外国またはその人を蔑んで言う言葉。↓用語解説「**華夷思想**」。（315頁）9覬覦　分不相応の望み。10強請　無理に求めること。当時徳川幕府は、外交交渉窓口を長崎に限定して厳しく制限・管理していた。しかし、嘉永六年（一八五三）六月、アメリカのペリー艦隊はこれを無視して江戸湾に侵入し、浦賀（現神奈川県横須賀市）へ入港して開港と和親・通商条約交渉を要求した。翌七月には、プチャーチン率いるロシア艦隊が長崎に入港して国境の画定と条約交渉を求め、当時クリミア戦争でロシアと敵対するイギリスの艦隊も、このロシア艦隊を追って長崎へ入港したが、幕府はこれも条約交渉のための来航と見做した。安政二年（一八五五）以降は、イギリスとともに連合国軍に加わるフランス軍艦もロシア艦を追ってしばしば来航し、上陸および欠乏品の給与を求めるようになる。11士大夫　武士。もとは中国における官僚や知識人層をいい、日本における武士をそれに比定している。12仏徒　仏教を信奉する人。仏教徒。13南西ノ異　南蛮と西夷。南蛮とは、もと中国の南の異民族であるが、日本では、東南アジアの国々や、そこを通って来航したポルトガル・スペインを南蛮と呼んだ。この両国は、徳川幕府のキリスト教禁止政策の過程で渡来が禁止される。西夷は、西国（西洋）すなわちヨーロッパ諸国に対する蔑称として用いられており、これは、中国においても、アヘン戦争前後に西方の侵略者に対する蔑称として広まった。14邪教　人心を惑わし世の中を乱すような宗教、ここではキリスト教をいう。15救世ノ紀元　救世主イエス＝キリストの生誕年を基準として年代を数える紀年法。16彼利　ペリー（一七九四－一八五八）。アメリカ合衆国東インド艦隊司令長官として、同国大統領の書簡を携え、嘉永六年六月浦賀に来航した。17幕

府ニ上ル書簡　嘉永六年六月二日付漢文書簡、将軍（大皇帝）宛。『通航一覧続輯』第四所収。引用・訓点は月性のままとし、異字は傍注した。18於西国本国　那蘇之道　原文は、「況ャ西国於テ二本国官民ニ一、都テ知ル二人倫耶蘇之道ヲ一」。これは、日本の政府に米国の漂流民保護を求めた一節で、ヨーロッパ諸国がアメリカの政府民間の漂流民を扱う場合には、人倫とキリスト教をわきまえているので、壊れた船や遭難者を救助する旨を述べる。19魯西亜船…来ル　長崎での条約交渉で成果を得られなかったプチャーチンは、軍艦ディアナ号に乗船して、安政元年（一八五四）九月、天皇の住う京都に近い大阪湾に侵入し、天保山沖に投錨して幕府を驚かせた。20内民　本国の民衆。21蠱惑　珍しさ、美しさなどで人の心をひきつけ、まどわすこと。

## 危機に立たされた仏法

又、東国某侯[1]ノ英明果決ナルアリ。ソノ先見ノ明、サキニ既ニ未然ヲ洞鑑シ、諸夷覬覦ノ勢、今日カナラスカクノ如キニ至ヲ知リ、十数年来シバ〳〵防禦ノ策ヲ講シ、[2]我仏法ヲ以テ、神州[3]ノ国体[4]ヲ淆リ、夷狄[5]ノ教ヲ誘モノト

---

又《また》、東国某侯《とうごくぼうこう》の英明果決《えいめいかけつ》なるあり。その先見《せんけん》の明《めい》、さきに既《すで》に未然《みぜん》を洞鑑《どうかん》し、諸夷覬覦《しょいきゆ》の勢《いきお》い、今日《こんにち》かならずかくの如《ごと》きに至《いた》るを知《し》り、十数年来《じゅうすうねんらい》しばしば防禦《ぼうぎょ》の策《さく》を講《こう》じ、我《わ》が仏法《ぶっぽう》を以《もっ》て、神州《しんしゅう》の国体《こくたい》を淆《みだ》り、夷狄《いてき》の教《おし》えを誘《さそ》うものとなし、

ナシ、内マツ己ヲ滅セズンハ、外カナラス彼ヲ防クベカラズト云。ソノ論剴切[6]、一々我ノ弊ニ当ル。唯コレヲ書ニ筆スルノミナラス、嘗テ挙テ以テコレヲ其国ニ施シ行ヒ[7]、コレニヨツテ罪ヲ獲[8]、一旦退隠セラルト雖モ、癸丑[9]以来、夷狄ノ勢、侯ノ所論ト符節ヲ合セテ違ハサルヲ以テ、再ビ出テ[10]天下ノ大政ニ参シ、国家柱石トナレリ。

コ、ニオヒテ、海内英明ノ侯伯[11]、有志ノ豪傑、苟モ国ヲ憂ヒ虜[12]ヲ慮ルコトヲ知モノ、ミナ侯ニ依頼シ、侯ヲ模範トシ、ソノ策ヲ天下ニ施シ行ハント欲セサルモノナシ。

且、ソノ君臣著ス所諸書[13]、遍ク世間ニ流布シ、士大夫ハ固ヨリ、農民商賈婦人女子トイヘトモ、スコシク文字ヲシルモノ、ミナ喜テコレヲ読ム。嗚呼、侯ノ策、果シテ天下ニ施シ行

---

内《うち》まず己《われ》を滅《めっ》せずんば、外《そと》かならず彼《か》を防《ふせ》ぐべからずと云《い》う。その論剴切《ろんがいせつ》、一々我《いちいちわれ》の弊《へい》に当《あた》る。唯《ただ》これを書《しょ》に筆《ひっ》するのみならず、嘗《かつ》て挙《あ》げて以《もっ》てこれを其《そ》の国《くに》に施《ほどこ》し行《おこな》い、これによって罪《つみ》を獲《え》、一旦退隠《いったんたいいん》せらると雖《いえど》も、癸丑《きちゅう》以来《いらい》、夷狄《いてき》の勢《いきお》い、侯《こう》の所論《しょろん》と符節《ふせつ》を合《あわ》せて違《たが》わざるを以《もっ》て、再《ふたた》び出《い》でて天下《てんか》の大政《たいせい》に参《さん》じ、国家《こっか》の柱石《ちゅうせき》となれり。

ここにおいて、海内英明《かいだいえいめい》の侯伯《こうはく》、有志《ゆうし》の豪傑《ごうけつ》、苟《いやしく》も国《くに》を憂《うれ》い虜《りょ》を慮《おもんばか》ることを知《し》るもの、みな侯《こう》に依頼《いらい》し、侯《こう》を模範《もはん》とし、その策《さく》を天下《てんか》に施《ほどこ》し行《おこな》わんと欲《ほっ》せざるものなし。

且《か》つ、その君臣著《くんしんあらわ》す所《ところ》の諸書《しょしょ》、遍《あまね》く世間《せけん》に流布《るふ》し、士大夫《したいふ》は固《もと》より、農民《のうみん》・商賈《しょうこ》・婦人《ふじん》・女子《じょし》といえども、すこしく文字《もじ》を知《し》るもの、みな喜《よろこ》んでこれを読《よ》む。嗚呼《ああ》、侯《こう》の策《さく》、果して天下《てんか》に施《ほどこ》し行《おこな》われば、亦我《またわ》が仏法《ぶっぽう》、衰廃滅亡《すいはいめつぼう》せんこと必定《ひつじょう》なり。

ハルレハ、亦我仏法、衰廃滅亡センコト必定ナリ。――

また、東国に某侯（徳川斉昭）という英明果断の方がおります。その先見の明たるや、とっくにまだ起こっていないことを見極め、諸外国の輩が身の程をわきまえずわが国を窺いねらう情勢が、今日には必ずこのようになると察知して、十数年にわたってたびたび防衛の方策を立て、我が仏法を、神州の国体を乱し、外国の輩の教えを招き入れるものとして、国の内でまず仏法を滅ぼさなければ、国の外では彼（外国の輩）の侵入を防ぐことはできないと申しました。その議論は非常に的確で、一つ一つ我らの悪習を言い当てております。ただこれを書き物に記しただけでなく、以前こぞってこれをその領国に実施したことから、このために処罰されて、一旦隠居させられはいたしましたが、ペリー来航の年以来、外国の輩の情勢は、某侯の主張とぴったりと合致して違わなかったことから、再び出仕して日本全土の大政に参与することとなり、国家（徳川幕府）を支える中心人物となったのでございます。

これによって、国内の優れた大名方や志ある豪傑など、仮にもこの国の将来を心配し外敵への対処に思いをめぐらせている者たちは、誰もが某侯を頼みとし、某侯を手本として、その方策を日本全土で実施しようと思わないものはございません。

更に、その家臣が著作した諸々の書物は、世の中のいたるところに拡散して、武士はいうまでもなく、農民や商人やおんなこどもであっても、いささかなりとも読み書きができる者であれば、皆喜んでこれらの書物を読んでおります。ああ、某侯の方策が、本当に日本全土で実施されましたならば、同時に我が仏法は、必ずや衰廃滅亡してしまうことでございましょう。

**〈注釈〉**

1某侯　常陸水戸藩九代藩主徳川斉昭《とくがわなりあき》（一八〇〇－六〇）。下士層から広く人材を登用して藩政改革を推進した。2防禦ノ策ヲ講シ　水戸藩は、文政七年（一八二四）、イギリス捕鯨船員が常陸大津浜（現北茨城市大津町）に上陸した大津浜事件以降、海防の強化に努め、武士土着や大砲鋳造、軍艦製造、大規模軍事訓など、全国にさきがけて実施した。3神州　自国を誇っていう「神国」の漢語的表現。→用語解説「**神国思想**」（317頁）。4国体　国のあるべき形。→用語解説（318頁）。5夷狄　外国人を卑めていう語。→用語解説「**華夷思想**」（315頁）。6剴切　適切でゆきとどく。7其国ニ施シ行ヒ　斉昭が主導する藩政改革の一環として、水戸藩では、幕府の宗教政策とも絡む寺請制度を廃止し、寺院が負っていた宗門人別改帳（戸籍台帳の役割）作成の機能を、村ごとに神社を設けてそこに移管した。8罪ヲ得　弘化元年（一八四四）五月、幕府は水戸藩の仏教排斥や軍事力強化等を理由に、斉昭に致仕謹慎を命じ、斉昭側近の藤田東湖（一八〇六－五五）らも失脚した。9癸丑　嘉永六年のペリー来航をその干支で指す。10再ビ出テ　嘉永六年七月、斉昭は海防参与を命じられ、さらに安政二年（一八五五）八月には幕政参与を命じられた。11侯伯　封建制下の君主。諸大名をいう。12虜　えびす、蛮族。敵をののしっていうことば。13諸書　会沢正志斎『新論』・藤田東湖『弘道館記述義』など、後期水戸学の著作。ペリー来航以降、尊王攘夷をスローガンとする政治運動が全国に広がると、その理論的根拠としてこれらの書が愛読され、広く流布した。

## 仏法は国のあってこそ

コレ、仏徒タルモノ、内外敵ヲ受ケ、進退維谷[1]レリ。外寇ヲ防ントスレハ、内敵ノ懼レアリ。内敵ヲ破ントスレハ、外寇ヲ誘フノ嫌アリ。コレヲ如何シテ可哉。

世ノ僧徒、冥頑固陋、憂ヲシラサルモノハ、固ヨリ論スルナキモノ也。憂ヲ知テ策ナキモノ、亦徒戦慄悸怖シテ曰ク、法滅[2]時イタリ、人力是ヲ如何トモスルナシ。坐シテ諸宗トトモニ滅亡ヲ待ンノミト。嗚呼、悲シカラスヤ。

---

此《こ》れ、仏徒《ぶっと》たるもの、内外敵《ないがいてき》を受《う》け、進退維《しんたいこ》れ谷《きわ》まれり。外寇《がいこう》を防《ふせ》がんとすれば、内敵《ないてき》の懼《おそ》れあり。内敵を破らんとすれば、外寇《がいこう》を誘《いざな》うの嫌《きら》いあり。これを如何《いか》にして可《か》ならんや。

世《よ》の僧徒《そうと》、冥頑固陋《めいがんころう》、憂《うれ》いを知《し》らざるものは、固《もと》より論《ろん》ずるなきものなり。憂《うれ》いを知《し》りて策《さく》なきもの、亦徒《またいたず》らに戦慄悸怖《せんりつきふ》して曰《いわ》く、「法滅《ほうめつ》の時《とき》いたり、人力是《じんりきこれ》を如何《いかん》ともするなし。坐《ざ》して諸宗《しょしゅう》とともに滅亡《めつぼう》を待《ま》たんのみ」と。嗚呼《ああ》、悲《かな》しからずや。

臣僧則以謂、今時、国家モッテ中興スヘシ。今勢、宗門モッテ再ヒ隆ナルヘシ。何ソシカク神州陸沈[3]シテ仏法滅亡スルヲ憂ルコトカコレアラン、ト。何トナレハ、昔、我世尊、仁[4]王経[5]ヲ説テ曰ク、我、以二是法(経)一付(嘱)[6]三属国王一、不レ付一属二[7]比丘比丘尼[8]優婆塞優婆夷一[9]。所レ以者何。無レ王国(威)力不レ能二建立一[10]。ソレ、仏法無上トイヘトモ、独立[11]スルアタハス。国存スルニ因テ、法モ亦建立スルナリ。彼ノ存セサル、[此]モマタイツクンカ伝ン。未ダソノ国亡テ、法ヒトリヨク存スル者ハアラサルナリ。茲ニ其証ヲ論セン。

---

臣僧《しんそう》則ち以謂《おもえ》らく、今《いま》の時《とき》、国家《こっか》もって中興《ちゅうこう》すべし。今《いま》の勢《いきお》い、宗門《しゅうもん》もって再《ふたた》び隆《さか》りなるべし。何《な》ぞしかく神州陸沈《しんしゅうりくちん》して仏法滅亡《ぶっぽうめつぼう》するを憂《うれ》うることかこれあらん、と。何《なん》となれば、昔《むかし》、我《わ》が世尊《せそん》、『仁王《にんのう》経《きょう》』を説《と》きて曰《いわ》く、「我《われ》、是《こ》の法《ほう》を以《もっ》て国王《こくおう》に付《ふ》属《ぞく》し、比丘《びく》・比丘尼《びくに》・優婆塞《うばそく》・優婆夷《うばい》に付《ふ》属《ぞく》せず。所以《ゆえん》は何《いか》ん。王無《おうな》ければ国力建立《こくりょくこんりゅう》する能《あた》わず」と。それ、仏法無上《ぶっぽうむじょう》といえども、独立《どくりつ》するあたわず。国存《くにぞん》するに因《よ》りて、法《ほう》も亦建立《またこんりゅう》するなり。彼《か》の存《ぞん》せざる、これもまたいづくんか伝《つた》わらん。未《いま》だその国亡《くにほろ》びて、法《ほう》ひとりよく存《ぞん》する者《もの》はあらざるなり。茲《ここ》に其《そ》の証《しょう》を論《ろん》ぜん。

　このように、仏教者といたしましては、国の内からも外からも敵にさらされ、進退窮まっているのでございます。外から攻めてくる敵を防ごうとすると、内なる敵を危惧しなければなりません。内なる敵を打ち負かそうとしたら、外から攻めてくる敵を招き入れてしまう恐れがございます。これをどうすればよいのでしょうか。　世間の僧たちのうち、頑固で視野が狭くて頭の固い、（国を）心配などすることのない者は、はじめから話になりません。心配してはいても方策のない者は、またむやみにふるえ怖れて申します。「仏法の滅亡する時がやって来た。人間の力ではこれをどうすることもできない。じっとして諸宗派と共に滅亡するのを待っているだけである」と。ああ、なんと悲しいことではございませんか。

わたくしが考えますには、今の時にこそ、国家（徳川幕府）は再び興起することができましょう。今の情勢にこそ、宗門は再び隆盛することができましょう。どうしてそのように神州が沈み滅んで、仏の教えが滅亡すると心配することがございましょうか、と。なぜならば、昔、わたくしたちの釈尊が、『仁王経』を説かれて、「わたくしは、仏法の護持を国王に託すこととし、出家や在家の仏法に帰依する者たちには託さない。それは何故か。王がいなければ、（仏法護持の）国力をしっかりと打ち立てることはできないからである。」、と仰せになりました。

そもそも、仏法はこの上なく優れた教えではございますが、世俗の干渉を受けないわけにはまいりません。国が保たれているから、仏法もまた人の心に打ち立てられるのでございます。国が保たれていなければ、仏法だけがまたどこに伝わりましょうか。これまでその国が滅びたのに、仏法だけが残っているということはございません。ここに、その証拠を論じましょう。

〈注釈〉

1進退維谷　進むことも退くこともできず、身動きが取れないこと。『詩経』「大雅」「桑柔」に出ることば。2法滅　仏法が滅びること。正法、像法、末法の三時を過ぎると、仏法は滅亡するという。3陸沈　世が乱れ滅びること。4世尊　仏教の開祖釈迦《しゃか》の尊称。釈尊《しゃくそん》。5仁王経　釈迦が十六大国諸王に向けて、般若波羅密の法を誦持することで、国家を守護し繁栄させることが出来ると説いた教え。後秦の鳩摩羅什《くまらじゅう》（三四四－四一三）の訳と伝わる（『仏説仁王般若波羅密経』〈『大正新脩大蔵経』二四五〉）が、中国で成立した経典とも見られている。日本でも奈良時代から法華経・金光明経と合わせて護国三部経の一つに数えられ、鎮護国家の祈願に用いられた。日蓮（一二二二－八二）『立正安国論』には、この鳩摩羅什訳が用いられているが、月性はその異本である唐の不空（七〇五－七四）訳『仁王護国般若波羅密多経』奉持品第七（同前二四六）を引用する。不空は真言八祖の一人とされ、これは主に真言宗が用いる。訓点は底本のままとし、『大正蔵』との異字は（　）で傍注した。6付属　付嘱とも。仏が教法を伝えることを託す意味に用いる。7不付属　『大正蔵』は「不付」に作る。8比丘比丘尼　出家して正式な僧となった男女。9優婆塞優婆夷　在家のまま仏道に入って三宝に帰依し五戒を受けた男女。10建立　法門を設けること。心の中である物事をつくり上げること。11独立　世間の外にあること。

## インドは国を乗っ取られ、仏法は滅びた

今ヲサル三百四十三年[1]（永正十一年）、葡萄牙、印度沿海ノ地ヲ奪テコヽニ拠リ、人ニ教ルニ耶蘇教ヲ以シ、漸ク其地方ヲ蚕食シ[2]、霊鷲山[3]ニオク所ノ仏像ヲ毀チ、七十余万金トナス。是ニ於テ、固有ノ仏法竟ニ煙滅ニ帰セリ。其後百四十三年[4]（承応三年）、英吉利、葡萄牙ト戦テコレニ勝チ、其人ヲ逐テ印度ノ地ヲ有テ、亦大ニ邪教ヲ煽シ、土人[5]ヲ教化シ[6]、スナハチ其国ト仏法トヲ併セ、コト〳〵ク変シテ夷狄トナル。ソレ、印度ハ世尊降誕ノ地ニシテ、仏法根元ノ国タリ。而シテ猶且カクノ如シ。況ヤソノ他ノ諸国ニ於テヲヤ。臣僧故ニ曰ク、未マダ其国亡テ法ヒトリ能存スルモノハアラザル也ト。

---

今をさる三百四十三年《さんびゃくよんじゅうさんねん》（永正十一年《えいしょうじゅういちねん》）、葡萄《ポルト》牙《ガル》、印度《インド》沿海《えんかい》の地《ち》を奪《うば》いてここに拠《よ》り、人《ひと》に教《おし》うるに耶蘇教《やそきょう》を以《もっ》てし、漸《ようや》く其《そ》の地方《ちほう》を蚕食《さんしょく》し、霊鷲山《りょうじゅせん》におく所《ところ》の仏像《ぶつぞう》を毀《こぼ》ち、七十余万金《ななじゅうよまんきん》となす。是《ここ》に於《お》いて、固有《こゆう》の仏法竟《ぶっぽうつい》に煙滅《えんめつ》に帰《き》せり。其《そ》の後百四十三年《のちひゃくよんじゅうさんねん》（承応三年《じょうおうさんねん》）、英吉利《イギリス》、葡萄牙《ポルトガル》と戦《たたか》いてこれに勝《か》ち、其《そ》の人《ひと》を逐《お》いて印度《インド》の地《ち》を有《たも》ちて、亦大《またおお》いに邪教《じゃきょう》を煽《お》こし、土人《どじん》を教化《きょうげ》し、すなわち其《そ》の国《くに》と仏法《ぶっぽう》とを併《あわ》せ、悉《ことごと》く変《へん》じて夷狄《いてき》となる。

それ、印度《インド》は世尊降誕《せそんこうたん》の地《ち》にして、仏法根元《ぶっぽうこんげん》の国《くに》たり。而《しか》して猶且《なおか》つかくの如《ごと》し。況《いわん》やその他《た》の諸《しょ》国《こく》に於《お》いてをや。臣僧故《しんそうゆえ》に曰《いわ》く、未《いま》だ其《そ》の国亡《くにほろ》びて、法《ほう》ひとり能《よ》く存《ぞん》するものはあらざるなりと。

唯、我神州、大海ノ表ニ独立シ、天祖[7]天[8]ニ続〔継〕テ極[9]ヲ建テ、地神[10]コレヲ承ケ、神武天皇其統ヲツキ、今ニ至リ二千二〔五〕[11]百余年、一百二十四世[12]、聖子神孫[13]聯綿相承ケ、未曾テ一日モ夷狄ノ凌侮ヲ受ケサルナリ。コヽヲ以テ欽明天皇ノ御宇、我仏法始テ西天[14]ヨリ至リ[15]、王公是ヲ尊奉シ、士庶コレニ帰依シ、遂ニ天下ニ蔓延、八宗[16]国ト共ニ繁栄スルモノ、今ニ千三百余年、是、豈国存スルニ因テ、法マタ建立スルニ非スヤ。方今諸夷、皇国ノ富有ヲ羨ミ、稍覬覦ノ心ヲ生シ、コモヽヽ来テ強請スルトコロアルモノ、其意決シテ通信[17]ヲ求メ、互市ヲ乞ヒ[18]、土地ヲ仮[19]ルニ止ラス。必我ノ虚実ヲ窺ヒ、苟モ釁郤アラハ、則乗テ是ヲ取リ、其属国トナスコト、猶印度諸国ノ如クセント欲スル也。豈危カラズヤ。

---

唯《た》だ、我《わ》が神州《しんしゅう》、大海《たいかい》の表《おもて》に独立《どくりつ》し、天祖天《てんそてん》に続《つ》いで極《きょく》を建《た》て、地神《ちじん》これを承《う》け、神武天皇《じんむてんのう》其《そ》の統《とう》をつぎ、今《いま》に至《いた》り二千二百余年《にせんにひゃくよねん》、一百二十四世《いっぴゃくにじゅうよんせい》、聖子神孫聯綿相承《せいししんそんれんめんあいう》け、未《いま》だ曾《かつ》て一日《いちにち》も夷狄《いてき》の凌侮《りょうぶ》を受《う》けざるなり。ここを以《もっ》て欽明天皇《きんめいてんのう》の御宇《ぎょう》、我《わ》が仏法始《ぶっぽうはじ》めて西天《さいてん》より至《いた》り、王公是《おうこうこれ》を尊奉《そんぽう》し、士庶《ししょ》これに帰依《きえ》し、遂《つい》に天下《てんか》に蔓延《まんえん》、八宗《はっしゅう》国《くに》と共《とも》に繁栄《はんえい》するもの、今《いま》に千三百余年《せんさんびゃくよねん》、是れ、豈《あ》に国《くに》の存《ぞん》するに因《よ》りて、法《ほう》また建立《こんりゅう》するに非《あら》ずや。方今諸夷《ほうこんしょい》、皇国《こうこく》の富有《ふゆう》を羨《うらや》み、稍覬覦《ややきゆ》の心《こころ》を生《しょう》じ、こもごも来《きた》りて強請《きょうせい》するところあるもの、其《そ》の意《い》決《けっ》して通信《つうしん》を求《もと》め、互市《ごし》を乞《こ》い、土地《とち》を仮《か》るに止《とど》まらず。必《かなら》ず我《われ》の虚実《きょじつ》を窺《うかが》い、苟《いやしく》も釁郤《きんげき》あらば、則《すなわ》ち乗《じょう》じて是《こ》れを取《と》り、其《そ》の属国《ぞっこく》となすこと、猶印度諸国《なおインドしょこく》の如《ごと》くせんと欲《ほっ》するなり。豈危《あにあや》うからずや。

今を去ること三百四十三年（永正十一年／一五一四年）、ポルトガルは、インド沿海の地を掠奪してそこを拠点とし、（その他の）人々にキリスト教を教え、次第にその地方をじわじわと浸食し、霊鷲山に置いてあった仏像を破壊して、七十余万金に替えました。これによって、インド固有の仏法は、とうとう煙のように消え失せてしまったのでございます。その後百四十三年（承応三年／一六五四年）、イギリスは、ポルトガルと戦ってこれに勝利し、ポルトガル人を放逐してインドの地を占有し、また大いに邪教を盛んにし、土地の人々を教化し、そうして（インドは）その国と仏法とをひっくるめて、一変して野蛮の輩となったのでございます。

そもそも、インドは釈尊がお生まれになったところで、仏法のおおもとの国でございました。それでもなおこのようなことでございます。その他の国々はいうまでもございません。わたくしは、このような理由から、これまでその国が滅びたのに、仏法だけが残っているということはない、と申し上げたのでございます。

ただ、わたくしたちの神州は、大海の外に独立しており、天祖天照大神《あまてらすおおみかみ》が天神七代《てんじんしちだい》から受け継いで天子の位をお建てになると、地神五代がこれを伝え、神武天皇がその血統を継承して、今に至るまで二千二百余年、一百二十四世、歴代の聖天子が、連綿と受け継いで、未だかつて一日たりとも外国の輩の辱めを受けたことはございません。これによって、欽明天皇の御代に、わたくしたちの仏法が始めてインドから伝えられますと、王家や豪族はこれを崇め尊び、士人や庶民もこれに帰依し、その結果日本全土に広まって、八つの宗派が国とともに繁栄すること、現在に至るまで千三百余年、これは、国が残っているからこそ、仏法もまた人の心に打ち立てられたということではございませんか。

今諸外国の輩は、皇国の裕福なことを羨んで、しだいに身の程知らずの欲望を抱き、かわるがわるやって来ては要求を突き付けておりますが、その意図するところは決して国交を求め、交易を願い、土地を借りることに止まりません。必ずやわれわれの内情がどうであるかを窺い、もしも隙があれば、その時はそれに乗じて皇国を乗っ取り、その属国とすること、やはりインドなどの国々と同様にしようとしているのでございます。なんと危ういことではございませんか。

〈注釈〉

1千三百四十三年前　一五一四年。一五一〇年、ポルトガルのインド総督アルブケルケ（一四五三－一五一五）は、インド西岸の貿易港ゴアを占領し、インド総督府を置いてアジア地域の交易支配とキリスト教布教の拠点とした。当時ゴアは、イスラームのビジャープル王国の支配下にあったが、アルブケルケにゴア攻撃を勧めたのは、その専制統治からの脱却を望むゴアのヒンドゥー教徒であった。アルブケルケは、翌一五一一年にはマラッカ（マレーシア）、一五一五年にはペルシャ湾のホルムズ海峡を制圧して、この時期以降、ポルトガルのインド及びアジア進出が本格化する。2蚕

食　蚕が桑の葉を食べるように、次第に人民の財産や他国の領土等を掠奪すること。3霊鷲山　釈迦がしばしば山上の精舎で法を説いたとされる山。インドにおける仏教の衰退によって、その場所は長らく不明であったが、現在はビハール州のほぼ中央にある小高い山チャタギリがそれと言われている。北インドの仏教の衰退は、一〇世紀以降繰り返されるイスラームの侵入によって顕著となり、一三世紀初頭には、デリーを都としたデリー・スルターン朝が成立するなどして、この地のイスラーム化が進んでいった。4其後百四十三年　一六五四年。一六世紀後半から一七世紀かけて、オランダやイギリスがアジア貿易に参入すると、ポルトガルは次第にその勢力を失うこととなり、オランダ・イギリス間での競合が激しくなった。その中でイギリスは、当時ヨーロッパにおいて珍重された東南アジアの香辛料貿易を縮小させて、活動の拠点をインド亜大陸とイラン（サファヴィー朝）へと移していく。一六五四年は、第一次英蘭戦争が終結した年。5土人　その土地に住んでいる人。6教化　衆生を教え導くこと。悪人や教えを疑いそしる者など、あらゆる人を真実の教えに導き入れること。7天祖　天照大神。皇室の祖とされる神。8天　天神七代。日本神話で天地開闢の時に現れた七柱の神々。9極　天子の位。10地神　地神五代。天神と人皇の間の天照大神《あまてらすおおみかみ》・天《あまの》忍穂耳尊《おしほみみのみこと》・瓊瓊杵尊《ににぎのみこと》・彦火火出見尊《ひこほほでみのみこと》・鸕鷀草葺不合尊《うがやふきあえずのみこと》の五柱の神々。鸕鷀草葺不合尊は神武天皇の父。11二　本願寺版は「五」に作る。12一百二十四世　当時は一二一代孝明天皇（一八三一－六七）が在位。この歴代天皇については明治期に議論が起こり、現在の初代神武天皇から今上天皇までを一二六代とする天皇系図が確定されたのは大正末期。南朝を正統とする水戸学の影響もあって、北朝五代の天皇はこの一二六代には含まれていない。月性が何れかの説に拠って孝明天皇を一二四世と数えたかは目下明らかでない。13聖子神孫　天祖の子孫。歴代天皇。14西天　西天竺《さいてんじく》。インドをいう。15仏法…至り　欽明天皇（?－五七一）の時代、百済の聖明王（?－五五四）から仏像や経典が贈られたことをもって仏教公伝とする。その年代については、五三八年説・五五二年説など諸説ある。欽明天皇は、この仏像礼拝の可否を諸臣に問い、これによって崇仏派と廃仏派による論争が起こった。16八宗　日本に伝来した仏教の八つの宗派。南部六宗の倶舎《くしゃ》宗・成実《じょうじつ》宗・律宗・法相《ほっそう》宗・三論宗・華厳《けごん》宗と、平安二宗の天台宗・真言宗をいう。17通信　正式な外交関係。↓用語解説「**鎖国祖法観**」（316頁）。18互市　外国と貿易すること。19土地ヲ仮ル　居留地開設の要求をいう。

## 教えと戦―侵略の二つの手口

我、彼諸夷、人ノ国ヲ取「ルヲ察スル」[1]ニ、二術アリ。何ソヤ。曰ク、教也、戦也。[2]戦ヲ以テスルハ、止ムコトヲ得サルニ出テ、彼モマタ甚好ム所ニアラス。教ヲ以テスルハ、先

我《われ》、彼《か》の諸夷《しょい》、人《ひと》の国《くに》を取《と》るを察《さっ》するに、二術《にじゅつ》あり。何《なん》ぞや。曰《いわ》く、教《おし》えなり、戦《いくさ》なり。戦《いくさ》を以《もっ》てするは、止《や》むことを得《え》ざるに出《い》でて、彼《かれ》も亦甚《またはなは》だ好《この》む所《ところ》にあらず。教《おし》えを以《もっ》てするは、先《ま》ずその国《くに》

ソノ国ノ人心ヲ取也。人心ヲ取ニ術アリ。厚利ヲモッテ是ニ啖ハシム。妖教[3]モッテ是ヲ蠱〔監〕[4]シ、其術キハメテ機巧ナリ。故ニ、他邦人、コレカ為ニ誑誘セラレ、遂ニソノ属国トナルモノ、勝テ数フベカラズ。今、其一証ヲ言ン。昔、葡萄牙、瓜哇印度支那中間ノ海中ニ在ルヲ取。商船一艘、瓜哇ノ海湾ニ至リ、土人ヲ見、泣且請テ曰ク、ワガ甲比丹[5]、病ニカヽッテ没セリ。然レドモ、時マサニ酷暑、帰葬スヘカラス。今、是〔之〕ヲ海ニ投スルニ忍ヒス。モシ貴邦ノ地ニ瘞ルヲ得ハ、幸甚シト。土人是ヲ惻ミ、モッテ有司ニ白ス。有司マタコレヲ憫ミ、其請ヲユルス。既ニ葬リ、謝スルニ珍貨[6]ヲ以ス。土人大ニ喜フ。越テ明年、又至テ墓ヲ祭リ、アツク土人ニ賂フ。土人マス〳〵喜ヒ、唯ソノ来ラサルヲオソル。

---

の人心《じんしん》を取《と》るなり。人心を取《と》るに術《じゅつ》あり。厚利《こうり》をもって是《こ》れに啖《く》らわしむ。妖教以《ようきょうもっ》て是《これ》を蠱《こ》し、其《そ》の術《じゅつ》きわめて機巧《きこう》なり。故《ゆえ》に、他邦人《たほうじん》、これが為《ため》に誑誘《きょうゆう》せられ、遂《つい》にその属国《ぞっこく》となるもの、勝《あ》げて数《かぞ》うべからず。今《いま》、其《そ》の一証《いっしょう》を言《い》わん。昔《むかし》、葡萄牙《ポルトガル》の、瓜哇《ジャワ》が印度《インド》・支那《しな》中間《ちゅうかん》の海中《かいちゅう》に在《あ》るを取《と》る。商船一艘《しょうせんいっそう》、瓜哇《ジャワ》の海湾《かいわん》に至《いた》り、土人《どじん》を見《み》、泣《な》き且《か》つ請《こ》いて曰《いわ》く、わが甲比丹《カピタン》、病《やまい》にかかって没《ぼっ》せり。然《しか》れども、時《とき》まさに酷暑《こくしょ》、帰葬《きそう》すべからず。今《いま》、是《これ》を海《うみ》に投《とう》ずるに忍《しの》びず。もし貴《き》邦《ほう》の地《ち》に瘞《うず》むるを得《え》ば、幸《さいわ》い甚《はなは》だしと。土人是《どじんこれ》を惻《いた》み、もって有司《ゆうし》に白《もう》す。有司《ゆうし》またこれを憫《あわれ》み、其《そ》の請《こ》うをゆるす。既《すで》に葬《ほうむ》り、謝《しゃ》するに珍貨《ちんか》を以《もっ》てす。土人大《どじんおお》いに喜《よろこ》ぶ。越《こ》えて明年《あくるとし》、又至《またいた》りて墓《はか》を祭《まつ》り、あつく土人《どじん》に賂《まいな》う。土人《どじん》ますます喜《よろこ》び、唯《ただ》その来《きた》らざるをおそる。

数年ヲコヘ〔踰〕、又一老僧ヲ載至テ曰ク、是死者ノ弟ナリ。モシ墓側ニ廬シテ、香花ヲ薦ルコトヲ許サハ、幸之ヨリ大ナルハナシト。土人マタコレヲ有司ニ請ヒ、廬ヲ営ミコレヲ置ク。葡萄牙人、因テ謝スルニ千金之貨ヲ以ス。土人喜フ甚シ。

僧、朝夕梵誦、操行清厳、土人コレヲ敬シ、土宜[7]ヲ賷テコレニ餽レハ、スナハチ厚幣[8]ヲ以テ之ヲ報ス。土人ソノ教ヲ聴コトヲ請ヘハ、則吏民ヲ会シテコレヲ説。音吐朗暢、満座是カ為ニ竦動シ、遠近靡然トシテ信従ス。ソノ説ク処〔所〕ロノ法ハ、則耶蘇教ナリ。ステニシテ、兵艦数十艘ヲ率ヒ来リ、僧ヲシテ土人ノ教ニ帰スル者ヲ煽動セシメ、相共ニ城邑ヲヤク〔燬〕。国主、コレヲ禦クコトアタハス、終ニ為ニ圧セラル。

---

数年《すうねん》をこえ、又一老僧《またいちろうそう》を載《の》せ至《いた》りて曰《いわ》く、是《こ》れ死《し》者《しゃ》の弟《おとうと》なり。もし墓《はか》の側《そば》に廬《いえ》して、香花《こうげ》を薦《すす》むることを許《ゆる》さば、幸《さいわ》い之《これ》より大《だい》なるはなしと。土人《どじん》またこれを有司《ゆうし》に請《こ》い、廬《いおり》を営《いとな》みこれを置《お》く。葡萄牙人《ポルトガルじん》、因《よっ》て謝《しゃ》するに千金《せんきん》の貨《たから》を以《もっ》てす。土人《どじん》喜《よろこ》ぶ甚《はなはだ》し。

僧《そう》、朝夕梵誦《ちょうせきぼんじゅ》、操行清厳《そうこうしんげん》、土人《どじん》これを敬《けい》し、土宜《どぎ》を賷《もたら》してこれに餽《おく》れば、すなわち厚幣《こうへい》を以《もっ》て之《これ》を報《ほう》ず。土人《どじん》その教《おし》えを聴《き》くことを請《こ》えば、則《すなわ》ち吏《り》民《みん》を会《かい》して之《こ》れを説《と》く。音吐朗暢《おんとろうちょう》、満座《まんざ》是《こ》れが為《た》めに竦動《しょうどう》し、遠近靡然《えんきんびぜん》として信従《しんじゅう》す。その説《と》く処《ところ》の法《ほう》は、則《すなわ》ち耶蘇教《やそきょう》なり。すでにして、兵艦数十艘《へいかんすうじゅっそう》を率《ひき》い来《きた》り、僧《そう》をして土人《どじん》の教《おし》えに帰《き》する者《もの》を煽動《せんどう》せしめ、相共《あいとも》に城邑《じょうゆう》をやく。国主《こくしゅ》、これを禦《ふせ》ぐことあたわず、終《つい》に為《ため》に圧《あっ》せらる。

其桀黠[9]カクノ如シ。ソノ他、西夷[10]ノ地ヲ取リ疆ヲ拓ク、オホムネ此ニ類ス。唯他邦ノミナラス、我神州ニ施スニモ、亦カツテ此術ヲ以テスルコトアリ。ナホ、更ニ詳ニ是ヲ言ン。

---

其《そ》の桀黠《けっかつ》かくの如《ごと》し。その他《ほか》、西夷《せいい》の地《ち》を取《と》り疆《さかい》を拓《ひら》く、おおむね此《これ》に類《るい》す。唯《ただ》に他邦《たほう》のみならず、我《わ》が神州《しんしゅう》に施《ほどこ》すにも、亦《また》かつて此《こ》の術《じゅつ》を以《もっ》てすることあり。なお、更《さら》に詳《つまび》らかに是《これ》を言わん。

わたくしが、彼の諸外国の輩が、人の国を奪うということについて推し測ってみますと、二つの手段がございます。何でしょうか。申しますと、教えでございます。戦いでございます。戦いによって奪うのは、止むを得ない場合であって、彼らもまたたいそう好んで用いるものではございません。教えによって奪うと申しますのは、まずその国の人心をつかむことでございます。人心をつかむのにも手段がございます。大きな利益をその国の人に享受させます。妖教によって人々をたぶらかし、その手段は極めて巧妙です。そのため、他国の人びとが、このために心を惑わされて誘い込まれ、とうとうその属国となってしまったものは、いちいちあげて数えることができません。今、その証拠を一つ申しましょう。

昔、ポルトガルが、インドと中国の中間の洋上にあるジャワを奪いました。商船が一艘、ジャワの入江にやってきて、その土地の人を見て、泣きながら頼んで、「わたくしたちの船長が、病いにかかって亡くなりました。しかし、今はまさに酷暑の候で、帰国して埋葬することは叶いません。今、これを海へ投げ入れるのも忍びがたいものがあります。もしあなたのお国の土地に埋葬できましたなら、まことに幸いに存じます。」、と申しました。土地の人はこれを気の毒に思い、役人に申し出ました。役人も同様にこれを憐れに思って、その願いを許したのでございます。埋葬が終ると、(ポルトガル人は)貴重な財宝を謝礼といたしました。土地の人は大いに喜びました。越えて翌年、(ポルトガル人は)再びやって来て墓を供養し、手厚く土地の人に贈り物をいたしました。土地の人はますます喜んで、彼らがもう来なくなることだけを恐れておりました。

数年を経て、また一人の老修道僧を載せた船がやって来て、「こちらは亡くなった方の弟さんです。もし墓の側に家を建て、香や花を手向けることができましたなら、この上ない幸せです。」、と申します。土地の人は、またしても役人に願い出て、仮小屋を用意して老修道僧を住まわせました。ポルトガル人は、そのため千金に値する品物を謝礼といたしました。土地の人の喜んだことといったら、大変なものでございました。

修道僧は、朝な夕なに経を唱え、普段の行いも清く厳かで、土地の人は修道僧を尊敬し、その地方の産物を持ってきて贈れば、その時は手厚い贈り物でこれに報いました。土地の人がその教えを聞きたいと望むと、即座に役人と民衆を集めて教えを説きました。声量豊かなよく通る声で、そこにいるすべての人々は、そのためにつつしみかしこまって、草木が風になびくように信奉して従いました。その説いたところの教えとは、すなわちキリスト教でございます。

やがて、(ポルトガル人が)兵艦数十艘を率いてやって来ると、修道僧に、土地の人のキリスト教に帰依した者を煽動させて、一緒になって都や村を焼きました。国主は、これを禦ぐことが出来ず、とうとうそのせいで制圧されてしまったのでございます。

その（ポルトガル人の）凶暴で悪賢いことはこのとおりでございます。その他の、ヨーロッパ諸国の輩が土地を奪い国境を広げるのも、おおむねこれと似ております。これは他の国に限ったことではなく、我が神州においてでもそれを行おうと、かつてこの手段を用いたことがございます。なお、さらに詳しくこれについて申し述べましょう。

〈注釈〉

1我…察スル　本文は野史台版を干河岸版で補った。利井版は「彼等ノ諸夷人ノ国ヲ取ルヲ察スル」に作り、本願寺版は「ソレ彼ノ諸夷人ノ国ヲ取」に作る。2人ノ国ヲ取…教也戦也　ポルトガル・スペインの世界進出は植民帝国をめざしており、キリスト教はその先兵と位置付けられていた。布教と軍事の一体制は、イエズス会日本準管区長コエリョの言動にも示されている。（村井章介『分裂から統一へ』岩波新書、二〇一六年）。3妖教　人心とまどわすあやしげな宗教。キリスト教をいう。4蠱　本願寺版の「蠱」をとった。5甲比丹　ポルトガル語 capitão。船長、指揮官。6珍貨　貴重な財宝。7土宜　当地産の物品。8厚幣　手厚い贈り物。9桀黠　凶暴で悪賢い。10西夷　南西ノ異（233頁）。

## 神州におけるポルトガル人の渡来、キリスト教の受容と排除、そして犠牲

昔、天文十一年[1]、葡萄牙、マサニ震旦[2]ニ往ントシ、風ニ遇テ我豊後神宮浦[3]ニイタリ、国主大友宗麟[4]ニ贈ルニ珍貨及銃砲ヲ以テシ、互市ヲナスヲコフ。宗麟大ニ喜ヒ、是ヲ許ス。其後二年、葡萄牙人大舶ニ駕シ来リ、ソノ一艘ハ薩摩種ケ島[5]ニイタリ、是年、珍宝ヲ遺餽[6]スル、モツトモ夥シ。宗麟、アツクコレニ酬ヒ、其臣斎藤源助[7]ヲシテ其国ニ至テ報礼セシム。是ヨリ毎歳互市タヘス、蛮人[8]スナハチ誘フニ妖教ヲ以テシ、奇幻百出、(士)[9]士民コレヲ崇敬スレハ、遺ルニ厚幣ヲ以テス[10]。是ニ由テ妖教盛ニ行ル。十八年[11]、大和ノ僧了西[12]、亡命シテ臥亜[13]西洋銭国ノ名ニ入ル時、葡萄牙ステニ臥亜ニ拠リ、教僧伴天連[14]ニツケ、其法ヲ大ニ我日本ニ行シム。伴天連

---

昔《むかし》、天文十一年《てんぶんじゅういちねん》、葡萄牙《ポルトガル》、まさに震旦《しんたん》に往《ゆ》かんとし、風《かぜ》に遇《あ》いて我《わ》が豊後神宮浦《ぶんごじんぐううら》にいたり、国主《こくしゅ》大友宗麟《おおともそうりん》に贈《おく》るに珍貨及《ちんかおよ》び銃砲《じゅうほう》を以《もっ》てし、互市《ごし》をなすをこう。宗麟《そうりん》大《おお》いに喜《よろこ》び、是《これ》を許《ゆる》す。其《そ》の後《のち》二年《にねん》、葡萄牙人大舶《ポルトガルじんおおぶね》に駕《が》し来《きた》り、その一艘《いっそう》は薩摩《さつま》種子島《たねがしま》にいたり、是《こ》の年《とし》、珍宝《ちんぽう》を遺餽《いき》する、もっとも夥《おびただ》し。宗麟《そうりん》、あつくこれに酬《むく》い、其《そ》の臣斎藤《しんさいとう》源助《げんすけ》をして其《そ》の国《くに》に至《いた》って報礼《ほうれい》せしむ。是《これ》より毎《まい》歳互市《さいごし》たえず、蛮人《ばんじん》すなわち誘《いざな》うに妖教《ようきょう》を以《もっ》てし、奇幻百出《きげんひゃくしゅつ》、士民《しみん》これを崇敬《すうけい》すれば、遺《おく》るに厚幣《こうへい》を以《もっ》てす。是《これ》に由《よ》りて妖教盛《ようきょうさか》んに行《おこな》わる。十八年《じゅうはちねん》、大和《やまと》の僧了西《そうりょうさい》、亡命《ぼうめい》して臥亜《ゴア》（西洋銭国《せいようせんこく》の名《な》）に入《い》る時《とき》、葡萄牙《ポルトガル》すでに臥亜《ゴア》に拠《よ》り、教僧伴《きょうそうば》天連《てれん》につけ、其《そ》の法《ほう》を大《おお》いに我《わ》が日本《にほん》に行《おこな》わしむ。

オホイニ喜ヒ、其弟子若干人ヲ扶ニ、了西ヲ以テ先導トナシ、又九州ニ入ル。大友氏、モットモ崇敬シ、他ノ侯伯士庶モ、亦皆信従ス。彼、更ニ是ヲ蠱スルニ貿易ノ利ヲ以テシ、[15] 珍宝奇貨コト〳〵ク阿瑪〔媽〕[16]港ヨリ輸送ス。知ル者、心酔ヒ、目眩シ、ソノ法ニ帰セサルナシ。オルコト数年、言語漸通シ、情好益厚シ。信従ノ者、枚挙スヘカラズ。是ニ方〔於〕テ、呑噬ノ心ヲ生シ、士民ヲススメテ仏寺ヲ壊テ[17]、ソノ教寺ヲ創立ス。織田公[18]モ、亦カツテ其法ニ惑ヒ、南蛮寺[19]ヲ京師ニ建テ、蛮僧ヲ延キ[20]、其法漸ヤク中州[21]ニ浸淫シ、高山右近[22]小西摂津守[23]明石掃部[24]ノ徒ノ如キ、一時ノ豪傑ヲ以テ、皆是ヲ崇奉セリ。ソノ後、天正十五年、豊臣公[25]西征[26]シ、蛮僧ヲ見テ、其倨傲ヲ憤リ、寺ヲ壊チ僧ヲ逐ヒ、愚民ノ邪教ニ穢サル、モノヲ併セ縛〔駆〕リ、悉クコレヲ

---

伴天連《ばてれん》おおいに喜《よろこ》び、其《そ》の弟子若干人《でしそこばくにん》を扶《たす》くるに、了西《りょうさい》を以《もっ》て先導《せんどう》となし、又《ま》た九州《きゅうしゅう》に入《い》る。大友氏《おおともし》、もっとも崇敬《すうけい》し、他《た》の侯伯士庶《こうはくししょ》も、亦皆信従《またみなしんじゅう》す。彼《かれ》、更《さら》に是《これ》を蠱《こ》するに貿易《ぼうえき》の利《り》を以《もっ》てし、珍宝奇《ちんぽうき》貨《か》ことごとく阿瑪港《あまこう》より輸送《ゆそう》す。知《し》る者《もの》、心酔《こころよ》い、目眩《めくら》まし、その法《ほう》に帰《き》せざるなし。おること数《すう》年《ねん》、言語《げんご》漸《よう》やく通《つう》じ、情好益々厚《じょうこうますますあつ》し。信従《しんじゅう》の者《もの》、枚《まい》挙《きょ》すべからず。是《ここ》に方《あ》たりて、呑噬《どんぜい》の心を生じ、士民《しみん》をすすめて仏寺《ぶつじ》を壊《こぼ》ちて、その教寺《きょうじ》を創立《そうりつ》す。織田公《おだこう》も、亦《また》かつて其《そ》の法《ほう》に惑《まど》い、南蛮寺《なんばんでら》を京師《けいし》に建《た》て、蛮僧《ばんそう》を延《ひ》き、其《そ》の法漸《ほうよう》やく中州《ちゅう》に浸淫《しんいん》し、高山右近《たかやまうこん》・小西摂津守《こにしせっつのかみ》・明石掃部《あかしかもん》の徒《ともがら》の如《ごと》き、一《いち》時《じ》の豪傑《ごうけつ》を以《もっ》て、皆是《みなこ》れを崇奉《すうほう》せり。その後《のち》、天正十五年《てんしょうじゅうごねん》、豊臣公西征《とよとみこうせいせい》し、蛮僧《ばんそう》を見《み》て、其《そ》の倨傲《きょごう》を憤《いきどお》り、寺《てら》を壊《こぼ》ち僧《そう》を逐《お》い、愚民《ぐみん》の邪教《じゃきょう》に穢《けが》さるるものを併《あわ》せ縛《しば》り、悉《ことごと》くこれを海外《かいがい》

海外ニ出シ、厳ニソノ教法ヲ禁止ス。[27] 然レトモ、ナヲ感〔惑〕シテ反ラズ、陰カニソノ教ヲ信スルモノアリ。

東照宮[28]起リ、禁ヲ設ルコト殊ニ厳シク、アハセテ互市ヲ禁スレトモ[29]、遂ニ天草ノ変[30]ヲ致シ、征誅セラレ死スルモノ三万余人、其余、前後禁ヲ犯シ、磔刑ニカヽリ戮セラルヽモノ、凡ソ二十八万余人ニ至リ、耶蘇ノ毒終ニ滅却セリ。邪説ノ人ヲ禍ヒスル、コヽニ至ル。コレモッテ、其人ノ国ヲ取ント、教ヘヲ以テスルノ巧ニシテ、且ツオソルベキヲ見ルベシ。

---

に出《いだ》し、厳《おごそか》にその教法《きょうほう》を禁止《きんし》す。然《しか》れども、なお感《かん》じて反《かえ》らず、陰《ひそ》かにその教《きょう》を信《しん》ずるものあり。

東照宮《とうしょうぐう》起《おこ》り、禁《きん》を設《もう》くること殊《こと》に厳《きび》しく、あわせて互市《ごし》を禁《きん》ずれども、遂《つい》に天草《あまくさ》の変《へん》を致《いた》し、征《せい》誅《ちゅう》せられ死《し》するもの三万余人《さんまんよにん》、其《そ》の余《よ》、前後禁《ぜんごきん》を犯《おか》し、磔刑《たくけい》にかかり戮《りく》せらるるもの、凡《おおよ》そ二十《にじゅう》八万余人《はちまんよにん》に至《いた》り、耶蘇《やそ》の毒終《どくつい》に滅却《めっきゃく》せり。邪説《じゃせつ》の人《ひと》を禍《わざわ》いする、ここに至《いた》る。これもって、其《そ》れ人《ひと》の国《くに》を取《と》らんと、教《おし》えを以《もっ》てするの巧《たく》みにして、且《か》つおそるべきを見《み》るべし。

昔、天文十一年（一五四二）、ポルトガルは、まさに中国へ行こうとして、大風に遇いわたくしたちの豊後国の神宮浦へたどり着き、国主大友宗麟に貴重な品々や銃砲を贈って、交易することを願いました。宗麟は大いに喜んで、これを許可いたしました。その二年後、ポルトガル人は大船に乗ってやってきて、そのうちの一艘は薩摩国の種子島に到着しましたが、この年、たいそう多くの貴重な品々を（宗麟に）贈りました。宗麟は、丁重にこれに報い、その家臣斎藤源助をその国へ行かせて厚く返礼させました。これより毎年交易は絶えることなく、ポルトガル人はまさしく誘惑するのに妖教を用い、まやかしを次々と起こしては、武士や庶民がこれを崇め奉ると、たくさんの贈り物を与えました。これによって妖教は広く行われるようになったのでございます。

同十八年（一五四九）、大和の僧了西が亡命してゴア（西洋銭国の名）に入ったとき、ポルトガルは既にゴアを拠点としており、宣教師の司祭に付き添わせて、その教えを大いに我が日本で広めさせました。司祭はたいそう喜んで、その弟子数人を補助するのに、了西を案内役として、また九州へやって来ました。大友氏は、最も（その司祭を）敬い崇めて、他の大名や領主、武士や庶民もまた皆が信じ従いました。

彼の司祭は、さらにこれらの人々をたぶらかすのに貿易の利益を用い、珍しく貴重な宝物の数々をマカオから輸送いたしました。これを見知ったものたちは、心を酔わせ、目を眩ませて、その教えに帰依しないものはおりませんでした。滞在すること数年にして、言葉も次第に通じるようになり、ますます親密な関係になりました。信じ従う者はいちいち数え挙げることもできません。この時に及んで（ポルトガルは）領土を奪おうとする心を起こし、武士や庶民をそそのかして仏寺を破壊し、その教えの教会堂を建てたのでございます。

織田信長公も、やはりかつてその教えに惑わされ、キリシタンの教会堂を京の都に建て、ポルトガル人の司祭らを招いたので、その教えは次第に畿内にも広まって、高山右近・小西行長・明石全登の類のように、当時の豪傑であっても、皆これを崇め奉ったのでございます。

その後、天正十五年（一五八七）、豊臣秀吉公は九州を平定し、ポルトガル人の司祭らを見て、その傲慢なさまに怒り、教会堂を破壊して司祭らを追い払い、思慮のない庶民の邪教に毒されてしまったものをまとめて捕え、それらの人々をすべて海外へ追放し、厳しくその教えを禁止いたしました。しかしながら、それでもなお感化されたままで元に戻らず、隠れてその教えを信じるものがございました。

東照神君家康公の御世になると、（キリスト教）禁止令を敷くことをとりわけ厳しく、併せて交易をも禁止いたしましたが、とうとう天草の一揆を招き、討伐されて死んだものは三万余人、そのほかにも、前後に禁止令を破って磔の刑に処され殺されたものは、およそ二十八万余人に及び、キリスト教の害毒はようやく取り除かれたのでございます。

（キリスト教という）邪説が人に禍いをもたらすこと、ここに行き着いてしまいました。このように、（ポルトガルが）人の国を取ろうとして、教えを用いることの巧妙で、且つ恐るべきことをよく見なければならないのでございます。

〈注釈〉

1天文十一年　一五四二年。一五四〇年代に入ると、日本の銀に目を付けた華人密貿易商人は中国（明）・東南アジア産品と日本銀との交易（密貿易）に乗り出した。中国との交易を模索していたマラッカやパタニのポルトガル人もまたこれら密貿易商人と交わり、彼らのジャンク（中国式の木造帆船）に乗って東アジア海域を往来するようになっていった。２震旦 中国の古称。３神宮浦 神宮寺浦（現大分県大分市勢家町）。『豊薩軍記』巻一に、「天文十年七月廿七日唐船豊後神宮寺にも著津し、明人二百八十人来朝す。明の粛帝の御宇に当れり。同く十二年八月七日又五艘来る」と見える。これら明の密貿易船の渡来情報と、同じく密貿易船での琉球や種子島へのポルトガル人渡来情報、さらには後年のザビエル（一五〇六－五二）の来日と豊後での布教に関する情報が入り交じって、天文十年（あるいは同十一年）にポルトガル人が豊後神宮浦へ初めて来航したという稗史が成立したものであろう。同様の記述は新井白石（一六五七－一七二五）の『采覧異言』や『西洋紀聞』に見えている。４大友宗麟 大友義鎮《よししげ》（一五三〇－八七）。天文一九年（一五五〇）家督して豊後国大友氏二十一代当主となる。一時は北九州東部の六カ国にまで版図を拡大したが、晩年は豊後一国にまで衰退した。一五五一年、ザビエルを府内（大分）に迎え、これに保護を与えて領内での宣教を許可した。永禄五年（一五六二）、禅宗に帰依して出家し、休庵宗麟と号す。天正五年（一五七七）年、キリスト教の洗礼を受けて、普蘭師司怙（フランシスコ）と名乗る。なお、天文十一年当時は、宗麟の父大友義鑑《よしあき》（一五〇二－五〇）が大友家の当主。５種ケ島 鹿児島県種子島。ポルトガル人が初めて日本に来航し、鉄砲を伝えたとされる。その伝来の年については、一五四一年から一五四四年までの間で諸説あるが、一五四三年とする説が有力。６遺餽 餽遺。食物や金品を贈る。７斎藤

源助　植田玄佐。ザビエルが日本を去るとき同伴した大友宗麟の臣。受洗してロレンソ・ペレイラと名乗った。8蛮人　南蛮人。ここではポルトガル人をいう。9士民　本願寺版の「士」をとった。10奇幻百出…厚幣ヲ以テス　キリシタン宗門の排撃を意図して執筆された排耶書には、宣教師が虚空に浮く、地に潜るなどの奇術を行い、また入信者には多額の金銭を日別に支給するなどして信者を集めていく様子が述べられている。11同十八年　一五四九年。イエズス会宣教師ザビエルが、同会の司祭・修道士を伴い来日してキリスト教を伝えた年。この時、ゴアで洗礼を受けたばかりの三人の日本人が一行に同行した。12了西　ロレンソ了斎（一五二六―九二）を指すか。了斎は了西ともいい、肥前国生まれのイエズス会修道士。もとは琵琶法師であったが、天文二十年（一五五一）、山口でザビエルの説法を聞き、ザビエルによって洗礼を受けた。ザビエル離日後もイエズス会宣教師を助け、京都をはじめ畿内や九州で布教活動を行い、多くの信者を得た。ここで語られる了斎の物語は、了斎の事績とは必ずしも一致しない。ゴアに亡命し、イエズス会宣教師の日本布教を助けたくだりは、ヤジロウ（アンジロウとも）（一五一一?―五〇）の事績と混同されているようである。ヤジロウは、ポルトガル船でマラッカへ亡命してザビエルに遭い、ゴアへ送られて、ボン・ジェス教会で日本人として初めて洗礼を受けた。その後ザビエルの日本布教に同行して帰国している。雪窓宗崔の排耶書『邪教大意』にも、ザビエルに随行するイルマン（兄弟の意。修道士をいう）として、大和出身の了西が、薩摩からローマへ渡り、天主教を学んで帰った人物として登場する。13臥亜ゴア。ポルトガル領インド。インド西海岸中部に位置し、十一世紀初めから貿易港として発展した。一五二〇年、ポルトガルによって占領され、以降二〇世紀半ばまでポルトガルのアジアにおける拠点となる。割注の銭国は、ゴア近郊の地名「銭徳拉布尔」（現サルセテ）に拠るとも考えられるが、ヨーロッパの国名とは齟齬する。干河岸版とその類本にはこの割注がない。本願寺版は臥亜に「グルワンランド」と傍注し、「西洋夷国之名」と割注する。14教僧伴天連　カトリックの宣教師で司祭職にある者。バテレンはポルトガル語のpadre（パードレ、神父）に由来する。15蠱スルニ貿易ノ利ヲ以テシ　大友宗麟や肥前平戸領主松浦隆信らがイエズス会宣教師に好意的であった背景には、ポルトガルとの南蛮貿易を振興して武器・弾薬や珍奇な舶来品を得ようとする思惑があった。一方イエズス会もこの南蛮貿易から活動資金を得ており、布教と南蛮貿易は不可分の関係にあった。16阿瑪港　マカオ。ポルトガルは、一五五七年マカオに進出して居留地を確保し、中国や日本に対する貿易や布教の拠点とした。17仏寺ヲ壊テ　天正六年（一五七八）、日向国へ侵攻した大友宗麟は、占領地の寺社を全て破壊し、キリシタンによる統治を行おうとした。18織田公　織田信長（一五三四－八二）。尾張の一領主から戦国大名へと成長し、永禄十一年（一五六八）足利義昭（一五三七－九七）を擁して上洛し、室町幕府を再興して畿内を平定した。しかし、元亀四年（一五七三）には義昭を京都から追放して、その代行者として政権を担うようになる。天正十年（一五八二）、重臣明智光秀（一五二八－八二）の本能寺の変に遭い自刃した。一般に、信長は新奇なものを好み、キリシタンにも好意的であったと言われているが、太田牛一『信長公記』には、信長が時に宗門の断絶をちらつかせながらイエズス会を巧みに利用しているさまが見える。19南蛮寺　一般に一六世紀後半以降、各地に建てられたキリシタンの教会堂の俗称。ここでは特に天正四年（一五七六）、現在の京都市中京区姥柳町辺に建設された被昇天の聖母教会を指す。それまで使用していた教会堂の老朽化にともない、イエズス会の出費と高山右近（後出注釈22）をはじめ畿内のキリシタン有力者の協力と寄進のもとに建設されたものであるが、稗史には織田信長の建立とする説が散見する。20蛮僧ヲ延キ　イエズス会は永禄三年（一五六〇）、幕府から京におけるキリスト教の宣教許可を受けて布教を開始したが、永禄八年（一五六五）、将軍足利義輝（一五三六－六五）が殺害されると、宣教師らも京から追放された。信長は上洛の翌永禄十二年（一五六九）、宣教師の入京を許可し、フロイス（一五三二－九七）を二条城で謁見して畿内での布教に許可を与えた。また、オルガンチノ（一五三〇－一六〇九）は天正七年（一五七九）、信長より安土に土地を与えられて教会を建立した。21中州　日本の中央部、畿内を指す。22高山右近　重友（一五五二または三－一六一五）。安土桃山時代の代表的なキリシタン大名。父友照（？－一五九五）がロレンソ了斎（了西）に心服したことから、右近も十歳で受洗。天正十五年（一五八七）、バテレン追放令に際して改易となり、慶長十九年（一六一四）、キリシタン国外追放令によってマニラへ送られ、そこで没した。23小西摂津守行長（一五五八－一六〇〇）。豊臣秀吉の近臣。高山右近の勧めで受洗。関ケ原の戦いで西軍に属して敗北し捕えられ、キリシタンであることから切腹を拒否して斬首された。24明石掃部 全登。生没年不詳。宇喜田秀家に仕え、慶長五年（一六〇〇）関ケ原の戦いに敗れた後は、母方の縁家で同じくキリシタン大名の黒田如水（一五四六－一六〇四）の庇護を受けたという。慶長十九年（一六一四）、大坂の陣が起こると豊臣方として参陣し、翌二十年（一六一五）の夏の陣で消息不明となる。25豊臣公 豊臣秀吉（一五三七－九八）。織田信長に仕え、本能寺の変後、信長の後継者となる。関白・太政大臣に叙任されて、全国の大名を臣従させ、天下統一を果たす。26西征 九州の有力大名であった竜造寺氏・大友氏を押さえ、九州統一を目前にする島津氏の勢力を削ぐため、秀吉が臣従した大名を動員して行った九州平定事業。27ソノ教法ヲ禁止ス 天正十五年六月十九日（一五八七年七月二十四日）、秀吉は筑前箱崎（現福岡県福岡市東区）において突如バテレン追放令を発布し、キリスト教宣教を禁止した。その原因には、当時日本イエズス会準管区長であったコエリョ（一五三〇－九〇）の秀吉に対する挑発的な行為も含まれていた。コエリョはキリシタン大名大村純忠（一五三三－八七）の領内で横行した寺社や仏像の破壊にも関与している。28東照宮 徳川家康（一五四三－一六一六）。信長・秀吉と敵対・同盟しつつ勢力を広げ、秀吉没後の慶長五年（一六〇〇）、関ケ原の戦いに勝利し、慶長八年（一六〇三）征夷大将軍に叙任されて江戸に幕府を開いた。死後日光東照宮に祀られ、東照大権現として神格化されて、東照宮・権現様などと称された。29禁を設クル…互市ヲ禁ス ポルトガル・スペインといったカトリック国にとって、貿易と布教は一体のもので分離できなかった。家康は、はじめ南蛮貿易を重視して布教を容認していたが、キリシタン大名が関与して貿易に支障をきたす事件が起こると、慶長十七年（一六一二）その直轄地に、翌十八年（一六一三）には全国に向けて禁教令を発布し、教会の破壊と布教の禁止を命じて、宣教師や主だったキリスト教徒を国外に追放した。家康の跡を継いだ徳川秀忠（一五七九－一六三二）は元和二年（一六一六）、中国以外の船の来航を長崎・平戸に限定するとともに、下々百姓に至るまでキリスト教を禁止する。元和五年（一六一九）に改めて禁教令を出し、同年から寛永元年（一六二四）にかけ、京都・長崎・江戸・東北・平戸において多くの宣教師・キリシタンが殉教した。この寛永元年、スペインとの国交を断絶して来航を禁止し、寛永十二年（一六三五）、外国船の入港・貿易を長崎・平戸に限定して、日本人の海外渡航及び帰国が禁止される。寛永十六年（一六三九）にはポルトガル船の来航も禁止され、以降ヨーロッパ諸国との交易は、貿易と布教を分離させたプロテスタント国のオランダとのみ行われた。30天草の変　島原の乱、島原・天草一揆とも。寛永十四年（一六三七）から翌十五年（一六三八）にかけて、肥前島原・肥後天草の農民が起こした一揆。これらの地は、キリシタン大名有馬晴信（一五六七－一六一二）・小西行長の旧領で、その跡に入封した松倉重政（？－一六三〇）（島原）・寺沢広高（一五六三－一六三三）（天草）の加重な年貢とキリシタン弾圧に抵抗する三万八千人が島原の原城に立て籠った。幕府は十二万の兵力を動員してようやくこれを鎮圧し、一揆の参加者は皆殺しとなった。

## 教えによって教えを防ぐ、その責は仏者にあり

彼、既ニ人ノ国ヲ取ル、教ト戦トノ二ツヲ以テスレハ、我ノ彼ヲ防クモ、亦教ト戦ヲ以テセスンハアルベカラサルナリ。而シテ、戦ヲ以テ防グ、其責ニ任スルモノ、世其人［ニ］乏シカラス。其人トハ誰ソ。曰ク、征夷将軍也。列国諸侯也。幕府及諸藩ノ士大夫也。[1]コヽヲ以テ、近年砲台ヲ築キ、軍艦ヲ造リ、大砲ヲ鋳、銃陣ヲ習ヒ、ソノ他槍剣刺撃ノ技ニ至ルマテ、凡武備ヲ以テ夷狄ヲ防クヘキモノ、幕府以下、講習操練セザルナシ。[2]此レ、ソノ責メニ任スルモノ、職ヲ尽ス也。

然レトモ、天下ノ勢、ヤムコトヲ得サル者アリ。幕府遂ニ決戦掃蕩ノ策ニ出ルコトヲ得ス、姑ク彼ノ好ム所ニ従ヒ、通信ヲ許シ、互市ヲ

---

彼《かれ》、既《すで》に人《ひと》の国《くに》を取《と》る、教《おし》えと戦《いくさ》との二《ふた》つを以《もっ》てすれば、我《われ》の彼《かれ》を防《ふせ》ぐも、亦教《またおし》えと戦《いくさ》を以《もっ》てせずんばあるべからざるなり。而《しか》して、戦《いくさ》を以《もっ》て防《ふせ》ぐ、其《そ》の責《せき》に任《にん》ずるもの、世其《よそ》の人《ひと》に乏《とぼ》しからず。其《そ》の人《ひと》とは誰《た》ぞ。曰《いわ》く、征夷将軍《せいいしょうぐん》なり。列国諸侯《れっこくしょこう》なり。幕府《ばくふ》及《およ》び諸藩《しょはん》の士大夫《したいふ》なり。ここを以《もっ》て、近年砲台《きんねんほうだい》を築《きず》き、軍艦《ぐんかん》を造《つく》り、大砲《たいほう》を鋳《い》、銃陣《じゅうじん》を習《なら》い、その他槍剣《ほかそうけん》刺撃《しげき》の技《わざ》に至《いた》るまで、凡《およ》そ武備《ぶび》を以《もっ》て夷狄《いてき》を防ぐべきもの、幕府以下《ばくふいか》、講習操《こうしゅうそう》練《れん》せざるなし。此《こ》れ、その責《せ》めに任《にん》ずるものの職《しょく》を尽《つく》すなり。

然《しか》れども、天下《てんか》の勢《いきお》い、やむことを得《え》ざる者《もの》あり。幕府遂《ばくふつい》に決戦掃蕩《けっせんそうとう》の策《さく》に出《で》ることを得《え》ず、姑《しばら》く彼《かれ》の好《この》む所《ところ》に従《したが》い、通信《つうしん》を許《ゆる》し、互市《ごし》を開《ひら》き、土地《とち》

開キ、土地ヲ仮シテ其吏ヲ置クヲ聴サントス[3]。臣僧切ニ悲ム。今ノ勢、遂ニマサニ沿海愚民夷狄ト相親ミ、情好日ニ密ニシテ、彼ノ厚利ヲ啖ヒ、彼ノ邪教ニ蠱シ、変〔愛〕[4]シテ犬羊[5]ノ奴トナラントスルヲ。

故ニ、今[6]「日海防ノ急務ハ、教ヲ以テ教ヲ防クニシクハナキナリ。而ソノ責ニ任スルモノハタソ。曰、八宗ノ僧侶ナリ。蓋シ、嚮ニ邪教ノ毒天下ニ蔓延スルノ日、官磔刑ヲ以テコレヲ除ント欲シ、二十八万ノ生霊ヲ誅戮ストイヘトモ、ソノ毒深ク人ノ骨髄ニ入レリ。教ヲ以テ惑ヲ解ニアラサルヨリハ、ソノ根本ヲヌクコトアタハサルナリ。

コノ故ニ、官議シテ、仏法正大、以テ邪ヲフセクニ足ルヲ以テ、八宗ノ僧侶ニ命シ、コレニ属スルニ天下ノ民ヲ以テシ、コレニカスニ

---

を仮《か》して其《そ》の吏《り》を置《お》くを聴《ゆる》さんとす。臣僧切《しんそうせつ》に悲《かな》しむ。今《いま》の勢《いきお》い、遂《つい》にまさに沿海愚民夷狄《えんかいぐみんいてき》と相親《あいした》しみ、情好日《じょうこうひ》に密《みつ》にして、彼《かれ》の厚利《こうり》を啖《くら》い、彼《かれ》の邪教《じゃきょう》に蠱《こ》し、変《へん》じて犬羊《けんよう》の奴《ど》とならんとするを。

故《ゆえ》に、今《こん》「日海防《にちかいぼう》の急務《きゅうむ》は、教《おし》えを以《もっ》て教《おし》えを防《ふせ》ぐにしくはなきなり。而《しか》してその責《せき》に任《にん》ずるものはたそ。曰《いわ》く、八宗《はっしゅう》の僧侶《そうりょ》なり。蓋《けだ》し、嚮《さき》に邪《じゃ》教《きょう》の毒天下《どくてんか》に蔓延《まんえん》するの日《ひ》、官磔刑《かんたっけい》を以《もっ》てこれを除《のぞ》かんと欲《ほっ》し、二十八万《にじゅうはちまん》の生霊《せいれい》を誅戮《ちゅうりく》すといへども、その毒深《どくふか》く人《ひと》の骨髄《こつずい》に入《い》れり。教《おし》えを以《もっ》て惑《まど》いを解《と》くにあらざるよりは、その根本《こんぽん》をぬくことあたわざるなり。

この故《ゆえ》に、官議《かんぎ》して、仏法正大《ぶっぽうせいだい》、以《もっ》て邪《じゃ》をふせぐに足《た》るを以《もっ》て、八宗《はっしゅう》の僧侶《そうりょ》に命《めい》じ、これに属《ぞく》するに天下《てんか》の民《たみ》を以《もっ》てし、これにかすに宗判《しゅうはん》の権《けん》を以《もっ》てし、これをして邪教《じゃきょう》に迷執《めいしつ》するものを教化解導《きょうげかいどう》

宗判ノ権[7]ヲ以テシ、コレヲシテ邪教ニ迷執スルモノヲ教化解導シテ、以テ神州ノ民ニ復ラシムルコトヲ職ラシム。而後、上ミ列国侯伯ヨリ、下モ四陸ノ辺氓[8]ニ至マテ、天下ノ宗旨ミナ定ツテ、夷狄邪教ノ害、終ニ滅尽セリ。コレニ由テコレヲミレハ、教ヲ以テ教ヲ防クノ責、官府ノ命スル所ニシテ、僧家ノモツテミツカラ其責ニ任シ、其職ヲツクサスンハアルヘカラサルモノナリ。」

して、以《もっ》て神州《しんしゅう》の民《たみ》に復《かえ》らしむることを職《つかさど》らしむ。而《しか》る後《のち》、上《か》み列国侯伯《れっこくこうはく》より、下《し》も四陸《しりく》の辺氓《へんぼう》に至《いた》るまで、天下《てんか》の宗旨《しゅうし》みな定《さだ》まって、夷狄邪教《いてきじゃきょう》の害《がい》、終《つい》に滅尽《めつじん》せり。これに由《よ》ってこれをみれば、教《おし》えを以《もっ》て教《おし》えを防《ふせ》ぐの責《せき》、官府《かんぷ》の命《めい》ずる所《ところ》にして、僧家《そうけ》のもってみずから其《そ》の責《せき》に任《にん》じ、其《そ》の職《しょく》をつくさずんばあるべからざるものなり。」

彼の諸外国の輩が、もとより人の国を取るのに、教えと戦いとの二つを用いるのであれば、我が国がそれを防ぐのにも、やはり教えと戦いとを用いなければなりません。しかしながら、戦いによって防ぐという、その責務を負っているのは、当世その人に不足などしておりません。その人とはいったい誰か。（わたくしが）申しますには、征夷大将軍でございます。諸国の大名方でございます。幕府及び諸藩の武士たちでございます。それゆえに、この数年というもの砲台を築造し、軍艦を製造し、大砲を鋳造し、銃砲の陣立てを訓練し、その他にも槍や剣で刺したり撃ったりする技に至るまで、おしなべて戦いの準備を整えて諸外国の輩の侵入を防がなければならない者たちは、幕府をはじめとして（戦いのための）訓練や演習を実施しない者はございません。これは、その責務を負った者がその職分を尽しているのでございます。

とは申しながら、天下の情勢には、どうにも仕方のないものがございます。幕府は結局決戦して敵を除き去る策を採ることが出来ず、とりあえず彼らの望みどおりに、国交を許可し、交易をはじめ、土地を貸してその役人を置くことを認めようとしております。わたくしは、今の情勢では結局は沿海の思慮のない庶民が諸外国の輩と親しくなり、日に日に親密になって、諸外国の輩がもたらす大きな利益を享受し、その邪教にたぶらかされ、犬や羊のように卑しい外国の輩の奴《しもべ》となり果ててしまうことを深く悲しんでおります。

ですから、今［日沿海の警戒態勢を整えるための緊急課題は、教えによって教えを防ぐのにまさるものはございません。それではその責務を担うのは誰でございましょうか。（わたくしが）申しますには、八宗の僧侶でございます。そもそも、以前邪教の毒が日本全土に広まった時、公儀《おかみ》は磔の刑によってこれを取り除こうとして、二十八万もの生命を誅殺いたしましたが、その毒は深く人の心の奥底に入り込んでおりました。教えによって惑わされた心を解くのでないと、その元凶を取り去ることは出来ないのでございます。

このような理由から、公儀《おかみ》は評議して、仏法は正々堂々と立派であり、これによって邪教の蔓延を防ぐことが出来るというので、八宗の僧侶に命じて、その管轄下に日本全土の人民を置き、これに宗門改めの権限を預け、これによって邪教に迷い執着するものを教え導いて、神州の民に戻すことを職責といたさせました。そうした後、上は諸国の大名方から、下は全国隅々の住民に至るまで、日本全土の宗旨はすべて定まることとなり、外国の輩の邪教の害毒は、ついに滅され尽したのでございます。

このことから考えてみますと、教えによって教えを防ぐという責務は、公儀《おかみ》がお命じになったもので、僧たちがみずからその責務を担い、その職責を尽くさなければならないものなのでございます。」

〈注釈〉

1征夷将軍…士大夫ナリ　近世日本の軍事力は、朝廷より征夷大将軍に叙任された徳川将軍家の最高指揮権下に、その直轄軍と各大名家軍として編成されており、徳川将軍（幕府）の命令なく軍事力を発動することは、固く禁止されていた。幕府は、徳川家の直臣（幕臣）および諸大名（諸藩）に対して禄高に応じた軍事的負担（軍役）を課し、諸大名もまたその家臣に応分の負担を課した。ここでは幕府・諸藩の軍役負担義務を負うものを、下級武士も含めて「士大夫」という。2幕府以下…セザルナシ　大砲は、海岸線防御に重要不可欠な武器であり、それを据える砲台とともに各地で鋳造・築造された。また、幕府は高島秋帆の洋式砲術を採用して諸藩にもその導入を促した。萩藩では天保十四年（一八四三）四月、羽賀台大操練を実施して軍役動員体制の大規模な見直しを行うとともに、家臣団には武芸習得と武具類の点検・修理を命じている。また、嘉永六年（一八五三）六月のペリー来航を機に、九月には近世を通じて大名家の軍事力抑制策であった大船建造の禁が解かれ、幕府やその命を受けた水戸藩が造船所を開設し、洋式軍艦の建造に取り掛かった。萩藩では、安政三年（一八五六）、萩小畑浦の恵美須ヶ鼻に造船所が設けられ、丙辰丸（同年十二月竣工）・庚申丸（万延元年〈一八六〇〉四月竣工）が建造された。３通信ヲ許シ…聴サントス　幕府は、安政元年（一八五四）、再来航したペリーと日米和親条約を締結し、アメリカとの国交（通信）を開いた。ここではその一二カ条のうち、下田・函館二港の開港と、そこでの薪水・食料・石炭その他必要物資の供給（第二条）、下田への領事赴任（第一一条）が問題とされている。４変　本願寺版の「変」をとった。５犬羊　卑俗な犬と強情な羊。外敵に対する蔑称。６今…　野史台版他、いずれの版も「今燈煌シ」と作り、千河岸版はこれに続けて「此処文意通ぜず、恐らく脱文あり」と割注する。ここでは「今」以下を本願寺版から補った。７宗判ノ権　島原・天草のキリシタン一揆の後、幕府はキリシタンの摘発・取締りのため宗門改帳を作成し、各家・各人毎に禁制の宗派の信徒でないことを檀那寺に証明させる寺請制度を整えた。民衆が婚姻・旅行・移転・奉公などで在所を離れる際には、寺僧が印形を加えた寺請証文が、村役人の発行する手形とともに、身分証明書の役割を果たした。

８辺氓　辺境地域の民衆。

## ひるがえって今の仏者を省みるに…

[脱文]燐(熒カ)煌[1]シ、ソノ衣ル所ノ方袍[2]衣服ハ、錦繍爛熳(漫)ニシテ、靡麗ヲ窮極セサルナシ。古ヘイフ。福荘厳[3]過レ盛法之所二以衰一也。シカルニ、今ノ仏者、コレヲ以テ大法[4]繁昌トイフ。ソレ、其ナンノ心ナルヲシラス。其ノ費供スル所ノ貨財、コレニ檀越[5]門徒[6]ノ膏血[7]ヲ竭シ、仏祖ニ奉ル信施[8]ニ所ナク、而シテ瓦ノ如ク棄、礫ノ如ク擲チ、以テソノ驕奢ノ資ニ供シテ、猶ソノ足ラサルヲ苦ミ、利口ノ僧使[9]ヲ諸国ニ差シ、募縁勧財[10]イタラサル所ナシ。此ニヨツテ往々国主(守)地頭[11]ノ誹議ヲ致シ、無上法命[12]ヲ辱シムルモノ、皆是ナリ。

コレニ加フルニ、官カツテ仮シテ以テ邪教ヲフセカシムル宗判ノ権ヲハサミ、人ト檀家ヲ

---

[脱文]熒煌《けいこう》し、その衣《き》る所《ところ》の方袍《ほうほう》衣服《いふく》は、錦繍《きんしゅう》爛漫《らんまん》にして、靡麗《みれい》を窮極《きゅうきょく》せざるなし。古《いにし》えいう。福荘《ふくしょう》厳盛《ごんさか》りなるに過《す》ぐるは、法《ほう》の衰《おとろ》うる所以《ゆえん》なりと。しかるに、今《いま》の仏者《ぶっしゃ》、これを以《もっ》て大法繁昌《たいほうはんじょう》という。それ、其《そ》のなんの心《こころ》なるをしらず。其《そ》の費《つい》え供《きょう》する所《ところ》の貨財《かざい》、これに檀越門徒《だんおつもんと》の膏血《こうけつ》を竭《つく》し、仏祖《ぶっそ》に奉《たてまつ》る信施《しんぜ》に所《ところ》なく、而《しか》して瓦《かわら》の如《ごと》く棄《す》て、礫《つぶて》の如《ごと》く擲《なげう》ち、以《もっ》てその驕奢《きょうしゃ》の資《し》に供《きょう》して、猶《なお》その足《た》らざるを苦《くる》しみ、利口《りこう》の僧使《そうし》を諸国《しょこく》に差《つか》わし、募縁勧財《ぼえんかんざい》いたらざる所《ところ》なし。此《これ》によって往々国主《おうおうこくしゅ》・地頭《じとう》の誹議《ひぎ》を致《いた》し、無上《むじょう》の法《ほう》命《みょう》を辱《はず》かしむるもの、皆是《みなこ》れなり。

これに加《くわ》うるに、官《かん》かつて仮《か》して以《もっ》て邪教《じゃきょう》をふせがしむる宗判《しゅうはん》の権《けん》をはさみ、人《ひと》と檀家《だんか》を争《あらそ》うの端《はし》

争フノ端トナル。所在訟獄[13]紛起シ、政府ヲ煩シ、罪科ニ陥ルモノ、天下ノ諸宗、［ミナ］是ナキハナシ。豈弊ノ極リナラスヤ。

となる。所在《しょざい》訟獄《しょうごく》紛起《ふんき》し、政府《せいふ》を煩《わずら》わし、罪科《ざいか》に陥《おちい》るもの、天下《てんか》の諸宗《しょしゅう》、みな是《これ》なきはなし。豈《あに》弊《へい》の極《きわ》まりならずや。

［脱文］光りかがやき、その着ている袈裟や衣服は錦や刺繍できらめいて、華やかで贅沢の極みでございます。

昔は、「福荘厳が盛大に過ぎるのは、法の衰退する原因である」、と申しました。しかしながら、今の仏教者は、これによって仏法は大いに栄えていると申します。いったい、それがどのような本質のものであるかを理解していないのでございます。その費用にあてがう金品、これに信徒・門徒の苦労の結晶をすべて注ぎ込み、釈尊に差し上げたはずの布施にそのための使途はなく、そうして瓦のように棄て、石ころのように放り投げて、これをその贅沢三昧の元手に充て、それでもその不足に苦しんで、口の巧い使僧を諸国に派遣し、浄財を募って行き着かない場所はございません。これによって、しばしば大名や領主方などからそしりを受け、この上ない仏法の命脈を辱かしめているというのは、すべてこのことなのでございます。

それだけではなく、公儀《おかみ》がかつて貸して邪教の蔓延を防がせた宗門改めの権をめぐっては、他寺と檀家を争うきっかけとなっております。ここかしこで訴訟が起こり、政府《おかみ》に面倒をかけ、処罰を受ける者、日本全土の諸宗に、すべてこのような者がいないものはございません。どうして弊害の極みでなかったりいたしましょうか。

〈注釈〉

1熒煌シ 「熒煌」はきらきらと光り輝くこと。前節に続く脱文が疑われる部分では、キリスト教の侵入を防ぐべき仏教界の現状へと議論が展開され、寺院の建物や仏具が豪華絢爛に装飾されている描写からここに続くと推測される。本願寺版では、266頁「…アルベカラサルモノナリ」から277頁「今ノ護法ハ…」に至るまでが削除されていることから、その脱落を補える史料は現時点では確認できていない。2方袍 僧のまとう袈裟。3福荘厳 「荘厳」とはうるわしいもので身や住んでいる仏国土を飾ること。『大般涅槃経』巻二七（大正蔵三七四）は、智慧をみがいてその身を飾る智慧荘厳と、布施や持戒などの徳を積んでその身を飾る福徳荘厳の二種の荘厳を説く。「福」は他に恵みを与え自らの徳を積む善行をいい、ここでは門信徒の寄付・施捨（福徳）によって、塔堂や仏像などを美しく飾ることを「福荘厳」という。4大法 すぐれた仏の教法。仏法。5檀越 寺院や僧に金品を贈与する信者。施主。檀家。檀那。6門徒 宗門を同じくする寺の信者。檀徒。特に浄土真宗の信徒を指していう。7膏血 人の脂と血。苦労して得た収益のたとえ。8信施 信者から三宝（仏法僧）にささげる布施。9僧使 使者として遣わされる僧。使僧。10募縁勧財 「募縁」は有縁の人から浄財を募る意。「勧財」は勧めて財物を寄付させること。11国主地頭 国主は諸大名、地頭は旗本や、大名家臣のなかでも給領を与えられた領主（給主）に比定される。→守護地頭（285頁）。 12法命 仏法の命脈。 13訟獄 うったえごと。訴訟。

## 仏法への批難排斥、まずは自省して改めよ

ソレ、イハユル英明ノ侯伯、豪傑ノ儒士[1]ナルモノ、皆深謀遠慮アリテ、国家ヲ憂ヒ、夷狄ヲ慮ルコトヲ知ルモノ也。故ニ、ソノ我ヲ悪ムノ甚シキハ、法ヲ悪ムニアラス。法ノ弊、国家ニ害アリテ、防禦ニ益ナキヲ悪ムノミ。今、試ニ地ヲ易ヘ、夷狄ヲシテ彼ノ位ニ居シムレハ、亦必スマサニ改革スルトコロナルベシ。其我ヲ以テ、国家ノ蠹賊[2]トシ、其人ヲ人ニシ、其書ヲ火ニシ、其居ヲ廬ニセン[3]ト欲スルモ、亦宜ナルカナ。

---

それ、いわゆる英明《えいめい》の侯伯《こうはく》、豪傑《ごうけつ》の儒士《じゅし》なるもの、皆深謀遠慮《みなしんぼうえんりょ》ありて、国家《こっか》を憂《うれ》い、夷狄《いてき》を慮《おもんぱか》ることを知《し》るものなり。故《ゆえ》に、その我《われ》を悪《にく》むの甚《はなは》だしきは、法《ほう》を悪《にく》むにあらず。法《ほう》の弊《へい》、国家《こっか》に害《がい》ありて、防禦《ぼうぎょ》に益《えき》なきを悪《にく》むのみ。今《いま》、試《こころ》みに地《ち》を易《か》え、夷狄《いてき》をして彼《か》の位《くらい》に居《お》らしむれば、亦必《またかなら》ずまさに改革《かいかく》するところなるべし。其《そ》の我《われ》を以《もっ》て、国家《こっか》の蠹賊《とぞく》とし、其《そ》の人《ひと》を人《ひと》にし、其《そ》の書《しょ》を火《ひ》にし、其《そ》の居《きょ》を廬《いえ》にせんと欲《ほっ》するも、亦宜《またむべ》なるかな。

我徒タルモノ、破斥セラルトコロノ由、己ニアルヲ省察セスシテ、徒ニソノ誹謗ヲ憤怒シ、慨シテ以テ仏敵法讎トスルハ、則イハユル仰レ天唾者、自穢二其面一[4]ナリ。スミヤカニ自ラ反省シ、過ヲ改メ、弊ヲ革メ、モロ〳〵福荘厳ノ国家ニ害アルモノヲ除テ、我任スル所ノ教ヲ以テ夷狄ノ邪教ヲ防キ、モツテ神州ヲ護ルノ愈レリトスルニシカズ。

其レ、我教法[5]、既ニ国家ニ害ナクシテ、以テ神州ヲ護ルニ足レハ、則チ侯伯儒士、亦何ソコレヲ破斥誹謗セ［ンヤ。啻ニ誹謗セ］サルノミナラス、将ニ必喜ンテコレヲ用ントス。我、マタ何ソ仏法滅亡スルコトヲ憂ヘンヤ。

---

我《わ》が徒《と》たるもの、破斥《はしゅく》せらるところの由《よし》、己《おのれ》にあるを省察《せいさつ》せずして、徒《いたずら》にその誹謗《ひぼう》を憤怒《ふんぬ》し、慨《がい》して以《もっ》て仏敵法讎《ぶってきほうしゅう》とするは、則《すなわ》ちいわゆる天《てん》を仰《あお》ぎて唾《つば》する者《もの》は、自《みずか》ら其《そ》の面《つら》を穢《けが》すなり。すみやかに自《みずか》ら反省《はんせい》し、過《あやま》ちを改《あらた》め、弊《へい》を革《あらた》め、もろもろ福荘厳《ふくしょうごん》の国家《こっか》に害《がい》あるものを除《のぞ》きて、我《わ》が任《にん》ずる所《ところ》の教《おし》えを以《もっ》て夷狄《いてき》の邪教《じゃきょう》を防《ふせ》ぎ、以《もっ》て神州《しんしゅう》を護《まも》るの愈《まさ》れりとするに如《し》かず。

其《そ》れ、我《わ》が教法《きょうほう》、既《すで》に国家《こっか》に害《がい》なくして、以《もっ》て神《しん》州《しゅう》を護《まも》るに足《た》れば、則《すなわ》ち侯伯《こうはく》・儒士《じゅし》、亦何《またなん》ぞこれを破斥誹謗《はせきひぼう》せんや。啻《ただ》に誹謗《ひぼう》せざるのみならず、将《まさ》に必《かなら》ず喜《よろこ》んでこれを用《もち》いんとす。我《われ》、また何《なん》ぞ仏法滅亡《ぶっぽうめつぼう》することを憂《うれ》えんや。

　そもそも、いうところの優れた大名方や、豪傑肌の儒者や武士というものは、皆深い考えがあって、国家（徳川幕府）の行末を憂慮し、外国の輩に思いをめぐらせるということが分かっている者たちでございます。ですから、彼らがわたくしたち仏教者をたいそう嫌悪するのは、仏法を嫌悪しているのではございません。仏法の悪習が、国家（徳川幕府）にとって害にはなっても、外敵を防ぐための役には立たないということを嫌悪しているだけなのでございます。

今、試しに立場を変えて、外国の輩を彼らの位地に置いてみたとしても、やはりきっと改革しようとするところとなりましょう。そのようなわれわれ仏教者を、国家（徳川幕府）を損ない害するものとして、（仏教の普及を防ごうと韓愈が言ったように）「僧を還俗させて民とし、経典を焼き捨て、寺を民家にしよう」とするのも、また当然のことではございませんか。

わたくしたち仏教者といたしましては、非難排斥される理由が自分自身にあるということを省みてよく考えることもなく、徒らにそのそしりに腹を立て、憤慨して仏の敵、仏法の仇敵とするならば、それは則ちいうところの「天にむかって唾を吐く者は、自分でその顔を汚す」というところでございます。速やかに自身が反省し、間違いを改め、悪習を改革して、すべて福荘厳が国家（徳川幕府）に害をなすところを取り除き、わたくしたち仏教者が担っているところの、（仏教の）教えによって外国の輩の邪教の蔓延を防ぎ、それによって神州を守護したほうがよいと認めさせるのが最上でございます。

そもそも、わたくしたちの仏教の教えが、国家（徳川幕府）の害となることなく、神州を守護することができるということになりましたら、その時は大名方や儒者や武士も、またどうして仏法を排斥しそしることがありましょうか。ただそしらないだけでなく、きっと喜んでこれを利用しようといたしましょう。わたくしたち仏教者は、またどうして仏法が滅亡することを心配いたしましょうか。

〈注釈〉

1儒士　儒学を修める者。儒学は士大夫が身を修め人を治めることを目的とした学問であり、ここでは当時その担い手であった儒者や武士をいう。2蠹賊　物事を害する者。3其人ヲ…蘆ニセン　唐の韓愈（七六八－八二四）「原道」の一節。仏教・道教を排斥し、儒教を復興させるための方策として述べた（『新釈漢文大系七〇　唐宋八大家文読本巻一』）。4仰天唾…其面　人に害を与えようとして、かえって自分がひどい目に合うことのたとえ。『四十二章経』（大正蔵七八四）に「悪人の賢者を害するは、猶天を仰いで唾せんに、唾、天を汚さずして、還って己が身を汚し、風に逆らって人に塵くに、塵、彼を汚さずして、かえって身に塵するがごとし」とある。5教法　仏の教え。仏法。

## 自ら振起して護法を誓う

兵法ニ曰ク、知レ彼知レ己、百戦百勝[1]ト。臣僧駑ナリト雖モ、幼ヨリ好テ書ヲ読ミ、古今ノ成敗ヲシル。又、喜テ天下ノ豪傑儒士ニ交

兵法《へいほう》に曰《いわ》く、「彼《かれ》を知《し》り己《おのれ》を知《し》る、百戦百勝《ひゃくせんひゃくしょう》」と。臣僧駑《しんそうど》なりと雖《いえ》ども、幼《よう》より好《この》みて書《しょ》を読《よ》み、古《こ》今《こん》の成敗《せいばい》を知《し》る。又《また》、喜《よろこ》びて天下《てんか》の豪傑儒士《ごうけつじゅし》に交《まじ》

リ、常ニコレト議論ヲ上下シ、頗ルヨク彼情ヲシレリ。則チ、嘗テ自奮テ曰ク、今ノ護法[2]ハ、唯法ヲ以テ国ヲ護スルニアルノミ。法ヲ以テ国ヲ護スレハ、教ヲヨクセズンハアルベカラズ。教ヲヨクスルハ他ナシ。民心ヲ維持シ、士氣ヲ振興スルニアリ。民心ヲ維持スレハ、以テ国ヲ護ルベシ。士氣振興スレハ、以テ夷ヲ攘フベシ。而シテ、仏敵法讐モ以テ帰依降伏[3]スベシト。因テ、自ラ誓ツテ、身ヲ以テ法ニ殉ヒ、我責ニ任ジ、我職ヲ尽サント欲スルナリ。

わり、常《つね》にこれと議論《ぎろん》を上下《しょうか》し、頗《すこぶ》るよく彼《かれ》の情《じょう》をしれり。則《すなわ》ち、嘗《かつ》て自《みずか》ら奮《ふる》いて曰《いわ》く、今《いま》の護法《ごほう》は、唯《ただ》法《ほう》を以《もっ》て国《くに》を護《ご》するにあるのみ。法《ほう》を以《もっ》て国《くに》を護《ご》すれば、教《おし》えを能《よ》くせずんばあるべからず。教《おし》えを能《よ》くするは他《ほか》なし。民心《みんしん》を維持《いじ》し、士氣《しき》を振興《しんこう》するに在《あ》り。民心《みんしん》を維持《いじ》すれば、以《もっ》て国《くに》を護《まも》るべし。士氣《しき》振興《しんこう》すれば、以《もっ》て夷《い》を攘《はら》うべし。而《しか》して、仏敵法讐《ぶってきほうしゅう》も以《もっ》て帰依《きえ》降伏《ごうぶく》すべしと。因《よっ》て、自《みずか》ら誓《ちか》って、身《み》を以《もっ》て法《ほう》に殉《したが》い、我《わ》が責《せき》に任《にん》じ、我《わ》が職《しょく》を尽《つく》さんと欲《ほっ》するなり。

兵法に、「相手を知り自分を知っていたら、百戦百勝」とございます。わたくしはおろかではございますが、幼いころから好んで本を読み、古今の成功と失敗について理解しております。また、自分から進んで日本全土の豪傑肌の儒者や武士たちと交際し、常に彼らと議論を遣り取りして、彼らの実際のところも大変よく分っております。ですから、かつて自らを奮い立たせて、「今の時代に仏法を守護するということは、ひとえに仏法によって国家（徳川幕府）を守護することに尽きる。仏法によって国家（徳川幕府）を守護するというなら、仏の教えをよく行わなければならない。教えをよく行うとは他でもない。人民の心が変わらぬようしっかりと持ちこたえさせ、士気を振るい起こすことだ。人民の心をしっかりと持ちこたえさせたなら、それによって国家（徳川幕府）を守護することができる。士氣を振るい起こせば、それによって外国の輩を打ち払うことができる。そうすれば、仏法の仇敵も、（仏法に）帰依し降伏するだろう。」、と申しました。そこで（わたくしは）、自分に誓って、わが身を以て仏法のために命を投げ捨てて尽くし、わが責務を担い、わが職務を尽くそうとするのでございます。

〈注釈〉

1知彼知己、百戦百勝　『孫子』「謀攻篇」「彼を知り己を知れば、百戦殆うからず」に拠る。2護法　仏法を守護すること。3帰依降伏　帰依は信じ拠りどころとすること。信認して順うこと。降伏は打ち負かすこと。ここでは、諸大名や儒者や武士が仏教に理解を示す意。

## 他力信心を得たからには、公事を疎かにしてはならぬ―説法(1)

故、臣僧郷国[1]ニアリ、門徒ヲ教化[2]スルニ、専 ― 故《ゆえ》に、臣僧郷国《しんそうきょうこく》にあり、門徒《もんと》を教化《きょうけ》するに、専《もっぱ》ラ中興法主[3]作ル所ノ掟ノ文[4]ニ根拠シ、ハシメ他力[5]信心ノ旨ヲ述テ曰ク、ソレ、此信心ハ、宗祖上人[6]勧化[7]ノ本ニシテ、阿弥陀仏大願強〔業〕力[8]ヲ以テ増上縁[9]トスル、仏願[10]所成ノ真実[11]、至誠ノ心[12]也。惑ヒ易キ凡夫ノ迷心ニハアラサルナリ[13]。此信、則チ衆生往生ノ正因[14]、凡夫成仏ノ浄業[15]ナルカ故ニ、汝們、ヨク聴聞シ、内心ニ深蔵スルモノ、後生浄土ノ生ヲ得、無上ノ極楽[16]ヲ極ルコト、固ヨリ論ヲ待ス。其現世ニアルニ、亦一心[17]堅固[18]、猶金剛[19]ノ如ク然リ。天下誰カヨク之ヲ惑ハシ、之ニ敵スル者アランヤ。次ニ、守護地頭[20]方ニ向テハ〔モ〕、ワレハ信心ヲ得タリトイフテ、疎略ノ義ナク、愈々公事[21]ヲ全クスベシ。掟ノ文ヲ述テ曰ク、吾聞ク、汝們門徒ノ中、マ、或ハ宗意ヲ誤マリキトイフ。吾等、既ニ仏祖教ニ因テ、他力信心ヲ得、唯

---

ら中興《ちゅうこう》法主《ほっす》作《つく》る所《ところ》の掟《おきて》の文《ふみ》に根拠《こんきょ》し、初《はじ》め他力信心《たりきしんじん》の旨《むね》を述《の》べて曰《いわ》く、それ、此《こ》の信心《しんじん》は、宗祖《しゅうそ》上人勧化《しょうにんかんげ》の本《もと》にして、阿弥陀仏大願業力《あみだぶつたいがんごうりき》を以《もっ》て増上縁《ぞうじょうえん》とする、仏願所成《ぶつがんしょじょう》の真実《しんじつ》、至誠《しじょう》の心《こころ》なり。惑《まど》い易《やす》き凡夫《ぼんぷ》の迷心《めいしん》にはあらざるなり。此《こ》の信《しん》、則《すなわ》ち衆生往生《しゅじょうおうじょう》の正因《しょういん》、凡夫成仏《ぼんぶじょうぶつ》の浄業《じょうぎょう》なるが故《ゆえ》に、汝們《なんじら》、よく聴聞《ちょうもん》し、内心《ないしん》に深蔵《しんぞう》するもの、後生浄土《ごしょうじょうど》の生《しょう》を得《え》、無上《むじょう》の極楽《ごくらく》を極《きわ》むること、固《もと》より論《ろん》を待《ま》ず。其現世《そのげんせ》にあるに、亦一心堅固《またいっしんけんご》、猶《な》お金剛《こんごう》の如《ごと》く然《しか》り。天下誰《てんかたれ》かよく之《こ》れを惑《まど》わし、之《こ》れに敵《てき》する者《もの》あらんや。

次《つぎ》に、守護《しゅご》・地頭方《じとうがた》に向《むか》いては、我《われ》は信心《しんじん》を得《え》たりというて、疎略《そりゃく》の義《ぎ》なく、愈々公事《いよいよくじ》を全《まった》くすべし。掟《おきて》の文《ふみ》を述《の》べて曰《いわ》く、吾聞《われき》く、汝們門徒《なんじらもんと》の中《なか》、まま或《あるい》は宗意《しゅうい》を誤《あやま》りきという。吾等《われら》、既《すで》に仏祖《ぶっそ》の教《おし》えに因《よ》りて他力信心《たりきしんじん》を得《え》、唯当来《ただとうらい》の永生《ようしょう》の

当来ノ永生ノ楽果[22]ヲ期スルノミ。又何ソ区々トシテ、五十年[23]仮托ノ世事ニ身心ヲ労スルコトヲ用ンヤ。遂ニ公事ヲ疎略ニシ、産業ヲ懈怠シ、コレニヨツテ罪ヲ領主地頭[24]ニ得、謗ヲ他宗他門ヨリ来スルモノ、往々コレアリト。嗚呼、亦何ソ思ハサルノ甚シキヤ。

凡下民[25]タルモノ、信心ヲ得ストイヘトモ、公事ヲ勤メ、国家ノ洪恩ヲ報スヘキハ勿論ナリ。況ヤ、我宗ノ門徒、コノ信心ヲ聴キ得、イハユル現当二世[26]ノ果報[27]ヲ得ルモノ、仏祖済度[28]ノ功ニヨルト雖モ、抑又国王大臣[29]外護[30]ノ力ナリ。之ヲ未タ信セサル人ニ比スルニ、其恩ノ大小軽重、弁スルヲ待スシテ知ルヘシ。法主ノ愈々公事ヲ全クスヘシト云モノハ、之カ為ノ故ナリ。

---

楽果《らっか》を期《き》するのみ。又何《またなん》ぞ区々《くく》として、五十年《ごじゅうねん》仮托《かたく》の世事《せじ》に身心《しんしん》を労《ろう》することを用《もち》いんや。遂《つい》に公事《くじ》を疎略《そりゃく》にし、産業《さんぎょう》を懈怠《けたい》し、これによって罪《つみ》を領主《りょうしゅ》・地頭《じとう》に得《え》、謗《そし》りを他宗《たしゅう》・他門《たもん》より来《きた》するもの、往々《おうおう》これありと。嗚呼《ああ》、亦何《またなん》ぞ思《おも》わざるの甚《はなは》だしきや。

凡《おおよ》そ下民《かみん》たるもの、信心《しんじん》を得《え》ずといえども、公事《くじ》を勤《つと》め、国家《こっか》の洪恩《こうおん》を報《ほう》ずべきは勿論《もちろん》なり。況《いわん》や、我《わ》が宗《しゅう》の門徒《もんと》、この信心《しんじん》を聴きえ、いわゆる現当《げんとう》二世《にせ》の果報《かほう》を得《え》るもの、仏祖済度《ぶっそさいど》の功《こう》によると雖《いえど》も、抑《そもそ》も又国王《またこくおう》・大臣外護《だいじんげご》の力《ちから》なり。之《こ》れを未《いま》だ信《しん》ぜざる人《ひと》に比《ひ》するに、其《そ》の恩《おん》の大小軽重《だいしょうけいちょう》、弁《べん》ずるを待《ま》たずして知《し》るべし。法主《ほっす》の愈々《いよいよ》公事《くじ》を全《まった》くすべしと云《い》うものは、之《これ》が為《ため》の故《ゆえ》なり。

ですから、わたくしは故郷に在って門徒を教化するのに、専ら中興法主蓮如上人がお作りになった「掟の文」に基づいて、はじめに他力信心の旨趣を述べて、「そもそも、この信心というものは、宗祖親鸞上人の教化の根本であって、阿弥陀如来の衆生をお救いくださり浄土へ往生させようとなさる、仏が一切の衆生を救おうと立てられた誓願を成就しようとなさる阿弥陀如来の願心であり、真実の心である。惑いやすい凡夫の迷った心ではないのである。この信心こそが、則ち衆生が往生するための正当な因種《たね》であり、凡夫が成仏するための修行であるのだから、そなたら、よくこの説法を聞き、こころの奥に深く納めるものは、来世では浄土に生まれ、この上ない極楽を極めることは、もとより言うまでもない。その現世にある時は、また阿弥陀如来の本願を固く信じて疑わず、金剛のように決してゆるぐことはないのである。誰かこれを惑わし、これに手向かうことのできるものがいようか。」、と申します。

次に、「守護・地頭方に対しては、自分は信心を得たのだからといって、なおざりにすることなく、ますます夫役などの公事を全うせよ。」、と、（さらに）「掟の文」を述べて、「わたくしは、そなたら門徒の中には、往々にしてあるいは教えの本旨を誤ったものがいると聞いている。われわれは、既に釈尊の教えによって、他力信心を得たのであるから、ひたすら来世で極楽往生して、阿弥陀如来の仏果を得てながく楽しむことを待つだけである。またどうしてこせこせとして、五十年の仮そめの世の事柄に身心を疲れさせることがあろうか、と。そうして夫役などの公事をなおざりにし、生業を怠け、これによって領主や地頭方に対して罪を犯し、他の宗門からそしりを受けるものがままあるということだ。ああ、また何と思慮が足りないことの甚だしいものだろうか。」、と。

おしなべて下々の民というものは、信心を得ていなくとも、夫役などの公事を勤めて国家（時の幕府や権力）の大恩に報いなければならないのは勿論である。ましてや我が宗の門徒は、この信心を聞くことができ、いうところのこの現世と後世の果報を約束された者である。釈尊が人々をお救いになり、悟りの境地へとお導きになったおかげではあるが、それはまた（古代インドの）国王や大臣の（釈尊に対する）保護や援助のおかげでもある。このことをまだ信心のない人と比べると、その（国王・大臣に受けた）恩の大きさ重さは、言うまでもなく分かるだろう。法主が、ますます夫役などの公事を全うするようにと仰せになるのは、このような理由からである。

〈注釈〉

1郷国　自分の生まれたところ。ふるさと。2中興法主　本願寺第八代宗主蓮如《れんにょ》（一四一五－九九）。長禄元年（一四五七）に本願寺を継ぎ、衰微した本願寺復興のために積極的な布教活動を行う。寛正六年（一四六五）、延暦寺衆徒の本願寺破却によって京を離れ、文明三年（一四七一）、越前（福井県）吉崎に坊舎を建て（吉崎御坊）、北陸を中心に東海・奥州にも布教して、多くの門徒を得る。その教化活動には、浄土真宗の教えや信仰について、書簡形式で分かりやすく書かれた「御《お》文《ふみ》」（「御文章」とも）が用いられた。文明七年（一四七五）に吉崎を退去した後は、摂津・河内・和

## コラム　海防僧の誕生

武士の間にも浄土真宗の教えを広めんと志した青年僧月性は、天保十四年（一八四三）秋、大坂の文人社会にデビューを果たす。武士や儒者の仏教を忌む風潮のなかで、彼らと対等に交際するには、漢学の知識が不可欠と考え、その一大聖地に飛び込んだのである。

しかし、そこで月性を待っていたのは、中華帝国清が、蛮夷と侮る英国に敗北したアヘン戦争の衝撃であり、世界に向かって目を開かれた多くの知識人たちの、日本は西洋諸国と如何に向き合うべきかを論じる政治論議の空間であった。やがて月性は、西洋諸国の排斥を強硬に主張する壮士となり、さらに浄土真宗の教えによって人心を定めることで、諸外国の侵攻を防ぎ、日本という国家の尊厳を守ることが出来ると、「護法」による「護国」を主張するようになる。

嘉永六年（一八五三）のペリー来航は、幕府や諸藩の武士に、改めて海防すなわち海辺警衛の緊急性を認識させた。しかし、当時多くの武士は、経済的に困窮して、武器弾薬はおろか軍装を整えることすらままならなかった。また、長大な海岸線に持続可能な警衛体制を敷くためには、沿海諸村からの人馬物資の徴発に加え、本来非戦闘員である村人を戦闘員として動員することが求められる。しかし、民衆に新たな、しかも無期限の負担を課したうえで、その手に武器を握らせることは、権力にとって諸刃の剣である。民衆の蜂起もまた、国家存亡の危機なのである。

果たしてここに、月性と武士の利害が一致する。月性は、武士と民衆の狭間で、説法を通じて人々に国家が直面する危機を訴え、海防への献身こそが今最も重要な国家への奉仕義務であると説いた。萩城下で設けられた講筵には、連日武士も含め数千人の老若男女がつめ掛け、その活動は、同じ危機感を抱いた萩藩の家老や役人たちの支持を得て、さらに領内の隅々に広まっていった。かくして月性は海防僧と呼ばれることとなり、危機の時代に語り継がれていく。

泉（大阪府と兵庫県の一部）に布教し、文明十五年（一四八三）、山城国山科（京都市山科区）に本願寺を再興した。４掟ノ文　文明六年（一四七四）二月十七日の「御文」をいう。他力信心と、教団の掟として「王法為本・仁義為先」を述べる（『御文二帖六』）。浄土真宗には、親鸞以来、仏法（仏法王、真宗信仰の他力安心）を真諦《しんたい》、王法（仁王、世俗の倫理道徳）を俗諦《ぞくたい》として、この二諦は互いに助け合って教えを広めるという考えがあり、蓮如はこれを「掟」として、世俗倫理の尊重を説いた。近世後期になると、真宗教団のなかに、これを仏典に根拠を持った教義として真俗二諦論《しんぞくにたいろん》を説く学派が形成されてくる。これは、国家にとっても真宗が非常に有益であることを、教義的裏付けをもって示したもので、真宗僧が排仏論者の非難に対抗する際の恰好の理論となった。さらに、護教は即ち護国論として、明治期以降も台頭しつつあったナショナリズムとも結びつくことで、広範な支持者を得ることとなる（児玉識「月性と真宗教団」三坂圭治監修『月性の研究』マツノ書店、一九七九年）。５他力　利他力。阿弥陀如来が衆生を救済しようとするはたらき。阿弥陀如来の本願力。６宗祖上人　浄土真宗の開祖親鸞（一一七三－一二六二）。九歳の時出家して比叡山で修学するが、建仁元年（一二〇一）比叡山を下りて法然（一一三三－一二一二）の弟子となる。建永二年（一二〇七）の念仏弾圧によって法然らとともに罪せられ、越後へ流された。建暦元年（一二一一）に赦免された後、常陸（茨城県）へ移住して布教に努めた。六十二、三歳頃帰京し、弘長二年（一二六二）、九十歳で没した。７勧化　人に仏道を勧めること。教化。８大願業力　すぐれた願によって成就された阿弥陀如来の救済の働き。9増上縁　衆生を救って浄土へ往生させる、阿弥陀如来のすぐれた力。10仏願　仏が一切衆生を救おうとして立てた誓願。11真実　虚妄《こもう》である自己と社会の現実に対して、如来の願心を真実という。12至誠ノ心　至誠心。『観経』に説く三心の一。真実心のこと。13凡夫ノ…アラザルナリ　凡夫は四諦の真理をさとらず、貪・瞋・痴などの煩悩に束縛されて、六道を輪廻するもの。本願寺第三代宗主覚如（一二七〇－一三五一）の『最要鈔』に「この信心をば、まことのこゝろとよむうへは、凡夫の迷信にあらず、またく仏心なり」（『浄土真宗聖典全書』第四巻「相伝篇上」）とある。14正因　真実の報土《ほうど》（阿弥陀如来の極楽浄土）に生まれるための正当な因種（たね）。15浄業　浄土に往生する行業、そのための念仏。行業は仏果を得るための仏道の修行をいう。16極楽　阿弥陀如来の浄土。幸福のみちみちてあるところ。17一心　真実の信心。阿弥陀如来の本願を信じて疑わず、二心がないこと。18堅固　心が堅く意が固いこと。19金剛　金属中最もかたいもの。きわめて堅固で何物にもこわされないたとえ。20守護地頭　鎌倉・室町幕府の職名。守護は武士の統制と治安維持のため、諸国に置かれた職であるが、蓮如の時代には領主化していた。また、地頭は荘園・公領を管理し、年貢の徴収等を職務としていたが、当時は守護に従属して被官化した国人領主をいう。21公事　中世以降、年貢（田租）以外の夫役や雑税（雑公事）の総称。22永生ノ楽果　限りない命を得て極楽浄土に往生すること。23五十年　人の短い一生の意。幸若舞「敦盛」の「人間五十年、下天のうちを比べれば、夢幻の如くなり」に拠る。24領主地頭ここでの領主は大名、地頭は代官等徴税と地方支配を担う役人をいう。25下民　人民。庶民。しもじもの人。26現当二世　現在世と当来世。この世と後の世。27果報　原因としての善悪業によって受ける報いとしての苦楽の結果。ここでは極楽往生をいう。28済度　仏が迷い苦しんでいる人々を導いて、涅槃のさとりの境界へ済《すく》い度《わた》すこと。29国王大臣　古代インドにおいて、釈迦とその教団に保護を与えた国王や有力者。30外護　俗人が権力や財力をもって仏教を保護し、種々の障害を除いて僧尼の修行を助けること。

## 今日最重要の公事、それは海防である――説法(2)

而シテ、今日公事ノ最大ニシテ、汝們疎略ナク全クスヘキモノハ、海防[1]ヨリ急ナルハナシ。何トナレハ、則チ夷狄ハ神国ノ寇ニシテ、王ノ慨スル[2]所ナリ。将軍[3]ノ憂慮スル所ナリ。国主(守)地頭奔命ニ疲ル所ナリ。

蓋シ、彼ノ頻年屢々来去スルハ、其意、ワカ神国ヲ奪ヒ、犬羊ノ属国トスルニアリ。此、

---

而《しか》して、今日公事《こんにちくじ》の最《もっと》も大《だい》にして、汝們《なんじら》疎略《そりゃく》なく全《まった》くすべきものは、海防《かいぼう》より急《きゅう》なるはなし。何《なん》となれば、則《すなわ》ち夷狄《いてき》は神国《しんこく》の寇《あだ》にして、王《おう》の慨《がい》する所《ところ》なり。将軍《しょうぐん》の憂慮《ゆうりょ》する所《ところ》なり。国主《こくしゅ》・地頭奔命《じとうほんめい》に疲《つか》るる所《ところ》なり。

蓋《けだ》し、彼《か》の頻年屢々来去《ひんねんしばしばらいきょ》するは、其《そ》の意《い》、わが神《しん》国《こく》を奪《うば》い、犬羊《けんよう》の属国《ぞっこく》とするにあり。此《これ》、神国《しんこく》の

神国ノ寇ニアラスヤ。

癸丑ノ夏、墨夷ノ浦賀ニ攔入スルヤ、今上天皇[4]御詠アリ。曰、朝ナ夕ナ民ヤスカレトイノル身ノコ、ロニカ、ル異国ノ船[5]ト。コレ、王ノ愾スル所ニアラスヤ。

其時、慎徳公[6]憂慮病ヲナシテ薨セリ。コレ、将軍ノ憂慮スル所ニアラスヤ。

爾来、天下ノ諸侯、辺防ニ労シ、戍役ニ困シ[7]、列国[8]疲弊困窮ス。コレ、国主(守)地頭奔命ニ疲ル、ニアラズヤ。

詩ニ曰ク、普天之下莫レ非二王土一、率土之浜莫レ非二王臣[9]一ト。汝們微賤ト雖ドモ、既ニ王土ニ生レ王臣トナル。モシ、王愾[10]ニ敵スル心ナキ時ハ、此皇国ノ人民ニアラサルナリ。皇国ノ人民ニアラサレハ、則外国ノ人ナリ。夷狄ノ民ナリ。墨魯英仏ノ奴隷ナリ。


---

寇《あだ》にあらずや。

癸丑《きちゅう》の夏《なつ》、墨夷《ぼくい》の浦賀《うらが》に攔入《らんにゅう》するや、今上天皇《きんじょうてんのう》御詠《ぎょえい》あり。曰《いわ》く、「朝《あさ》な夕《ゆう》な民《たみ》やすかれといのる身《み》のこゝろにかゝる異国《ことくに》の船《ふね》」と。これ、王《おう》の愾《がい》する所《ところ》にあらずや。

其《そ》の時《とき》、慎徳公《しんとくこう》憂慮病《ゆうりょやま》いをなして薨《こう》ぜり。これ、将軍《しょうぐん》の憂慮《ゆうりょ》する所《ところ》にあらずや。

爾来《じらい》、天下《てんか》の諸侯《しょこう》、辺防《へんぼう》に労《ろう》し、戍役《じゅえき》に困《こう》じ、列《れっ》国疲弊困窮《こくひへいこんきゅう》す。これ、国主《こくしゅ》・地頭奔命《じとうほんめい》に疲《つか》るるにあらずや。

詩《し》に曰《いわ》く、「普天《ふてん》の下《もと》王土《おうど》にあらざるはなく、率《そっ》土《と》の浜王臣《ひんおうしん》にあらざるはなし」と。汝們《なんじら》微賤《びせん》と雖《いえど》も、既《すで》に王土《おうど》に生《う》まれ王臣《おうしん》となる。もし、王愾《おうがい》に敵《てき》する心《こころ》なき時《とき》は、此《こ》れ皇国《こうこく》の人民《じんみん》にあらざるなり。皇国《こうこく》の人民《じんみん》にあらざれば、則《すなわ》ち外国《がいこく》の人《ひと》なり。夷狄《いてき》の民《たみ》なり。墨魯英仏《ぼくろえいふつ》の奴隷《どれい》なり。

今上、ステニ夷船ノ擱入ニヨッテ、汝們万民ノ安穏ヲ得サルヲ憂へ、叡慮ヲ悩シメタマフ。試ニ問フ、汝們下民ノ中、当時夷船来ル、国ノ憂慮如何ト思タルモノアリヤ。若ソノ人ナカリセハ、禽獣ナリ。虎狼ナリ。犬羊ヨリモ劣レリト云フ可シ。

又、二百余年[11]、耳ニ金鼓[12]ヲ聞カス、目ニ旌旗[13]ヲ見ス、安穏ニシテ腹ヲ太平ニ鼓スル[14]ハ、抑誰ノ力ソヤ。豈東照宮乱ヲ撥シテ正ニ反シ、征夷職[15]ニ任シ、ソノ賢子孫相続キ天下ノ大政ヲトリ、四海[16]ヲ平治スル功ニアラスヤ。苟モ此恩沢ニ沐スル者、将軍ノ憂慮シテ身命ヲ殞ス所ノ者ノ為ニ、讎ヲムクユルノ心ナクシテ可ナランヤ。

又、汝們祖先以来ヨリ、汝カ身ニ迨フ迄、妻子眷属住スル所ノ屋宅、耕ヘス所ノ田畝ハ、

---

今上《きんじょう》、すでに夷船《いせん》の擱入《らんにゅう》によって、汝們《なんじら》万民《ばんみん》の安《あん》穏《のん》を得《え》ざるを憂《うれ》え、叡慮《えいりょ》を悩《なや》ましめたまう。試《こころ》みに問《と》う、汝等《なんじら》下民《かみん》の中《うち》、当時《とうじ》夷船《いせん》の来《きた》る、国《くに》の憂《ゆう》慮《りょ》如何《いかん》と思《おも》いたるものありや。若《も》しその人《ひと》なかりせば、禽獣《きんじゅう》なり。虎狼《ころう》なり。犬羊《けんよう》よりも劣《おと》れりと云《い》うべし。

又《また》、二百余年《にひゃくよねん》、耳《みみ》に金鼓《きんこ》を聞《き》かず、目《め》に旌旗《せいき》を見《み》ず、安穏《あんのん》にして腹《はら》を太平《たいへい》に鼓《こ》するは、抑《そも》誰《だれ》の力《ちから》ぞや。豈東照宮乱《あにとうしょうぐうらん》を撥《はっ》して正《せい》に反《かえ》し、征夷《せいい》の職《しょく》に任《にん》じ、その賢子孫相続《けんしそんあいつ》ぎ天下《てんか》の大政《たいせい》をとり、四海《しかい》を平治《へいち》する功《こう》にあらずや。苟《いやし》くも此《こ》の恩沢《おんたく》に沐《もく》する者《もの》、将軍《しょうぐん》の憂慮《ゆうりょ》して身命《しんめい》を殞《おと》す所《ところ》の者《もの》の為《ため》に、讎《あだ》をむくゆるの心《こころ》なくして可《か》ならんや。

又《また》、汝們《なんじら》祖先以来《そせんいらい》より、汝《なんじ》が身《み》に迨《およ》ぶ迄《まで》、妻子眷《さいしけん》属住《ぞくじゅう》する所《ところ》の屋宅《おくたく》、耕《たが》えす所《ところ》の田畝《でんぽ》は、尽《ことごと》く皆国《みなこく》主《しゅ》・地頭《じとう》の所領《しょりょう》なり。其《そ》の宅《たく》に住《じゅう》し、其《そ》の田《た》を耕《たが》

尽ク皆国主(守)地頭ノ所領ナリ。其宅ニ住シ、其田ヲ耕シ、数世飢渇ノ憂ナク飽食暖衣シ、其防禦ニ労シ、奔命ニ疲ル、ヲ見、越人ノ秦人ノ肥瘠ヲ視ルカ如[17]クシテ、汝カ心ニ慊キカ。抑マタ、神国モシ夷狄ニ有セラレ、彼ガ邪教盛ニ行ハル、ニ至テハ、我仏法焉ソ滅亡スルナキヲ保ツヲ得ン。是ヲ以テ、当時法主モ亦歌ヲ製シテ曰、エミシ等ヨハヤタチカヘレ神ノマス国トシラスニナニ襲フラント[18]。コレ、夷狄ハマタ仏敵法讎、法主ノ速ニサラント欲スル所ナリ。汝們、法主［ノ］教化ニヨリ、無上ノ法ヲ聞キ、他力ノ信ヲ得、現当二世利益[19]ヲ蒙ル者、夷船ノ諸所攔入スルヲ見キ、、コレヲ度外ニオキ、法主ノ憂ル所ヲ憂ヘサルハ、マタ我門徒ニハアラサルナリ。他宗ナリ。他門ナリ。宗門ノ罪人トイフ可シ。

---

えし、数世《すうせい》飢渇《きかつ》の憂《うれ》えなく飽食《ほうしょく》暖衣《だんい》し、其《そ》の防《ぼう》禦《ぎょ》に労《ろう》し、奔命《ほんめい》に疲《つか》るるを見《み》、越人《えつひと》の秦人《しんひと》の肥瘠《ひそう》を視《み》るが如《ごと》くして、汝《なんじ》が心《こころ》に慊《こころよ》きか。抑《そもそ》もまた、神国《しんこく》もし夷狄《いてき》に有《ゆう》せられ、彼《か》が邪教《じゃきょう》盛《さか》んに行《おこな》わるるに至《いた》りては、我《わ》が仏法《ぶっぽう》焉《いずくん》ぞ滅亡《めつぼう》するなきを保《たも》つを得《え》ん。是《ここ》を以《もっ》て、当時《とうじ》法主《ほっす》も亦《また》歌《うた》を製《せい》して曰《いわ》く、「えみし等《ら》よはやたちかへれ神《かみ》のます国《くに》としらずになに襲《おそ》うらん」と。これ、夷《い》狄《てき》はまた仏敵法讎《ぶってきほうしゅう》、法主《ほっす》の速《すみ》やかにさらんと欲《ほっ》する所《ところ》なり。汝們《なんじら》、法主《ほっす》の教化《きょうげ》により、無上《むじょう》の法《ほう》を聞《き》き、他力《たりき》の信《しん》を得《え》、現当二世《げんとうにせ》の利益《りやく》を蒙《こうむ》る者《もの》、夷船《いせん》の諸所《しょしょ》に攔入《らんにゅう》するを見《み》きき、これを度外《どがい》におき、法主《ほっす》の憂《うれ》うる所《ところ》を憂《うれ》えざるは、また、我《わ》が門《もん》徒《と》にはあらざるなり。他宗《たしゅう》なり。他門《たもん》なり。宗門《しゅうもん》の罪人《ざいにん》というべし。

これに由《よ》りてこれを観《み》れば、今日公事《こんにちくじ》の、最《もっと》も大《だい》

コレニ由テコレヲ観レハ、今日公事ノ、最モ大ニシテ、汝們疎略ナク全クスヘキ者、豈海防ヨリ急ナルハナキニアラスヤ。

にして、汝們《なんじら》疎略《そりゃく》なく全《まった》くすべき者《こと》、豈海防《あにかいぼう》より急《きゅう》なるはなきにあらずや。

　そこで、今日夫役などの公事のなかでも最重要であって、そなたらがなおざりにすることなくやり遂げなければならないものは、海辺の警衛よりも差し迫ったものはない。何故かというと、つまり諸外国の輩は神国日本に侵入せんとする賊であって、王である今上天皇（孝明天皇）がお恨みに思い、お怒りになっておられるからである。征夷大将軍徳川家慶公が思い煩っておられるからである。大名・領主方が（幕府から海防の）命を受けて奔走し疲れ果てているからである。
　思うに、諸外国の輩が毎年毎年たびたびやって来るのは、その意図するところ、我が神国を奪い取り、犬や羊のように卑しい外国の属国とすることにあるのだ。これは神国に侵入せんとする賊ではないのか。癸丑（一八五三年）の夏、アメリカめが浦賀に押し入ってくると、今上天皇は和歌をお詠みなされた。申されるには、
　朝な夕な民安かれといのる身のこころにかかる異国の船
（朝に夕に、民が安穏であるようにと祈っている身にとって、心配なことは外国の艦船であることよ）
と。これは、今上天皇がお恨みなされお怒りになっているのではないのか。

その時、徳川家慶公は、思い煩うあまり病いを発してお亡くなりになってしまった。これは、将軍が思い煩っておられるのではないのか。

それからというもの、日本全土の大名方は、国境の警備に疲弊し、軍役の負担に苦しみ、諸国（藩）は経済的に窮之し困窮している。これは、大名や領主が命を受けて奔走し、疲れ果ててしまっているのではないのか。

『詩経』に、「天があまねくおおうところ、王《おう》の土地でないところはなく、地の続く果てまで、王の臣下でないものはない。」、とある。そなたらは身分が低く卑しいものではあるが、既に王の土地に生まれた王臣である。もし、今上天皇がお恨みなされお怒りになるものを敵とする心がないとしたら、これは皇国の人民ではないのだ。皇国の人民でないということは、つまり外《よそ》の国の人である。諸外国の輩の人民である。アメリカやロシア、イギリスやフランスの奴隷なのである。

今上天皇は、すでに外国船が押し入ってきたことで、そなたらすべての民が穏やかに暮らせないことをご案じになり、その御心を悩ませておいでになる。試《ため》しに聞いてみるが、そなたたち下々の者のなかで、その時外国船がやって来て、国（徳川幕府と諸藩）はどれほど苦慮していることだろうかと考えたものはあるか。もし、そう考えたものがいなければ、（そなたらは）けだものである。虎や狼のような者である。卑しい犬や羊のような外国の輩にも劣っていると言わなければならない。

また、この二百年余りの間、耳に陣太鼓の音を聞くこともなく、目に戦陣の旗や幟を見ることもなく、平穏無事に暮らして太平に腹鼓を打っていられたのは、そもそも誰の力であるか。どうして東照神君家康公が、戦乱を治めて平和な世に戻し、征夷大将軍の職に就き、それをその賢明な御子孫方が受け継いで日本全土の大政を執り行い、世の中を平和に治めてきた功績ではないのか。仮にもこの恩恵を受けたものが、思い煩い命を落とした将軍家のために、仇《かたき》を打とうとする心がなくてよいのか。

また、そなたらが祖先からずっと、そなたらの身にいたるまで、妻子や身内の者が住んでいる家や、耕している田畑は、全てみな大名・領主方の所領である。その家に住み、その田を耕し、数世代にわたって飢えや渇きの心配もなく何の不足なく生活しておきながら、大名・領主方が（異国船の）警戒に骨を折り、軍令を受けては奔走して疲れきっているを見て、越国の人が秦国の人の肥えたり瘠せたりするのを視るように無関心でいて、そなたらの心は楽しいか。

そもそもまた、神国がもしも諸外国の輩のものとなって、その邪教が盛んに信仰されるようになってしまっては、我が仏法は、どうして滅亡しないでいることができようか。このため、当時法主も、また歌をお作りになって仰せられた。

えみし等よはやたちかへれ神のます国としらずになに襲ふらん

（諸外国の輩どもよ、早く引き返すがよい。神のおわします国とも知らずに、どうして襲おうとするのであるか）

と。これこそ、諸外国の輩はやはり仏法の仇敵であり、法主が速やかに取り除こうと望まれるところである。そなたらは、法主の教化のおかげで、この上なくすぐれた教えを聞き、他力の信心を得て、現世と後世の恩恵を受ける者であるのに、外国の輩の船があちらこちらに押し入って来るのを見たり聞いたりしながら、これを自分には関係のないこととして、法主が心配しておられることを心配しないのは、これまたわたくしたちの門徒ではないのである。他宗である。他門である。（わたくしたちの）宗門の罪人と言うべきである。

このようにみてみると、今日夫役などの公事のうち、最も重大であって、そなたらがなおざりにすることなくやりの遂げなければならないものは、どうして海辺の警衛より差し迫っているものがあるだろうか。

〈注釈〉

1海防　海辺防御の略。幕府は、沿海部に領地をもつ、また隣接する諸大名らに対し、異国船の渡来に備えて警備体制を整えておくことを命じていた。2王ノ愾スル所　君主（孝明天皇→今上天皇〈293頁〉）が恨み憤っていること。『春秋左氏伝』文王四年「諸侯敵《あた》リテ二王ノ所ニ一レ愾スル、而献ス二其ノ功ヲ一」とあるのに拠る。3将軍　征夷大将軍。徳川家慶→慎徳公〈294頁〉をいう。4今上天皇　孝明天皇（一八三一－六七）。弘化三年（一八四六）二月に即位。同年八月、内々に琉球や浦賀への異国船来航情報に接して幕府にいわゆる海防勅諭を下し、情報提供を要請して、天皇が幕府の外交に関与する道を開いた。ペリー来航情報も、幕府から朝廷へ伝達された。このペリーとの間に締結された日米和親条約（一八六四年）を受け、日本総領事として赴任したハリス（一八〇四－七八）と幕府との間で通商条約締結交渉が開始されると、孝明天皇の叡慮をめぐって幕府の外交姿勢が政治上の争点となる。孝明天皇は、外国勢力の排除（攘夷）を主張して条約に勅許を与えず、その姿勢が折柄の幕政批判と結び付いていわゆる尊王攘夷運動が全国に起こり、長州藩が下関で行った攘夷戦争を誘発した。慶応元年（一八六五）、攘夷運動の要因が孝明天皇の意思にあると見た英仏米蘭四カ国の公使は、軍艦九艘で大坂湾に侵入し、安政五カ国条約の勅許と兵庫の早期開港を迫った。これによって孝明天皇は、ようやく条約の批准に同意するが、兵庫開港については、その在世中に勅許されることはなかった。5朝な夕な…異国の船 「朝ゆふに民安かれとおもふ身のこ、ろにか、る異くにのふね」の和歌が、安政元年（一八六四）御製として当時伝承していた（『孝明天皇紀』二）。6慎徳公 徳川第十二代将軍徳川家慶《いえよし》（一七九三－一八五三）。天保八年（一八三七）、将軍職に就くが、幕政の実権は依然大御所徳川家斉《いえなり》（一七七三－一八四一）とその側近にあり、その五十年にわたる治世と放漫な財政運営によって、幕政は弛緩していた。家斉の死後、家慶は天保十二年（一八四一）から水野忠邦を登用して天保の改革を断行させ、内憂外患の危機を打開しようとした。嘉永六年（一八五三）六月四日のペリー来航後、その応酬や江戸湾警衛で混乱する最中の同月二十二日、死去した。7辺防ニ…困シ 辺防は国境守備、戍役は国境守備の兵として使われること。またその兵。

ペリー艦隊の来航は、領地を海と接する諸大名に海辺防御の重要性を痛感させた。また、江戸湾警衛に動員された大名家にとって、領地から遠く離れた地での軍役遂行は、人的にも経済的にも重い負担となった。8列国　ここでの「国」は、いわゆる「藩」の意。9詩ニ曰ク…莫非王臣　『詩経』「小雅・北山」が原典ではあるが、「普天」を「溥天」に作る。ここは『春秋左氏伝』昭公七年、『史記』「司馬相如伝」などからの孫引きか。「普」「溥」ともあまねし。10王愾　↓王ノ愾スル所（293頁）。11二百余年　徳川将軍の治世となり、「平和」が実現してからの期間。12金鼓　戦いで用いる鐘と太鼓。13旌旗　はた。のぼり。軍旗。14腹ヲ…鼓スル　天下太平で衣食が足り万民が生活を楽しむことをいう。15征夷職ニ任シ　慶長八年（一六〇三）、徳川家康は征夷大将軍に叙任されて江戸に幕府を開いた。16四海　国中、世の中、天下。また世界。17越人ガ…視ルガゴトク　韓愈「争臣論」に、「若《シ》三越人視《ルガ》二秦人之肥瘠《ヲ》一」とある。越は南端の国で今の広東地方、秦は極西の国で今の陝西地方、互いに遠く隔絶しているので、利害を感じず、先方が肥えても痩せても関心がない。18エミシ等ヨ…襲フラン　本願寺版は「エミシ等ヨトクタチカヘレ神ノマスミクニトシラデナニオソフラン」に作る。19利益　仏の教えに従うことによって得られる恩恵や幸福。この世で受けるものを現益《げんやく》（現世利益）、後の世で受けるものを当益《とうやく》（後世利益）という。

## 心を一つにして諸外国の誘惑を防ぐべし―説法(3)

然リト雖モ、イハユル海防ナルモノ、汝們卑賤ノ下民、禄位[1]ナキモノヲシテ、士人[2]ト同ク甲冑ヲ被リ、剣槍ヲ舞シ、銃砲ヲ放発シテ、以テ夷人ト勝負ヲ弾丸矢石ノ間ニ決セシメント欲スルニハアラス。唯、汝們ヲシテ一心堅固ナラシメ、彼ノ邪教ニ蠱惑セラレサラシメント欲ルノミ。

書ニ曰ク、紂有㆓臣億万㆒、惟億万心。周有㆓臣三千㆒、惟一心。[3]孟子曰ク、天時不㆑如㆓地利㆒。地利不㆑如㆓人和㆒。城非㆑不㆑高也。池非㆑不㆑深也。兵革[4]非㆑不㆓堅利㆒也。米粟[5]非㆑不㆑多也。委而去㆑之、是地利不㆑如㆓人和㆒也。[6]是ニ由テ之ヲ観レバ、国ヲ守ルハ敵ニ勝ト雖、皆民心ノ和シテ一ナルヨリ善ハナシ。

---

然《しか》りと雖《いえど》も、いわゆる海防《かいぼう》なるもの、汝們《なんじら》卑賤《ひせん》の下民《かみん》、禄位《ろくい》なきものをして、士人《しじん》と同《おな》じく甲冑《かっちゅう》を被《か》むり、剣槍《けんそう》を舞《まわ》し、銃砲《じゅうほう》を放発《ほうはつ》して、以《もっ》て夷人《いじん》と勝負《しょうぶ》を弾丸矢石《だんがんしせき》の間《あいだ》に決《けっ》せしめんと欲《ほっ》するにはあらず。唯《た》だ、汝們《なんじら》をして一心堅固《いっしんけんご》ならしめ、彼《か》の邪教《じゃきょう》に蠱惑《こわく》せられざらしめんと欲《ほっ》するのみ。

書《しょ》に曰《いわ》く、「紂《ちゅう》に臣億万《しんおくまん》あり、之《こ》れ億万《おくまん》の心《しん》。周《しゅう》に臣三千《しんさんぜん》あり、惟一心《これいっしん》」、と。孟子《もうし》曰《いわ》く、「天《てん》の時《とき》は地《ち》の利《り》に如《し》かず。地《ち》の利《り》は人《ひと》の和《わ》に如《し》かず。城《しろ》高《たか》からざるに非《あら》ざるなり。池深《いけふか》からざるに非《あら》ざるなり。兵革堅利《へいかくけんり》ならざるに非《あら》ざるなり。米粟《べいぞくおお》多からざるに非《あら》ざるなり。委《す》てて之《こ》れを去《さ》る、是《こ》れ地《ち》の利《り》、人《ひと》の和《わ》に如《し》かざるなり」、と。是《これ》に由《よ》りて之《これ》を観《み》れば、国《くに》を守《まも》るは敵《てき》に勝《か》つと雖《いえど》も、皆民心《みなみんしん》夫、我邦高山絶岳多クシテ、四面海ヲ環ラシ、要害ノ国トスルノミナラス、近頃幕府及ヒ諸藩、砲台ヲ築キ、巨艦ヲ造リ、大砲ヲ鋳、甲冑ヲ繕ヒ、以テ兵糧ヲ蓄積セラレタリ。コレ、城高キナリ。池深キナリ。兵革堅利ナルナリ。米粟多キナリ。然トモ、若汝們億万ノ民心和セサレハ、則チ不幸ニシテ万一沿海変ヲ生スルトキ、恐ラクハ、タヽ委テコレヲ去ノミナラス、必マサニ戈ヲ倒ニシテ走リ、[7] 瓜哇人葡萄牙ニ於ケルカ如ナルベシ。嗚呼、亦危カラスヤ。

但、鬼神[8]ヲ好ミ、貨財ヲ貪ルハ、賤民常情ノ免レサル所ナリ。豈独リ賤民ノミナラン。士大夫ト雖トモ、亦巫覡[9]ヲ信シ、狐狸ニ蠱シ、利禄[10]ヲ貪ルモノアリ。今ヤ邪教ノ蠱惑スル、豈巫覡狐狸ノ比ナランヤ。夷狄ノ人ヲ誑誘ス

---

の和《わ》して一《いつ》なるより善《よ》きはなし。

夫《そ》れ、我《わ》が邦高山絶岳《くにこうざんぜつがく》多《おお》くして、四面海《しめんうみ》を環《めぐ》らし、要害《ようがい》の国《くに》とするのみならず、近頃幕府《ちかごろばくふ》及《およ》び諸藩《しょはん》、砲台《ほうだい》を築《きず》き、巨艦《きょかん》を造《つく》り、大砲《たいほう》を鋳《い》、甲冑《かっちゅう》を繕《つくろ》い、以《もっ》て兵糧《ひょうろう》を蓄積《ちくせき》せられたり。これ、城高《しろたか》きなり。池深《いけふか》きなり。兵革堅利《へいかくけんり》なるなり。米粟《べいぞく》多《おお》きなり。然《しか》れども、若《も》し汝們《なんじら》億万《おくまん》の民心《みんしん》和《わ》せざれば、則《すなわ》ち不幸《ふこう》にして万一沿海変《まんいちえんかいへん》を生ずるとき、恐《おそ》らくは、ただ委《す》ててこれを去《さ》るのみならず、必《かなら》ずまさに戈《ほこ》を倒《さかさま》にして走《はし》り、瓜哇人《ジャワじん》の葡萄牙《ポルトガル》に於《お》けるが如《ごと》くなるべし。嗚呼《ああ》、亦危《またあや》うからずや。

但《ただ》し、鬼神《きしん》を好《この》み、貨財《かざい》を貪《むさぼ》るは、賤民常情《せんみんじょうじょう》の免《まぬ》がれざる所《ところ》なり。豈独《あにひと》り賤民《せんみん》のみならん。士大《したい》夫《ふ》と雖《いえど》も、亦巫覡《またふげき》を信《しん》じ、狐狸《こり》に蠱《こ》し、利禄《りろく》を貪《むさぼ》るものあり。今《いま》や邪教《じゃきょう》の蠱惑《こわく》する、豈巫覡狐狸《あにふげきこり》の比《たぐい》ならんや。夷狄《いてき》の人《ひと》を誑誘《きょうゆう》する、豈尋常利禄《あにじんじょうりろく》

ル、豈ニ尋常利禄ノ類ナランヤ。コノ心ヲ恃ンテ、以テ彼レニ蠱惑誑誘セラレサルヲ期スルハ、亦甚タ難シ。此故ニ、汝們サキニ勧シ所ノ他力信心ヲ聞持[11]スルヲ急務トセヨ。コノ信心ハ、則チ仏願帰命[12]一心ニシテ、億万離心ニハアラサルナリ。モシ、ヨク其堅固ナル力猶金剛ノ如シ、則チ千百万ノ夷狄一時ニ来リ迫リ、百方ニ誑誘スルトモ、夫レ将タ此ヲ如何センヤ。

---

の類《たぐい》ならんや。

この心《こころ》を恃《たの》んで、以《もっ》て彼《か》れに蠱惑《こわく》誑誘《きょうゆう》せられざるを期《き》するは、亦《ま》た甚《はなは》だ難《かた》し。此《こ》の故《ゆえ》に、汝們《なんじら》さきに勧《すす》めし所《ところ》の他力信心《たりきしんじん》を聞持《もんじ》するを急務《きゅうむ》とせよ。此《こ》の信心《しんじん》は、則《すなわ》ち仏願《ぶつがん》帰命《きみょう》一心《いっしん》にして、億万離心《おくまんりしん》にはあらざるなり。もし、よく其《そ》の堅固《けんご》なる力猶金剛《ちからなおこんごう》の如《ごと》し、則《すなわ》ち千百万《せんひゃくまん》の夷狄《いてき》一時《いちじ》に来《きた》り迫《せま》り、百方《ひゃっぽう》に誑誘《きょうゆう》するとも、夫《そ》れ将《は》た此《これ》を如何《いかん》せんや。

とはいうものの、いわゆる海辺の警衛というものは、そなたら身分の低いしもじもの民の、禄も官位もない者に、武士と同様に鎧兜を身に着け、剣や槍を振り回し、銃砲を射ち放って、それで外国の輩と勝負を弾丸や矢石が飛び交う中に決めさせようと望むものではない。ただ、そなたらの心を一つに固く合せ、諸外国の輩の邪教にたぶらかされないようにさせたいだけなのだ。

『書経』には、「紂王には億万の臣下がいたが、その心も億万であった。周には三千の臣下しかいなかったが、その心は一つであった。」、とある。『孟子』には、「天のもたらす好機は地勢の有利に及ばない。地勢の有利は人心の一致に及ばない。城壁が高くないのではない。堀が深くないのではない。武器が鋭くないのでも鎧が堅くないのでもない。食料が足らないのでもない。それなのに城を捨て去るのは、地勢の有利が人心の一致に及ばないからである。」、とある。このように見てみると、国を守るというのは敵に勝つことであるが、ことごとく民の心が合わさって一つであることよりもよいものなどないのである。

そもそも、我が国には高く険しい山々が多く、周囲に海をめぐらせて、地勢が敵を防ぐのによい国となっているだけでなく、近頃幕府及び諸藩は、砲台を築き、大きな軍艦を造り、大砲を鋳造し、甲冑を修繕し、兵糧を蓄えさせている。これは、城壁が高いのである。堀が深いのである。武器が鋭く鎧が堅いのである。食料が多いのである。しかしながら、もしそなたら億万の民の心が一つになっていなければ、その時は、不幸にしてもしも沿海に異変が起こった場合、恐らくは、ただその場を捨てて逃げ去るだけでなく、必ずやきっと裏切って走り出し、ジャワ人がポルトガルにしたのと同じことが起こるだろう。ああ、またなんと危ういことではないか。

しかし、鬼神を好み、金銭や物品を貪るのは、卑しい庶民の人情として逃れられない所ではある。どうしてもっぱら卑しい庶民だけであろうか。立派な武士であっても、やはり祈祷や神おろしをする巫覡を信じ、キツネとタヌキにたぶらかされ、利益と俸禄とを貪るものがある。今まさに邪教が人をたぶらかすのは、どうして巫覡やキツネやタヌキの比であろうか。諸外国の輩が人を誘惑するのが、どうして普通一般の利益や俸禄の類などであろうか。

このような心持ちをたのんで、諸外国の輩にたぶらかされ誘惑されないことを期待するのは、やはり非常に困難である。であるから、そなたらは先程勧化したところの他力信心を疑いなく保つことを最優先の務めとせよ。この信心は、つまり阿弥陀如来の（衆生をお救いくださるという）本願を心から信じる固く合わさった一つの心であって、億万の心がばらばらになっているものではないのだ。もし、その固く合さった意思の力が金剛のようにゆるぎないものであれば、その時は千万百万の諸外国の輩が一時にやって来て脅迫し、あらゆる手段で誘惑しようとしても、一体そもそもこの固合さった一つの心をどうすることができようか。

〈注釈〉

1禄位　俸禄と官位。2士人　武士。原則として、軍役を負担し武装自弁で戦闘に参加する身分。3紂ニ…惟一心　『書経』「泰誓上」に拠る。紂王は殷王朝最後の王で、暴君として名高い。周の武王がこれを倒し、周王朝を開いた。4兵革　武器と鎧。5米粟　穀物の総称。6天時…不如人和也　『孟子』「公孫丑」に拠る。7戈ヲ倒ニシテ　味方に戈を向け攻める。裏切る。8鬼神　天地万物の霊魂。死者の霊魂と天地の神霊。9巫覡　神に仕えて、祈祷や神おろしをする人。「巫」は女性、「覡」は男性にいう。10利禄　儲けと扶持。利益と爵禄。11聞持　本願を疑いなく聞き、心にたもつこと。信ずること。12帰命　心から信じてうやまうこと。浄土真宗では本願に帰せよとの阿弥陀如来の勅命の意、またその勅命に衆生が信じしたがうこと。

## 生きて勤王の忠臣となり、死して往生成仏せよ—説法(4)

語ニ曰、三軍可レ奪レ帥也。匹夫不レ可レ奪レ志也[1]トハ、愚夫愚婦ト雖トモ、ヨクコノ信心ヲ聞持セハ、以テ三軍ノ帥ニカツヘキナリ。且ツ、夫死生ノ大事ニ疑ナク、死ヲ視ル帰スルカ如キハ[2]、固ヨリ仏者ノ常ニシテ、我宗信者ノ尤モ長スル所ナリ。是ヲ以テ石山ノ役[3]、烏合ノ門徒、織田氏老練諸将ト戦ヒ、シハ〱ソノ鋒鋩[4]ヲ挫キ、一寺ヲ守ルコト十数年。亦以テ、大願強(業)力天下ニ敵ナキヲミルヘシ。然リト雖トモ、コノ役ステニ宗祖ノ遺訓ニ違ヒ、僧徒戈ヲトリ、私ニ天下ノ兵ヲ動スハ、固ヨリ宗門ノ美事ト謂ヘカラス。今ハ則チ然

---

語《ご》に曰《いわ》く、「三軍《さんぐん》も帥《すい》を奪《うば》うべきなり。匹夫《ひっぷ》も志《こころざし》を奪《うば》うべからざるなり」とは、愚夫《ぐふ》・愚婦《ぐふ》と雖《いえど》も、よくこの信心《しんじん》を聞持《もんじ》せば、以《もっ》て三軍《さんぐん》の帥《すい》にかつべきなり。且《か》つ、夫《そ》れ死生《しせい》の大事《だいじ》に疑《うたが》いなく、死《し》を視《み》る帰《き》するが如《ごと》きは、固《もと》より仏者《ぶっしゃ》の常《つね》にして、我《わ》が宗信者《しゅうしんじゃ》の尤《もっと》も長《ちょう》ずる所《ところ》なり。是《ここ》を以《もっ》て石山《いしやま》の役《えき》、烏合《うごう》の門徒《もんと》、織田《おだ》氏老練《しろうれん》の諸将《しょしょう》と戦《たたか》い、しばしばその鋒鋩《ほうぼう》を挫《くじ》き、一寺《いちじ》を守《まも》ること十数年《じゅうすうねん》。亦《また》以《もっ》て、大願業力天下《たいがんごうりきてんか》に敵《てき》なきをみるべし。然《しか》りと雖《いえど》も、此《こ》の役《えき》すでに宗祖《しゅうそ》の遺訓《ゆいくん》に違《たが》い、僧《そう》徒戈《とほこ》をとり、私《わたくし》に天下《てんか》の兵《へい》を動《うご》かすは、固《もと》より宗《しゅう》門《もん》の美事《びじ》と謂《い》うべからず。今《いま》は則《すなわ》ち然《しか》らず。天下《てんか》

ラス。天下ノ為メニ外寇ヲ攘フテ、以テ国家ヲ護ルハ、コレ公事ナリ。義戦ナリ。故ニ、モシ辺海事アルニ及ハヽ、則チ汝們一同ニ奮発シテ、身命ヲ惜マズ、昔織田氏ニ勝ツ所ノ信力ヲ以テ、夷狄ヲ波濤洶湧ノ間ニ鏖ニスルモ、亦何ノ不可カコレアラン。

死ハ均シク死ナリ。衾蓐ノ上ニ斃レ、徒ラニ草木ト共ニ朽果ンヨリハ、寧ロ弾丸矢石[5]ノ下ニ斃レ、生テ勤王ノ忠臣トナリ、名ヲ千載ノ後ニ輝カシ、死シテ往生成仏シ、寿ヲ無量ノ永キニ保[6]ツニ如ンヤ。

---

の為《ため》に外寇《がいこう》を攘《はろ》うて、以《もっ》て国家《こっか》を護《まも》るは、これ公《く》事《じ》なり。義戦《ぎせん》なり。故《ゆえ》に、若《も》し辺海事《へんかいこと》あるに及《およ》ばば、則《すなわ》ち汝們《なんじら》一同《いちどう》に奮発《ふんぱつ》して、身命《しんめい》を惜《お》しまず、昔《むかし》、織田氏《おだし》に勝《か》つ所《ところ》の信力《しんりき》を以《もっ》て、夷狄《いてき》を波濤《はとう》洶湧《きょうよう》の間《あいだ》に鏖《みなごろし》にするも、亦何《またなん》の不可《ふか》かこれあらん。

死《し》は均《ひと》しく死《し》なり。衾蓐《きんじょく》の上《うえ》に斃《たお》れ、徒《いたず》らに草木《そうぼく》と共《とも》に朽《く》ち果《は》てんよりは、寧《むし》ろ弾丸矢石《だんがんしせき》の下《もと》に斃《たお》れ、生《い》きて勤王《きんのう》の忠臣《ちゅうしん》となり、名《な》を千載《せんざい》の後《のち》に輝《かがや》かし、死《し》して往生成仏《おうじょうじょうぶつ》し、寿《じゅ》を無量《むりょう》の永《なが》きに保《たも》つに如《し》かんや。

『論語』にいうところの、「大軍であっても、その総大将を討ち取ることができる。身分の低い男であっても、その固い意志を奪うことはできない。」、とは、思慮のない男や女であっても、この他力信心を心に疑いなく保ったならば、それによって大軍の総大将に打ち勝てるということなのだ。また一方で、そもそも死と生との重大事に迷うことなく、死ぬことを家へ帰るくらいにしか思わないのは、元来仏教者の常とするところで、我が宗の信者の最も得意とするところである。それゆえに、石山の合戦では、烏の群れのように秩序なく集まった門徒が、織田家中の戦に慣れた諸将と戦って、しばしばその刀の切っ先をへし折り、十数年にわたって石山本願寺を守ったのである。これによって阿弥陀如来の本願力は、天下に敵《かな》うものがないことを見よ。

とはいうものの、この戦役は、もとより宗祖親鸞聖人の遺訓に背くもので、僧たちが武器を取って私事《わたくしごと》に天下（畿内）の軍勢を動かしたなどとは、本来宗門のほめるべき事柄だとはいえない。今はしかしそうではない。天下（日本全土）のために外敵を打ち払って、そうして国家（徳川幕府）を護るのは、これは（夫役などと同じく）公事である。大義の戦である。であるから、もしも（わが国の）沿海で非常事態が発生したならば、すなわちそなたらはいっせいに奮い起ち、身命を惜しむことなく、むかし、織田氏に勝利した信仰の力によって、諸外国の輩をわき上がる大波の間に皆殺しにすることも、またどうしてできないことがあろうか。

死はどれも同じく死である。虚しく草木が朽ち果てるように布団の上で死にゆくよりも、むしろ弾丸矢石の飛び交うその下に倒れ、「生きて勤王の忠臣となり、名を千年の後までも輝かし、死んで往生成仏し、永遠の命を保《たも》つほうがまさっている」ではないか。

〈注釈〉

1三軍…不可奪志　『論語』「子罕」に拠る。三軍は大軍、師は総大将、匹夫は身分の卑しい男。2死ヲ…如キ　死に臨んで恐れない様子をいう。3石山ノ役　石山合戦。元亀元年（一五七〇）九月から天正八年（一五八〇）八月にかけて、浄土真宗本願寺勢力と織田信長との間で行われた戦い。この時本願寺法主顕如《けんにょ》は、石山本願寺に篭って戦った。4鋒鋩　刃物のきっさき。ほこさき。5矢石　矢と弩《いしゆみ》の石。またその飛び交う所。戦場。6生キテ…保ツ　藤田東湖「和文天祥正氣歌」を踏まえる。

## 大法主・高僧方も天下に教え導きたまえ

臣僧、憂国護法ノ赤心ヲ以テ、慷慨激烈、剴切ニコレヲ諭スコト斯ノ如シ。之ニ由テ門徒ノ中、往々流涕感奮、身ヲ挺シテ大義ニ赴ント欲スルモノアリ。蓄フ所ノ銅器ヲ出シテ、コレヲ藩ニ献シテ鋳砲ノ用ニ充ント請フ者アリ。最モ奇特ナルハ、寒女窘婦一簪一衣ヲ献シ、国用ノ助ニ充ント願フモノアリ。

唯、門徒ノ感奮スルノミナラス、士大夫儒生、

---

臣僧《しんそう》、憂国護法《ゆうこくごほう》の赤心《せきしん》を以《もっ》て、慷慨激烈《こうがいげきれつ》、剴切《がいせつ》に之《こ》れを諭《さと》すこと斯《か》くの如《ごと》し。之《こ》れに依《よ》りて門徒《もんと》の中《うち》、往々流涕感奮《おうおうりゅうていかんふん》、身《み》を挺《てい》して大義《たいぎ》に赴《おもむ》かんと欲《ほっ》するものあり。蓄《たくわ》う所《ところ》の銅器《どうき》を出して、これを藩《はん》に献《けん》じて、以《もっ》て鋳砲《ちゅうほう》の用《よう》に充《あて》んと請《こ》う者《もの》あり。最《もっと》も奇特《きとく》なるは、寒女窘婦一簪一衣《かんじょきんぷいっしんいちい》を献《けん》じ、国用《こくよう》の助《たす》けに充《あ》てんと願《ねが》うものあり。

唯《ただ》、門徒《もんと》の感奮《かんふん》するのみならず、士大夫《したいふ》・儒生《じゅせい》、

平生我法ヲ誹謗破斥スルモノト雖トモ、一度臣僧ノ説ヲ聞ケハ、則チ慨然トシテ腕ヲ扼リ、歎愾ノ気ヲ壮ニシ、而シテ鄙説ヲ以テ確当カユヘカラストナサヽルナシ[1]。蓋シ、義気相感スル、自ラ人ヲ悚動興起スルノミ。故ニ、藩ノ執政[2]已下、凡ソ有志ノ者、争フテ臣僧ヲ延テ、以テ時務ヲ議論シ[3]、マタ招テ其采邑[4]ニイタリ、前ニ述ル所ノ意ヲ以テ、邑民ヲ教諭セシム[5]。

客冬、藩府[6]マタ内命ヲ下シ、鄙説ヲ以テ、時務ニ於テ裨益少ナカラストシ、向後招クモノアラバ、則チ之ニ赴キ、倍々精神ヲ竭シテ、以テ教諭セシム。臣僧、深ク過称ノ実ニ過ルヲ恐レ、益々自ラ激励、其実ヲ求テ、以テ我責ニ任シ、我職ヲ尽ント欲スルナリ。

夫、臣僧ハ、一介ノ狂禿ノミ。然レトモ、猶

---

平生《へいせい》我《わ》が法《ほう》を誹謗破斥《ひぼうはせき》するものと雖《いえど》も、一度《ひとたび》臣僧《しんそう》の説《せつ》を聞《き》けば、則《すなわ》ち慨然《がいぜん》として腕《うで》を扼《と》り、歎愾《たんがい》の気《き》を壮《さか》んにし、而《しか》して鄙説《ひせつ》を以《もっ》て確当《かくとう》かゆべからずとなさざるなし。蓋《けだ》し、義気相感《ぎきあいかん》ずる、自《おのずか》ら人《ひと》を悚動興起《しょうどうこうき》するのみ。故《ゆえ》に、藩《はん》の執政已下《しっせいいか》、凡《おおよ》そ有志《ゆうし》の者《もの》、争うて臣僧《しんそう》を延《ひ》きて、以《もっ》て時務《じむ》を議論《ぎろん》し、また招《まね》いて其《そ》の采邑《さいゆう》に至《いた》り、前《さき》に述《の》べる所《ところ》の意《い》を以《もっ》て、邑民《ゆうみん》を教諭《きょうゆ》せしむ。

客冬《かくとう》、藩府《はんぷ》また内命《ないめい》を下《くだ》し、鄙説《ひせつ》を以《もっ》て、時務《じむ》に於《お》て裨益少《ひえきすく》なからずとし、向後招《きょうごまね》くものあらば、則《すなわ》ち之《こ》れに赴《おもむ》き、倍々精神《ますますせいしん》を竭《つく》して、以《もっ》て教諭《きょうゆ》せしむ。臣僧《しんそう》、深《ふか》く過称《かしょう》の実《じつ》に過《す》ぐるを恐《おそ》れ、益々《ますます》自《みずか》ら激励《げきれい》、其《そ》の実《じつ》を求《もと》めて、以《もっ》て我《わ》が責《せき》に任《にん》じ、我《わ》が職《しょく》を尽《つく》さんと欲《ほっ》するなり。

夫《そ》れ、臣僧《しんそう》は、一介《いっかい》の狂禿《きょうとく》のみ。然《しか》れども、猶《な》お此《こ》の説《せつ》を持《じ》して、以《もっ》て侮《あなど》りを一方《いっぽう》に防《ふせ》ぐに足《た》れり。

ホ此説ヲ持シテ、以テ侮リヲ一方ニ防クニ足レリ。況ヤ学徳位望、臣僧ヨリ勝リタルモノニ於テヲヤ。又、況ヤ一家ノ大法主、之ヲ以テ海内ヲ化導スルニ於テヲヤ。

況《いわん》や学徳《がくとく》位望《いぼう》、臣僧《しんそう》より勝《まさ》りたるものに於《お》てをや。又《また》、況《いわ》んや一家《いっけ》の大法主《だいほっす》、之《こ》れを海内《かいだい》に化導《けどう》するに於《お》いてをや。

わたくしは、この国を憂慮し仏の教えを護らんとするまごころをもって、世の情勢に激しく憤りながら、適切丁寧にこのように教え諭しております。これによって門徒の中には、しばしば涙を流し心に感じて奮い立ち、率先して大義に向おうと望む者がございます。蓄えていた銅器を供出して、これを藩に献納して大砲を鋳るのに役立ててほしいと願う者がおります。特に殊勝なのは、貧しい娘や独身の女性で、かんざし一つ衣服一枚を献納して、国（藩）の費用の助けに充てたいと願うものがあることでございます。

ただ、門徒が感じて奮い立つだけでなく、武士や儒者といった、常日頃わたくしたちの教えを非難排斥するものであっても、一たびわたくしの説を聞くと、たちまち憤り嘆いて腕を強く握りしめ、嘆き憤ることといいさましく、そしてわたくしの説を事実にあてはまっていて間違いない、変えてはならないと思わぬ者はございません。まさしく大義を守らねばという意気に共感して、自然と人を身震いさせ、奮い立たせるのでございます。ですから、わが藩の家老をはじめ、おしなべて有志の者は、先を争ってわたくしを招いては当世の急務について議論し、またその知行所に招待して、前に述べたところの内容で、村民を教え諭すことをさせるのでございます。

昨年の冬、藩の政府はさらに内々に命を下し、わたくしの説が大いに時世の助けとなるとして、今後招待する者があったら、その時にはそこへ出かけて行って、ますます全精神を尽して教え諭させることといたしました。わたくしは、実力以上に高い評価をいただくことをたいへん恐縮に思い、益々自分を激しく奮い立たせ、その内容を追求し、それによってわたくしの責務を担い、わたくしの職分を尽そうとしているところでございます。

いったい、わたくしは、とるに足らない一人の常軌を逸した坊主に過ぎません。しかしながら、それでもなおこの説を唱えることによって、（仏教を排折しようとする武士や儒者の）侮りをある一面で防ぐことが出来ております。ましてや学問・徳行・地位・人望がわたくしよりも優れている方であればなおさらでございます。さらに、ましてや一家の大法主輪下が、これを国内（日本）に教え導く場合にはなおさらでございます。

〈注釈〉

1 鄙説ヲ以テ…ナサザルナシ　月性の説法を聞いた高杉晋作（一八三九－六七）は、益田右衛門介《ますだえもんのすけ》（弾正《だんじょう》。一八三三－六四）が明倫館で下した策問に対えて、強兵の本《もと》は防長二州の人心を一つにすることであると述べ、月性が説く神州の大義と海防について、先ず萩城下の大臣・寄組以下の武士・庶人に至るまで聴聞させ、それをさらに領内全域に広めるよう述べている（「奉弾正益田君書」『高杉晋作史料』二）。高杉自身、月性の説法に感化された武士の一人であるが、その影響は、一門など大臣家や寄組の上級武士から庶民に至るまで、幅広い階層に及ぶと認識している。もっとも益田は、この月性の影響力に早い段階から関心を寄せていた家老の一人であり、月性を招聘して自領及び萩屋敷で講筵を設け、家臣や領民にその説法を聴聞させていた。2執政　家老。→用語解説「**萩藩の職制**」（318頁）。3有志ノ…議論シ　月性は、周布政之助《すぶまさのすけ》（一八二三－六四）・伊勢華《いせさかえ》（一八二二－八六）が主宰する萩の学術サークル嚶鳴社《おうめいしゃ》に集う人士と交流が厚く、そのメンバーは、杉民治《すぎみんじ》（一八二八－一九一〇）・内藤造酒《ないとうみき》（一八一〇－七五）・前田孫右衛門《まえだまごえもん》（一八一八－六四）・口羽徳祐《くちばとくすけ》（一八三三－五九）・中村九郎（一八二八－六四）等、藩学明倫館の秀才で、後に萩藩の要職を担う人物が多く参加していた。吉田松陰（一八三〇－五九）とも、この嚶鳴社グループを介して知り合っている。また、萩藩気鋭の蘭学者久坂玄機《くさかげんき》（一八二〇－五四）とは、久坂の適塾在塾時から親交が厚く、出萩の際にはこれらの人々と深更まで大声で激論を交わしていたことが、月性の詩に見える。4采邑　知行地。主君から与えられた領地。5邑民ヲ教諭セシム　邑民は村人。月性は、寄組浦家の知行地阿月（現柳井市）、永代家老益田家の知行地須佐（現萩市）、寄組佐世家の知行地黄波戸（現長門市）、前大津代官宍戸九郎兵衛《ししどくろべえ》支配下の瀬戸崎（現長門市）に招かれ、説法を行っている。6藩府　萩藩の政府。

## 今の時にこそ、国家は再び興起し、宗門も再び隆起する

伏テ願クハ、今ヨリ以後、大法主益々智荘厳[1]ヲ盛［ニ］シ、学徳ヲ挙ゲ、賢才ヲ用ヒ、言路ヲ開キ、下情ヲ通シ、土木ヲ興サス、宮室ヲ崇フセス、賄賂請托[2]ノ路ヲ防テ、以テモロ〳〵福荘厳ノ国家ニ害アルモノヲ除カバ、則チ天下ノ門徒、信心ヲ行フ者〔信心ノ行者〕、靡然トシテ風動[3]シ、億万一心、敵愾[4]ノ誠ヲ生シ、大挙シテ勤王ノ義ニ赴クモ難カラサルナリ。果シテ然ラハ、則チ夷狄ハ防ニタラサルナリ。皇国ハ護ルニタラサルナリ。而シテ、宗門以テ国ト存スヘシ。臣僧故ニ曰、今時、国家以中興スベシ。今勢、宗門可㆓以再隆㆒。何ソ神州ノ陸沈シ、仏法ノ滅亡スルヲ憂ルコトカ

---

伏《ふ》して願《ねが》わくば、今《いま》より以後《いご》、大法主《たいほっす》益々《ますます》智荘厳《ちしょうごん》を盛《さか》んにし、学徳《がくとく》を挙《あ》げ、賢才《けんさい》を用《もち》い、言路《げんろ》を開《ひら》き、下情《かじょう》を通《つう》じ、土木《どぼく》を興《おこ》さず、宮室《きゅうしつ》を崇《たこ》うせず、賄賂請托《わいろせいたく》の路《みち》を防《ふせ》ぎて、以《もっ》てもろもろ福荘《ふくしょう》厳《ごん》の国家《こっか》に害《がい》あるものを除《のぞ》かば、則《すなわ》ち天下《てんか》の門徒《もんと》、信心《しんじん》を行《おこな》う者《もの》、靡然《びぜん》として風動《ふうどう》し、億万一心《おくまんいっしん》、敵愾《てきがい》の誠《まこと》を生《しょう》じ、大挙《たいきょ》して勤王《きんのう》の義《ぎ》に赴《おもむ》くも難《かた》からざるなり。

果《はた》して然《しか》らば、則《すなわ》ち夷狄《いてき》は防《ふせ》ぐにたらざるなり。皇国《こうこく》は護《まも》るにたらざるなり。而《しか》して、宗門以《しゅうもんもっ》て国《くに》と存《ぞん》すべし。臣僧故《しんそうゆえ》に曰《いわ》く、今《いま》の時《とき》、国家以《もっ》て中興《ちゅうこう》すべし。今《いま》の勢《いきお》い、宗門以《しゅうもんもっ》て再《ふたた》び隆《さか》りなるべし。何《なん》ぞ神州《しんしゅう》の陸沈《りくちん》し、仏法《ぶっぽう》の滅亡《めつぼう》するを憂《うれ》うること

コレアランヤ。響ニ、臣僧徴命ヲ蒙テ京ニ入リ、罪ヲ逆旅ニマツ。意ハサリキ、校書ノ命[5]ヲ受、月俸ノ賜ヲ辱シ、以テ東山ノ〔別〕刑館[6]ニ寓セシメ、又不次ノ撰ヲ以テ学階一級登リ[7]、特遇優待望外ニ出ントハ。海嶽ノ大恩、コレニ報ル所以ヲシラサルナリ。

此頃更ニ命アリ。意見ヲ書シテ、以テ之ヲ献セシム。則、謹テ素論ヲ述ヘ、敢テ規諷[8]ノ言ヲ寓シ、以テ尊厳ヲ冒瀆ス。涓埃ノ稗補[9]ヲ効スニ足ラスト雖トモ、聊カ献芹ノ微衷[10]ニ擬スルノミ。

伏シテ願クハ、大法主之ヲ寛容シ、狂妄罪ヲ録セス、区々ノ意ヲ察セハ、即幸甚シ。臣僧月性、昧[11]死惶恐和[12]南

安政三年丙辰歳冬十月初三日

---

かこれあらんや。響《さき》に、臣僧《しんそう》徴命《ちょうめい》を蒙《こうむ》りて京《きょう》に入《い》り、罪《つみ》を逆旅《げきりょ》に待《ま》つ。意《おも》はざりき、校書《こうしょ》の命《めい》を受《う》け、月俸《げっぽう》の賜《たまもの》を辱《かたじけな》くし、以て東山《ひがしやま》の別館《べっかん》に寓《ぐう》せしめ、又不次《またふじ》の撰《せん》を以《もっ》て学階一級登《がくかいいっきゅうのぼ》り、特遇優待望外《とくぐうゆうたいぼうがい》に出《いで》んとは。海嶽《かいがく》の大恩《たいおん》、これに報《むく》ゆる所以《ゆえん》を知《し》らざるなり。

此《こ》の頃更《ごろさら》に命《めい》あり。意見《いけん》を書《しょ》して、以《もっ》て之《こ》れを献《けん》ぜしむ。則《すなわ》ち、謹《つつし》んで素論《そろん》を述《の》べ、敢《あえ》て規諷《きふう》の言《げん》を寓《ぐう》し、以《もっ》て尊厳《そんげん》を冒瀆《ぼうとく》す。涓埃《けんあい》の稗補《ひほ》を効《いた》すに足《た》らずと雖《いえど》も、聊《いささ》か献芹《けんきん》の微衷《びちゅう》に擬《ぎ》するのみ。

伏《ふ》して願《ねが》わくば、大法主之《だいほっすこれ》を寛容《かんよう》し、狂妄《きょうもう》の罪《つみ》を録《ろく》せず、区々《くく》の意《い》を察《さっ》せば、即《すなわ》ち幸《さいわ》い甚《はなは》だし。臣僧《しんそう》月性《げっしょう》、昧死惶恐《まいしこうきょう》和南《わなん》。

安政三年丙辰歳冬十月初三日《あんせいさんねんへいしんさいふゆじゅうがつしょみっか》

伏してお願い申し上げますのは、今後、大法主輪下には益々智荘厳を盛んにし、学問・徳行の備わったものを撰挙し、優れた才能のものを登用し、言論の途をお開きになり、下々の情実をよく理解し、新規の建設事業を始めることなく、住まいを飾ることなく、賄賂を受けて特別な計らいをする経路を断ち、これによってあらゆる福荘厳の国家（徳川幕府・諸藩）に害あるところを取り除かれましたなら、その時は国（日本）中の門徒で他力信心の念仏をする者は、草木がなびくように感化され、億万の心が一つとなって、今上天皇のお恨みなされお怒りになる相手に立ち向かうまごころを生じ、大勢でこぞって勤王の大義に赴くことも難しくはないのでございます。

果してそうであれば、則ち諸外国の輩は防ぐまでもございません。皇国は護るまでもございません。それに加えて、宗門は国（日本）とともに存続できることでしょう。わたくしは、このような理由で申し上げました。今の時にこそ、国家（徳川幕府）は再び興起することができましょう。今の情勢にこそ、宗門は再び隆盛することができましょう。どうして神州が沈み滅んで、仏の教えが滅亡すると心配することがございましょうか、と。

さきに、わたくしはお召し出しの御下命を受けて入京し、御咎めを旅宿で待っておりました。思いもいたしません、校書を拝命し、月々の御給金を頂戴し、東山の別館に住まわせていただき、さらに破格の抜擢によって学階を一級上げていただき、思いもかけない格別の待遇をいただこうとは。海よりも深く山よりも高いこの御大恩、これにどのようにお応えすればよいのか分からずにおります。

近頃更に御下命があり、意見を書き記してこれを差し上げるようにということでございました。そこで、謹んで平素から抱いている持論を申し述べて、敢えて遠まわしに諫めるような言葉を含ませ、これによって大法主輪下の尊厳を冒し奉りました。小さなお役立ちにもならないものではございますが、つまらないものでも差し上げようとするわずかな真心を真似たまでのことでございます。

伏してお願い申し上げますのは、大法主輪下にはこれを広い御心でお許しくださり、身の程知らずが罪を犯しているとはなさらず、わたくしの思いをお察しいただきましたならば、その時は甚だ幸いなることでございます。わたくし月性、死を顧みず申し上げまして、恐れ謹んで礼拝申し上げます。

安政三丙辰歳十月初三日

〈注釈〉

1智荘厳　智慧荘厳→福荘厳（272頁注3）。2請託　内々で頼む。権力ある人に私事を頼み込む。3風動　風で草木が動くようになびき従う。感化される。4敵愾　→王ノ愾スル所（293頁注2）。5校書ノ命　「校書」とは、物事を比べ合わせて、異同や正誤を調べること。安政三年（一八五六）十月二日、安海後役として月性に校補真宗法要典拠の作業を命じ、月々一両づつ支給して、霊山下屋敷を拝借させることが裁可される（留役所『諸日記』同日条、本願寺史料研究所蔵）。6東山ノ別館　西本願寺の霊山下屋敷、翠紅館（京都市東山区）をいう。7学階一級登り　僧の学識をあらわす階位を学階《がっかい》といい、浄土真宗本願寺派では、順に得業・助教・輔教・司教・勧学という。安政三年九月十六日、月性を得業に推任し、諸国廻歴を勘考することが申し達された（留役所『周防長門国諸記』同日条、本願寺史料研究所蔵）。8規諷　「規諫諷諫」の略。ただしいさめることと遠回しにいさめること。9涓埃ノ稗補　「涓埃」はしずくとちり。転じて、きわめてわずかな物や事のたとえ。「稗」もこまかい、小さいの意。「補」は輔に同じ。助ける。10献芹ノ微衷　自分の意見を記して目上の人に呈する時に言う。↓野芹（114頁注14）。11昧死　冒昧のため死罪を犯すの意で、上書するときにおそれはばかる意を表す言葉。12惶恐　目上の人に奉る文書の前か後に記すことば。

# 用語解説

## 国家

狭義には、大名の統治機構である藩（藩政府）や、徳川将軍の統治機構である幕府を指して「国家」と呼ぶ。統治が及ぶ領域を含むこともある。地理的区分を言う場合には、主として「国」や「邦」、また「領」が用いられる。

## 皇国

天子（皇帝）の治める国という意味の雅称。国学や水戸学の発展によって、日本を万世一系の天皇が受け継ぐ国と捉え、皇国と呼ぶことが広まった。また江戸時代の日本では、その秩序原理が及ぶ領土・民衆・国家は「天下」と呼ばれていた。これは他国家との対等な関係を慮外に置いた観念であったが、一八世紀末以降、日本周辺に西洋諸国が再び登場し、それら諸外国と対峙する必要に迫られると、この「天下」に代えて日本の領土・民衆・国家を意味する語として「皇国」が用いられるようになる。

**征夷大将軍　征夷ノ任　幕府其職掌**

もとは奈良・平安時代に東北地方の蝦夷（えみし）征伐のため派遣される遠征軍の指揮官をいい、鎌倉時代以降は武士の棟梁、武家政権の首長を意味するようになる。将軍の政庁は中国風に幕府と呼ばれ、武家政権を指して幕府と称するようになった。江戸時代の徳川幕府も、朝廷から征夷大将軍に叙任されてこの地位を継承しており、日本の軍事力は、徳川将軍の最高指揮権の下に、徳川家直臣（幕臣）の直轄軍事力と、各大名家の軍事力とに編成されて、徳川将軍（幕府）の命令なく軍事力を発動することは、固く禁止されていた。鎌倉幕府以来、「征夷」は実体的な意味を伴っていなかったが、幕末に西洋諸国との関係を華夷思想に当てはめた言説が広がると、「征夷」もその文脈で再解釈され、征夷大将軍の職掌も、全国に軍事指揮権を発動して諸外国に対処するものとする言説が広まった。

**華夷思想　墨夷　西南ノ夷　夷狄**

古代中国では、政治・文化の中心である夏華（中華）に対し、その周辺国家・民族は東夷・南蛮・西戎・北狄に分けられていた。これらを四夷あるいは夷狄・蛮夷と蔑称して、徳によって教化し、同化の対象とする思想を華夷思想、また中華思想と呼ぶ。これに基づいて中華は、周辺国家・民族に対等な交際を認めず、臣従させて朝貢を求めた。このような国際関係・国際秩序観は、長く東アジア世界に共有され、それぞれの国の状況に応じて展開する。江戸時代の日本でも、中国王朝の明清交代という華と夷の逆転現象が起こるなか、自国を中心とした国際関係、貿易システムが整備され、日本こそが華、すなわち世界の中心であるとの認識が生まれてくる。これらは日本型華夷意識、あるいは日本型華夷秩序などと呼ばれている。十八世紀末から十九世紀にかけて、日本列島の周辺に再登場してきた欧米諸国との関係も、対等な交際の対象ではなく、アメリカを墨夷、ロシアを魯狄、ヨーロッパ諸国を西夷と呼ぶなどして、日本（華）を脅かす周辺国家（夷）と見做し、排外主義的な攘夷論の背景となった。

## 鎖国祖法観　祖宗之法令　通信

江戸時代、日本と正式な国交のある国は朝鮮と琉球に限られ、その互いに国書や使節を交わして親善しあう関係を「通信」という。これに対し、民間で商取引を行う中国やオランダとの関係は「通商」という。幕末期には、国家間の交際をこれら既存の通信・通商関係に限定して、新規の通信・通商は認めない「鎖国」の状態を、「祖宗の法令」あるいは「祖法」、すなわち先祖から代々伝わる法とする認識が、広く共有されるに至っていた。しかしこれには、寛永期のいわゆる鎖国令にまで遡る実態があったわけではなく、実際には、一八世紀末から一九世紀初めにかけての、幕府とロシア使節との交渉のなかで、ロシアの交易要求を退けるため、幕府が国法としてロシアに示したものである。

**神国思想　神州**

日本は、神々によってつくられ護られた神の国であるとして、日本を神国、あるいは中国風に神州と称した。淵源は、諸氏族の祖先神が皇祖神である天照大神を頂点に再編された記紀神話の成立に遡るが、やがて仏教と結びつき、神仏習合による神国思想が形成される。その一方、豊臣秀吉は、天正一五年（一五八七）のバテレン追放令にも「日本は神国たる処、きりしたん国より邪法を授け候儀、太《はなは》だ以て然るべからず候事」と見えるように、宗教的な「神国」を換骨奪胎して、ヨーロッパ諸国や中国に対する国家主権の論拠とし、これは徳川家康にも引き継がれた。また江戸時代には、天皇を守護して自らも国家を守護する神霊となることを説く垂加神道《すいかしんとう》や、万葉集や記紀神話などの古典を研究して日本固有の精神を明らかにしようとする国学が発展し、現人神《あらひとがみ》としての天皇の権威が浮上してくる。それとともに、知識人だけでなく庶民の間にも、排他的で強烈な自尊意識を伴う「神国」観が広まって、幕末の内憂外患の危機に際し、尊王論や攘夷運動の思想的支柱となった。

### 国体

天保期前後から台頭して来た水戸学（後期水戸学）は、日本社会では古代以来皇統（天皇家の血筋）が一貫して存続し、天皇の君主としての地位は今に至るまで一度も失われたことはない、という歴史認識に立って、これを日本社会における固有の構造あるいは伝統であると見做し、「国体」と呼んだ。この「国体」という言葉は、易姓革命（君主の交替）を繰り返す他民族に対する優越性をともなって観念化され、明治維新以降も昭和二十年の敗戦に至るまで、日本国民の思考様式を規定した。月性は、この「国体」について論じた会沢正志斎の「新論」を、はじめて萩藩内に紹介した人物と言われている。

### 萩藩の職制　両職　両政府　執政

萩藩では、一門六家と永代家老二家を家老の格とし、また一〇〇〇石以上寄組《よりぐみ》士も、勤功によって家老の職に就いた。家老は大臣とも称され、その職には加判役と江戸当役・当職がある。特に江戸当役と当職の両職は、それぞれ配下に江戸方政府・地方政府と称される行政機関を持ち、藩政運営の中核を担ったことから、執政と呼ばれた。両職配下の地・江戸両政府には、概ね二〇〇石以下の大組（馬廻《うままわり》）層の中から、実務に長けた藩学エリートが登用され、行政事務を担った。月性と親交の厚かった周布政之助や北条瀬兵衛も、この両政府の役職に登用されて、藩政改革に尽力した。

**武士土着論　土着　屯田**

江戸時代の武士は、兵農分離によって農業生産から切り離され、城下町での居住が原則とされた。その初期には、大名家臣のなかにも、知行地（給地）を与えられて農民を支配し、年貢を収納する地方知行《じかたちぎょう》の形態で給禄を得る者があったが、やがて、この知行地給与が名目化し、十七世紀半ば頃には、藩庫から直接現米や米切手を支給される蔵米知行への移行が全国的な傾向となっていた。貢租である米価の低迷や、商品経済の発展とも相俟って、多くの武士にとって、知行地からの年貢米や俸禄のみで軍事や統治に係る諸役を負担し、その生活を維持していくことは極めて困難で、その家計は慢性的な窮乏状態にあった。そのため、十七世紀後半になると、熊沢蕃山《くまざわばんざん》（一六一九－九一）や荻生徂徠《おぎゅうそらい》（一六六六－一七二八）が、武士の帰農・土着を提唱する。さらに、十八世紀後半、日本近海に外国船が出没しはじめると、領主層は海岸防備（海防）という新たな軍役への対応に迫られ、軍事的な要請からも、武士の城下町集住を改め、沿海諸村に土着させて、その家臣と周辺農民による防衛隊を組織し、異変の出来に備えることが議論されるようになっていった。しかしこれは、農民による暴動誘発への懸念からなかなか実現しなかった。

# 清狂と文人交遊、そして海防と民衆説法ー月性の活動略年譜

1817/文化14年1歳 9-27(旧暦月-日) 大島郡遠崎村の妙円寺に生まれる。
1829/文政12年13歳 西本願寺で得度。
1831/天保2年15歳 豊前の漢学塾・蔵春園に入る。
1836/天保7年20歳 秋、柳井津の豪商高田家の洗心亭で行われた詩会で中島棕隠に詩を呈する。年末、佐賀の善定寺（精居寮）の不及に入門。
1840/天保11年24歳 6月 アヘン戦争勃発（～1842年8月）。10月 それまでの詩作千余首より70首を自選。
1841/天保12年25歳 3-26 広島の坂井虎山に拝謁、詩を呈する。帰京後、「臥虎山の歌 坂井先生に贈る」の詩。
1843/天保14年27歳 8月 「将に東游せんとして壁に題す」を詠んで出郷、大坂で篠崎小竹の梅花社に入門。閏9-28 津の斎藤拙堂に書簡と詩稿を送る。この頃から「清狂」の号を用いる。
1844/弘化元年28歳 5月 京都で真宗僧超然と会い、以後濃密に交遊。
1845/弘化2年29歳 この頃から持参の『清狂草堂図巻』に有名知識人の揮毫を乞い、「清狂」について執筆を求める。2-15 斎藤拙堂が「清狂草堂図巻序」を執筆。5月 坂井虎山が「清狂草堂記」を執筆。7-14 後藤松陰が「清狂草堂図巻跋」を執筆。
1846/弘化3年30歳 この年、斎藤竹堂著のアヘン戦争情報『鴉片始末』(1844年)を増補して『鴉片始末考異』を執筆。
1848/嘉永元年32歳 4月 妙円寺に時習館を開設。4-23 備中の阪谷希八郎（朗廬）ら来訪し、歓談闘論。阪谷が題言して「清狂堂金蘭簿」（来訪者記名帳）を起こす。この年、大洲鉄然入塾。
1849/嘉永2年33歳 8月『今世名家文鈔』8巻を編集（刊行は1855年）。この年、斎藤竹堂が「清狂草堂記」を執筆。
1850/嘉永3年34歳 「詩を作る」の詩。
1852/嘉永5年36歳 「古紙を検して土井士強の戯れに余の肖像を画けるを得たり」の詩。この年、赤禰武人、大楽源太郎ら入塾。
1853/嘉永6年37歳 6-3 ペリー艦隊浦賀に来航。7月 萩で久坂玄機や嚶鳴社中らと闘論。9-11 羽倉簡堂が「清狂草堂図巻跋」を執筆。
1854/安政元年38歳 1-16 ペリー再来航。3-3 日米和親条約締結。3-27 吉田松陰の密航失敗。9月 ロシア軍艦大坂湾侵入の報に妙円寺境内で壮士演武。10月 阿月の円覚寺で説法。12月末「封事草稿」、その後に続いて「内海杞憂」を執筆。この年、世良修蔵入塾。
1855/安政2年39歳 2月「執政浦大夫父子延見す 此を賦して下執事に呈す」の詩。3-3 黄波戸の海岸寺で説法。4-4～10 萩の明安寺で説法。4-23 瀬戸崎の浄願寺で説法。8月「雨中に須佐に入る」の詩。9-3～9 須佐の浄蓮寺で説法。9-17 萩の益田弾正邸で説法。
1856/安政3年40歳 4-6～13 萩の清光寺で説法。7月 本山門主から呼び出し状来る。10-3 門主へ「海防（護法）意見封事」を呈上。
1857/安政4年41歳 4-27～28 和歌山の鷺森別院で説法。
1858/安政5年42歳 2-18から玉江の光山寺で説法。3-1 山口で説法。4-20～26 田布施の円立寺で説法。4-27 平生の真覚寺で説法。4-28 妙円寺で説法。5-10 妙円寺にて没、享年42歳。

# 歴史を紡ぐ人たち—あとがきに代えて

愛甲　弘志

月性という人物についてわたしが関わるのは今から七年前の平成二十七年（二〇一五）に始まる。その春まだ浅き頃、本書の共著者上田純子氏の仲介で、月性顕彰会の西原光治氏と森本政彦氏がわざわざ京都のわたしが勤める大学の研究室まで訪ねて来られ、柳井の傑僧月性について熱く語り、そしてその漢詩に関する協力を依頼されたことによる。

もともとわたしは中国文学の主に唐詩を専門にしている者であり、日本漢詩についてはまったくの門外漢であった。よってかなりの不安があったが、日本漢詩に触れることで中国古典詩の特質がさらによく見えてくるのではとか、あるいは日本人が中国文学を研究することの意義も改めて認識できるのではという期待もあって月性の漢詩に取り組ませていただくようになった。

しかし唐詩を研究するのとはやはり勝手が違い、資料の扱い方や参考文献の調べ方といった基本的な事からずいぶんと右往左往させられた。しかしそれでも月性の漢詩に取り組む機会を得られたことにたいへん感謝している。その理由は現在もなお多くの写本が残されており、それらを見ることができる幸せに恵まれたからである。いまわたしたちが月性の漢詩を手軽に読もうとすれば、明治二十五年（一八九二）、かつての月性の塾生であった大洲鉄然と天地哲雄によって編纂された『清狂遺稿』を先ず推すことになる。なぜならそこには二百六十四首というかなり多くの月性の漢詩を収録しているだけでなく、それらを制作時代順に並べようと工夫されているからである。しかし月性没後三十四年も経て出版されたこの『清狂遺稿』だけに頼るとすれば、その漢詩の理解が不十分であったり、更には誤った解釈をすることにもなりうる。そこで月性没後百六十年以上経った今日もなお残されている月性在世当時の写本がこれら多くの問題を解決してくれることになるのである。題を同じくする漢詩について文字の異同のある写本が幾つもあり、また恒遠醒窓、坂井虎山、篠崎小竹、斎藤拙堂、さらには吉田松陰といった著名人の推敲や批評も記されており、しかも制作時期がわかるものも多く、それらが月性の漢詩創作の過程やその上達の歩みを活き活きと伝えてくれているのである。これは主に木版の書に拠って中国古典文学を研究している者としては大いに驚かされることであり、そこから多くの知見を得られるのはたいへんな喜びである。

しかしこれら多くの写本は偶然に残ったのではなく、月性に魅せられた多くの人たちによって大切に所蔵されてきたことに思いを致す時、月性の漢詩に取り組むことができることの有り難さが一段と増してくる。月性の漢詩は、たとえば吉田松陰をはじめ久坂玄瑞など松下村塾の人たちに愛誦され、松陰神社宝物殿至誠館（山口県萩市）には『清狂吟稿』と標題のある写本が所蔵されている。玉川大学教育博物館（東京都町田市）所蔵の『月性詩稿』には「阪本蔵書」の蔵書印が押されているが、このかつての所有者であった阪本協は明治期に山口の玖珂郡や熊毛郡などの郡長を勤めた人物で、もとは下関の出身である。加えて、同博物館所蔵の『清狂吟稿』には熊本の出身で明治期に活躍した井上毅の蔵書印もあり、月性の愛好家はただに山口のみに限ったものでないことが知られる。このような愛好家たちが月性漢詩の写本を大切に所蔵してきたことによって彼は死してなお名を残すことができたのであるが、月性が現在まで語り継がれることに決定的な役割を果たしているのが、昭和四十三年（一九六八）に発足した財団法人（現在は公益財団法人）僧月性顕彰会である。

僧月性顕彰会は昭和四十五年（一九七〇）には月性に関する資料保全と公開のために月性展示館（柳井市遠崎）を開館させ、昭和五十四年（一九七九）、当時の碩学の叡智を結集して『維新の先覚月性の研究』（三坂圭治監修　マツノ書店）を、平成三十年（二〇一八）には月性生誕二百年記念事業の一環として『幕末維新のリアル』（上田純子主編　吉川弘文館）を刊行するなど、弛むことなく活動を続けてきた。そしていままた本書を上梓するに当たって、資料の提供や整理、あるいは関係者の紹介や訪問など、多くの尽力をいただいた。歴史を紡がんとする僧月性顕彰会のたぎる情熱によって本書は完成を見たものであると、ここに特筆させてもらわねばならない。

最後に右文書院には本書出版の引き受けはもとより、その後の校正などたいへんな御面倒をお掛けすることになったにも関わらず、細心の注意をもって鋭意努力していただいたこと、心より御礼申し上げる。

令和五年癸卯歳　三月中浣　北薩の霜柿書屋にて

# 謝辞

公益財団法人 僧月性顕彰会

月性がたくさんの言葉を残したことは知られていますが、実際のところそれがどんな言葉なのか、わたしたちの多くは知りません―あの「立志」の詩だけは別としても。月性が果たしたとされる歴史的な役割のユニークさを考えれば、これははなはだ不満の残る事態です。その原因は他でもない、月性の言葉のほとんどが、わたし（たち）にとって日常なじみの薄い漢字・漢詩文で書かれているからでしょう。ふつうの読者として月性の言葉と直《じか》に、そしてもう少し楽に接することはできないものか。そんな願いから企画された本書を通じて、月性の言葉とたくさんの読者との対話が起こり、〈月性のここが面白い〉、〈月性のその点は疑問だ〉、〈だからこそ月性は偉いのだ〉などなど、読み手一人ひとりのオリジナルな月性観が育まれてゆくとうれしいです。

①漢詩文読解の学習書、②最新最善の知見を盛り込んだ歴史教養書、③異本の校合を踏まえて初めて活字化された史料テキスト、の三側面を具えた書物の編集・執筆、その入念な推敲・校正という気骨《きぼね》の折れる仕事をお引き受け下さった愛甲弘志先生、上田純子先生にお礼を申し上げます。今やわたしたちは、月性が発した言葉の大要を、この一冊で読むことができるのです。

ルビや送りガナ・返り点を含めれば膨大な字数の、組み方の込み入ったこの本の製作に七年もの長期にわたって取り組んで下さった版元は、右文書院さんです。本書の完成を見ずに急逝された三武義彦氏と、その御遺志を継いで下さった三武路代氏・鬼武健太郎氏に深く感謝いたします。

加藤光太郎さん、澄明洒脱な装幀を、ありがとうございました。

二〇二三年四月二十五日

森本政彦記

**愛甲弘志**（あいこう　ひろし）
一九五五年、鹿児島県に生まれる
一九八二年、九州大学大学院文学研究科博士後期課程中途退学
現在、京都女子大学名誉教授
〔主要著作〕
『貶謫と貶謫文学』（共訳）、勉誠出版、二〇一七年
「漢詩のなかの月性」『幕末維新のリアル』吉川弘文館、二〇一八年
『賈島研究』（共編）、汲古書院、二〇二二年

**上田純子**（うえだ　じゅんこ）
一九六八年、愛媛県に生まれる
二〇〇四年、東京大学大学院人文社会系研究科博士課程修了、博士（文学）
専攻、日本近世史
〔主要著作〕
「長州藩の国事周旋と益田右衛門介」明治維新史学会編『幕末維新の政治と人物』有志舎、二〇一六年
「儒学と真宗説法」塩出浩之編『公論と交際の東アジア近代』東京大学出版会、二〇一六年
「僧月性の交友と交際」『幕末維新のリアル』吉川弘文館、二〇一八年
『山口県史　通史編　幕末維新』山口県、二〇一九年（分担執筆）

**月性を読む　幕末「海防僧」の漢詩と建白書**

二〇二三年(令和五)年六月二十日　第一刷　発行

編著者　愛甲弘志　上田純子
企画・制作　公益財団法人　僧月性顕彰会
装幀者　加藤光太郎
発行者　鬼武健太郎
印刷・製本　株式会社文化印刷　岩手県宮古市松山五―三―六

〒101-0062　東京都千代田区神田駿河台一―五―六
発行所　株式会社　右《ゆう》文《ぶん》書《しょ》院《いん》
振替　〇〇一二〇―六―一〇九八三八
電話　〇三（三二九二）〇四六〇
ＦＡＸ　〇三（三二九二）〇四二四

＊印刷・製本には万全の意を用いておりますが、万一、落丁や乱丁などの不良本が出来いたしました場合には、責任をもってお取り替えいたします。

ISBN978-4-8421-0828-5　C1095